I0634263

NOUVEAU TRAITÉ

ÉLÉMENTAIRE

D'ARITHMÉTIQUE

Approprié à toutes les intelligences,

Quelque rebelles et quelque peu exercées qu'elles puissent être

Par GUSTAVE DEMAN,

SURNUMÉRAIRE DES DOUANES

OUVRAGE DÉDIÉ A MM. LES MEMBRES DU COMITÉ DE

L'ÉCOLE GRATUITE D'ADULTES DE LA RUE DES PIERRES, A DUNKERQUE

1854

DUNKERQUE

TYPOGRAPHIE DE VANDEREST

Place Napoléon

V

TRAITÉ ÉLÉMENTAIRE
D'ARITHMÉTIQUE.

V

36359

NOUVEAU TRAITÉ

ÉLÉMENTAIRE

D'ARITHMÉTIQUE

Approprié à toutes les intelligences,

Quelque rebelles et quelque peu exercées qu'elles puissent être,

Par Gustave DEMAN,

SURNUMÉRAIRE DES DOUANES

OUVRAGE DÉDIÉ A MM. LES MEMBRES DU COMITÉ DE

L'ÉCOLE GRATUITE D'ADULTES DE LA RUE DES PIERRES, A DUNKERQUE

1854

DUNKERQUE

TYPOGRAPHIE DE VANDEREST

Place Napoléon, 2.

Dunkerque, le 29 Avril 1854.

A Messieurs les Membres du Comité de l'*Ecole gratuite d'Adultes de la rue des Pierres*, fondée le 1er Mai 1845, à Dunkerque.

Messieurs,

Depuis *trois années* que j'ai l'honneur de faire partie du corps enseignant de l'établissement dont vous êtes les *généreux* et *dévoués* administrateurs, j'ai pu apprécier combien l'instruction première, l'instruction élémentaire présente de difficultés dans la pratique.

Chargé de la direction des cours d'arithmétique de l'école, j'ai nécessairement été amené à rechercher tous les moyens propres à aplanir, à surmonter les rudes obstacles qu'inévitablement les commençants doivent rencontrer, à leurs premiers pas, dans cette science si simple et pourtant si difficile.

La sublimité de l'œuvre toute philanthropique que vous avez entreprise, depuis neuf ans, m'a vivement impressionné, je vous l'avoue, Messieurs, et, en vous prêtant mon humble concours, j'ai dû céder, en même temps, à l'impulsion naturelle que vous m'avez imprimée.

J'ai examiné attentivement, étudié, analysé, avec amour, avec passion, j'ose même dire, ces cinq ou six cents intelligences qui m'ont été confiées, et, depuis trois années, j'ai consigné, en forme de notes, toutes les observations que m'ont suggérées les travaux de chaque soir auxquels je me suis livré.

C'est le résultat de mes appréciations, c'est le fruit de mes loisirs et de mes veilles, que je viens aujourd'hui offrir surtout à ceux qui n'ont encore aucune notion de l'arithmétique.

Un devoir impérieux, et que mon cœur trouve néanmoins bien doux à remplir, m'impose donc l'obligation de vous *dédier* cet ouvrage dont tous les éléments, tous les matériaux, ont été rassemblés sur ce chantier dans lequel vous m'avez placé avec tant de bienveillance ; ce devoir, je l'accomplis avec bonheur, car il est extrêmement flatteur pour moi, de voir mon nom aussi étroitement lié aux vôtres, Messieurs, et de revendiquer, *sous de tels auspices,* les honneurs de l'impression ! ! ! . . . .
. . . .

Je saisis avec empressement cette occasion, pour vous témoigner ici, publiquement, combien je regrette de ne pouvoir, éloigné que je suis de cette localité, continuer avec vous l'œuvre *charitable*, l'œuvre éminemment *chrétienne*, — objet de la sympathie de tout le public dunkerquois, — à laquelle vous travaillez avec tant de dévouement, de zèle et d'abnégation ! ! ! . . . .
. . . .

Recevez, Messieurs, l'assurance de mes sentiments les plus affectueux.

Gve DEMAN.

Les *Membres du Comité* d'administration de l'école gratuite d'adultes, fondée le 1ᵉʳ Mai 1845, rue des Pierres, à Dunkerque, témoins des succès remarquables obtenus par M. Gustave Deman, dans l'enseignement de l'Arithmétique *Elémentaire*, croient devoir déclarer, en tête de l'ouvrage publié par ce *professeur*, que ces résultats, qui ont dépassé toutes leurs espérances, sont dus à l'application intelligente des moyens ingénieux et variés qu'il a exposés dans ce traité élémentaire.

Ces moyens ont triomphé des *intelligences* les plus *rebelles*, ils ont réalisé le vœu du comité, car, grâce à eux, dans aucune des cinq divisions de l'école, les élèves n'ont passé d'une opération à une autre sans que cette opération, bien comprise, fût familière à tous.

Les *Membres du Comité* recommandent donc avec confiance le travail de M. *Deman* à tous ceux qui désirent posséder à fond les premières notions de la science la plus utile. Ils pensent que les maîtres, qui ont si souvent à déplorer l'ignorance de leurs ouvriers, ne sauraient, dans leur intérêt même, leur donner un livre où l'auteur ait *mieux réussi* à se mettre à la portée de leur intelligence.

Le Président du Comité,

AUGUSTE EVERHAERT, Avocat.

Les Membres :

G. MALO, négociant.
J.-A. CONSEIL, capitaine de port.
A. LEFEBVRE, constructeur.
L. MAERLEYN, entrepreneur.

E. CHARLES, Professeur.
F. QUIQUET, id.
Th. LOUISE, id.
Aᵗᵉ. LEMAIRE, id.
H. HABAR, id.

OBSERVATIONS DE L'AUTEUR.

L'ARITHMÉTIQUE est une science éminemment utile, nécessaire dans toutes les conditions, indispensable à toutes les classes de la société. En effet, à l'aide des moyens qu'elle fournit, l'ouvrier établit ses petits comptes, le commerçant se forme une idée exacte de la situation de ses affaires, le spéculateur embrasse d'un seul coup-d'œil le résultat de ses combinaisons, etc., et, si l'on quitte ces lieux communs, ne doit-on pas avouer encore que l'astronome, l'ingénieur, le marin, le géomètre, etc., sont tous obligés de recourir à elle pour arriver à découvrir l'objet de leurs recherches.

Envisagée sous un autre point de vue, j'ajouterai même que cette science offre, à celui qui veut pénétrer plus avant dans les *admirables coordinations* des nombres, un vaste champ à l'action de son intelligence, une étude attrayante, variée, soutenue, agréable.

Il existe un très-grand nombre de traités d'arithmétique, et d'excellents traités même sous bien des rapports, mais qui, par parenthèse, prennent *tous* le titre *d'ouvrages élémentaires*, et qui, à vrai dire, ne le sont rien moins.

J'appelle *ouvrage élémentaire*, véritablement *élémentaire*, un ouvrage qui, envisageant, toutes les questions qu'il traite, de la manière la plus simple et la plus facile à suivre, permet, étant mis entre les mains d'un élève sérieux, de faire acquérir, à cet élève, à la suite d'un travail consciencieux, — *et rien que par lui-même*, — les connaissances renfermées dans ledit ouvrage.

Mais, en général, les écrivains en la matière, toujours préoccupés de reculer les bornes de la science, n'osent sacrifier leur amour-propre d'auteurs et descendre à tous les détails secondaires de la pratique ; ils passent sous silence mille définitions qui pourraient les rendre plus clairs, plus compréhensibles aux yeux des commençants, ils rejettent comme surabondantes mille observations dont, nonobstant, *celui qui ne sait pas* ne peut avoir la moindre idée, ils semblent enfin prendre à tâche de ne se mettre à la portée que des intelligences les plus favorisées. Aussi n'ont-ils enfanté, jusqu'à présent, que des œuvres qui, certainement, révèlent en eux beaucoup de talent et de mérite, mais qui ont le tort, l'immense tort de s'adresser uniquement à *celui qui sait*.

J'ai donc pensé, et bien des personnes éclairées ont pensé comme moi, qu'il y avait là une lacune à combler, qu'un livre *vraiment élémentaire* restait à composer.

Cette tâche si ardue, si difficile, et que j'ai cru devoir m'imposer, eût, assurément, été au-dessus de mes forces, si je n'avais pas eu, moi-même, à lutter pendant *trois années* contre les innombrables et inimaginables difficultés dont est hérissé l'enseignement élémentaire de l'arithmétique.

Au surplus, les suffrages honorables dont la méthode que j'ai mise en pratique a été l'objet de la part de personnes les plus recommandables et les plus compétentes, les témoignages d'affection que j'ai reçus de mes élèves, et, en définitive, quelque peu le succès qui a couronné mes soins, mes efforts et ma persévérance, m'ont enfin décidé à publier un traité dans lequel tous les moyens, tous les procédés, dont l'application m'a si bien réussi, sont développés le plus méthodiquement et le plus clairement possible.

Je prends l'élève au moment où il ne possède encore aucun des éléments de l'arithmétique, et, suivant avec lui la chaîne naturelle et progressive des idées et des choses, je lui indique, dans leur ordre, tous les obstacles qu'il doit inévitablement rencontrer, et lui donne en même temps les moyens de les vaincre ou de les éviter. Plus tard, lorsque l'élève a percé le nuage qui, auparavant, enveloppait sa pensée, lorsque l'intellection est complète, lorsqu'enfin il a parfaitement saisi le mécanisme de l'opération, je lui fais abandonner les procédés plus ou moins mécaniques dont je lui avais d'abord prescrit l'usage, et, bientôt, joignant à la *Théorie*, sa suite obligée, la *Pratique*, j'arrive, de déductions en déductions, à persuader tout-à-fait son raisonnement, à satisfaire, à convaincre entièrement son intelligence.

Un mot maintenant sur le travail en lui même.

Le livre dont il s'agit, comprend, en dix chapitres et 200 numéros, les parties suivantes :

Les définitions préliminaires, la Numération des nombres entiers, celle des parties décimales, l'Addition, la Soustraction, et, enfin, l'Arithmétique-pratique raisonnée dans laquelle j'ai examiné tour-à-tour les problèmes qui nécessitent pour leur solution, soit une Addition, soit une soustraction, ou ces deux opérations à la fois.

Ces matières forment la *première partie* de l'ouvrage.

Des circonstances particulières, surtout l'accueil qui sera fait à ma publication, décideront si je dois ou non mettre immédiatement sur le chantier la *seconde partie* du traité qui contiendra :

La multiplication, la division, le système métrique, la théorie de la divisibilité des nombres, le moyen de résoudre tous les problèmes d'arithmétique à l'aide des quatre règles fondamentales, et sans le secours des fractions et proportions, etc.

Comme on peut le voir, l'ouvrage se compose d'environ *deux cents* pages d'une impression très-compacte (300 pages d'impression ordinaire), et ne s'étend pourtant pas au-delà de la soustraction ! !

Je puis donc dire avec raison qu'il est tracé sur un plan complètement neuf.

Je me suis considérablement étendu sur la *numération* des nombres entiers et des parties décimales; pas un détail n'a été omis, pas un point n'a été laissé obscur, et voici la raison d'être de mon insistance à cet égard: la numération, — bien dénommée l'a, b, c mathématique, — est, sans contredit, la branche la plus importante, en quelquesorte la *clé* de l'arithmétique, car on doit dire que, réellement, elle sert de base à cette science. On sait, au surplus, combien est étroite, combien est intime la corrélation qui existe entre notre numération et notre système décimal des poids et mesures.

Les nombres, leur formation, leur composition, leur décomposition, et, en résumé, toutes les modifications qu'ils éprouvent, entrent exclusivement dans le domaine de la numération. Or, l'arithmétique est la science des nombres ; donc, avant tout, il convient de s'approprier la connaissance des nombres, de s'initier à toutes leurs propriétés, de les étudier sous toutes les formes, d'apprendre, de savoir enfin la numération !

Cette partie, sur laquelle on ne saurait trop s'appesantir, — et que, soit dit en passant, si peu de personnes, très-expérimentées et très-habiles, au reste, dans la pratique des calculs, connaissent à fond, — est malheureusement négligée par la plupart des auteurs. Tous, ils consacrent à peine quelques pages à l'exposé de la Numération et à tous les développements qu'elle comporte ; si la brièveté, la rapidité du style, en un mot, la concision, sont, en général, de rares qualités chez un écrivain, elles sont, en vérité, tout-à-fait intempestives lorsqu'il s'agit d'un livre *élémentaire*, destiné à passer sous les yeux de commençants dont l'intelligence est plus au moins heureusement douée, plus au moins exercée, et auxquels, nonobstant, la science, dans laquelle ils veulent se verser, est nécessaire, indispensable. Dans ce cas, les observations ne sauraient être trop multipliées.

Je me suis donc attaché à soulever toutes les questions relatives à la numération, et si, à la première lecture, quelques-unes d'entre elles peuvent paraître oiseuses, indirectes ou énigmatiques, on doit reconnaître bientôt qu'elles n'ont servi qu'à mieux asseoir le jugement, raffermir davantage l'esprit, et le prédisposer convenablement aux explications et aux opérations subséquentes.

Au surplus, qu'on ne s'y trompe pas, — et j'émets ici une opinion dont l'expérience m'a suffisamment démontré toute la raison d'être, — un élève, qui aura parfaitement compris le secret de la numération, se sera créé par là des facilités qui lui donneront toujours, non seulement un avantage marqué sur celui qui n'en aura pas saisi le mécanisme, mais qui lui feront entendre sur-le-champ, et sans qu'il lui en coûte aucun effort, toutes les théories nouvelles qui se présenteront dans la suite.

En résumé, je redoute en un point la critique de mes lecteurs : Quelques-uns se récrieront peut-être sur l'étendue que j'ai donnée à la numération ; mais, et je le dis itérativement, si l'on considère que cet ouvrage est composé tout exprès pour les jeunes gens et les hommes qui ne possèdent aucun des éléments de l'arithmétique, il sera fort aisé de s'apercevoir qu'il n'a rien été dit de trop.

C'est, au reste, je l'avoue franchement, des élèves auxquels les moindres notions sont complètement étrangères, que j'attends surtout le jugement de mon œuvre.

J'ai consacré un chapitre tout entier aux *problèmes* qui donnent lieu, soit à une addition, soit à une soustraction, ou à ces deux opérations à la fois. J'ai souvent eu l'occasion d'apercevoir que le plus grand nombre des élèves qui, d'ailleurs, savent parfaitement effectuer les quatre premières règles, se trouvent embarrassés lorsqu'il s'agit de distinguer, à l'aide du raisonnement, quelle est l'opération qu'exige la solution d'un problème.

J'ai donc cru qu'il n'était pas inutile de toucher, plus que superficiellement, cette question des *problèmes*.

Avant de terminer cet avertissement à mes lecteurs, il est un point essentiel sur lequel je dois insister.

L'ouvrage est imprimé en *caractères ordinaires*; cependant, des *notes* additives, et destinées à ceux des élèves auxquels les connaissances premières sont déjà familières, sont imprimées en *caractères moindres*.

Il reste donc bien entendu que les personnes, auxquelles l'arithmétique est tout-à-fait étrangère, laisseront de côté les *notes* jusqu'au moment où elles se seront entièrement approprié les matières traduites dans le plus gros caractère. Je les engage surtout à ne pas enjamber une seule définition, à ne pas passer outre sur aucune explication, sans que définition ou explication soit réellement bien comprise. C'est en travaillant d'une manière sérieuse, réfléchie, qu'elles parviendront à retirer quelques fruits de leurs études, de leurs labeurs.

Les *notes*, en *petits caractères*, traitent principalement des points suivants :

Définition complète et rationnelle de l'unité, systèmes divers de numération à toutes bases autres que dix, quantités positives et négatives, tables et tables réduites d'addition et de soustraction, preuves par 9 des deux premières opérations, démonstration : Deux et deux font quatre, addition faite d'avance, enfin quelques problèmes d'une solution peu aisée sur les nombres complexes, sur l'emploi des compléments arithmétiques, etc., etc.

Les numéros 3, 5, 6, 9, 10 et 20 contiennent quelques lignes relatives aux notes.

Les numéros 57, 58, 59, 60, 61, 62, 63, 71, 72, 73, 74, 75, 76, 77, 78, 79, 80, 81, 82, 83, 84, 100, 101, 102, 103, 104, 105, 106, 107, 108, 109, 110, 111, 112, 113, 114, 115, 116, 117, 118, 119, 120, 127, 136, 138, 158, 159, 160, 161, 162, 163, 180, 181, 182, 183, 184, 185, 186, 187, 195, 196, 197, 198, 199 et 200 sont exclusivement des notes.

Au surplus, j'ai eu soin de multiplier, le plus possible, les applications ou exercices numériques, afin d'offrir, à l'élève, le moyen d'exercer son intelligence à l'endroit des théories qui viennent de lui être développées.

Ces exercices, et la méthode avec laquelle sont groupées les difficultés, font que mon livre est, en même temps, un guide pour les professeurs, lesquels pourront y puiser, dans l'intérêt de leurs élèves, les réflexions qui ont été la suite de mes travaux à l'*école de la rue des Pierres.*

Je livre avec confiance mon ouvrage au public, en conservant l'*espoir*, je dirai même la *conviction,* — car, sans cette *conviction,* je n'aurais certes pas augmenté la quantité déjà trop nombreuse des traités de l'espèce, — qu'il remplira le but que je me suis proposé: Celui d'être utile, en popularisant la connaissance de l'arithmétique, et bien convaincu qu'en travaillant à éclairer les intelligences les plus pauvres, les moins favorisées de la nature, on a tout autant mérité de Dieu et des hommes qu'en faisant faire un pas de plus à la science.

La *seule récompense* que j'ambitionne est la *sympathie* de mes lecteurs ! ! J'ose espérer qu'elle ne me fera pas défaut !

TRAITÉ ÉLÉMENTAIRE
D'ARITHMÉTIQUE

PREMIÈRE PARTIE

CHAPITRE PREMIER

Notions préliminaires.

1. *Origine de l'Arithmétique.* L'arithmétique prit naissance des besoins de nos ancêtres ; c'est le commerce et l'industrie qui furent les pères de l'arithmétique.

Les échanges, les trafics, les achats, les ventes se firent d'abord *en nature*, c'est-à-dire que l'on donnait un objet, une table, par exemple, en échange d'un autre objet que l'on s'accordait à reconnaître de même valeur ; mais la multiplicité des opérations, l'accroissement des marchés conclus, furent bientôt un obstacle à leur célérité. Du reste, on conçoit aisément que les parties intéressées devaient se trouver presque toujours en présence, et que, dès lors, des produits qui faisaient la richesse de deux régions différentes, éloignées seulement de cent lieues l'une de l'autre, ne pouvaient point être échangés. On reconnut donc l'impossibilité d'établir sur une vaste échelle un semblable système ; on sentit la nécessité d'employer des objets quelconques, simples, faciles à manier, d'un poids peu considérable, auxquels on attribua une certaine valeur de convention : C'est ainsi que les monnaies de bronze, d'argent et d'or virent le jour.

Cependant les opérations augmentèrent dans une telle proportion, qu'il ne fut plus possible de se contenter de ce mode de négociation : Les acheteurs, n'ayant pas toujours en mains les fonds nécessaires aux acquisitions qu'ils voulaient faire, demandaient des délais de paiement ; d'un autre côté, les affaires n'avaient presque jamais de solution immédiate ; de sorte que la mémoire était impuissante pour retenir les comptes-ouverts de chacun à chacun. On résolut donc de chercher des méthodes sûres et promptes, appropriées à tous les besoins ; on voulut établir un système constant et régulier, appuyé, construit sur des bases certaines, fixes, invariables : On y réussit en inventant *l'Arithmétique*, qui, dès lors, est l'ensemble de tous les procédés imaginés à cet effet. Comme on le voit, l'arithmétique, comme la plupart des sciences, du reste, prit naissance des besoins des premiers hommes ; cependant, dès l'origine, elle n'était qu'une pâle image de ce qu'elle est devenue maintenant, car, développée de jour en jour, et par la nécessité et par le génie, deux sœurs qui se lient étroitement, elle a enfin atteint un degré qui suffit à toutes les exigences (A).

2. L'arithmétique est la science des nombres. Elle nous donne des moyens sûrs, des combinaisons intelligentes pour parvenir à résoudre toutes les questions que l'on peut se proposer sur les *nombres*, elle ne s'occupe exclusivement que des nombres. Ainsi, avez-vous reçu plusieurs sommes d'argent, en avez-vous déboursé plusieurs autres et voulez-vous connaître de quel nombre de francs et de centimes vous restez possesseur, consultez l'arithmétique ; elle seule vous indiquera le procédé le plus simple (*et le plus simple est toujours le plus ingénieux*) pour arriver à votre but.

Cet exemple, choisi entre mille et plus, peut donner une idée du prix que l'on doit attacher à posséder les éléments de l'arithmétique.

Nous pourrions étendre davantage cette définition de l'arithmétique, mais nous préférons laisser marcher l'élève et lui permettre d'apprécier par lui-même l'ensemble de cette science, dont nous tenons à lui faire connaître les ressorts moteurs.

3. On appelle *nombre* une collection d'unités de même espèce. Un nombre se compose de *chiffres*.

Ainsi, une pomme, deux poires, cinq crayons, etc., sont des nombres.

On appelle nombre l'expression du rapport d'une grandeur quelconque comparée à l'unité. Ainsi, par exemple, cinq crayons est un nombre, et indique que le crayon, c'est-à-dire l'unité, est contenu cinq fois dans ce nombre.

4. Les *chiffres* sont les éléments des nombres.

Les chiffres sont donc des caractères de convention qui servent à représenter tous les nombres.

(A) *Les mathématiques sont la science des grandeurs ou quantités ;*
Les sciences se divisent en deux parties :
1° *Les mathématiques, pures et*
2° *Les sciences naturelles ou physiques.*

Les mathématiques pures s'occupent des grandeurs sans considérer leurs propriétés physiques ou sensibles, elles comprennent : L'arithmétique, l'algèbre et la géométrie. L'arithmétique qui s'occupe des nombres ; l'algèbre qui a pour but de généraliser les opérations d'arithmétique, et qui, à cet effet, au lieu d'agir avec des chiffres, se sert de lettres : Dans cette science, toutes les quantités sont représentées par des lettres ; enfin, la géométrie qui a pour objet l'étude des propriétés de l'étendue, et qui fait usage de lignes.

Les sciences naturelles ou physiques étudient les corps et la matière par rapport aux modifications physiques, chimiques, météorologiques que ces corps peuvent subir. Ces sortes de sciences se subdivisent en : Physique, chimie, histoire naturelle, météréologie, astronomie, etc.

Il y a dix caractères appelés chiffres ; ce sont :

0	1	2	3	4	5	6	7	8	et	9
zéro	un	deux	trois	quatre	cinq	six	sept	huit	et	neuf.

Ces dix caractères, ces dix chiffres se divisent en deux classes : 1° *Les chiffres significatifs* et 2° *le chiffre non significatif.*

Les caractères 1, 2, 3, 4, 5, 6, 7, 8 et 9, sont des chiffres significatifs parce qu'ils *signifient quelque chose*, c'est-à-dire parce qu'ils expriment une valeur quelconque. Le caractère 0 est un chiffre non significatif parce que, par lui-même, il n'a aucune valeur, aucune signification : Nous verrons plus loin quel est son emploi.

5. On appelle *quantité* tout ce qui peut augmenter ou diminuer, tout ce qui peut être supposé plus grand ou plus petit. Quantité ou grandeur sont deux mots qui ont la même signification. Ainsi les longueurs, les poids, la durée d'un travail, un troupeau de moutons, etc., sont des grandeurs ou quantités parce qu'il est possible de les augmenter ou de les diminuer.

Il y a deux sortes de grandeurs ou quantités : 1° les grandeurs *continues* et 2° les grandeurs *discontinues*.

Les grandeurs continues sont celles qui peuvent augmenter ou diminuer d'une quantité quelconque, aussi grande comme aussi petite, que l'on veut. Ainsi, par exemple, la durée d'un travail est une grandeur continue de même qu'une ligne, car, la durée de ce travail peut augmenter ou diminuer d'une heure, de trois heures, de deux heures quarante minutes, d'une quantité quelconque enfin, il en est de même de la ligne qui peut augmenter ou diminuer d'aussi peu que l'on veut.

Les grandeurs *discontinues*, au contraire, sont celles qui ne peuvent augmenter ou diminuer que d'une partie déterminée.

Un troupeau de moutons, un groupe de maisons, d'hommes, sont des grandeurs discontinues, parce qu'il est complètement impossible d'augmenter ou de diminuer ces grandeurs de moins d'un mouton, d'une maison, d'un homme (B).

Que les grandeurs soient continues ou discontinues elles se divisent toujours en deux catégories : 1° les quantités positives et 2° les quantités négatives.

On appelle quantités positives les quantités qui sont plus grandes que zéro, qui ont une valeur réelle supérieure à zéro. Ainsi, deux pommes, six arbres, quarante maisons, neuf francs, sont des quantités positives, parce qu'évidemment ces quantités ont une valeur quelconque, et que, dès lors, elles signifient plus que zéro.

On appelle quantités négatives les quantités qui ont une valeur inférieure à zéro. On a de la peine d'abord à saisir, à comprendre cette dernière définition, nous allons l'éclaircir par un exemple.

Supposons que nous ayons à représenter par des nombres, à exprimer en chiffres, l'avoir, la fortune de trois individus différents.

Ces trois individus nous les appellerons A, B, C.

(B) L'arithmétique s'occupe spécialement des quantités discontinues ; la géométrie, des continues.

A possède quinze francs, B ne possède aucune chose, et C a neuf francs de dettes :

$$\begin{array}{ccc} \text{A.} & \text{B.} & \text{C.} \\ 15 & 0 & -9 \end{array}$$

Nous représentons l'avoir de A par le nombre quinze, car, si l'on possède quinze francs, il est constant que cet avoir est plus grand que zéro, puisqu'il se compose de quinze fois un franc.

La fortune de B est équivalente à zéro, c'est-à-dire à néant, à rien ; elle s'exprimera donc numériquement par zéro.

Ces deux premières opérations se conçoivent aisément.

Mais il s'agit maintenant de faire avec l'avoir de C ce que nous avons fait avec A et B. Or, allons-nous représenter cet avoir C par le nombre neuf ? Non, évidemment ; car alors on en déduirait qu'un homme possesseur de neuf francs n'est pas plus riche qu'un homme qui a neuf francs de dettes, puisque le mode d'expression de ces deux quantités, qui ont une valeur réelle bien différente, serait le même dans l'un et l'autre cas. On ne peut donc pas représenter cette fortune qui ne se compose uniquement que de neuf francs de dettes par le nombre neuf. On ne peut pas davantage la traduire par zéro, puisque zéro est le caractère que nous employons pour indiquer une absence totale d'unités.

Il est évident, d'abord, que le nombre neuf doit former le principal élément de cette quantité à représenter en chiffres ; il est encore évident qu'il ne peut pas figurer seul. On se sert donc, en cette occasion, d'un *signe* composé d'un trait horizontal (—) qui s'énonce *moins* et que l'on place devant le nombre neuf ; alors cet avoir comportant seulement neuf francs de dettes se représente par —9 (*moins neuf*).

Le signe indique que la quantité qui le suit est inférieure à zéro, c'est-à-dire que cette quantité est l'expression d'une dette.

Cette première quantité *quinze francs* est une *quantité positive* parce qu'elle vaut plus que zéro ; cette troisième quantité —9 est une *quantité négative* parce qu'elle vaut moins que zéro. En effet, un individu qui a neuf francs de dettes est moins riche que celui qui ne possède rien.

Zéro est donc le point de départ des quantités positives et négatives. Un, deux, trois, quatre, etc, jusqu'à l'infini, sont des quantités positives, qui, précédées du signe *moins* donnent les mêmes quantités négatives — 1, — 2, — 3, — 4, etc, jusqu'à l'*infini*.

Mais d'où proviennent ces quantités négatives, quelle est leur origine ?

Ces sortes de quantités proviennent d'une soustraction dans laquelle le nombre à retrancher est plus grand que celui dont on doit retrancher. Ainsi, par exemple, je dois payer une somme de *dix francs* et je n'ai que *huit francs* à ma disposition ; on demande combien il me reste ? Assurément il ne me reste aucune somme ; bien au contraire, il me manque *deux francs*, lesquels deux francs constituent une dette d'autant à ma charge : Le reste de cette opération s'indiquerait donc par — 2.

Nous développerons du reste, cette manière d'opérer au chapitre de la *soustraction*.

La valeur *absolue* d'une quantité quelconque, d'un nombre par exemple, est la valeur fictive de ce nombre isolé de tous signes, considéré seul.—

La valeur relative est la valeur *réelle*, la valeur effective de ce nombre, la valeur qu'il conserve entouré des indices qu'on peut lui adjoindre.

Ainsi, pour les élèves qui connaissent déjà la numération des parties décimales, ceci : 0, 6 veut dire *six dixièmes*. Or, la valeur *absolue* de ce nombre est six entiers, sa valeur relative ou *réelle* est *six dixièmes*. Nous reviendrons aussi plus loin sur ces deux définitions qui peuvent ne pas paraître, telles qu'elles sont, bien détaillées, mais qui nous suffisent pour l'usage que nous voulons en faire momentanément.

Ceci posé, je dis,, 1° que plus une quantité positive est grande en valeur *absolue*, plus elle est grande aussi en valeur *relative*. Ainsi, plus le nombre positif sera grand par lui-même, plus il indiquera une quantité forte. Par exemple, douze pommes, huit pommes et quatre pommes sont trois quantités positives ; la plus grande est douze, la seconde est huit, la plus faible est quatre.

On peut en conclure sans inconvénient que plus une quantité positive est petite en valeur absolue, plus elle est petite aussi en valeur réelle ou relative.

En est-il de même des quantités négatives ?

C'est ce que nous allons examiner.

Je dis, 2° que plus une quantité négative est grande en valeur *absolue* et plus elle est petite en valeur *relative*.

Ainsi, plus le nombre négatif (*c'est-à-dire au-dessous de zéro, ne l'oublions pas*) est fort par lui-même, plus il indiquera une quantité petite. Par exemple, trois individus A, B, C, ont des dettes. A, doit douze francs, B, huit francs et C, quatre francs; quel est le moins pauvre des trois? C'est C naturellement, après lequel vient se placer B. Donc le nombre négatif — 4 est plus grand que — 8 et que — 12, de même — 12 est plus petit que — 8. On comprend facilement la raison d'être de ce principe; plus le nombre indiquant la dette sera grand par lui-même, en valeur *absolue*, plus cette dette sera forte et, partant, plus le nombre réellement sera petit.

On peut en conclure sans inconvénient que plus une quantité négative est petite en valeur absolue, et plus elle est grande en valeur relative.

Une quantité arithmétique est représentée par des chiffres; une quantité algébrique par des lettres; une quantité géométrique par des lignes.

6. L'arithmétique ne s'occupe que des quantités arithmétiques, c'est-à-dire des quantités exprimées en chiffres.

Pour évaluer les quantités il faut les comparer à une autre quantité prise pour terme de comparaison, et à laquelle on donne le nom de *unité*. Cette définition de l'*unité* si importante à comprendre pour l'intelligibilité de ce qui va suivre, a besoin d'éclaircissements.

Pour se former une idée exacte d'une grandeur il faut la mesurer. Voulez-vous avoir une idée juste de la longueur de votre chambre, voulez-vous pouvoir, le cas échéant, reconnaître une longueur équivalente à celle de votre chambre, mesurez cette longueur. Or, si vous ne prenez pas une seconde quantité *de même espèce* (*c'est-à-dire dans laquelle vous ne considérerez que la longueur en faisant abstraction complète de la largeur et de l'épaisseur*), il vous est impossible d'évaluer cette longueur. Nous prenons donc une quantité de même espèce, une quantité arbitraire, quelconque, *un mètre* par exemple (*nous pourrions choisir à volonté une quantité ou plus grande ou plus petite*); nous portons ce mètre sur la longueur de la chambre à mesurer, et nous apercevons, je suppose, qu'il s'y trouve contenu six fois. Nous avons dès lors une idée exacte de la longueur de cette chambre, et à l'aide de la quantité prise arbitrairement, le mètre, nous pouvons facilement reproduire partout ailleurs une même dimension.

Qu'avons-nous fait en définitive? Nous avons *comparé* la longueur de la chambre à la longueur du mètre, nous avons cherché combien de fois la première contenait l'autre, nous avons ce que l'on appelle *mesuré* cette chambre, et la quantité qui nous a servi d'objet d'évaluation, de terme de comparaison, ce mètre enfin, est ce que l'on appelle l'*unité*.

Mesurer une quantité c'est donc comparer cette quantité à une autre grandeur de même espèce prise pour terme de comparaison et que l'on nomme *unité*.

Voulons-nous, par exemple, comparer la longueur d'un crayon à celle d'une table, il est évident qu'il est de toute impossibilité absolue d'établir cette comparaison, si l'on ne prend un terme de comparaison, une troisième quantité de même espèce, une *unité*. On prendra, je suppose, pour unité la longueur d'une aiguille (*et notons en passant que l'unité quoiqu'étant presque toujours arbitraire ne doit jamais être supérieure à la moitié de la plus petite des quantités à comparer, si cette dernière ne peut elle-même servir d'unité*), que l'on portera consécutivement cinq fois sur le crayon, et vingt fois sur la table; avec ces données on pourra dès lors avoir une idée relative des deux longueurs. Cette troisième quantité, l'aiguille, est l'*unité*.

On peut conclure très-aisément que la longueur de la table représentée par le nombre *vingt* contient *quatre fois* celle du crayon exprimée par le nombre *cinq*. Dans ce second cas, l'*unité* est appelée une commune mesure, et il est évident que la commune mesure entre deux quantités ne peut pas surpasser la plus petite de ces quantités.

Veut-on enfin donner, à une personne, qui n'a jamais entendu parler de la tour de *Dunkerque* une idée de la hauteur de cette tour? On emploiera à cet effet une *unité* quelconque. Si vous dites que la tour dont il s'agit *soixante-trois* de hauteur, aura-t-on un simple aperçu de cette dimension? Non, évidemment; ajoutez-donc le nom de l'*unité* que vous avez en vue en indiquant cette grandeur, et dites, je suppose, la tour de *Dunkerque* a soixante-trois *mètres* de hauteur, alors, mais alors seulement, on pourra se figurer une quantité analogue à l'élévation de cette tour; on aura donc une idée exacte de la tour elle-même.

Pour se faire une idée exacte de la grandeur d'un nombre, il faut donc connaître l'unité. Ainsi je demande, par exemple, à ceux qui me lisent, si le nombre 45907893496209 *est grand ou petit?* A ceux qui sont tentés de me dire : Il est grand, je répondrai il est petit; à ceux qui seront convaincus de la petitesse du nombre en question, je prouverai qu'il est grand! En effet, ce nombre n'exprime ici aucune chose, n'a aucune signification réelle, sa valeur grande ou petite dépend uniquement de la grandeur de l'*unité* que je vais lui adjoindre. Si l'unité est forte, le nombre sera fort; dans le cas contraire, ce sera l'opposé. Ainsi, si je donne pour unité à ce nombre *le grain de sable*, il est bien évident que, quelle qu'en soit la quantité, le nombre ne représentera pas une masse très-imposante. Au contraire si j'emploie pour unité la *Tour de Dunkerque*, précédemment citée, la signification du nombre change entièrement.

On ne se forme donc jamais une idée bien nette de la grandeur d'un nombre qu'en connaissant l'unité.

On peut voir par là qu'un nombre est le résultat de la mesure d'une grandeur.

En général, *l'unité* est, si je puis m'exprimer ainsi, le *un* de la quantité. Par exemple, dans quatre pommes l'unité est *une* pomme, est *la* pomme; dans six francs, le franc est l'unité.

Jusqu'à présent nous avons défini *l'unité* une quantité arbitraire, une quantité prise à volonté; il est nécessaire de concevoir qu'il n'en est pas toujours ainsi.

Pour mesurer une grandeur *continue*, une ligne, par exemple, on peut choisir arbitrairement une unité quelconque, pourvu qu'elle soit toutefois de même espèce; mais dans la mesure des grandeurs *discontinues*, l'unité est déterminée par la nature même de cette grandeur. Ainsi, pour évaluer la quantité de moutons dont un troupeau est composé, on est nécessairement amené à prendre *le* mouton, *un* mouton, pour unité. C'est avec intention que nous avons tant insisté sur cette définition de *l'unité*: on reconnaîtra plus tard qu'il n'a rien été dit de surabondant.

7. *Calculer*, c'est composer et décomposer les nombres; l'arithmétique a pour but de nous enseigner à composer et décomposer les nombre d'une manière rationnelle, d'une manière qui satisfait notre esprit et notre raison, c'est-à-dire à bien calculer.

8. Sous le rapport de la nature des unités qui composent les nombres, il y en a de deux sortes: 1° *les nombres abstraits*, et 2° *les nombres concrets*.

Un nombre abstrait est celui dans lequel on ne désigne pas l'espèce des unités. Ainsi, par exemple, si je dis: Donnez-moi quatre...... on ne sait évidemment ce que je demande. Quatre quoi? (On peut apporter quatre objets, quatre unités quelconques, l'unité, l'objet, n'étant pas désignés). Eh! bien, ce nombre quatre est un nombre abstrait.

Un nombre concret est celui dans lequel on désigne l'espèce des unités. Ainsi, par exemple, si je dis : Donnez-moi *quatre crayons*, ici la question change, et l'on ne peut naturellement me donner que les quatre objets désignés, quatre crayons. Ce nombre *quatre crayons* est un nombre concret.

Il est évident qu'en considérant un nombre seulement sous le rapport des unités dont il est formé, on ne peut qu'obtenir ou un nombre abstrait ou un nombre concret, car, ou l'on ne désigne pas la nature des unités, ou bien l'on fait cette désignation.

9. Que les nombres soient *abstraits* ou *concrets*, ils se divisent toujours les uns comme les autres en plusieurs catégories.

1° On appelle *nombre entier* un nombre qui ne se compose uniquement que d'unités entières : *trois crayons, cinq pommes*, voilà des nombres entiers; car, quand on énonce les nombres trois crayons, cinq pommes, on conçoit trois crayons tout entiers, cinq pommes bien complètes.

2° Les nombres *trois crayons et demi, cinq pommes et demie*, ne sont pas des nombres entiers, puisque dans trois crayons et demi il y a plus de trois crayons et que la quantité qui excède ce nombre *entier* trois crayons n'est pas une unité entière, n'est pas un crayon entier. En faisant un raisonnement analogue on s'assurerait très-aisément que le nombre cinq pommes et demie n'est pas plus un nombre entier que trois crayons et demi.

Nous nous abstiendrons momentanément de donner une qualification quelconque à cette seconde classe de nombres considérés ici sous le rapport des quantités qui les composent ; nous y reviendrons en temps et lieu. Nous ferons seulement observer de nouveau que ces nombres ne sont pas des *nombres entiers*, cela suffit pour le moment.

3° On appelle en général *fractions*, des parties de l'unité, des *morceaux* de l'unité, des *quantités plus petites* que l'unité, que le nombre **un**.

Ainsi un *demi-crayon*, une *demi-pomme*, sont des fractions, parce que chacune de ces deux quantités ne vaut pas une *unité entière*.

Il y a deux sortes de fractions : Les fractions ordinaires et les fractions décimales. Nous n'établirons pas ici toutes les différences qui existent entre ces deux espèces de fractions; ceci fera l'objet d'observations spéciales au premier chapitre des fractions (*suite de l'ouvrage*). Nous nous contenterons simplement d'examiner ces fractions dans leur formation.

Partagez une orange en *dix, cent, mille, dix mille, cent mille, un million, dix millions, cent millions* de parties égales et ainsi de suite, en suivant toujours cette division de dix en dix appelée division *décimale*; chacune de ces parties s'appellera partie *décimale* de *l'unité*, et, par conséquent, toutes les fois que la réunion d'un certain nombre de parties de cette espèce ne formera pas une *unité*, la quantité sera une *fraction-décimale*; fraction parce que la grandeur est plus petite qu'une *unité*, *décimale*, parce que les parties qui composent cette grandeur sont *décimales de l'unité*, c'est-à-dire proviennent de la division de l'unité en *dix, cent mille*, etc., *parties égales*.

Toutes les fois qu'une fraction se compose de parties qui ne sont pas décimales, la fraction est appelée *fraction ordinaire*. Ainsi, un *demi-crayon*, une *demi-pomme* sont des fractions de cette dernière espèce, parce que dans un demi-crayon, une demi-pomme, l'unité est partagée en deux parties égales et non en *dix, cent, mille*, etc. D'après ces explications nous concluons que, lorsqu'un nombre n'est pas *entier*, il peut avoir deux qualifications différentes. En effet, un nombre peut se composer d'unités suivies d'une *fraction ordinaire*, ou d'unités suivies d'une *fraction décimale*.

Dans le premier cas, le nombre est appelé nombre *fractionnaire*, dans le dernier, il est appelé *nombre décimal*. Ainsi, *trois pommes et demie, cinq crayons et demi*, sont des nombres fractionnaires; *trois pommes et cinq dixièmes, cinq crayons et trois centièmes* sont des nombres décimaux.

En nous résumant, nous trouvons donc, en général, *cinq* espèces de nombres abstraits et concrets :

Nombre, quand la quantité vaut au moins un entier.	1° Le nombre entier qui ne renferme que des unités entières.	Cinq pommes.
	2° Le nombre décimal qui se compose d'entiers suivis de parties décimales.	Cinq pommes et deux dixièmes de pommes.
	3° Le nombre fractionnaire qui se compose d'entiers suivis de parties non décimales.	Cinq pommes et demie.
Fraction, quand la quantité ne vaut pas un entier	les frac- tions.	4° Décimales qui se composent de parties décimales.	deux dixièmes de pomme.
		5° Ordinaires qui se composent de parties non décimales.	Une demi- pomme.

10. On appelle aussi nombre incomplexe celui qui ne renferme qu'une seule espèce d'unités ; exemple : *Cinq heures.*

On appelle, au contraire, *nombre complexe*, celui qui renferme plusieurs espèces d'unités : exemple : *Cinq heures deux minutes trois secondes.*

Les nombres *décimaux* sont aussi des nombres complexes. Nous donnerons dans la suite et à mesure qu'il en sera question les définitions des autres espèces de nombres.

CHAPITRE II

De la Numération.

NOMBRES ENTIERS.

Les définitions qui viennent d'être exposées sont une espèce d'avant-propos à l'arithmétique. C'est maintenant seulement que nous entrons en effet dans le domaine de cette science, c'est maintenant seulement que nous allons étudier l'arithmétique.

L'arithmétique se décompose en plusieurs parties qui doivent être examinées successivement les unes après les autres. Toutes ces parties s'enchaînent d'une façon si étroite qu'il n'est pas possible, pour ainsi dire, de ne pas suivre l'ordre, la méthode indiqués dans les ouvrages. Pour en donner un seul exemple, il est complètement impossible de faire une *Addition* si l'on ne comprend pas la *Numération.*

11. La première des parties dont s'occupe la science que nous traitons, est la *Numération.*

Cette portion est, je ne le cache pas, de toute l'arithmétique, la plus importante et la moins aisée à concevoir. La plus importante, en effet, puisque toutes les autres parties en dépendent, mais en dépendent d'une manière absolue ; la moins aisée à concevoir, car, à ce moment, rien ne vient en aide à l'intelligence, aucune déduction n'est possible, aucune analogie ne peut être établie ; l'élève débute, il doit surmonter toute l'aridité, toutes les difficultés des premiers éléments, des premières théories.

12. La numération se divise en deux parties :
1° *La numération parlée,*
Et 2° *La numératio n écrite.*

13. La numération, en général, est l'art

De former les nombres, de leur donner des noms, de dire la suite naturelle des nombres, c'est-à-dire de les nommer tous, et dans leur ordre, les uns après les autres.

Ce qui fait l'objet de la *numération parlée.*

D'écrire tous les nombres, c'est-à-dire de les représenter à l'aide des caractères spéciaux appelés chiffres, et de lire tous les nombres qui sont écrits avec ces caractères, ce qui fait l'objet de la *numération écrite.*

NUMÉRATION PARLÉE.

14. Je veux compter exactement le nombre de pommes renfermées dans un sac. J'en retire une ; à cette unité j'applique le nom *un ;* j'en retire encore *une,* que je joins à la première, et, en opérant cette réunion, je dis *deux.*

Toutes les fois qu'un nombre d'objets quelconques, oranges, crayons, tables, etc., *unités arbitraires* en un mot, sera semblable à celui qui a motivé, pour les pommes précitées, l'appellation *un,* l'appellation *deux,* je donnerai toujours à ce *même* nombre d'objets *la même* appellation, le même nom, un, deux ; et il en sera de même pour tous les autres nombres que je vais continuer de former à l'aide du sac de pommes, c'est-à-dire que les unités, que les objets soient des pommes, ou des crayons, ou des oranges, etc., etc. le nom à donner à la quantité qui en indique le nombre ne varie en aucune façon.

Je retire une autre pomme que je mets à côté des deux autres, et je dis *trois,* et ainsi de suite. A l'aide du tableau suivant, qui m'évitera bien des répétitions, on comprendra facilement comment on peut continuer le même jeu.

Il est d'abord à considérer que, pour former un nombre immédiatement supérieur à un autre, il suffit d'ajouter *un, une unité, une pomme ;* tous les nombres se forment donc par l'addition successive, continuelle et indéfinie de *un* à lui-même ; d'où j'en conclus que la suite des nombres est elle-même *indéfinie, illimitée,* c'est-à-dire que le plus grand de tous les nombres n'existe pas, puisque, quel que soit ce nombre, on peut toujours en former un plus grand en l'augmentant d'*un, d'une unité, d'une pomme.*

Un, une unité, une pomme, un objet, s'appelle unité du premier ordre, c'est la première catégorie d'unités.

Ceci posé, voici notre tableau :

15. Je retire une pomme qui forme un nombre		appelé un. Unité simple ou unité du premier ordre.
Id.	que je joins à la première,	le tout forme un nombre appelé deux.
Id.	que je joins aux deux.	autres, le tout forme un nombre appelé trois.
Id.	que je joins aux trois	autres, le tout forme un nombre appelé quatre.
Id.	que je joins aux quatre	autres, le tout forme un nombre appelé cinq.
Id.	que je joins aux cinq	autres, le tout forme un nombre appelé six.
Id.	que je joins aux six	autres, le tout forme un nombre appelé sept.
Id.	que je joins aux sept	autres, le tout forme un nombre appelé huit.
Id.	que je joins aux huit	autres, le tout forme un nombre appelé neuf.
Id.	que je joins aux neuf	autres, le tout forme un nombre appelé dix ou une dixaine, unité du second ordre.
Id.	que je joins aux dix	autres, le tout forme un nombre appelé onze.
Id.	que je joins aux onze	autres, le tout forme un nombre appelé douze.
Id.	que je joins aux douze	autres, le tout forme un nombre appelé treize.
Id.	que je joins aux treize	autres, le tout forme un nombre appelé quatorze.
Id.	que je joins aux quatorze	autres, le tout forme un nombre appelé quinze.
Id.	que je joins aux quinze	autres, le tout forme un nombre appelé seize.
Id.	que je joins aux seize	autres, le tout forme un nombre appelé dix-sept.
Id.	que je joins aux dix-sept	autres, le tout forme un nombre appelé dix-huit.
Id.	que je joins aux dix-huit	autres, le tout forme un nombre appelé dix-neuf.
Id.	que je joins aux dix-neuf	autres, le tout forme un nombre appelé vingt.
Id.	que je joins aux vingt	autres, le tout forme un nombre appelé vingt-un.
Id.	que je joins aux vingt-une	autres, le tout forme un nombre appelé vingt-deux.
Id.	que je joins aux vingt-deux	autres, le tout forme un nombre appelé vingt-trois.
Id.	que je joins aux vingt-trois	autres, le tout forme un nombre appelé vingt-quatre.
Id.	que je joins aux vingt-quatre	autres, le tout forme un nombre appelé vingt-cinq.
Id.	que je joins aux vingt-cinq	autres, le tout forme un nombre appelé vingt-six.
Id.	que je joins aux vingt-six	autres, le tout forme un nombre appelé vingt-sept.
Id.	que je joins aux vingt-sept	autres, le tout forme un nombre appelé vingt-huit.
Id.	que je joins aux vingt-huit	autres, le tout forme un nombre appelé vingt-neuf.
Id.	que je joins aux vingt-neuf	autres, le tout forme un nombre appelé trente.
Id.	que je joins aux trente	autres, le tout forme un nombre appelé trente-un.
Id.	que je joins aux trente-une	autres, le tout forme un nombre appelé trente-deux.
Id.	que je joins aux trente-deux	autres, le tout forme un nombre appelé trente-trois.
Id.	que je joins aux trente-trois	autres, le tout forme un nombre appelé trente-quatre.
Id.	que je joins aux trente-quatre	autres, le tout forme un nombre appelé trente-cinq.
Id.	que je joins aux trente-cinq	autres, le tout forme un nombre appelé trente-six.

Je retire une pomme que je joins aux trente-six autres, le tout forme un nombre appelé trente-sept.
Id. que je joins aux trente-sept autres, le tout forme un nombre appelé trente-huit.
Id. que je joins aux trente-huit autres, le tout forme un nombre appelé trente-neuf.
Id. que je joins aux trente-neuf autres, le tout forme un nombre appelé quarante.
Id. que je joins aux quarante autres, le tout forme un nombre appelé quarante-un.
Id. que je joins aux quarante-une autres, le tout forme un nombre appelé quarante-deux.
Id. que je joins aux quarante-deux autres, le tout forme un nombre appelé quarante-trois.
Id. que je joins aux quarante-trois autres, le tout forme un nombre appelé quarante-quatre.
Id. que je joins aux quarante-quatre autres, le tout forme un nombre appelé quarante-cinq.
Id. que je joins aux quarante-cinq autres, le tout forme un nombre appelé quarante-six.
Id. que je joins aux quarante-six autres, le tout forme un nombre appelé quarante-sept.
Id. que je joins aux quarante-sept autres, le tout forme un nombre appelé quarante-huit.
Id. que je joins aux quarante-huit autres, le tout forme un nombre appelé quarante-neuf.
Id. que je joins aux quarante-neuf autres, le tout forme un nombre appelé cinquante.
Id. que je joins aux cinquante autres, le tout forme un nombre appelé cinquante-un.
Id. que je joins aux cinquante-une autres, le tout forme un nombre appelé cinquante-deux.
Id. que je joins aux cinquante-deux autres, le tout forme un nombre appelé cinquante-trois.
Id. que je joins aux cinquante-trois autres, le tout forme un nombre appelé cinquante-quatre.
Id. que je joins aux cinquante-quatre autres, le tout forme un nombre appelé cinquante-cinq.
Id. que je joins aux cinquante-cinq autres, le tout forme un nombre appelé cinquante-six.
Id. que je joins aux cinquante-six autres, le tout forme un nombre appelé cinquante-sept.
Id. que je joins aux cinquante-sept autres, le tout forme un nombre appelé cinquante-huit.
Id. que je joins aux cinquante-huit autres, le tout forme un nombre appelé cinquante-neuf.
Id. que je joins aux cinquante-neuf autres, le tout forme un nombre appelé soixante.
Id. que je joins aux soixante autres, le tout forme un nombre appelé soixante-un.
Id. que je joins aux soixante-une autres, le tout forme un nombre appelé soixante-deux.
Id. que je joins aux soixante-deux autres, le tout forme un nombre appelé soixante-trois.
Id. que je joins aux soixante-trois autres, le tout forme un nombre appelé soixante-quatre.
Id. que je joins aux soixante-quatre autres, le tout forme un nombre appelé soixante-cinq.
Id. que je joins aux soixante-cinq autres, le tout forme un nombre appelé soixante-six.
Id. que je joins aux soixante-six autres, le tout forme un nombre appelé soixante-sept.
Id. que je joins aux soixante-sept autres, le tout forme un nombre appelé soixante-huit.
Id. que je joins aux soixante-huit autres, le tout forme un nombre appelé soixante-neuf.
Id. que je joins aux soixante-neuf autres, le tout forme un nombre appelé soixante-dix.
Id. que je joins aux soixante-dix autres, le tout forme un nombre appelé soixante-onze.
Id. que je joins aux soixante-onze autres, le tout forme un nombre appelé soixante-douze.

Je retire une pomme. que je joins aux soixante-douze autres, le tout forme un nombre appelé soixante-treize.
Id. que je joins aux soixante-treize autres, le tout forme un nombre appelé soixante-quatorze.
Id. que je joins aux soixante-quatorze autres, le tout forme un nombre appelé soixante-quinze.
Id. que je joins aux soixante-quinze autres, le tout forme un nombre appelé soixante-seize,
Id. que je joins aux soixante-seize autres, le tout forme un nombre appelé soixante-dix-sept.
Id. que je joins aux soixante-dix-sept autres, le tout forme un nombre appelé soixante-dix-huit.
Id. que je joins aux soixante-dix-huit autres, le tout forme un nombre appelé soixante-dix-neuf.
Id. que je joins aux soixante-dix-neuf autres, le tout forme un nombre appelé quatre-vingts.
Id. que je joins aux quatre-vingts autres, le tout forme un nombre appelé quatre-vingt-un.
Id. que je joins aux quatre-vingt-une autres, le tout forme un nombre appelé quatre-vingt-deux.
Id. que je joins aux quatre-vingt-deux autres, le tout forme un nombre appelé quatre-vingt-trois.
Id. que je joins aux quatre-vingt-trois autres, le tout forme un nombre appelé quatre-vingt-quatre.
Id. que je joins aux quatre-vingt-quatre autres, le tout forme un nombre appelé quatre-vingt-cinq.
Id. que je joins aux quatre-vingt-cinq autres, le tout forme un nombre appelé quatre-vingt-six.
Id. que je joins aux quatre-vingt-six autres, le tout forme un nombre appelé quatre-vingt-sept.
Id. que je joins aux quatre-vingt-sept autres, le tout forme un nombre appelé quatre-vingt-huit.
Id. que je joins aux quatre-vingt-huit autres, le tout forme un nombre appelé quatre-vingt-neuf.
Id. que je joins aux quatre-vingt-neuf autres, le tout forme un nombre appelé quatre-vingt-dix.
Id. que je joins aux quatre-vingt-dix autres, le tout forme un nombre appelé quatre-vingt-onze.
Id. que je joins aux quatre-vingt-onze autres, le tout forme un nombre appelé quatre-vingt-douze.
Id. que je joins aux quatre-vingt-douze autres, le tout forme un nombre appelé quatre-vingt-treize.
Id. que je joins aux quatre-vingt-treize autres, le tout forme un nombre appelé quatre-vingt-quatorze.
Id. que je joins aux quatre-vingt-quatorze autres, le tout forme un nombre appelé quatre-vingt-quinze.
Id. que je joins aux quatre-vingt-quinze autres, le tout forme un nombre appelé quatre-vingt-seize.
Id. que je joins aux quatre-vingt-seize autres, le tout forme un nombre appelé quatre-vingt-dix-sept.
Id. que je joins aux quatre-vingt-dix-sept autres, le tout forme un nombre appelé quatre-vingt-dix-huit.
Id. que je joins aux quatre-vingt-dix-huit autres, le tout forme un nombre appelé quatre-vingt-dix-neuf.
Id. que je joins aux quatre-vingt-dix-neuf autres, le tout forme un nombre appelé cent ou une centaine unité du troisième ordre.

16. Un, deux, trois, quatre, cinq, six, sept, huit, neuf, forment les unités du premier ordre.

A ce nombre neuf nous avons ajouté *un*, une nouvelle pomme, et nous avons appelé le tout *dix* ou *dixaine*. Une dixaine se compose de dix unités, une dixaine de pommes vaut donc dix pommes. Puisque nous savons comment on obtient une dixaine d'unités (à savoir : en rangeant à côté les uns des autres dix objets quelconques), nous pourrons en obtenir une seconde, une troisième, etc.

Les dixaines forment les unités du second ordre ; nous pouvons maintenant compter par dixaines comme nous avons compté par unités. Il suffira d'abord d'ajouter à la dixaine de pommes successivement une, deux, trois, quatre, cinq, six, sept, huit et neuf pommes, pour avoir les nombres :

Dix. . .	un	. . .	on dit onze	au lieu de dix-un.
Dix. . .	deux	. . .	on dit douze	au lieu de dix-deux.
Dix. . .	trois	. . .	on dit treize	au lieu de dix-trois.
Dix. . .	quatre	. . .	on dit quatorze	au lieu de dix-quatre.
Dix. . .	cinq	. . .	on dit quinze	au lieu de dix-cinq.
Dix. . .	six	. . .	on dit seize	au lieu de dix-six.
Dix. . .	sept	. .	se dit régulièrement	dix-sept.
Dix. . .	huit	. . .	se dit id.	dix-huit.
Dix. . .	neuf	. . .	se dit id.	dix-neuf.

Au nombre dix-neuf, qui se compose de dix ou une dixaine et de neuf unités, nous ajoutons un. Les neuf unités que nous avons déjà et celle que nous ajoutons, forment dix ou une dixaine ; *Une* dixaine et *une* autre dixaine obtenue précédemment donnent *deux dixaines* de pommes, ou deux fois dix pommes, ou enfin *vingt*, puisque tel est le nom donné à ce nombre dans notre tableau ci-dessus établi.

On conçoit que, pour ajouter une troisième dixaine au nombre vingt, il suffit de joindre en premier lieu successivement à ce nombre et à ce mot vingt, — un, deux, trois, quatre, cinq, six, sept, huit, neuf, objets ou *pommes*.

On obtiendra, en effectuant cette réunion, les nombres vingt-un, vingt-deux, vingt-trois, vingt-quatre, vingt-cinq, vingt-six, vingt-sept, vingt-huit, vingt-neuf. Au nombre vingt-neuf pommes nous ajoutons une pomme. Les vingt pommes valent deux dixaines, les neuf pommes et celle que nous ajoutons donnent une nouvelle dixaine, en tout, *trois dixaines* ou *trente*. Nous faisons avec trente comme avec vingt, c'est-à-dire qu'à ce mot nous joignons, chaque fois que nous ajoutons une nouvelle pomme, les expressions un, deux, trois, quatre, cinq, six, sept, huit et neuf, et nous obtenons : Trente-un, trente-deux, trente-trois, trente-quatre, trente-cinq, trente-six, trente-sept, trente-huit, trente-neuf.

Une nouvelle pomme ajoutée fournit le nombre *quarante* ou *quatre dixaines*. En opérant comme pour vingt et trente, on a : Quarante-un , quarante-deux, quarante-trois, quarante-quatre ,

quarante-cinq, quarante-six, quarante-sept, quarante-huit et quarante-neuf.

Une pomme ajoutée de nouveau donne *cinq dixaines*, ou *cin-
quante*, et successivement : Cinquante-un, cinquante-deux, cinquante-trois, cinquante-quatre, cinquante-cinq, cinquante-six, cinquante-sept, cinquante-huit, cinquante-neuf.

J'ajoute une pomme et j'obtiens le nombre *soixante* ou *six
dixaines;* puis : Soixante-un, soixante-deux, soixante-trois, soixante-
quatre, soixante-cinq, soixante-six, soixante-sept, soixante-huit,
soixante-neuf.

J'ajoute une nouvelle pomme, et j'ai *sept dixaines* ou *soixante-
dix.* A ce nombre soixante-dix, je joins successivement les mots un,
deux, trois, quatre, cinq, six, sept, huit et neuf, et j'obtiens :

Soixante-dix	. . . .	un	. . . .	soixante-onze.
Soixante-dix	. . . .	deux.	. . . .	soixante-douze.
Soixante-dix	. . . .	trois .	. . . .	soixante-treize.
Soixante-dix	. . . .	quatre	. . . .	soixante-quatorze.
Soixante-dix	. . . .	cinq	. . . .	soixante-quinze.
Soixante-dix	. . . .	six	. . . .	soixante-seize.
Soixante-dix	. . . .	sept .	. . . .	soixante-dix-sept.
Soixante-dix	. . . .	huit	. . . .	soixante-dix-huit.
Soixante-dix	. . . .	neuf	. . .	soixante-dix-neuf.

On comprendra ces irrégularités en se rappelant que, par exception, on dit onze au lieu de dix-un, douze au lieu de dix-deux, etc.

Au nombre soixante-dix-neuf une nouvelle pomme est jointe et le
tout donne *huit dixaines* ou *quatre-vingts;* on obtient successivement en ajoutant à ce nombre les neuf premières unités : Quatre-
vingt-un, quatre-vingt-deux, quatre-vingt-trois, quatre-vingt-quatre,
quatre-vingt-cinq, quatre-vingt-six, quatre-vingt-sept, quatre-vingt-
huit et quatre-vingt-neuf. Nous ajoutons une pomme et nous obtenons *quatre-vingt-dix* ou *neuf dixaines;* puis ensuite : Quatre-vingt-
onze, quatre-vingt-douze, quatre-vingt-treize, quatre-vingt-quatorze,
quatre-vingt-quinze, quatre-vingt-seize, quatre-vingt-dix-sept, quatre
vingt-dix-huit et quatre-vingt-dix-neuf.

On voit donc, d'après ce qui précède, que nous avons compté par
dixaines comme par unités, c'est-à-dire que nous avons formé des
nombres composés d'une dixaine de pommes, de deux, de trois, de
quatre, de cinq, de six, de sept, de huit et de neuf dixaines.

Le nombre représentant la valeur d'une dixaine est appelé dix.
— la valeur de deux dixaines est appelée vingt.
— la valeur de trois dixaines est appelé trente.
— la valeur de quatre dixaines est appelé quarante.
— la valeur de cinq dixaines est appelé cinquante.
— la valeur de six dixaines est appelé soixante.
— la valeur de sept dixaines est appelé soixante-dix.
— la valeur de huit dixaines est appelé quatre-vingts.
— la valeur de neuf dixaines est appelé quatre-vingt-dix.

Entre dix et vingt on a, en ajoutant consécutivement une unité ou une pomme, intercalé neuf nombres qui ont pris les noms de onze, douze, treize, etc.

Entre vingt et trente on a de même intercalé neuf nombres dont les noms ont été obtenus en ajoutant au mot vingt les expressions un, deux, trois, quatre, cinq, six, sept, huit et neuf.

Entre trente et quarante, entre quarante et cinquante, entre cinquante et soixante, entre soixante et soixante-dix, l'addition des mêmes expressions a fourni chaque fois entre chacune de ces catégories, neuf autres nombres.

Pour intercaler les neuf nombres successifs entre soixante-dix et quatre-vingts, on s'est servi des même mots employés depuis dix jusqu'à vingt, et l'on a dit : Soixante-onze, soixante-douze, soixante-treize, etc.

Entre quatre-vingts et quatre-vingt-dix les neuf nombres sont formés régulièrement par l'addition de un, deux, trois, etc.

Enfin, entre quatre-vingt-dix et cent, les neuf nombres intercalés prennent les mêmes terminaisons que celles usitées depuis soixante-dix jusqu'à quatre-vingts.

Nous venons donc de former les nombres et de leur donner à tous une appellation différente, jusqu'à quatre-vingt-dix-neuf inclusivement.

Nous retirons une nouvelle pomme du sac, nous la plaçons à côté des quatre-vingt-dix-neuf déjà obtenues, et nous appelons le tout : *Cent* ou *une centaine*.

Les centaines forment les unités du *troisième ordre*. Comment avons-nous obtenu cette centaine et de quoi se compose-t-elle en définitive ? Dans les quatre-vingt-dix-neuf pommes il y a d'abord neuf dixaines, et puis neuf unités.

La pomme que nous ajoutons forme avec les neuf une nouvelle dixaine, laquelle jointe aux neuf dixaines fournit un tout appelé cent ou centaine, unité de troisième ordre qui se compose dès lors de dix unités du second ordre, comme une dixaine ou unité du second ordre se compose de dix unités du premier ordre.

Ceci posé, puisque nous savons comment on obtient une centaine ou cent pommes, nous pourrons, à côté de la première centaine, compter de la même manière une seconde centaine de pommes ou d'unités quelconques. Ces deux centaines réunies, nous leur donnerons le nom de *deux cents*.

Pour déterminer maintenant les noms à donner à chacun des nombres entre cent et deux cents formés par l'addition continuelle et invariable d'une pomme au nombre précédent, il suffira d'ajouter à ce mot cent les expressions données dans notre grand tableau et qui s'appliquent aux quatre-vingt-dix-neuf premiers nombres.

De sorte qu'on dira cent un, cent deux, etc., etc., jusqu'à cent quatre-vingt-dix-neuf. C'est alors qu'ajoutant une nouvelle pomme nous formerons avec les quatre-vingt-dix-neuf déjà comptées un nouveau cent, et que nous appellerons l'ensemble deux cents.

Au nombre deux cents nous ajoutons les mêmes mots qu'au nombre cent.

Nous faisons la même chose pour trois cents (*ce dernier nombre sera obtenu quand, à côté des deux cents pommes on aura compté un nouveau cent de pommes*), pour quatre cents, cinq cents, six cents, sept cents, huit cents, neuf cents. Nous pouvons compter de la même manière jusqu'à neuf cent quatre-vingt-dix-neuf. Si nous ajoutons une nouvelle pomme aux neuf cent quatre-vingt-dix-neuf, c'est-à-dire à neuf centaines de pommes, plus quatre-vingt-dix-neuf pommes, nous obtenons dix centaines de pommes ou dix unités du troisième ordre. Comme nous avons donné un nom particulier à dix unités du premier ordre (*une dixaine*); à dix unités du second ordre (*une centaine*); nous donnerons aussi un nom particulier à dix unités du troisième ordre, et de ces dix unités du troisième ordre, nous formerons une seule unité du quatrième ordre à laquelle nous donnerons le nom de *mille*.

À partir du nombre mille, qui vaut dix centaines de pommes, nous compterons de la même manière que pour les unités, les dixaines et les centaines, c'est-à-dire que nous n'emploierons un nouveau mot que, lorsque nous aurons dix fois mille pommes, rangées à côté les unes des autres.

Pour compter de mille à deux mille, de deux mille à trois mille, etc., etc., jusqu'à de neuf mille à dix mille, il suffit d'ajouter à côté des mots mille, deux mille, trois mille, quatre mille, cinq mille, six mille, sept mille, huit mille et neuf mille, tous les noms des nombres depuis un jusqu'à neuf-cent-quatre-vingt-dix-neuf, et dire : Mille un, mille deux, etc., jusqu'à mille-neuf-cent-quatre-vingt-dix-neuf; après quoi ajoutant une pomme à ces neuf-cent-quatre-vingt-dix-neuf on formera le nombre deux mille; on comptera de la même manière de deux mille à trois mille, de trois mille à quatre mille, etc., jusqu'à de neuf mille à dix mille.

Dix mille ou une dixaine de mille forme les unités du *cinquième ordre*; dix mille pommes valent dix tas de mille pommes chacun.

Nous venons de voir comment on forme *une dixaine de mille*; on pourra en former de la même manière deux, trois, quatre, etc., neuf, et puis dix. Quand on aura obtenu dix tas de dix mille pommes chacun, de ces dix tas on formera une seule unité à laquelle on donnera le nom de *centaine de mille* ou *cent mille pommes*; dix tas de cent mille pommes fourniront un *million* de pommes, dix tas d'un million, *dix millions*; de la même manière, on aura : *Cent millions, un billion, dix billions, cent billions*, etc., etc, jusqu'à l'infini, en donnant chaque fois un nouveau nom à chaque quantité formée de dix tas d'unités d'un ordre inférieur.

Pour déterminer les noms des nombres à intercaler entre chaque série d'unités depuis mille jusqu'à l'infini, il suffira de joindre au mot mille les neuf cent quatre-vingt-dix-neuf noms des neuf cent quatre-vingt-dix-neuf premiers nombres, jusqu'à ce que l'on obtienne de nombre neuf cent quatre-vingt-dix-neuf mille neuf cent quatre-vingt-dix-neuf. Ajoutant une pomme on aura un million ; on fera avec un million comme l'on vient de faire avec un mille, jusqu'à neuf cent quatre-vingt-dix-neuf millions neuf cent quatre-vingt-dix-neuf mille neuf cent quatre-vingt-dix-neuf, puis on dira un billion (*ou un milliard*), ensuite un trillion, un quatrillion, un quintillion, un sextillion, etc. etc., jusqu'à l'infini.

TABLEAU RÉCAPITULATIF.

17.

	Unités		
Un ou unité	du premier ordre		une pomme.
Dix ou dixaine.	du second »		dix pommes.
Cent ou centaine.	du troisième »	dix fois dix pommes ou cent pommes
Mille.	du quatrième »	» cent »	mille »
Dix mille ou dixaine de mille.	du cinquième »	» mille »	dix mille »
Cent mille ou centaine de mille.	du sixième »	» dix mille »	cent mille »
Million.	du septième »	» cent mille »	un million »
Dix millions ou dixaine de millions.	du huitième »	» un million »	dix millions »
Cent millions ou centaine de millions	du neuvième »	» dix millions »	cent millions »
Billion.	du dixième »	» cent millions »	un billion »
Dix billions ou dixaine de billions.	du onzième »	» un billion »	dix billions »
Cent billions ou centaine de billions.	du douzième »	» dix billions »	cent billions »
Trillion, quatrillion, quintillion, sextillion, etc.			

18. Nous venons d'exposer la numération parlée.

Le seul but de cette partie de la numération est donc de former les nombres et de leur donner à chacun un nom particulier. Or, comme le plus grand nombre n'existe pas, qu'il y a par suite, une infinité de nombres, il a donc fallu trouver le moyen d'exprimer tous les nombres avec une certaine quantité de mots combinés entre eux d'une façon quelconque mais susceptible de l'infini, c'est-à-dire qu'avec le même système avec les mêmes mots ou à peu près, on doit parvenir à former tous les nombres, à donner un nom à tous les nombres, même à ceux qui n'ont jamais été dénommés. On aurait pu évidemment inventer un mot spécial pour chaque nombre ; mais on comprend qu'il eût été très-difficile d'abord de trouver tous ces mots, encore plus de les retenir, de se les rappeler ; puis enfin, pour dernière considération, on n'aurait pu inventer une *infinité de mots*, on aurait dû s'arrêter à un certain point et dès lors tous les nombres n'auraient pas eu d'appellation et n'auraient pas été formés.

Notre système (*appelé décimal parce que les unités d'un ordre supérieur valent toujours dix unités d'un ordre inférieur*) est donc sublime par sa simplicité, et par son étendue assez vaste, je pense, puisqu'elle embrasse *l'infini*. A l'aide de ce système, comme on a pu le voir, il est très facile de préciser l'appellation d'un nombre, d'une valeur quelconque que personne au monde peut-être n'a jamais employé, n'a jamais dénommé.

Cette méthode, ce système connus de chacun maintenant ne fait plus l'admiration de personne.

19. La base de la numération parlée, le principe fondamental du système est donc que *dix unités* d'une espèce, d'un ordre quelconque forment *une unité* d'un ordre supérieur, c'est la seule raison, nous venons de le dire, pour laquelle notre *numération* est appelée *décimale.*

20. L'élève qui n'a point encore découvert le secret de cette numération, qui n'a pu suivre fructueusement l'ordre des idées que nous avons exposées d'une manière assez détaillée pourtant, sera peut-être plus heureux en analysant l'exemple suivant qui renferme en lui toute la numération : Les boulangers confectionnent des morceaux de bois, des petites planchettes appelées *tailles*, destinées à indiquer le nombre de pains qu'ils livrent : Ils font de la numération. Ils ont des *tailles* en bois de différentes couleurs : bois blanc, bois bleu, rouge, jaune, vert, etc.

Chaque fois que le boulanger livre un pain il fait une marque, un trait sur la taille en bois blanc ; dès que sur cette taille il se trouve dix traits semblables (ce qui a lieu quand dix pains ont été fournis), il les efface tous les dix, et fait une seule marque sur la seconde espèce de tailles en bois bleu. Ce dernier trait représente donc à lui seul la valeur de dix pains ou celle de dix marques tracées sur la taille en bois blanc.

On peut continuer de la même manière à remplir avec *dix traits* la taille en bois bleu : Pour arriver à ce résultat on aura dû effacer *dix fois* les marques indiquées sur la taille en bois blanc. — Le boulanger agira ensuite avec les dix traits de la taille en bois bleu comme il a fait précédemment pour les dix traits de la taille en bois blanc, c'est-à-dire, qu'il anéantira les dix marques faites sur le bois bleu et remplacera ces dix marques par *une seule* tracée sur une troisième sorte de taille : La taille en bois rouge. Puisqu'il peut obtenir *une taille* sur le bois rouge, en opérant de la même manière, il pourra en réunir dix qui seront aussitôt annulées et remplacées par un seul trait découpé sur une quatrième taille : la taille en bois jaune ; et ainsi de suite. On comprend qu'avec ce procédé il pourra compter et indiquer jusqu'à l'infini le nombre de pains livrés. Il suffit pour cela de remplacer *dix marques* faites sur une certaine taille par un seul trait indiqué sur une taille d'une autre espèce et à laquelle on attribue, par conséquent, une valeur dix fois plus grande. Les tailles ici employées remplacent les différents noms donnés aux différents ordres d'unités.

Les élèves auxquels ces notes en petit caractère sont destinées, connaissent assurément la nomenclature des nombres.

Cependant nous ne pouvons, avant de terminer la numération, nous abstenir de consigner ici quelques réflexions, quelques remarques, suggérées par l'observation même de l'ensemble de cette première partie de la numération. Dans la formation des nombres, des noms simples, des noms particuliers sont donnés aux quantités composées d'unités, ou de dixaines, ou de centaines, ou de mille. Il paraîtrait assez naturel de donner également une appellation spéciale aux noms composés, dixaine de mille, centaine de mille, dixaine de millions, centaine de millions, etc. C'est dans le but de simplifier la nomenclature des nombres, de diminuer la quantité des noms à retenir, de réduire à sa plus simple expression le système décimal, que les expressions dixaine de mille, centaine de mille, etc., consacrées dans le principe, ont été conservées.

Mais il n'en faut pas moins remarquer que les unités, les mille, les millions, les billions, les trillions, etc., doivent dès lors être considérés comme des unités principales.

De plus, chaque unité principale se compose de trois ordres d'unités : Unité, dixaine et centaine; c'est pourquoi, du reste, les unités principales s'appellent aussi unités d'ordre ternaire.

Nous avons dit que le système décimal s'appuie entièrement sur ce principe, à savoir : Que dix unités d'un ordre quelconque forment une unité de l'ordre immédiatement supérieur; nous avons même ajouté que c'est la seule raison qui a fait donner à la numération le nom de numération décimale. Le nombre dix qui indique combien il faut d'unités d'un certain ordre pour former une unité de l'ordre immédiatement supérieur, s'appelle la base de la numération. En effet, la théorie de la numération repose entièrement sur cette base.

Au chapitre de la numération écrite nous aurons soin de développer d'une manière convenable toute l'étendue, la valeur de ce mot : *Base*.

NUMÉRATION ÉCRITE.

21. La *numération parlée* consiste, avons-nous dit, à former les nombres et à leur donner à chacun une *appellation*, un *nom*.

A cet effet, quelques mots ont été combinés entre eux de la manière que nous venons d'indiquer.

Mais il est bien évident que les noms donnés à chaque nombre varient dans les langues différentes de tous les peuples : Dès lors, on a été amené à inventer un moyen d'universaliser le système, un moyen destiné à mettre tous les hommes à même de saisir d'une manière uniforme toutes les propriétés des chiffres et des nombres.

Les recherches opérées dans ce but ont donné pour résultat la *numération écrite*.

La numération écrite consiste à représenter tous les nombres par certains caractères appelés *chiffres*.

Ces caractères sont tout-à-fait indépendants de la variabilité des langages.

D'un autre côté, l'origine de la numération écrite est parfaitement justifiée si l'on considère qu'il serait bien difficile, pour ne pas dire impossible, d'effectuer des opérations quelconques sur deux ou plusieurs nombres à l'aide de la numération parlée seulement. Les nombres doivent et sont donc aussi représentés par des *caractères* qui, comme nous venons de le dire, ont pris le nom de *chiffres*.

22. Dans la numération parlée, les mots composant les noms des *neuf cent quatre-vingt-dix-neuf* premiers nombres servent à former les noms, ou entrent dans la composition des noms de tous les nombres.

De même dans la numération écrite, les dix caractères suivants :

$$0, 1, 2, 3, 4, 5, 6, 7, 8, 9$$

doivent entrer comme éléments dans tous les nombres, et, en ce sens, la seconde partie de la numération est moins compliquée, et partant plus ingénieuse que la première, puisqu'à l'aide de dix caractères seulement.on parvient à écrire, à représenter les nombres jusqu'à l'infini.

THÉORIE DE LA NUMÉRATION ÉCRITE.

23. Représentons, pour faciliter le raisonnement, *une unité quelconque* par un *trait oblique*, incliné, comme ceci : /.

Ce trait indiquera au choix, *une pomme, une orange, un livre, un crayon,* etc., une unité quelconque, *une unité arbitraire.*

Ceci posé, disons tout d'abord qu'un *caractère spécial* est affecté à chacun des *neuf* premiers nombres.

0	1	2	3	4	5	6	7	8	9
zéro	un	deux	trois	quatre	cinq	six	sept	huit	neuf

Pour indiquer un nombre ne renfermant aucune unité, on se sert du chiffre 0.

Ainsi, si je veux dire, exprimer, que je n'ai pas un seul sou dans la poche, j'indiquerai cette absence totale de monnaie par le caractère 0, appelé *zéro*.

Le chiffre zéro est destiné à jouer dans la formation des nombres un rôle bien plus important, et que nous nous réservons d'indiquer ultérieurement.

Pour représenter un nombre composé d'une seule unité, d'un seul trait oblique, puisque le trait oblique est l'unité que nous adoptons ici, on se sert du caractère 1, appelé *un.*

Un nombre composé de *deux traits,* de deux *unités* se représente par ce chiffre 2 appelé *deux.*

Id.	trois traits,	se représente par ce chiffre 3 appelé			trois.
Id.	quatre	id.	4	id.	quatre.
Id.	cinq	id.	5	id.	cinq.
Id.	six	id.	6	id.	six.
Id.	sept	id.	7	id.	sept.
Id.	huit	id.	8	id.	huit.
Id.	neuf.	id.	9	id.	neuf.

En employant les caractères 1, 2, 3, 4, 5, 6, 7, 8 et 9, on parvient donc à représenter en chiffres les neuf premiers nombres, un, deux, trois, quatre, cinq, six, sept, huit et neuf.

24. On aurait pu inventer un caractère particulier pour chaque nombre comme on l'a fait pour les neuf premiers, mais on comprend qu'outre la grande difficulté de retenir une foule de caractères, il eût été complètement impossible d'inventer *une infinité de caractères,* puisqu'il y a une infinité de nombres.

On aurait donc dû poser une limite à la quantité des nombres, ce qui eût été absurde, car le hasard ou la nécessité auraient pu exiger la formation de nombres pour lesquels aucuns caractères n'eussent été spécialement affectés.

25. A partir, ou plutôt au-delà du nombre *neuf* (9), on n'a plus confectionné de nouveau chiffres. On a combiné de la manière suivante les *neufs premiers caractères.*

Aux neuf unités déjà comptées et indiquées par le caractère 9, on a ajouté une *nouvelle unité*, et de ces neuf *unités plus une unité*, on est convenu de former *une collection, une nouvelle espèce d'unités* à laquelle on donne le nom de *dixaine;* et, pour ne pas confondre, dans l'écriture des nombres, les dixaines avec les unités, on a placé le chiffre indiquant la quantité de dixaines immédiatement à gauche de celui des unités, c'est-à-dire, au second rang.

Les dixaines sont donc des unités du second ordre.

Pour représenter le nombre neuf unités, plus une unité, ou bien une dixaine, il s'agit donc tout simplement d'indiquer que le nombre se compose d'une dixaine, en plaçant le chiffre 1 au second rang : Si le chiffre 1 doit prendre la seconde place dans le nombre, il faut naturellement que la première place, la place des unités, soit occupée.

Or, puisque nous n'avons à exprimer qu'une seule dixaine, non accompagnée d'unités, nous pouvons faire voir, qu'il n'y a pas d'unités en marquant la place des unités par le caractère zéro.

Nous représenterons donc, d'après cela, un nombre composé de neuf unités plus une unité, comme ceci : 10 (*à énoncer dix*). Ce nombre 10 renferme uniquement une dixaine qui vaut dix unités, puisque c'est de dix unités que nous avons formé la dixaine. Le nombre écrit est donc bien celui qui suit le nombre neuf, qui renferme une unité de plus que neuf, c'est-à-dire dix.

26. Avant de continuer il est nécessaire de bien comprendre l'emploi du caractère zéro.

Le caractère zéro par lui-même n'a aucune valeur, mais il sert à en donner aux autres chiffres. Ainsi ce chiffre 1 placé seul vaut une unité, tandis que si on le fait passer au second rang en indiquant les unités par un zéro il devient 10 (dix), car le chiffre 1 prend alors la place des dixaines et *s'appelle unité du second ordre.* En général, le caractère zéro sert à remplacer *l'ordre d'unités* qui n'est pas appelé à prendre place dans un nombre.

27. Nous pouvons donc déjà écrire le nombre *dix.* Si, à ce nombre dix nous ajoutons une unité, deux unités, trois unités, quatre unités, cinq unités, six, sept, huit ou bien neuf unités, il est évident que le chiffre 1 des dixaines ne sera pas modifié, car, pour changer ce chiffre, il faudrait ajouter au moins *une dixaine* au nombre dix, c'est-à-dire *dix unités;* nous ajoutons une quantité d'unités inférieure à dix; le chiffre des unités seul devra donc subir une transformation.

Au nombre *dix* nous ajoutons une unité. Le chiffre *zéro* disparaît et devient *un*, puis successivement il se transforme en deux, trois, quatre, cinq, six, sept, huit, neuf, chaque fois que nous lui adjoignons *une unité* de plus; de sorte que l'on obtient 11 (onze), 12 (douze), 13 (treize), 14 (quatorze), 15 (quinze), 16 (seize), 17 (dix-sept), 18 (dix-huit) et 19 (dix-neuf).

Au nombre 19 (dix-neuf) nous ajoutons *une unité* qui, jointe aux *neuf unités* forment *une dixaine;* le chiffre 1 des dixaines devient alors un 2; *dix-neuf plus un* s'écrira donc : 20 (vingt) ou *deux dixaines* sans aucune *unité.*

Ajoutant successivement au nombre 20 (vingt), une, deux, trois, quatre, cinq, six, sept, huit et neuf unités, le chiffre zéro deviendra 1, 2, 3, 4, 5, 6, 7, 8 et 9; le chiffre 2 des dixaines ne changera pas, puisque le nombre d'unités ajoutées est moindre que *dix* et l'on obtiendra: 21 (vingt-un), 22 (vingt-deux), 23 (vingt-trois), 24 (vingt-quatre), 25 (vingt-cinq), 26 (vingt-six), 27 (vingt-sept), 28 (vingt-huit) et 29 (vingt-neuf).

Une unité ajoutée à 29 (vingt-neuf) donne 30 (trente) ; car, cette unité avec les neuf du nombre 29 déterminent une collection de dix unités ou une dixaine *(toujours en vertu de la convention indiquée au nᵒ 25)*. *Une dixaine et deux* que nous avons déjà dans le nombre 29 forment exactement *trois dixaines, sans aucune unité*. Ajoutant les neuf premières unités on a successivement : 31 (trente-un), 32 (trente-deux), 33 (trente-trois), 34 (trente-quatre), 35 (trente-cinq), 36 (trente-six), 37 (trente-sept), 38 (trente-huit) et 39 (trente-neuf). A 39 (trente-neuf) ajoutons une unité. Neuf unités et une unité donnent une dixaine, laquelle jointe aux trois autres forment un total de 4 dixaines qui se traduisent par le nombre 40 (quarante). Puis à ce nombre 40 (quarante) si l'on ajoute une, deux, trois, quatre, cinq, six, sept, huit ou neuf unités, on obtient : 41 (quarante-un), 42 (quarante-deux), 43 (quarante-trois), 44 (quarante-quatre), 45 (quarante-cinq), 46 (quarante-six), 47 (quarante-sept), 48 (quarante-huit) et 49 (quarante-neuf). En ajoutant une nouvelle unité à 49 (quarante-neuf), c'est-à-dire à quatre dixaines et neuf unités, on obtient 5 dixaines ou 50 (cinquante), puis 51 (cinquante-un), 52 (cinquante-deux), 53 (cinquante-trois), 54 (cinquante-quatre), 55 (cinquante-cinq), 56 (cinquante-six), 57 (cinquante-sept), 58 (cinquante-huit), et 59 (cinquante-neuf). Une unité ajoutée aux 59 (cinquante-neuf) donne, par suite du même raisonnement, 60 (soixante) ou six dixaines, puis 61 (soixante-un), 62 (soixante-deux), 63 (soixante-trois), 64 (soixante-quatre), 65 (soixante-cinq), 66 (soixante-six), 67 (soixante-sept), 68 (soixante-huit) et 69 (soixante-neuf).

Une unité ajoutée aux 69 (soixante-neuf), c'est-à-dire à six dixaines et neuf unités, donne 70 (soixante-dix) ou 7 dixaines, puis 71 (soixante-onze), 72 (soixante-douze), 73 (soixante-treize), 74 (soixante-quatorze), 75 (soixante-quinze), 76 (soixante-seize), 77 (soixante-dix-sept), 78 (soixante-dix-huit) et 79 (soixante-dix-neuf).

Une unité ajoutée aux 79 (soixante-dix-neuf), donne huit dixaines ou 80 (quatre-vingts), et ensuite en suivant l'ordre naturel des nombres, 81 (quatre-vingt-un), 82 (quatre-vingt-deux), 83 (quatre-vingt-trois), 84 (quatre-vingt-quatre), 85 (quatre-vingt-cinq), 86 (quatre-vingt-six), 87 (quatre-vingt-sept), 88 (quatre-vingt-huit), et 89 (quatre-vingt-neuf). — Une nouvelle unité ajoutée aux 89 (quatre-vingt-neuf), donne 90 (quatre-vingt-dix) ou neuf dixaines, puis 91 (quatre-vingt-onze), 92 (quatre-vingt-douze), 93 (quatre-vingt-treize), 94 (quatre-vingt-quatorze), 95 (quatre-vingt-quinze), 96 (quatre-vingt-seize), 97 (quatre-vingt-dix-sept), 98 (quatre-vingt-dix-huit) et 99 (quatre-vingt-dix-neuf).

Ce dernier nombre 99 (quatre-vingt-dix-neuf) dont on vient d'obtenir la traduction en chiffres, renferme neuf dixaines et neuf unités. De dix unités nous avons constamment formé une dixaine et nous avons chaque fois augmenté d'un le chiffre des dixaines : Or, maintenant ce chiffre est le plus élevé que nous emploiions, il ne nous est donc plus possible d'augmenter les dixaines, et pourtant nous ajoutons une unité au nombre 99.

Les neuf unités avec celle ajoutée forment une dixaine ; neuf dixaines et une dixaine font dix dixaines : Il est manifeste que, puisque l'on n'a pas inventé un caractère spécial pour représenter le nombre dix, on ne pourra pas écrire dix dixaines. Une nouvelle combinaison devient donc nécessaire. On est convenu de former de dix dixaines ou de dix unités du second ordre, une nouvelle espèce d'unités à laquelle on donne le nom de centaine ou unité du troisième ordre, et pour ne pas confondre dans l'écriture des nombres, les centaines avec les dixaines ou les unités, on est convenu, en outre, de placer le chiffre des centaines immédiatement à gauche de celui des dixaines, c'est-à-dire au troisième rang dans le nombre. Le nombre 99 plus un s'écrira donc 100 (cent). En effet, les dix dixaines, par suite de cette nouvelle convention, deviennent une centaine accompagnée de 0 dixaine et de 0 unité. On comprend sans doute maintenant que le chiffre 1 pour exprimer une centaine d'unités, ne peut pas figurer seul, car, alors, on le confondrait assurément avec 1 unité qui se représente de la même manière.

Pour exprimer en chiffres les nombres au-delà de 100, il suffit d'abord d'ajouter, à côté du chiffre 1 des centaines, les 99 premiers nombres, et d'écrire 101 (cent-un), 102 (cent-deux), 103 (cent-trois), 104 (cent-quatre), 105 (cent-cinq), 106 (cent-six), 107 (cent-sept), 108 (cent-huit), 109 (cent-neuf), 110 (cent-dix), 111 (cent-onze), 112 (cent-douze), etc. ..., 199 (cent-quatre-vingt-dix-neuf).

Si au nombre 100 (cent) l'on ajoute une unité, il est évident que le chiffre des unités seul sera modifié, et deviendra successivement 1, 2, 3, 4, 5, 6, 7, 8 et 9. Le chiffre des dixaines reste 0, jusqu'au moment où dix unités consécutives viennent former une dixaine, puis deux dixaines, trois dixaines...... neuf dixaines.

Le chiffre des centaines restera complètement invariable jusqu'à 199.

Mais si, au nombre 199 (cent-quatre-vingt-dix-neuf) on ajoute une unité, le chiffre 1 des centaines doit être modifié ; car, cette nouvelle unité détermine, avec les neuf unités qui se trouvent dans 199, une dixaine d'unités ; une dixaine et 9 dixaines forment une centaine : donc le chiffre des centaines doit être augmenté d'un, d'une unité, et deviendra, par conséquent, 2. Le nombre 199 plus un s'écrira donc : 200 (deux cents). En ajoutant successivement à côté du chiffre 2, les 99 premiers nombres, comme on l'a fait précédemment de 100 à 199, on obtiendra 201 (deux-cent-un), 202 (deux-cent-deux), 203 (deux-cent-trois), etc. ..., 299 (deux-cent-quatre-vingt-dix-neuf).

Une nouvelle unité ajoutée aux 99 forme une centaine. Deux centaines et une centaine donnent trois centaines ou le nombre *trois cents*, qui se traduit de cette manière : 300.

En faisant un raisonnement analogue à chaque conversion de *dix dixaines* en *une centaine*, on parviendra à écrire tous les nombres jusqu'à 999 (neuf-cent-quatre-vingt-dix-neuf) :

301 (trois-cent-un). . . . . etc. 399 (trois-cent-quatre-vingt-dix-neuf).
400 (quatre-cents) . . . . etc. 499 (quatre-cent-quatre-vingt-dix-neuf).
500 (cinq-cents). . . . . . etc. 599 (cinq-cent-quatre-vingt-dix-neuf).
600 (six-cents) . . . . . etc. 699 (six-cent-quatre-vingt-dix-neuf).
700 (sept-cents). . . . . . etc. 799 (sept-cent-quatre-vingt-dix-neuf).
800 (huit-cents) . . . . . etc. 899 (huit-cent-quatre-vingt-dix-neuf) .
900 (neuf-cents). . . . . . etc. 999 (neuf-cent-quatre-vingt-dix-neuf).

On comprend qu'ici une nouvelle combinaison devient encore nécessaire, car, si, au nombre 999 on ajoute *un* ou *une unité* on obtiendra en somme *dix centaines*, et, le caractère le plus élevé étant 9, il est de toute impossibilité absolue de représenter par un seul chiffre plus de *neuf unités* de la même espèce.

On est convenu de nouveau, de former de *dix centaines* ou de *dix unités du troisième ordre*, une nouvelle espèce d'*unités* à laquelle on donne le nom de *mille* ou *unités du quatrième ordre*, et, pour ne pas confondre dans l'écriture des nombres les *mille* avec les *unités*, les *dixaines* ou les *centaines*, on est également convenu de placer le chiffre des *mille* immédiatement à *gauche des centaines* c'est-à-dire au quatrième rang dans le nombre.

Voyons d'après cela ce que deviendra le nombre 999, si nous lui ajoutons une unité.

$$9 \quad 9 \quad 9$$

Une unité ajoutée et . . . . 9 unités forment une *dixaine*
Une dixaine obtenue et . . . . 9 dixaines forment une *centaine*.
Une centaine obtenue et 9 centaines forment *dix centaines* ou, en vertu de la nouvelle convention : *un mille*, 1000.

On peut compter maintenant par mille comme on vient de compter par unités, dixaines et centaines.

On ajoutera d'abord à côté du chiffre 1 des mille, les 999 premiers nombres, et l'on écrira : 1001 (mille-un), 1002 (mille-deux), 1003 (mille-trois), 1004 (mille-quatre), 1005 (mille-cinq), 1006 (mille-six), 1007 (mille-sept), 1008 (mille-huit), 1009 (mille-neuf), 1010 (mille-dix), etc. . . . . . 1999 (mille-neuf-cent-quatre-vingt-dix-neuf). Après quoi, ajoutant une unité aux 999, on formera un nouveau *mille*, et l'on écrira alors : 2000 (deux-mille), puis 3000 (trois-mille), 4000 (quatre-mille) ,5000 (cinq-mille), 6000 (six mille), 7000 (sept-mille), 8000 (huit-mille), 9000 (neuf-mille), et enfin 9999 (neuf-mille-neuf-cent-quatre-vingt-dix-neuf).

28. La dernière unité de convention est le *mille*. Le chiffre des mille, accompagné du plus grand nombre d'unités possible 999, vient d'atteindre sa limite extrême : 9 ; il est donc indispensable de former une *cinquième unité de convention*, appelée *dixaine de mille*,

ou *unité du cinquième ordre*, et placée immédiatement *à gauche* du chiffre des mille.

On comptera de la même manière jusqu'à ce que l'on ne puisse plus augmenter le chiffre des dixaines de mille (*ce qui arrivera lorsque ce chiffre sera le caractère* 9) et alors on formera une nouvelle espèce d'unités composée de dix (*nombre invariable*) dixaines de mille, qui prendra le nom : *centaine de mille*, et que l'on placera comme unité du *sixième ordre* immédiatement *à gauche* du chiffre des *dixaines de mille*.

En continuant de la sorte à former constamment, quand il en est besoin, des unités de dix en dix fois plus grandes les unes que les autres, et à les placer, selon leur rang d'ordre, immédiatement à gauche les unes des autres, on comprend, comment à l'aide d'un pareil système, on peut parvenir à écrire tous les nombres.

Ainsi, de *dix centaines de mille* on forme *un million ;* de *dix millions*, une *dixaine de millions ;* puis, une *centaine de millions, un billion,* une *dixaine de billions,* une *centaine de billions,* un *trillion,* etc., etc.

29. Le principe fondamental, la base de toute la numération écrite est donc : qu'*un chiffre placé d'un rang vers la gauche d'un autre chiffre est dix fois plus grand que ce dernier.*

Par suite, un chiffre placé d'un rang vers *la droite* d'un autre chiffre indique, exprime ou représente des *unités dix fois plus petites.* Ainsi, une centaine est dix fois plus grande qu'une dixaine, et, par conséquent, une dixaine est dix fois plus petite qu'une centaine.

30. Au surplus, il est à remarquer que les caractères primitifs 1, 2, 3, 4, 5, 6, 7, 8 et 9, figurent tantôt aux unités, tantôt aux dixaines, aux centaines, aux mille, etc., avec des valeurs bien différentes. Ainsi, par exemple, dans le nombre 444 (quatre cent quarante-quatre), le premier 4 à droite vaut *quatre unités ;* le second, occupant la place des *dixaines*, a une valeur dix fois plus grande et entre dans la composition du nombre pour *quarante* unités ; le dernier 4 enfin vaut *quatre cents* unités puisqu'il figure comme unité du troisième ordre: *centaines.* Ces trois chiffres 4, qui sont les mêmes tous trois, ont donc des significations bien différentes, des valeurs de convention, susceptibles de variabilité, puisque l'un vaut 4 unités, le second 40 unités et le dernier à droite 400 unités.

Les chiffres 1, 2, 3, 4, 5, 6, 7, 8 et 9, expriment donc pour combien d'unités chaque ordre entre dans le nombre, et comme 9 est le caractère le plus fort du système, il s'ensuit qu'on ne peut jamais écrire plus de *neuf* unités de chaque ordre.

31. La valeur d'un chiffre dépend donc du rang qu'il occupe. Il faut, par conséquent, pouvoir assigner à un chiffre tous les rangs d'ordre successifs d'un nombre ; sans l'emploi d'un *dixième caractère, neutre,* en quelque sorte, n'ayant aucune valeur par lui-même, le zéro enfin, il eût été impossible d'y parvenir.

Ainsi, par exemple, je veux écrire un nombre dans lequel les centaines seulement doivent entrer pour cinq unités. Les centaines sont des unités du troisième ordre ; il est donc nécessaire que le chiffre 5 occupe la troisième place : Pour arriver à ce but il faut placer deux chiffres à la droite du caractère 5. On pourrait évidemment ajouter deux chiffres quelconques, un 4 et un 6, je suppose, et par ce moyen arriver à faire occuper au chiffre 5 le troisième rang dans le nombre ; mais ce 4 représente 4 dixaines ou quarante unités, mais ce 6 vaut 6 unités, en tout 46 unités : Le nombre représenterait donc une valeur de 546 (cinq-cent-quarante-six) unités et non pas 500 (cinq cents) comme on l'avait demandé.

On comprend que, tout en plaçant à droite du chiffre 5 deux caractères destinés à faire occuper à ce 5 le rang des centaines ou unités du troisième ordre, on ne doit en aucune manière, augmenter la valeur du nombre.

Dès lors, il est impossible d'employer un des chiffres *significatifs* 1, 2, 3, 4, 5, 6, 7, 8 ou 9 ; on a donc dû inventer un dixième caractère 0, auquel on n'attribue aucune valeur : Ce chiffre 0, tout en conservant, au caractère 5, le troisième rang, n'ajoute rien à la valeur du nombre.

32. On comprend donc de quelle utilité et de quelle importance est le caractère zéro dans la numération. Sans ce caractère, à la vérité, on n'aurait pu écrire ou représenter en chiffres tous les nombres.

33. Le chiffre zéro qui, par lui-même, n'a aucune valeur, sert pourtant à augmenter celle des autres chiffres. Ainsi, le caractère 7, placé au premier rang, représente 7 unités ; si, à côté du 7, on place un 0, le chiffre 7 devient 7 dixaines, et en continuant d'augmenter le nombre de zéros, on augmenterait constamment la valeur du 7 en le faisant passer successivement aux centaines, aux mille, aux dixaines de mille, etc., etc.

Cette remarque aura, du reste, son application dans un chapitre subséquent.

En définitive, le caractère zéro sert donc toujours à remplacer l'ordre d'unités absent dans un nombre.

34. D'après le système qui vient d'être exposé, on peut conclure sans inconvénient, que tous les nombres, quels qu'ils soient (et il y en a une infinité, comme nous l'avons dit), peuvent être représentés, traduits par des chiffres, à l'aide de dix caractères seulement :

0, 1, 2, 3, 4, 5, 6, 7, 8 et 9.

35. Il faut remarquer que, pour représenter les dixaines, il faut au moins deux chiffres, trois pour les centaines, quatre pour les mille, etc., etc.

MOYENS PRATIQUES POUR ÉCRIRE TOUS LES NOMBRES.

36. Puisque les dix caractères, zéro, un, deux, trois, quatre, cinq, six, sept, huit et neuf, doivent servir d'éléments à tous les nombres,

il est d'abord indispensable de savoir former rapidement ces dix caractères et de pouvoir les reconnaître en leur appliquant à chacun le nom de convention.

Ces dix caractères les voici :

0   1   2   3   4   5   6   7   8   9,

Zéro, un, deux, trois, quatre, cinq, six, sept, huit, neuf.

Il s'agit donc de s'exercer à former ces caractères en les copiant d'abord tels qu'ils sont représentés ici, et, en ayant soin d'appliquer en les traçant le nom spécial affecté à chacun d'eux.

Il serait absurde de vouloir lire ce qui va suivre sans savoir représenter les dix caractères fondamentaux.

37. Ceci bien compris, nous allons examiner maintenant à l'aide de quels moyens on pourra parvenir à écrire tous les nombres composés de *deux* chiffres et qui renferment, par conséquent, des *unités* et des *dixaines* (*des unités du premier et du second ordre*).

L'unité est une quantité arbitraire, avons-nous dit. Eh bien! supposons un instant que *l'unité* soit *un sou*. L'unité du premier ordre c'est *le sou*. L'unité du second ordre, qui doit se composer de dix unité du premier ordre, vaudra *dix sous ou une pièce de dix sous*.

La pièce de dix sous est donc l'unité du second ordre. Cette convention bien établie et bien comprise chacun sera à même d'écrire tous les nombres de deux chiffres, jusqu'à 99 inclusivement (99 *étant, à coup sûr, le nombre le plus grand composé de deux chiffres*).

En effet, prenons des exemples :

Écrire le nombre seize unités. — L'unité étant le sou, écrire seize unités, c'est donc écrire seize sous. Or, pour former *seize sous*, combien faut-il de *pièces de dix sous* ? *Une*, évidemment. Je commence par tracer le caractère 1. Cette pièce de dix sous ne vaut que dix sous, combien donc faut-il ajouter de sous à la pièce de dix sous pour obtenir seize sous ? *Six sous*. Je place le caractère 6 à *droite* du caractère 1, et j'obtiens pour la traduction du nombre seize en chiffres, les deux caractères 1 et 6 ainsi disposés : 16.

Assurons-nous maintenant que 16 représente bien la valeur de seize unités. Décomposons en ses diverses parties ce nombre 16. Le premier chiffre représente les sous, nous avons un 6, donc le premier chiffre vaut *six sous*. Le second chiffre représente les pièces de dix sous, nous en avons *une* qui vaut, par conséquent, *dix sous :* Dix sous avec six sous, cela fait seize sous.

Donc le nombre 16 est bien le nombre seize.

Écrire le nombre trente-huit unités. — Combien y-a-t-il de pièces de dix sous dans trente-huit sous? Trois ; nous écrivons le chiffre 3.

Combien faut-il ajouter de sous aux trois pièces de dix sous ou à trente-huit sous pour former trente-huit sous? Huit sous. Nous plaçons le chiffre 8 à droite du 3 et nous obtenons 38 (trente-huit).

Dans 38 unités il y a 8 unités d'abord ou 8 sous, et puis ensuite 3 dixaines ou 3 pièces de dix sous qui valent trente unités ou trente sous. Trente sous et 8 sous font bien trente-huit sous. Donc le nombre 38 est bien le nombre trente-huit.

Ecrire le nombre cinquante unités. — Combien y-a-t-il de pièces de dix sous dans cinquante sous? Exactement cinq pièces de dix sous. Nous écrivons le chiffre 5.

Combien faut-il ajouter de sous aux cinq pièces de dix sous pour former cinquante sous? aucun ou zéro. Nous mettons le caractère zéro à côté du chiffre 5 et nous obtenons 50 (cinquante).

Dans 50 unités nous n'avons que 5 dixaines qui valent par elles-mêmes cinquante unités. Donc le nombre 50 est bien le nombre 50 (cinquante).

En raisonnant d'une manière analogue on parviendra à écrire tous les nombres jusqu'à 99, c'est-à-dire tous les nombres composés de deux chiffres, d'unités et de dixaines.

Aux mots *un sou* on a substitué *une unité* quelconque; aux mots pièce de *dix sous, une dixaine* ou unité du second ordre.

38. Si l'on ne saisissait pas entièrement le moyen pratique que nous venons d'indiquer, on pourrait se reporter aux numéros 23, 24, et 27, dans lesquels nous avons représenté en chiffres les quatre-vingt-dix-neuf premiers nombres. Ces numéros fourniront en même temps aux commençants une occasion de contrôler eux-mêmes les nombres qu'ils auront écrits et de s'assurer s'ils raisonnent d'une manière exacte. Cependant il vaudrait mieux insister et commencer de nouveau à analyser le numéro 37.

39. Pour se faciliter encore à soi-même l'écriture des 99 premiers nombres, il ne serait pas inutile d'étudier le tableau suivant:

Une dixaine ou une pièce de dix sous vaut dix unités.
Deux dixaines ou deux pièces de dix sous valent vingt unités.
Trois dixaines ou trois pièces de dix sous valent trente unités.
Quatre dixaines ou quatre pièces de dix sous valent quarante unités.
Cinq dixaines ou cinq pièces de dix sous valent cinquante unités.
Six dixaines ou six pièces de dix sous valent soixante unités.
Sept dixaines ou sept pièces de dix sous valent soixante-dix unités.
Huit dixaines ou huit pièces de dix sous valent quatre-vingts unités.
Neuf dixaines ou neuf pièces de dix sous valent quatre-vingt-dix unités.

40. On devra, du reste, s'exercer à écrire successivement les uns après les autres les nombres depuis dix jusqu'à quatre-vingt-dix-neuf. Puis ensuite on en choisira au hasard quelques-uns que l'on écrira de la même manière. Le nombre entièrement tracé, on s'assurera, en le décomposant comme nous l'avons fait voir plus haut, qu'il renferme bien le nombre d'unités demandées.

41. Un dernier moyen reste encore à employer. Il faut d'abord s'accoutumer à écrire les nombres composés d'une, de deux, de trois, de quatre, de cinq, de six, de sept, de huit et de neuf dixaines.

Il suffit pour cela de faire passer les chiffres 1, 2, 3, 4, 5, 6, 7, 8 et 9 au second rang, à l'ordre des pièces de dix sous, et d'écrire 10 (dix), 20 (vingt), 30 (trente), 40 (quarante), 50 (cinquante), 60 (soixante), 70 (soixante-dix), 80 (quatre-vingts), 90 (quatre-vingt-dix). Ceci bien compris, soit à écrire le nombre *quarante-trois :* Le nombre quarante-trois se compose de *quarante* ou 4 dixaines, et de *trois unités*. On place le chiffre 3 au premier rang à droite à l'ordre des unités, et le 4 au second rang, à l'ordre des dixaines et l'on obtient le nombre 43 qui représente la valeur de quarante-trois unités.

42. L'écriture des nombres de deux chiffres se comprend assez aisément jusqu'à cinquante-neuf. Mais au-delà de véritables difficultés existent par suite d'irrégularités dans la dénomination des nombres renfermant 6, 7, 8 ou 9 dixaines. Nous ne croyons pas inutile d'insister sur la formation de ces nombres.

Toutes les fois que le mot soixante seul entre dans l'énoncé d'un nombre, ce nombre se représente par 6 dixaines c'est-à-dire 60. Successivement au mot soixante viennent se joindre les noms d'unités un, deux, trois, quatre, cinq, six, sept, huit et neuf, et forment les nombres 61 (soixante-un), 62 (soixante-deux), 63 (soixante-trois), 64 (soixante-quatre), 65 (soixante-cinq), 66 (soixante-six), 67 (soixante-sept), 68 (soixante-huit), et 69 (soixante-neuf).

Si le mot dix est ajouté à soixante avant l'addition des expressions un, deux, trois, quatre, cinq, six, sept, huit ou neuf, alors évidemment l'ordre des dixaines est augmenté d'une unité et devient 7. Ainsi soixante-dix se traduit en chiffres par 70.

Il suffit de se rappeler maintenant qu'on dit soixante-onze au lieu de soixante-dix-un, soixante-douze au lieu de soixante-dix-deu , etc., et, sans hésiter un seul instant, on reconnaîtra facilement si l'ordre des dixaines doit être pourvu d'un 6 ou d'un 7.

Le chiffre des dixaines sera 8 dans quatre-vingts, quatre-vingt-un, quatre-vingt-deux, etc. . . . jusqu'à quatre-vingt-neuf.

Mais au-delà, et à partir de quatre-vingt-dix, quatre-vingt-onze (au lieu de quatre-vingt-dix-un), etc. . . . jusqu'à quatre-vingt-dix-neuf inclusivement, l'ordre des dixaines sera muni d'un 9.

43. Nous venons de voir comment s'écrivent les nombres composés d'unités et de dixaines, il s'agit d'examiner maintenant de quelle manière on doit s'y prendre pour *lire* les mêmes nombres lorsqu'ils sont représentés par des chiffres.

Le moyen est bien simple ; il consiste à analyser séparément chacun des deux chiffres et de s'assurer ensuite quelle est leur valeur c'est-à-dire pour combien d'unités ils entrent chacun dans la formation du nombre. Appliquons ceci à un exemple.

Soit à lire le nombre 49.

Le premier chiffre occupe la place des unités ou des sous, il y en a 9. Le second chiffre tient le rang des dixaines ou pièces de dix sous: Il y en a 4. Or, convertissons ces 4 dixaines en unités: Combien 4 pièces de dix sous valent-elles de sous? Quarante.

Quarante sous *(produit des quatre pièces de dix sous)*, et 9 sous donnent un ensemble de quarante-neuf sous ou quarante-neuf unités. Donc le nombre 49 doit se lire quarante-neuf.

Soit à lire le nombre 98.

Le nombre 98 se compose: 1° de 8 unités, et 2° de 9 dixaines. Or,

9 dixaines valent quatre-vingt-dix unités (*on peut s'en assurer en jetant un coup d'œil au n° 39*), lesquelles quatre-vingt-dix unités ajoutées aux huit unités, forment un total de quatre-vingt-dix-huit unités. Donc le nombre 98 doit se lire quatre-vingt-dix-huit.

Nous n'insisterons pas davantage sur cet objet.

44. Exercices numériques. — Nous donnons en guise d'application les nombres suivants à *écrire* et à *lire*.

NOMBRES A ÉCRIRE EN CHIFFRES.

Dix	Soixante-quatre	Quatre-vingts.
Cinquante	Soixante-quatorze	Seize.
Quatre-vingt-dix	Quarante-cinq	Trente-huit.
Trente-cinq	Cinq	Trente.
Soixante-quinze	Soixante	Soixante-dix.
Vingt-deux	Vingt	Quinze.
Soixante-dix-sept	Quarante-quatre	Cinquante-cinq.
Treize	Quatre-vingt-cinq	Dix-neuf.
Cinquante-deux	Trente-trois	Onze.
Quatre-vingt-huit	Quatre-vingt-seize	Vingt-six.
Quatre-vingt-trois	Quatre-vingt-sept	Soixante-deux.
Quatre-vingt-treize	Quarante	Cinquante-six.
Quatre-vingt-quinze	Vingt-cinq	Soixante-six.
Quarante-sept	Soixante-onze	Vingt-trois.
Quatre-vingt-dix-neuf	Soixante-cinq	Trente-neuf.

NOMBRES A LIRE DE VIVE VOIX OU A ÉCRIRE EN LETTRES.

18	14	28	46
34	53	72	91
82	47	69	99

45. Passons maintenant à l'écriture des nombres de trois chiffres. Ces nombres renferment, par conséquent, des unités de premier, de second et de troisième ordre, c'est-à-dire des *unités simples*, des *dixaines* et des *centaines*.

Nous appellerons toujours les *unités*, des *sous*, les *dixaines*, des pièces de *dix sous*, et nous considérerons les *centaines* comme des pièces de *cent sous*.

Ceci posé, procédons, par un exemple, à la traduction en chiffres des nombres composés d'unités, de dixaines et de centaines.

Soit à écrire le nombre *trois-cent-quarante-six*.

Ecrivons d'abord : 46 (quarante-six), puis mettons à la gauche du 4 (chiffre des dixaines) le chiffre qui doit indiquer le nombre de centaines nécessaires à la formation du nombre.

Combien faut-il de centaines pour donner le nombre trois cents ? 3 centaines évidemment (puisqu'une seule centaine vaut cent unités). Traçons le chiffre 3 à la place indiquée, et nous obtiendrons 346, qui représente bien la valeur de trois-cent-quarante-six unités.

En définitive, pour écrire les nombres de trois chiffres, il suffit de placer à gauche des deux premiers chiffres le caractère qui est destiné à indiquer pour combien d'unités les centaines doivent entrer dans le nombre. Or, ce caractère est donné dans l'énoncé même du nombre à écrire ; ainsi, dans l'exemple précédent, trois cent quarante-six, le mot *trois* placé devant cent, annonce suffisamment que les unités du troisième ordre doivent être représentées par un trois. Dès lors ce chiffre des centaines peut toujours se trouver aisément puisque, comme nous venons de le faire voir, il est donné dans la question même.

Soit à écrire le nombre *neuf cent soixante-trois*. — Il s'agit de représenter la valeur de neuf cent soixante-trois unités ou neuf cent soixante-trois sous. Or, combien faut-il d'abord de pièces de cent sous pour former neuf cent soixante-trois sous ? Après avoir cherché un instant, on s'aperçoit qu'il en faut neuf (on sait, du reste, qu'une pièce de cent sous vaut cent sous).

Puisque neuf pièces de cent sous ou neuf centaines sont nécessaires à la formation du nombre, je commence par tracer un 9, puis, à droite de ce 9, je place le nombre 63, qui représente la valeur de soixante-trois sous, et j'obtiens en dernier lieu 963, qui est le nombre demandé.

Ce chiffre 9 qui nous occupe, pouvait être obtenu beaucoup plus facilement : En effet, dans neuf cent-soixante-trois, le mot *neuf* placé avant l'ordre cent indique assez que les centaines doivent être représentées par le caractère 9.

46. Nous pensons qu'en réfléchissant tant soit peu à ce qui vient d'être dit, chacun sera à même d'écrire fort aisément tous les nombres de trois chiffres, c'est-à-dire depuis 100 jusqu'à 999. Une petite difficulté, si toute fois difficulté il y a, existe pourtant, croyons-nous, dans l'écriture d'une certaine sorte de nombres. C'est pourquoi nous en faisons l'objet d'un numéro spécial.

Soit à écrire le nombre *deux cent quatre*. — Dans le nombre deux cent quatre, il y a *quatre* unités, et puis *deux* centaines. Mais il n'y a pas *une seule dixaine*. Il est donc nécessaire de remplacer l'ordre des dixaines par un zéro ; le nombre deux cent quatre se représentera alors ainsi : 204. — On comprend que, bien que le zéro ajouté ne donne aucune valeur à l'ordre des dixaines, cependant ce zéro est indispensable, car, admettons un instant que le nombre deux cent quatre s'écrive de cette manière : 24. Évidemment dans ce nombre 24 il n'y a pas d'unités de troisième ordre, il n'y a pas de centaines, et, dès lors, le nombre ne peut renfermer *deux-cents* unités : En effet, il n'en renferme que *vingt-quatre*. Donc, quand, dans un nombre composé de trois chiffres, la quantité d'unités qui suit le chiffre des centaines ne dépasse pas 9, le *zéro* doit prendre la place des *dixaines*.

Ainsi, cinq cent huit se représentera par : 508, et huit cent deux par : 802.

Dans l'un et l'autre cas, l'ordre des dixaines doit être pourvu d'un zéro, parce que les mots *huit*, *deux*, placés après l'énumération des centaines, cinq cents, huit cents, n'expriment pas *au moins une dixaine.*

En résumé, dans *huit cent deux sous*, par exemple, il y a huit centaines ou 8 pièces de cent sous, et puis 2 sous, mais il n'y a pas une seule pièce de dix sous, c'est-à-dire pas une seule dixaine. Par conséquent, le nombre huit cent deux sous, se compose de 8 centaines, 0 dixaine, et 2 unités ou 802.

47. Pour lire les nombres composés de trois chiffres, il suffit de détacher le troisième chiffre, le chiffre qui indique les unités du troisième ordre, les centaines, et de faire suivre ce chiffre du mot *cent ;* puis ensuite de lire le nombre formé par les deux autres chiffres ainsi qu'il a été dit au n° 43.

Soit à lire le nombre 658.

Je commence par détacher le chiffre 6 en disant : Six cents (puisque ce 6 occupe la place des centaines) ; les deux autres chiffres forment le nombre cinquante-huit. J'énonce donc le nombre 658, six cent cinquante-huit.

Il y a, du reste, un moyen direct de lire les nombres de trois chiffres, comme ceux de deux, comme tous les nombres, en général, par la décomposition.

Le chiffre 8 occupe la place des unités et représente donc *huit unités.*

Le chiffre 5 s'appelle dixaines ou pièces de dix sous et équivaut à *cinquante unités.* 50 unités et huit forment cinquante-huit unités.

Enfin le chiffre 6 occupe la place des centaines et vaut *six cents unités,* lesquelles avec les cinquante-huit déjà obtenues par la décomposition, donnent en somme le nombre *six cent cinquante-huit unités.*

Soit à lire le nombre 705.

Que l'on s'adresse les questions suivantes: Comment appelle-t-on le premier chiffre à droite? Le chiffre des unités. Combien y a-t-il d'unités? Cinq.

Quel nom donne-t-on au second chiffre? Le chiffre des dixaines. Combien y a-t-il de dixaines? Il n'y en a pas.

Quel nom donne-t-on au troisième chiffre? Le chiffre des centaines.

Combien y a-t-il de centaines? Sept. Or, sept centaines valent sept cents unités, lesquelles ajoutées aux cinq déjà obtenues, forment un ensemble de *sept cent cinq unités.*

48. — EXERCICES NUMÉRIQUES — NOMBRES A ÉCRIRE EN CHIFFRES.

Cent	Cinq-cent-sept
Cinq-cents	Sept-cent-treize
Neuf-cents	Deux-cent-soixante-quatorze
Deux-cent-soixante-quatre	Cinq-cent-un
Cent-cinquante	Quatre-cent-quatre-vingt-deux
Sept-cent-quarante-neuf	Cent-six
Deux-cent-quatre-vingt-six	Trois-cent-cinquante
Deux-cent-six	Deux-cent-cinq
Six-cent-quatre-vingt-quinze	Neuf-cent-quarante-huit
Trois-cent-vingt-neuf	Six-cent-sept

Sept–cent–soixante–quatorze	Cent–onze
Neuf–cent–six	Cinq–cent–cinquante–cinq
Neuf–cent–huit	Neuf–cent–quatre–vingt–dix
Deux–cents	Six–cent–quatre–vingt–onze
Six–cents	Trois–cent–trois
Deux–cent–cinquante–sept	Quatre–cents
Trois–cent–soixante–neuf	Huit–cents
Deux–cent–cinquante	Deux–cent–quarante–six
Cent–sept	Trois–cent–huit
Huit–cent–soixante–seize	Quatre–cent–cinquante
Trois–cent–soixante–un	Cent–neuf
Quatre–cent–quarante–quatre	Cinq–cent–quarante–deux
Huit–cent–quatre–vingt–huit	Sept–cent–trois
Cinq–cent–trente–deux	Deux cent-vingt–deux
Six–cent–six	Six–cent–soixante–sept
Trois–cents	Huit–cent–neuf
Sept–cents	Cent–un
Neuf–cent–quatre–vingt–dix–neuf	Deux–cent–dix
Sept–cent–soixante–dix–sept	Trois–cent–trente–trois
Quatre–cent–vingt	Cent–quatre
Six–cent–vingt–neuf	Huit–cent–quatre–vingt
Cent–dix–huit	Cent–dix–sept
Huit–cent–cinquante	Neuf–cent–neuf.

NOMBRES A LIRE OU A ÉCRIRE EN LETTRES.

963	952	402	879
548	100	700	604
850	225	645	707
404	729	256	472
699	346	275	999

49. Les nombres *d'une quantité quelconque de chiffres* ne s'écrivent pas d'une haleine, en un seul coup; ils se décomposent en parties que l'on écrit séparément l'une après l'autre. Ces parties sont composées chacune de *trois chiffres*.

On appelle *une tranche* la réunion de *trois chiffres*.

Ainsi 539 est une tranche, 102, 824 sont des tranches.

Les nombres s'écrivent donc par tranches; on trace trois chiffres à la fois, puis trois autres, et ainsi de suite jusqu'à complet épuisement de la quantité de tranches dont est composé le nombre qu'il s'agit de former. D'où l'on peut conclure que, lorsqu'on sait représenter tous les nombres de *trois chiffres*, on est à même d'écrire tous les nombres en général, quelle que soit, du reste, la quantité de chiffres qu'exige leur formation.

Au lieu de combiner deux ou trois chiffres entre eux, nous allons donc nous occuper maintenant d'échelonner les tranches. Mais auparavant, et pour bien comprendre le mécanisme de la distribution des tranches, il est indispensable de reconnaître les noms affectés à chacun des chiffres d'un nombre.

Soit la suite de chiffres : 460839172562853 ; chacun de ces chiffres possède des noms particuliers, distincts, propres à le désigner et à le faire apercevoir entre tous les autres.

Nous commençons par décomposer le nombre 460839172562853 en *tranches de trois chiffres*, en allant *de droite à gauche*, et nous voyons déjà que ce nombre renferme 5 tranches différentes :

460 | 839 | 172 | 562 | 853

D'abord, les trois chiffres qui forment une tranche ont trois noms différents : Le premier chiffre à droite (les chiffres s'analysent toujours en commençant par la droite, le premier chiffre d'une tranche est donc le premier chiffre à droite, et, par suite, le premier chiffre à gauche est le troisième chiffre de la tranche) s'appelle le chiffre des *unités* ; le second, *dixaines*, et le troisième, *centaines*. Il sera donc facile de déterminer, en premier lieu, si un chiffre quelconque d'un nombre prend le nom d'unités, de dixaines, ou de centaines. Il suffira, comme nous l'avons fait, de séparer les tranches de ce nombre en commençant par le premier chiffre à droite (les tranches se séparent toujours en commençant par la droite) — et de s'assurer ensuite si le chiffre dont il s'agit occupe la première, la seconde ou la troisième place dans la tranche dont il fait partie intégrante ; — puis, selon l'occurrence, on lui donnera le nom *unités*, *dixaines* ou *centaines*.

Ceci bien établi, on demande quel est le nom applicable, dans le nombre précédent à chacun des chiffres 7, 9 et 4.

Le chiffre 7 occupe le *second rang* dans la tranche 172 où il se trouve placé, ce chiffre s'appelle donc : *Dixaines*.

Le chiffre 9 occupe le *premier rang* dans la tranche 839 où il se trouve placé, ce chiffre s'appelle donc : *Unités*.

Le chiffre 4 occupe le *troisième rang* dans la tranche 460 où il se trouve placé, ce chiffre s'appelle donc : *Centaines*.

Et il en est de même pour toutes les tranches, comme on peut s'en convaincre, du reste, par ce qui suit :

4 6 0 | 8 3 9 | 1 7 2 | 5 6 2 | 8 5 3

Mais on comprend aisément qu'une seconde dénomination est nécessaire à chaque chiffre, car, si je demande, par exemple, *le chiffre des unités, des dixaines ou des centaines*, il est évident que, dans le nombre, il y a autant de chiffres qui s'appellent unités, dixaines et centaines qu'il y a de tranches. Ainsi, dans le nombre ci-dessus indiqué, il y a cinq chiffres qui ont le même nom *unités*, cinq chiffres appelés *dixaines*, et cinq chiffres *centaines*, puisque ce nombre se compose de cinq tranches.

Comme chaque chiffre doit avoir une désignation spéciale, il est clair qu'une seconde dénomination devient indispensable. Cette seconde dénomination est relative à la tranche dans laquelle le chiffre se trouve placé. Des noms différents sont donc donnés à toutes les tranches.

En effet, la *première tranche* (à droite, bien entendu) s'appelle la *tranche des unités* et renferme des *unités d'unités* ou *unités simples*, des *dixaines d'unités*, et des *centaines d'unités*.

La *seconde tranche* s'appelle la tranche des *mille* et renferme des *unités de mille*, des *dixaines de mille*, et des *centaines de mille*.

La *troisième tranche* s'appelle la tranche des *millions* et renferme des *unités de millions*, des *dixaines de millions* et des *centaines de millions*.

La *quatrième tranche* s'appelle la tranche des *billions* et renferme des *unités de billions*, des *dixaines de billions* et des *centaines de billions*.

La *cinquième tranche* s'appelle la tranche des *trillions*, et renferme des *unités de trillions*, des *dixaines de trillions* et des *centaines de trillions*.

Puis viennent les autres tranches *quatrillions*, *quintillions*, *sextillions*, etc, dont on ne fait guère usage, les nombres composés de trillions pouvant presque toujours suffire à représenter toutes les quantités usitées.

Une *tranche* est en quelque sorte une famille ; ses membres, les trois chiffres dont elle est composée, ont donc droit, à ce titre 1° à un prénom: *Unités, dixaines* ou *centaines*, et 2° à un *nom de famille, de tranche, de classe*: *Unités, mille, millions, billions, trillions*, etc., etc.

Deux, trois ou quatre chiffres dans un même nombre peuvent donc s'appeler également ou unités, ou dixaines, ou centaines, comme dans plusieurs familles des individus différents peuvent avoir les mêmes prénoms: Ou Eugène, ou Louis, ou Adolphe ; mais alors c'est le nom de famille qui établit la distinction entre chacun de ces individus, comme dans les tranches ou familles de chiffres c'est le nom de la classe, de la famille, de la tranche enfin: Unités, mille, millions, billions, trillions, etc., qui fait reconnaître chaque chiffre.

La nomenclature suivante fait ressortir les diverses dénominations des chiffres, éléments des nombres:

	Cinquième tranche	Quatrième tranche	Troisième tranche	Seconde tranche	Première tranche
Prénoms.... {	4 6 0 ...Unités. ...Dixaines. ...Centaines.	8 3 9 ...Unités. ...Dixaines. ...Centaines.	1 7 2 ...Unités. ...Dixaines. ...Centaines.	5 6 2 ...Unités. ...Dixaines. ...Centaines.	8 5 3 ...Unités. ...Dixaines. ...Centaines.
Noms de famille.. {	de trillions.	de billions.	de millions.	de mille.	d'unités.

En résumé, un chiffre quelconque d'un nombre a toujours deux appellations successives : *Unité, dixaine* ou *centaine,* selon que le chiffre occupe le premier, le second ou le troisième rang de la tranche dont il fait partie (on comprend qu'au préalable le nombre doit être décomposé en ses diverses tranches); 2° *unités, mille, millions, billions, trillions,* etc., etc., selon que le chiffre dont il s'agit est placé dans la première tranche, ou dans la seconde, ou dans la troisième, ou la quatrième, ou la cinquième, etc., etc.

Le premier chiffre d'une tranche devrait donc se dénommer *unités d'unités.* Mais à ce mot composé unités d'unités, on a substitué l'expression *unités simples.*

Il faut observer qu'il n'y a pas de *tranche des dixaines,* ni de *tranche des centaines.* — Le mot tranche désigne trois chiffres qui se suivent ; or, sur trois chiffres qui se suivent de suite, l'un des trois, le premier, le second ou le troisième, selon le cas, doit s'appeler unités, un autre dixaines, et le dernier centaines. Si les trois chiffres sont choisis au hasard, il peut bien arriver, et il arrive même très-fréquemment, que ces chiffres appartiennent à deux tranches différentes. Il est évident alors qu'il ne peut pas y avoir de tranche des dixaines, et pas davantage de tranche des centaines, puisque trois chiffres placés immédiatement l'un après l'autre, ne sont pas susceptibles de posséder tous les trois le même nom *dixaines* ou *centaines.*

Du reste, les mots dixaine et centaine ne sont pas des dénominations de tranches, de familles ; ces expressions s'appliquent à un seul chiffre et non pas à trois. C'est parce que la première tranche d'un nombre s'appelle *tranche des unités,* et que le premier chiffre d'une tranche s'appelle le *chiffre des unités,* que l'on est si souvent tenté d'appeler la seconde tranche, tranche des dixaines, et la troisième, tranche des centaines.

Cette nomenclature des chiffres est assez aisée à concevoir ; nous allons néanmoins procéder, par quelques exemples, à son installation définitive :

Soit le nombre 400 | 809 | 170 | 062 | 053, partagé d'abord en tranches de trois chiffres.

On demande quels sont les noms affectés à chacun des chiffres 5, 1, 9.

Le chiffre 5 occupe-t-il le premier, le second ou le troisième rang, de la tranche dont il fait partie ? Il occupe le second rang, donc il représente les dixaines de cette tranche. En second lieu, le chiffre 5 est-il placé dans la première, la seconde, la troisième, la quatrième ou la cinquième, etc., tranche du nombre ? Il est placé dans la première tranche, qui s'appelle tranche des unités ; donc le chiffre 5 doit être dénommé : *Dixaines d'unités.*

En procédant de la même manière on s'apercevra facilement que le chiffre 1 s'appelle *centaines de millions,* et le 9, *unités de billions,* et ainsi de suite.

50. Avant de passer à l'écriture de tous les nombres, rappelons-

nous qu'une *tranche* doit toujours se composer de *trois chiffres*, c'est-à-dire d'unités, de dixaines et de centaines, et que, lorsqu'un ou deux de ces ordres d'unités ne sont pas appelés à faire partie d'un nombre, le caractère zéro est le signe dont on se sert pour indiquer ce manquement.

Soit à écrire le nombre quarante-deux *millions* cinq *mille* et dix-huit *unités*.

Disposons d'abord le tableau suivant qui n'est que la reproduction des désignations spéciales des tranches et des chiffres :

	TRILLIONS.			BILLIONS.			MILLIONS.			MILLE.			UNITÉS.		
	Centaines.	Dixaines.	Unités.	Centaines.	Dixaines.	Unités.	Centaines.	Dixaines.	Unités.	Centaines.	Dixaines.	Unités.	Centaines.	Dixaines.	Unités.
A								4	2			5		1	8
B						0	0	4	2	0	0	5	0	1	8
C						2		5	3		1	9			4
D				0	0	2	0	5	3	0	1	9	0	0	4
E				0	0	7	0	0	0	0	0	9	0	1	2
F	0	0	4	0	0	0	0	0	0	0	0	0	0	1	7
G	0	0	6	9	0	3	0	0	0	0	0	5	0	0	0

Il faut avoir soin de remarquer *dans l'énoncé* du nombre, pour combien d'unités chaque tranche entre dans la formation de ce nombre, et puis décomposer par la pensée les différentes tranches. Ainsi quarante-deux *millions*, cinq *mille* et dix-huit *unités* se décomposent en :

Quarante-deux *millions*
Cinq *mille*
Et dix-huit *unités*

Puisqu'il faut représenter 42 millions, commençons donc par écrire le nombre 42 dans la tranche des millions (nombre A, voir le tableau ci-dessus). Le chiffre 5 placé dans la tranche des mille représentera les cinq mille; et le nombre 18 placé dans sa tranche respective, la tranche des unités, indiquera les dix-huit unités. — Si l'on pouvait conserver les noms des tranches, le nombre représenté de la sorte se traduirait évidemment : 42 millions 5 mille et 18 unités.

Mais ces mots doivent disparaître (afin de représenter le nombre rien que par des chiffres), et il s'agit alors d'employer un moyen qui puisse servir à les retrouver en reconstituant les tranches : C'est assez dire qu'il faut s'arranger de manière à ce que chaque tranche possède ni plus, ni moins, ses trois ordres successifs : Unités, dixaines et centaines.

Examinons d'abord la *tranche des unités :* Combien contient-elle de chiffres ? Deux. Le premier, le 8, tient la place des unités, et le 2, celle des dixaines.

Cette tranche n'est donc pas complète ; il lui manque un ordre, l'ordre des *centaines*, c'est-à-dire un troisième chiffre dont le rang est marqué d'avance immédiatement à gauche des dixaines. Le zéro est un caractère qui sert à indiquer l'absence d'un ordre quelconque dans un nombre ; nous allons donc remplacer l'ordre des centaines par un zéro.

La tranche *des mille* ne contient qu'un seul chiffre ; or, cette marche, comme toutes les autres, doit renfermer trois chiffres. — Nous allons donc remplacer *l'ordre des dixaines et des centaines*, qui manquent, par deux zéros.

Enfin la tranche *des millions* contient deux chiffres, par conséquent, des unités et des dixaines ; le troisième ordre seul, l'ordre des centaines doit être remplacé par un zéro.

Et l'on obtiendra alors le nombre (B) qui représente effectivement la valeur de quarante-deux *millions* cinq *mille* dix-huit *unités*, ce dont on peut s'assurer en analysant séparément la valeur de chaque chiffre et en convertissant le tout en unités.

Pour écrire un nombre composé de plus de trois chiffres, et qui, par suite, renferme plus d'une tranche, il suffit d'écrire dans chaque tranche le nombre qui doit en faire partie, et puis ensuite de compléter les tranches, c'est-à-dire de les former toutes de trois chiffres.

Quand une tranche possède un seul chiffre, deux zéros sont ajoutés à la gauche. Ces deux zéros remplacent les dixaines et les centaines qui manquent.

Quand une tranche possède deux chiffres, un seul zéro est ajouté à la gauche du chiffre des dixaines, et prend la place des centaines absentes.

Quand une tranche possède ses trois chiffres elle est complète, et dès lors aucune addition de zéros n'est nécessaire.

Enfin, quand une tranche ne possède pas un seul chiffre, les trois ordres, éléments de cette tranche, doivent alors être remplacés par trois zéros.

Soit à écrire, le nombre deux *billions* cinquante-trois *millions*, dix-neuf *mille* et quatre *unités*.

Distinguons avant tout les nombres qui précèdent la désignation des tranches : *Billions, millions, mille, unités*, et nous décomposerons ce nombre en :

2 billions,
53 millions,
19 mille,
et 4 unités.

Plaçons maintenant chaque nombre dans sa tranche respective : 2, dans celle des billions ; 53, dans celle des millions ; 19, dans celle des mille ; et 4, dans celle des unités, comme il est indiqué en (C), puis, à l'aide de zéros, complétant toutes les tranches jusqu'à concurrence de trois chiffres, on obtient enfin (D) le nombre demandé.

On comprend que, quelque soit le nombre de tranches, on pourra toujours opérer de la même manière ; or, le nombre des tranches est *illimité :* Donc, à l'aide de ce système, on peut, on doit parvenir à écrire tous les nombres.

Nous allons passer maintenant à la traduction en chiffres de nombres qui pourraient présenter quelques difficultés aux commençants.

Pour faciliter le raisonnement nous allons continuer à nous servir du tableau dont nous venons d'emprunter le tracé.

Soit à écrire le nombre : Sept *billions* neuf *mille* douze *unités.*

Ce nombre se décompose en 7 billions, 9 mille et 12 unités ; or, entre la tranche des *billions* et celle des *mille* se trouve la tranche des *millions* qui, complètement nulle ici, doit être représentée par trois zéros. On placera donc le 7, dans la quatrième tranche, la tranche des billions, puis on indiquera la troisième tranche, des millions, par trois zéros consécutifs, ensuite, on tracera le 9 dans la seconde tranche ou tranche des mille ; et enfin dans la première tranche on formera le nombre 12. Puis on ajoutera le nombre de zéros nécessaires pour que les tranches aient chacune trois chiffres ; toutes les précautions étant prises, le résultat de ces diverses opérations sera le nombre (E) demandé.

Avant d'écrire un nombre il faut donc mûrement réfléchir à l'énoncé de ce nombre et s'assurer d'une manière complète si toutes les tranches se suivent exactement, c'est-à-dire, si, comme dans le cas précédent, l'une d'elles ne fait pas défaut. Car, on doit comprendre déjà que, si les trois zéros destinés à remplacer la tranche des millions avaient été omis, le chiffre 7, au lieu de se trouver placé dans la quatrième tranche des billions aurait pris rang dans la troisième tranche, et, dès lors, n'aurait plus représenté que 7 millions d'unités.

En thèse générale, toutes les tranches doivent être représentées soit par des chiffres significatifs quand un nombre est désigné comme devant former cette tranche, soit par trois zéros dans le cas opposé.

Une seconde remarque vient ici à point, ce me semble. Au lieu d'ajouter les zéros, qui servent à compléter les tranches, *après* le placement des nombres, cette opération pourrait se faire *sur-le-champ.*

Ainsi, par exemple, ce nombre sept *billions* neuf *mille* douze *unités* pouvait s'écrire de la manière suivante : Combien y a-t-il de chiffres dans la tranche des *billions* ? Un seul; un 7. Il sera donc nécessaire d'ajouter *deux* zéros à la gauche du 7. Je commence par tracer les deux zéros et je les fais suivre du 7.

Combien y a-t-il de chiffres dans la tranche des *millions* ? Aucun. Je place *trois* zéros.

Combien y a-t-il de chiffres dans la tranche des *mille* ? un seul, un 9. Il sera donc nécessaire d'ajouter *deux* zéros à la gauche du 9. Je commence par tracer les deux zéros et je les fais suivre du 9.

Enfin, combien y a-t-il de chiffres dans la tranche des *unités* ? Deux. Un *seul* zéro est donc nécessaire pour composer les trois ordres. Je commence par tracer un zéro que je fais suivre du nombre douze. A l'avenir nous opérerons toujours de la même manière.

Soit à écrire le nombre quatre *trillions* dix-sept *unités*.

Je place deux zéros et puis le 4 dans la tranche des *trillions*; je remplace la tranche des *billions* par trois zéros ; je fais la même chose pour celle des *millions*, et ensuite, pour celle des *mille*, puis, j'écris le nombre 17, précédé d'un zéro, dans la tranche des *unités*. (nombre F).

Soit enfin à écrire le nombre six *trillions* neuf-cent-trois *billions* cinq *mille*.

Ce nombre se décompose en 6 trillions, 903 billions et 5 mille.

Je place (ainsi qu'il est indiqué en G), le chiffre 6, précédé de deux zéros, dans la cinquième tranche des *trillions*, puis le nombre 903 dans la quatrième tranche des *billions*. Je remplace ensuite la tranche des *millions* par trois zéros. Le 5, précédé de deux zéros, complète la tranche des *mille*, et, enfin, j'indique par trois zéros que la tranche des *unités* est entièrement nulle.

Observons une dernière fois que les *noms* et *l'ordre* des tranches, doivent être parfaitement connus pour arriver à écrire les nombres.

Il est évident que, puisque la tranche des billions renferme le nombre 903, c'est-à-dire trois chiffres, elle est complète ; nulle addition de zéros n'est donc nécessaire.

La tranche des millions ne doit concourir, en aucune façon, à la formation du nombre, puisque le nom de cette tranche n'est pas mentionné dans l'énoncé de ce nombre ; trois zéros suffisent pour indiquer ce manquement.

Enfin, la tranche des unités, se trouvant dans une position tout-à-fait analogue à celle de la tranche des millions, se compose également de trois zéros. On comprend sans doute que si ces trois derniers zéros ne prenaient point la place des trois ordres de la tranche des unités, le chiffre 5 qui se trouve en ce moment dans la seconde tranche, des *mille*, formerait, avec les deux zéros qui l'accompagnent, la première tranche, et représenterait seulement la valeur de 5 unités.

Pourquoi doit-on placer les zéros qui servent à compléter les tranches, *à gauche* des chiffres significatifs et non *à droite* ? La raison d'être de ce principe est bien facile à apercevoir ; si, par exemple, dans la tranche des mille du nombre précédent on plaçait les deux zéros *à droite* du chiffre 5, il est évident qu'alors le chiffre 5 n'occuperait plus le rang des unités, mais bien celui des centaines, et le nombre 500 représenterait *cinq cent mille* au lieu de *cinq mille.* Du reste, quand on énonce les nombres 5 mille, 5 millions, 5 billions, etc., on sous-entend certainement le mot *unités*, car, 5 mille, 5 millions, etc., équivalent 5 unités de mille, 5 unités de millions, etc. Dans 5 unités de mille ou 5 mille, c'est donc l'ordre des dixaines et celui des centaines de mille, placés tous deux à *gauche* des unités ou du 5, qui doivent être remplacés par des zéros.

On déduit aisément de ceci que l'on peut placer une infinité de zéros à la gauche d'un nombre sans augmenter la valeur de ce nombre. Ainsi 5 et 0000005 valent chacun également 5 unités. Il n'en est pas de même, comme on vient de le voir, si les zéros sont ajoutés à la *droite* du nombre 5.

51. Dès que l'on se sera habitué à écrire tous les nombres à l'aide de notre tableau, il faudra supprimer ce tableau, du moins, matériellement.

Mais on aura bien soin de ne le faire qu'au moment où l'ordre et les noms des tranches seront parfaitement gravés dans la mémoire ; alors on arrivera, par un moyen moins mécanique à représenter les nombres.

Soit à écrire le nombre quarante-deux *billions* sept *millions* huit *unités.*

042 | 007 | 000 | 008

Le nombre 42 qui doit figurer dans la tranche des billions, n'étant composé que de deux chiffres, il est indispensable de le faire précéder d'un zéro. Cette tranche des billions entièrement complétée, on peut tracer un léger trait vertical destiné à séparer les tranches (on agira de la même manière pour chaque tranche). La tranche des millions, étant bien celle qui suit immédiatement la tranche des billions, est composée du chiffre 7 précédé de deux zéros.

Puis vient la tranche des mille dont on ne fait aucune mention dans l'énoncé, aussi remplaçons-nous les trois ordres absents de cette tranche par trois zéros. Enfin, deux zéros, précédant le nombre 8 représentent la tranche des unités.

La barre verticale est encore d'une grande utilité en ce sens qu'elle fait voir d'une manière évidente si une addition de zéros est ou non nécessaire. On pourra s'exercer pendant quelque temps à écrire les nombres de la sorte ; on conçoit qu'en ne se servant plus du tableau on a déjà fait un pas.

Soit à écrire le nombre 7 *billions* 6 *mille.*

J'écris d'abord le chiffre 7 précédé de deux zéros, ce qui complète la tranche des billions. Je trace un trait vertical. Je remplace la tranche des millions par trois zéros. Je trace un second trait. J'écris le nombre 6 précédé de deux zéros dans la tranche qui suit immédiatement celle des millions. Je trace un nouveau trait, et, enfin, je remplace les trois ordres de la tranche des unités par trois zéros. J'obtiens en résultat :

007 | 000 | 006 | 000

Qui est le nombre demandé.

52. On peut se dispenser de tracer les barres verticales qui servent de lignes de démarcation entre les tranches.

Il suffit, à cet effet, de laisser un petit espace visible entre chaque tranche et celle qui la suit immédiatement. Le petit espace remplira manifestement le même office que le trait vertical. Ainsi, le nombre précédent : 7 billions 6 mille pourra s'écrire de cette façon : 007 000 006 000.

53. Enfin, quand, par la pratique, on aura acquis une grande habitude d'écrire les nombres, on pourra annuler sans inconvénient l'espace réservé entre deux tranches consécutives ; la séparation des tranches aura lieu également mais dans la pensée seulement.

La traduction en chiffres de tous les nombres comporte donc deux opérations bien distinctes, à savoir : 1° écrire dans chaque tranche le nombre qui, suivant l'énoncé, doit en faire partie, et 2° compléter chaque tranche jusqu'à concurrence de trois chiffres. Cette addition s'effectue à l'aide du caractère 0.

Toutes les tranches d'un nombre doivent renfermer les trois ordres : unités, dixaines et centaines, car, autrement, il y aurait confusion et dans les chiffres, et dans les tranches, et partant dans le nombre. Cependant la dernière tranche (celle qui se trouve la première à gauche), peut, selon le cas, ne renfermer qu'un ou deux chiffres c'est-à-dire qu'il est inutile d'ajouter des zéros pour former les trois ordres de cette tranche.

Ainsi ce nombre : 7 billions 6 mille, s'écrira : 7 000 006 000, et non : 007 000 006 000.

En effet, les deux zéros ajoutés à la gauche du chiffre 7 ne changent en rien sa valeur, et, au surplus, aucun chiffre significatif ne doit prendre place à gauche de ce 7, puisque la tranche est la dernière du nombre ; donc il est complètement inutile d'indiquer qu'il n'y a pas de dixaines ni de centaines de billions dans ce nombre, car, il n'est pas à craindre qu'un autre chiffre puisse occuper à tort ces deux dernières places.

On ne doit certainement opérer cette suppression de zéros que pour *une seule tranche* dans un nombre quelconque, *la dernière.*

54. Afin de mettre les commençants en mesure d'écrire couramment tous les nombres, nous allons former une nomenclature dans laquelle les tranches seront distribuées de toutes les façons possibles, de sorte que l'on pourra d'abord s'exercer à écrire le nombre demandé, et vérifier ensuite si l'on a raisonné d'une manière exacte. Cet exercice suivi consciencieusement peut, à lui seul, faire comprendre tout e mécanisme de la numération.

ÉCRIRE EN CHIFFRES LES NOMBRES SUIVANTS :

Mille unités (Il est sous-entendu un mille)............ 1000
Mille une unités............................... 1001

Mille dix unités.. 1010
Mille cent unités (ou onze cents unités)............... 1100
Quatre mille cinq unités.................................. 4005
Sept mille trente unités.................................. 7030
Cinq mille cent trente unités............................ 5130
Cinq mille cent trois unités............................. 5103
Cinq mille trois cent dix unités......................... 5310
Cinq mille trente-une unités............................. 5031
Douze mille cinq cent treize unités...................... 12513
Quarante-trois mille huit cent quatre unités........... 43804
Quatre mille quarante unités............................. 4040
Quatre mille quatre cents unités......................... 4400
Quatre mille quatre unités............................... 4004
Trois cent vingt-quatre mille cent trente-sept unités.... 324137
Deux cent huit mille quatre cent vingt-six unités....... 208426
Cent quatre mille cinq cent sept unités................. 104507
Quatre-vingt-huit mille huit cent quatre-vingt-huit unités 88888
Deux mille deux cent vingt-deux unités.................. 2222
Quatre mille treize unités 4013
Sept mille une unités.................................... 7001
Quinze mille trente-quatre unités........................ 15034
Douze mille douze unités 12012
Cent mille trois unités.................................. 100003
Deux cent quarante mille sept unités.... 240007
Trois cent cinquante mille dix-neuf unités 350019
Vingt-neuf mille trente unités,.......................... 29030
Quatre cent mille quarante-six unités................... 400046
Deux cent mille unités.................................. 200000
Quatre millions cinq mille dix-huit unités 4005018
Treize millions vingt-neuf mille quatre unités.......... 13029004
Vingt millions six mille unités.......................... 20006000
Cinquante-deux millions neuf unités..................... 52000009
Quatre billions trente unités. 4000000030
Cinq trillions deux cent quatre mille unités........... 5000000204000
Sept billions vingt-huit millions deux unités........... 7028000002
Trois trillions huit unités.............................. 3000000000008

On dit quelquefois onze cents, douze cents, treize cents, quatorze cents, quinze cents, seize cents, dix-sept cents, dix-huit cents et dix-neuf cents, pour mille cent, mille deux-cents, mille trois-cents, mille quatre-cents, mille cinq-cents, mille six-cents, mille sept-cents, mille huit-cents et mille neuf-cents. Ces expressions ont identiquement la même valeur.

55. Pour traduire un nombre entier en langage ordinaire, ou mieux vaut pour *lire* un nombre écrit en chiffres, il suffit de décomposer ce nombre en tranches de trois chiffres en commençant par la droite. On le lit en commençant par la gauche. On énumère la partie qui se trouve dans chaque tranche en ayant soin d'y ajouter le nom de cette tranche

Soit à *lire* ou à *écrire en lettres* le nombre 42005017009.
Je commence par séparer les tranches de ce nombre et j'obtiens :

42 . . 005 . 017 . . 009
Billions | millions | mille | unités.

Or, la première tranche s'appelle *tranche des unités*, la seconde, *tranche des mille*, la troisième, *tranche des millions*, et la quatrième, *tranche des billions* : J'ai le nombre *quarante-deux*, dans la tranche des *billions*, le nombre *cinq*, dans la tranche des *millions*, le nombre *dix-sept*, dans la tranche des *mille*, et enfin le nombre *neuf*, dans la tranche des *unités*.

Le nombre précédent se lira donc : Quarante-deux billions, cinq millions, dix-sept mille et neuf unités.

On voit ici que, quelquefois, la dernière tranche d'un nombre peut n'avoir qu'un ou deux chiffres.

Soit à lire le nombre 528 047 103 674 006. Partagé en tranches de trois chiffres ce nombre fournit les cinq périodes :

528	047	103	674	006
Trillions	billions	millions	mille	unités.

Appliquant ensuite à chacune de ces périodes ou tranches le nom qui lui convient on dira : Cinq cent vingt-huit *trillions*, quarante-sept *billions*, cent trois *millions*, six cent-soixante-quatorze *mille*, six *unités*.

Nous avons vu que, lorsqu'on sait écrire les nombres composés de trois chiffres on peut parvenir très-aisément à écrire tous les nombres quelle qu'en soit la quantité de chiffres, par cette raison bien simple que l'on n'écrit jamais que trois chiffres à la fois. De même, quand on sait *lire* les nombres composés de trois chiffres on parvient, sans aucune difficulté, à lire tous les nombres, puisqu'on ne lit également que trois chiffres à la fois, et ceci est tellement vrai que l'on commence par séparer le nombre à lire en tranches de trois chiffres. Soit enfin, pour dernier exemple, à traduire en langage ordinaire le nombre : 5 000 048 005 000.

Je commence par séparer ce nombre en ses diverses tranches, et j'ai :

5	000	048	005	000
Trillions	billions	millions	mille	unités.

J'applique ensuite à chacune de ces tranches le nom de convention, et lisant (en commençant par la gauche), le nombre que forment les trois chiffres placés dans chaque tranche, je dis : *Cinq trillions, quarante-huit millions, cinq mille unités.*

Quand une tranche est représentée par trois zéros, on n'en fait aucune mention. Ainsi l'on ne dirait pas dans l'exemple précédent : 5 trillions, 0 billions, 48 millions, 5 mille unités, mais bien 5 trillions 48 millions, etc. Quant au mot unités qui, bien que la première tranche soit ici complètement nulle, est introduit dans l'énoncé du nombre, il ne fait que remplacer le nom de l'objet, de l'unité que l'on a en vue lors de la traduction du nombre. Du reste, il est bien facile de comprendre que des *trillions*, des *billions*, des *millions* et des *mille*, ne sont, en réalité, que des *trillions*, des *billions*, des *millions* et des *mille d'unités* simples.

Il est évident qu'on pourrait encore lire un nombre entier en désignant chaque chiffre avec le nom qui lui est applicable. Mais ce procédé est trop long, aussi l'a-t-on abandonné.

Ainsi au lieu de lire le nombre 4016, quatre mille seize unités,— on dirait : 4 unités de mille, une dixaine d'unités, 6 unités, etc.

On saisit parfaitement toute la lenteur et l'irrégularité de cette méthode.

56. **Exercices Numériques.**

NOMBRES A ÉCRIRE EN CHIFFRES.

Un million (C)
Un billion
Un trillion
Mille cinq cents
Un million cinq-cent-mille
Un quatrillion
Un billion cinq cent-millions
Deux mille
Neuf mille
Quarante millions
Neuf mille neuf cent quatre-vingt-dix-neuf
Trois mille
Quatre mille
Treize mille
Quatorze mille
Quatre mille deux cent quarante-neuf
Dix-sept mille quatre cent soixante-trois
Dix mille
Un trillion cinq cent billions
Vingt-sept mille deux cent quatre-vingt-six
Deux cent-millions
Soixante-seize mille cinq cent trente-neuf
Quatre-vingt-dix-huit mille six-cent-deux
Deux cent trente-quatre mille trois-cent-vingt
Cinq cent quarante-neuf mille six cent soixante
Cent mille
Cinquante millions
Deux mille cent trente-cinq

Quatre-vingt-dix-neuf millions
Neuf cent mille
Trente-quatre mille deux-cent-huit
Quatre-vingt-dix-neuf mille neuf cents.
Cent millions
Cinquante-neuf mille deux-cent-vingt-six
Deux millions
Cinq mille six cent
Six mille
Sept mille
Huit mille
Onze mille
Douze mille
Deux cent mille
Neuf millions
Neuf cent millions
Neuf millions neuf cent quatre-vingt-dix-neuf mille
Trois cent mille
Dix millions
Deux cent cinquante-sept mille huit cent trente
Quatre-vingt-dix millions
Onze millions
Dix-neuf millions
Dix-neuf millions neuf cent quatre-vingt-dix-neuf
Mille neuf cent quatre-vingt-dix-neuf
Douze millions
Vingt millions
Trente millions neuf cent quatre
Quatre-vingt-dix-neuf millions

(C). Il est clair que le mot Unités est sous-entendu, dans ces exercices, à la fin de l'énumération de chaque nombre.

Les nombres abstraits sont, au reste, presque toujours énoncés de cette manière.

neuf-cent-quatre-vingts
Quinze mille
Quatre cent-mille
Trois cent soixante mille six cent quarante-deux
Huit-cent-neuf mille deux-cent-soixante-trois
Quatre-cent-cinquante-sept mille deux-cent-huit
Huit-cent-cinquante-trois mille deux-cent-quarante
Neuf-cent-soixante-trois mille deux-cent-soixante
Deux-cent-cinquante-six mille huit-cent-quatre
Cinq-cent-soixante-douze mille trois-cent-quatre-vingts
Sept-cent-quarante-trois mille quatre-cent-neuf
Deux-cent-sept mille cinq-cent-quatre-vingt-six
Huit-cent-sept mille deux-cent-six
Quatre-cent-trois mille cinq-cent-sept
Neuf-cent-huit mille deux-cent-trois
Cent-un mille quatre-cent-six
Onze mille cent-onze
Vingt-deux mille deux-cent-quatre-vingt-deux
Neuf-cent-quatre-vingt-dix-neuf millions huit-cent-huit
Quatre mille vingt-cinq
Sept mille sept cents
Sept mille soixante-dix
Sept mille sept
Cinq-cent-cinquante-cinq mille cinq-cent-cinquante-cinq
Deux mille quarante-trois
Cinq mille quatre-vingt-cinq
Sept mille quatre-vingt-douze
Trente-trois mille trois-cent-trente-trois
Huit mille trente-quatre
Neuf mille soixante-quatorze
Sept mille quarante-trois
Cinq mille douze
Deux mille neuf.

Cinq mille huit
Quarante-quatre mille quatre-cent-quarante-quatre
Quatre mille quatre
Huit mille deux
Soixante-six mille six-cent-soixante-six
Neuf mille trois
Sept mille huit
Huit mille six
Cinq mille sept
Quatre-vingt-huit mille huit-cent-quatre-vingt-huit
Deux mille trois
Quatre mille huit
Dix-sept mille cinquante-deux
Dix-sept mille vingt-trois
Dix-neuf mille deux-cent-huit
Quatorze mille six-cent-soixante-sept
Quarante-trois mille soixante-quatorze
Soixante-neuf mille quatre-vingt-douze
Vingt-huit mille trente-sept
Quinze mille quatre
Douze mille neuf
Cinquante-sept mille quatorze
Dix mille onze
Cinquante-deux mille sept
Trente-quatre mille un
Treize mille cinquante-trois
Cinq mille deux-cent-quarante-deux
Six mille sept
Sept mille quarante-huit
Deux mille sept
Treize mille cinq-cent-quatre
Dix mille deux-cent-quatre
Quinze mille huit-cent-neuf
Dix mille cinq
Dix mille dix-huit
Dix mille onze
Dix mille quarante-cinq
Dix mille vingt-trois
Douze mille cent
Douze mille dix

Douze mille un
Dix mille cent
Dix-sept mille quatre
Huit mille neuf
Sept mille quarante-trois
Sept mille deux-cent-quatre
Seize mille huit
Seize mille dix-neuf
Seize mille neuf-cent-sept
Dix mille quatre-cent-un
Dix-neuf mille huit
Dix-neuf mille huit-cents
Dix-neuf mille quatre-vingts
Cinquante-sept mille deux
Quatorze mille quatorze
Quinze mille quinze
Cinq mille cinq
Six mille six
Dix-sept mille dix-sept
Vingt-trois mille vingt-trois
Neuf mille neuf
Neuf mille neuf-cents
Neuf mille quatre-vingt-dix
Quatre-cent-cinquante-deux mille huit-cent-soixante
Six-cent-vingt-neuf mille deux-cent-soixante-dix-neuf
Sept-cent-deux mille cinq-cent-trente-six
Douze mille sept
Vingt-trois mille huit-cent-quarante-neuf
Huit-cent-soixante-seize mille trois-cent-six
Six-cent-huit mille cinquante-quatre
Cent-cinquante-huit mille six
Quatre-cent cinquante-deux mille soixante-quatorze

Neuf-cent-trente-deux mille deux-cent-trois
Huit-cent-quinze mille deux-cent-soixante-dix
Huit-cent-quatre mille quatre-cents
Cent-quarante-quatre mille quatre
Cent-quarante-huit mille quatre-cents
Cent-quarante-quatre mille quarante
Cent mille neuf
Cent mille neuf-cents
Cent mille quatre-vingt-dix
Cent mille quatre-cent-quatre-vingt-dix-neuf
Deux-cent-mille vingt-quatre
Trois-cent-mille un
Quatre-cent-mille
Deux-cent-huit mille cinquante-deux
Quatre-cent-sept mille cinq
Deux-cent-quatre-vingt-dix-sept mille
Dix-mille
Cinq mille cinq-cents
Cent-mille
Cinq-cent mille huit-cent-dix-neuf
Cent-mille dix
Cent-mille cent
Cent-mille un
Cinq-cent-mille cinq
Neuf millions trois mille quarante-sept
Sept millions quarante-cinq mille huit
Six millions deux-cent-quatre mille six

Neuf-cent-quatre-vingt-dix-neuf millions neuf-cent-quatre-vingt-dix-neuf mille
Cinq millions sept mille huit-cent-un
Six millions
Six millions six mille six
Huit millions sept cent mille sept
Quatre millions trois mille
Deux millions sept

Trois millions deux-cent-huit mille neuf cent soixante-dix-huit
Quatre millions cinquante-quatre
Sept millions sept mille deux-cent-cinq
Huit millions quatre-vingt mille huit-cents
Quatre millions dix
Sept millions cent
Un million un
Huit millions neuf mille six
Huit millions quatre mille soixante-dix-neuf
Six millions soixante-quinze mille deux
Sept millions quarante-trois mille vingt-quatre
Cinq millions six mille sept
Douze millions cinq cent soixante-douze mille trois cent cinquante.
Six millions cinq-cent-quatre mille deux-cent-huit
Huit millions quatorze mille quarante-cinq
Deux millions sept mille cinquante
Cinquante-deux millions seize
Sept millions dix-huit mille
Quatre-vingt-millions six-mille quinze
Cinq-cent-deux millions
Trois-cent-quarante millions un mille
Sept-cent-neuf millions soixante-dix-mille quatre
Neuf-cent-seize millions dix-mille
Huit-cent-quarante-trois millions cinq-cent-huit
Cinquante-un millions deux-cent-mille quatorze
Trois billions vingt-mille neuf-cents
Sept billions deux-cent-quatre-mille deux
Six billions sept millions dix-neuf-mille dix
Cinq millions deux-cents
Sept billions un
Neuf billions vingt
Cinquante billions neuf millions dix-sept
Soixante-dix-huit billions dix-neuf mille
Quatre-vingt-quatorze billions cent-quarante
Soixante-dix-billions dix-neuf millions trois-cents
Cent-neuf billions deux-cent-mille vingt
Trois-cent-sept billions dix millions huit
Quarante-cinq billions six millions trois mille dix-huit
Deux trillions cinq-cent-huit millions trois
Quinze trillions trente-quatre millions
Trois-cent-six trillions soixante-treize mille
Quatre billions trente-deux mille cinq
Cinq trillions deux unités
Neuf millions neuf-cent-quatre-vingt-dix-neuf mille neuf-cent-quatre
Quatre trillions cinq mille
Dix-neuf millions neuf-cent-quatre-vingt-dix-neuf-mille neuf-cent-
  quatre-vingt-dix-neuf

3

NOMBRES A LIRE DE VIVE VOIX OU A ÉCRIRE EN LETTRES.

3006	502301906	2500000	500264
15007	57000000	5003258	555555
4032	39005000004	23057	400004
16048	4040	27006034	400400
7043	7003049	9053002069	204025032
47269	8000004	74603	98004072
3333	97002005034	297300	573284685
4400	7000000000	300902	8009000
40400	12004	66666	900400
12027	231608	400040	49000000000008
15000	2007056	4004	7000000000
7284	15002	40004	1500000009000000
301906	150004	18056007	407000053006000000
8975	5742990	53042006	175600894113752
2695	40572	5000076	999999999999999
39208	38274	52000007000	528252
6700	73049	507408	37892672

---

57. Les nombres que nous avons formés jusqu'ici sont tous écrits en *unités simples*. Ainsi le nombre *quatre millions six mille et dix-neuf unités* se compose de *quatre millions* d'unités simples, plus *six mille* unités simples, plus *dix-neuf* unités simples ; en un mot, *l'unité simple*, l'unité de premier ordre est la *véritable unité* du nombre. Mais nous avons dit que *l'unité* est le plus souvent une quantité arbi-traire ; donc, successivement, les unités du second, du troisième, du quatrième, du cinquième, etc., ordre, ou les dixaines d'unités, les cen-taines d'unités, les mille, les dixaines de mille etc., peuvent être con-sidérées tour-à-tour comme *unités*, et, dès lors, on doit en conclure que les nombres peuvent aussi s'écrire en *dixaines d'unités*, en *centaines d'unités*, en *mille*, en *millions*, etc., etc.

Quand nous écrivons 48 *unités*, ou 48 unités simples, c'est sur le chiffre 8, sur le premier chiffre à droite du nombre, que retombent les mots *unités simples ;* si nous voulons écrire maintenant 48 *dixaines d'unités*, c'est également sur ce premier chiffre 8 que doivent retomber les mots *dixaines d'unités*, c'est-à-dire qu'il suffit uniquement de faire passer le chiffre 8 aux dixaines d'unités. Or donc, pour écrire un nombre en *dixaines d'unités*, en *centaines d'unités*, en *mille*, en *dixaines de mille*, etc., etc., il faut commencer par écrire le même nombre en *unités*, et puis ensuite faire occuper au premier chiffre à droite de ce nombre (le chiffre qui représente les unités simples mais qui ne peut rester à cet ordre) la place des dixaines d'unités, des cen-taines d'unités, des mille, etc., etc.

Cette dernière opération s'effectue au moyen du caractère 0 répété suffisamment.

Soit à écrire le nombre *cinquante-trois centaines d'unités*.

Écrivons d'abord 53 unités.

Le chiffre 3 ne doit pas occuper la place des *unités simples* mais bien celle des *centaines d'unités*, mettons donc *deux zéros* à la droite de ce chiffre 3 pour le faire devenir *unités du troisième ordre*, et nous obtiendrons le nombre 5300, qui représente évidemment 53 centaines d'unités ou cinq mille trois cents unités.

Soit à écrire le nombre *deux cent neuf dixaines de mille.*

Ecrivons 209 unités, puis ajoutons à la droite du chiffre 9 autant de zéros qu'il est nécessaire pour que ce chiffre 9 occupe la place qui lui est désignée d'avance dans l'énoncé du nombre, c'est-à-dire celle des *dixaines de mille,* et l'on aura : 2090000 (deux millions quatre-vingt-dix mille unités simples ou deux-cent-neuf dixaines de mille).

Ordinairement ces sortes de nombres ne se composent que d'un ou deux chiffres significatifs précédant les zéros; cependant on peut, à l'aide du même raisonnement, en écrire de plus considérables.

Ainsi, par exemple, l'on se propose de traduire en chiffres le nombre *sept billions dix-huit mille dixaines de millions.*

Observons d'abord que l'*unité* est ici la *dixaine de millions,* c'est-à-dire que le premier chiffre, à droite du nombre, qu'avant tout nous allons écrire *en unités,* devra occuper la place des *dixaines de millions* et non rester aux unités simples.

Ceci posé, écrivons *sept billions dix-huit mille unités.*

7 000 018 000

et ajoutons *sept zéros* à la droite de ce nombre afin que le premier chiffre à droite devienne des *dixaines de millions,* et nous obtiendrons: 7 000 018 000 000 000 0.

Il est aussi aisé d'écrire les nombres en *dixaines de mille* ou en *centaines de millions* qu'en unités simples ; la seule différence qui existe entre ces deux sortes de nombres, c'est qu'une addition de zéros, est, en dernier lieu, indispensable pour les premiers. Ce chiffre 8 représenté seul vaut 8 unités; voulez-vous écrire 8 dixaines d'unités ajoutez un zéro à la droite du chiffre 8, alors ce même chiffre occupera la place des unités du second ordre. Si vous lui ajoutez deux zéros il deviendra 8 centaines d'unités ; trois zéros, 8 mille; quatre zéros, 8 dixaines de mille, etc., etc. Eh bien! ce que vous faites pour le nombre 8 écrit d'abord en unités, puis, en dixaines d'unités, en centaines d'unités, en mille, en dixaines de mille, etc., etc., vous pouvez le faire également pour un nombre plus grand que 8 après avoir toutefois, au préalable, écrit ce nombre en unités simples.

Achevons d'éclaircir notre dire par un nouvel exemple.

Soit à écrire le nombre *cinq mille deux centaines de mille.* Ecrivons cinq mille deux unités :

5002 unités.

Or, il ne s'agit pas d'écrire cinq mille deux unités, mais bien cinq mille deux centaines de mille. Quel est donc le chiffre qui doit prendre rang aux centaines de mille ?

Le chiffre *deux* assurément, le premier chiffre à droite, le chiffre qui représente dans 5002 les unités simples. Si le chiffre 2 doit passer aux centaines de mille, les dixaines de mille, les mille, les centaines d'unités, les dixaines d'unités et les unités simples enfin, sont autant d'ordres absents qui devront être, par suite, remplacés par un zéro. Ces ordres qui manquent sont au nombre de cinq, j'ajoute, pour cette raison, cinq zéros à la droite du nombre 5002 et j'obtiens 500200000, c'est-à-dire le nombre demandé *cinq mille deux centaines de mille* ou ce qui est la même chose (comme on peut le voir, du reste, par l'analyse) cinq-cent millions deux-cent-mille unités.

On voit donc, en général, que, pour écrire les nombres *en dixaines,* il suffit d'ajouter *un zéro* à la droite des mêmes nombres écrits d'abord en unités simples; pour les écrire en *centaines d'unités*, *deux zéros ;* en mille, *trois ;* en dixaines de mille, *quatre* ; en centaines de mille; *cinq* ; en unités de millions, *six* ; en dixaines de millions, *sept* ; et ainsi de suite.

58. De même que les nombres peuvent être écrits en dixaines d'unités, en centaines d'unités, en mille, en dixaines de mille, etc., ils peuvent aussi être *lus* en *dixaines*, en *centaines*, en *mille*, etc.

Nous avons vu que, pour traduire en langage ordinaire (et en unités simples) un nombre quelconque, il suffit de séparer le nombre dont il s'agit en tranches de trois chiffres, et puis en donnant à chacune des tranches, en commençant par la première à droite, les noms *unités*, *mille*, *millions*, *billions*, *trillions*, etc., de lire la période qui forme chacune des tranches. A une légère modification près, les nombres peuvent se lire de la même manière en dixaines d'unités, en centaines d'unités, en mille, etc.

Soit à lire en *centaines d'unités* le nombre 57012598.

Lire un nombre en centaines d'unités c'est tout bonnement dire combien ce nombre renferme de centaines d'unités. Or, les unités et les dixaines d'unités placées à la droite des centaines ne peuvent jamais donner *une centaine* (puisque 99 est le nombre qui comprend le plus de dixaines et d'unités), tandis qu'au contraire, les chiffres qui sont situés à gauche de l'ordre des centaines : les mille, les dixaines de mille, les centaines de mille, etc. etc., et tous ceux au-delà, représentent des unités plus fortes que les centaines d'unités et, par conséquent, peuvent être converties en cette dernière espèce; dès lors, pour lire le nombre ci-dessus : 57012598 en centaines d'unités, il faut commencer par détacher de ce nombre tous les chiffres qui se trouvent à droite des centaines d'unités, c'est-à-dire, dans ce cas, la partie 98 qui, à coup sûr, ne peut valoir une centaine d'unités, puis lire le nombre restant à gauche *en unités simples*, et dire : Cinq cent soixante-dix mille cent vingt-cinq *centaines d'unités*, puisqu'ici la centaine d'unités est la véritable *unité*.

Voulez-vous lire ce même nombre en *dixaines de mille*, c'est-à-dire déterminer de combien de dixaines de mille il est formé, annulez, en quelque sorte, par la pensée, les chiffres situés à droite du chiffre des *dixaines de mille* et qui, pour cette raison ne peuvent représenter la valeur d'une dixaine de mille, il vous restera : 5701. Lisez ensuite ce nombre 5701 en unités simples; mais comme ici l'*unité* n'est pas une *unité simple*, mais bien une *dixaine de mille*, au lieu de dire : Cinq mille sept cent une unités, énoncez : Cinq mille sept cent une *dixaines de mille*.

Du reste, il est un moyen bien simple de lire les nombres de cette manière en employant le signe caractéristique appelé *virgule*. On sait qu'immédiatement à *gauche* de la virgule se trouve toujours *le chiffre des unités simples d'un nombre ;* or, si l'on veut lire 4500923621 en *centaines de millions*, par exemple (on voudrait déterminer combien ce nombre renferme de centaines de millions que l'on opérerait de la même façon), le chiffre des centaines de millions doit alors être considéré comme l'*ordre des unités ;* plaçons, à cet effet, une virgule à sa droite, c'est-à-dire séparons, détachons de ce nombre, les chiffres qui ne peuvent former une centaine de millions, et nous obtiendrons 45,00923621 que nous énoncerons : *Quarante-cinq unités , neuf cent vingt-trois mille six cent vingt-un cent millionièmes d'unité*. Puisque l'unité est la centaine de millions nous dirons : *Quarante-cinq centaines de millions ;* ce nombre 4500923621 renferme seulement 45 centaines de millions, il n'en renferme pas 46, mais il représente 45 centaines de millions et, de plus, *neuf cent vingt-trois mille six cent vingt-un cent millionièmes d'unité ou de centaine de millions*. c'est-à-dire 923621 unités simples.

Cette dernière méthode permet non-seulement de traduire le nombre donné en dixaines d'unités, en centaines d'unités, en mille, etc., ou plutôt de déterminer pour combien d'unités les dixaines, les centaines, les mille, etc., etc. entrent dans la formation du nombre, mais encore offre le moyen bien justifié de le faire exactement.

Avant de donner nos exercices numériques sur cette sorte de nombres, nous allons indiquer la traduction en unités *simples, en dixaines d'unités*, etc., en *unités de billions* de la partie 4500923621 :

4500923621	quatre billions cinq-cent-millions neuf-cent-vingt-trois mille six-cent-vingt-une *unités simples*
450092362 | 1	quatre-cent-cinquante millions quatre-vingt-douze mille trois-cent-soixante-deux *dixaines d'unités* et un dixième de *dixaine* ou *une* unité simple
45009236 | 21	quarante-cinq millions neuf mille deux—cent trente-six *centaines d'unités*, et vingt-un centièmes de *centaines d'unités* ou 21 *unités simples*
4500923 | 621	quatre millions cinq-cent-mille neuf-cent-vingt-trois *unités de mille* et six-cent vingt-un millièmes de *mille* ou 621 unités simples
450092 | 3621	450 mille 92 *dixaines de mille* et trois-mille six-cent-vingt-un dix millièmes de *dixaine de mille* ou 3621 unités simples
45009 | 23621	45 mille 9 *centaines de mille* et 23 mille 621 cent millièmes de *centaine de mille* ou 23 mille 621 unités simples
4500 | 923621	4 mille 500 *unités de millions* et 923 mille 621 millionièmes de *million* ou 923 mille 621 unités simples
450 | 0923621	450 *dixaines de millions* et 923 mille 621 dix-millionièmes de *dixaine de millions* ou 923621 unités
45 | 00923621	45 *centaines de millions* et 923 mille 621 cent millionièmes de *centaine de millions* ou 923 mille 621 unités simples
4 | 500923621	4 *unités de billions* et 500 millions 923 mille 621 billionièmes de *billion* 500 millions 923 mille 621 unités simples

59.   **Exercices numériques :**

NOMBRES A ÉCRIRE EN CHIFFRES.

Quarante-cinq dixaines de mille
Cent-trois centaines de millions
Douze-cent-sept-dixaines de millions
Huit dixaines de mille
Douze-millions-trois-mille-cinq dixaines d'unités
Quarante-neuf-millions-cinq centaines de mille
Quatre-millions-deux-cent-cinq-mille-quatre dixaines de mille
Cinq-millions-deux-mille-quarante-neuf dixaines de millions
Vingt-quatre dixaines d'unités
Quatre-vingt-seize-millions-douze-mille-soixante-quatorze centaines d'unités
Deux-mille-neuf unités de millions
Cent-quatre dixaines d'unités
Cinquante-mille-deux centaines d'unités
Dix-neuf-mille-quarante-deux dixaines de millions
Dix-mille-quatre dixaines de mille
Soixante-treize unités de mille
Quatre dixaines d'unités
Cinquante-trois centaines d'unités
Neuf centaines de mille
Cent-huit dixaines de millions

Quatre-mille-deux centaines de millions
Mille-trois-dixaines d'unités
Dix-neuf-millions-soixante-douze-mille-quarante-six centaines de billions.

NOMBRES A LIRE DE VIVE VOIX OU A ÉCRIRE EN LETTRES.

1° En dixaines d'unités : 4307326 — 987263 — 458 — 5970
2° En centaines d'unités : 805623 — 478562 — 5963 — 459200
3° En unités de mille : 580476 — 456000
4° En dixaines de mille : 609456832 — 590000
5° En centaines de mille : 45678912 — 64200000
6° En unités de millions : 9643021783 — 94000000
7° En dixaines de millions : 5607298364 — 5310000000
8° En centaines de millions : 8364295372 — 968200000000
9° En unités de billions : 49687246371 — 574000000000

60. Les nombres à traduire en chiffres peuvent encore être dictés de diverses manières. Nous allons examiner successivement, par des exemples, ces différentes sortes de nombres ; mais hâtons-nous de dire que, si l'on comprend parfaitement la théorie de la numération, aucune difficulté n'est à redouter.

Soit à écrire le nombre *quinze mille douze cent vingt trois unités*.

Écrivons d'abord 15 mille 23 unités : 15023 ; il ne s'agit plus maintenant que d'y ajouter *douze cents* : or, l'ordre des centaines ne peut être représenté que par un seul chiffre, il est donc de toute impossibilité d'écrire 12 cents en remplacement du zéro. Au reste, 12 centaines se décomposent en un *mille* et deux *centaines ;* par suite, laissons le chiffre 2 à l'ordre des *centaines*, et ajoutons *un mille* aux *quinze* déjà formés, et nous traduirons *quinze mille douze cent vingt-trois unités*, par le nombre : 16223. Comme on le voit, cette traduction ne peut s'opérer directement ; on y parvient nonobstant à l'aide d'une conversion.

Il est évident que le nombre 15 mille douze cent vingt-trois ne peut s'écrire : 151223, ce dernier nombre s'énonçant : *cent cinquante-et-un mille deux-cent-vingt-trois*.

Soit à écrire le nombre : *Onze mille onze cent onze unités*. Écrivons onze mille onze unités : 11011. Il s'agit d'intercaler *onze centaines* dans ce nombre ; mais le chiffre des centaines ne doit jamais dépasser 9 : Il y a lieu, dès lors, d'effectuer une décomposition, et de convertir *onze cents* en un *mille* et un *cent*.

Le nombre onze mille onze cent onze s'écrira donc : 12111.

Ces sortes de nombres ne prennent naissance, comme on a pu déjà le voir, que de ce que l'on dit : *onze cents* au lieu de *mille cent ; douze cents, treize cents,...* etc, *dix-neuf cents*, au lieu de *mille deux-cents, mille trois-cents*, etc., *mille-neuf cents*.

En définitive, il suffit donc, quand les mots onze cents, douze cents, treize cents, quatorze cents, quinze cents, seize cents, dix-sept cents, dix-huit cents et dix-neuf cents, entrent comme éléments dans l'énoncé d'un nombre, de laisser les chiffres 1, 2, 3, 4, 5, 6, 7, 8 et 9 à l'ordre des centaines et d'augmenter la quantité de mille d'une unité.

61.   Exercices numériques :
NOMBRES A ÉCRIRE EN CHIFFRES.

Treize mille quatorze cent quinze unités
Six trillions quatre millions dix-neuf mille quinze-cent-soixante-quinze unités

Sept mille treize cent quarante-cinq unités
Deux millions trente-neuf mille dix-huit cent quarante unités
Quarante-six mille seize cent dix-huit unités
Sept billions vingt-six millions douze-cent-trois mille huit unités
Huit mille dix-neuf cent-trente unités
Cinquante-quatre millions quatorze-cent-mille unités.

62. — Soit à écrire le nombre : *quarante-deux millions cinq mille huit* dixaines d'unités.

Plaçons le nombre 42 dans la tranche des *millions*, 5, dans celle des *mille*, et faisons occuper au chiffre 8, la place des *dixaines d'unités ;* les *centaines d'unités* et les *unités simples* seront naturellement remplacées pardeux zéros ; et l'on aura :

$$42005080.$$

Il est évident qu'on pourrait dicter un nombre en désignant un seul chiffre à la fois. Ainsi, par exemple : 7 dixaines de mille, 4 centaines d'unités, 9 unités. L'ordre des mille et celui des dixaines d'unités qui ne sont pas mentionnés dans l'énoncé du nombre doivent être remplacés chacun par un zéro, ce qui donne : 70409, c'est-à-dire *soixante-dix mille quatre cent neuf unités.* Que l'on énonce un nombre en suivant entièrement ce même mode, ou que l'on en énumère de la sorte qu'une partie, cela revient au même quant au raisonnement : Nous n'insisterons donc pas sur cet objet.

Soit à écrire le nombre six billions sept centaines de mille.

Il suffit de placer le 6 à l'ordre des *unités de billions*, et le nombre 7 à celui des *centaines de mille* ; puis, remplaçant les ordres absents chacun par un zéro, on obtiendra : 6000700000, qui peut s'énoncer également : *Six billions sept-cent-mille.*

Soit à écrire le nombre douze millions dix-neuf mille vingt-six dixaines d'unités.

Remarquons tout d'abord que *vingt-six dixaines d'unités* se décomposent en *six dixaines d'unités* et deux *centaines d'unités.* Il ne reste donc plus à écrire que le nombre : 12 millions 19 mille 2 centaines d'unités et 6 dixaines d'unités, qui, d'après ce que nous venons de voir, se représentera ainsi : 12019260.

Soit à écrire le nombre *cinq millions deux mille et cinq cent quarante sept dixaines d'unités.*

Ici le nombre de *dixaines d'unités* 547 étant formé de plus de deux chiffres, il s'ensuivra que le chiffre des *mille* devra être modifié, et voici comment : Le chiffre 7 doit figurer aux dixaines d'unités ; par suite, le 4, qui se trouve immédiatement à gauche des dixaines, occupera le rang des *centaines d'unités*, rien de mieux ; mais le chiffre 5, situé à gauche des centaines d'unités, représente 5 *unités de mille*, donc ce chiffre 5 doit prendre la place des unités de mille. Or, cette place n'est plus ouverte, puisque nous devons écrire deux mille, et, que dans cette période le chiffre 2 occupe la place des *unités de mille* : que faire en cette circonstance ? Puisque le 5 doit figurer aux unités de mille, puisque le 2 doit figurer également à ce même ordre il s'agit uniquement, au moyen de l'addition, de réunir, de joindre ensemble ces deux chiffres, de les fondre en un seul, le chiffre 7. Le nombre 5 millions 2 mille et 547 dixaines d'unités devra donc s'écrire : 5007470. Il est tout naturel que, puisque le chiffre 7 doit occuper le rang des dixaines d'unités, l'on remplace les *unités simples* par un zéro.

On peut, du reste, employer le moyen pratique suivant pour former ce nombre et tous les analogues. Ecrivons 5 millions 2 mille unités : 5002000; puis disons, dans 547 *dixaines d'unités* quel est celui des trois chiffres 5, 4 ou 7 qui doit prendre rang aux *dixaines d'unités?* Le 7 assurément, le premier chiffre à droite, les *unités* du nombre 547 *dixaines*. Plaçons ce 7 à l'ordre des dixaines, puis successivement le 4 aux centaines et le chiffre 5 aux mille; mais au chiffre des mille, il se trouve déjà le caractère 2. Réunissons les deux nombres 5 unités de mille et deux unités de mille, et représentons l'ordre des unités de mille par 7, nous obtiendrons alors, comme ci-dessus : 5007470, c'est-à-dire le nombre demandé.

On comprend parfaitement que ces sortes de nombres ne peuvent pas s'écrire d'une manière directe. Il est seulement nécessaire qu'ils renferment la valeur indiquée par l'énoncé.

Soit à écrire le nombre *quatre millions dix-sept mille et quarante six centaines d'unités.*

Ecrivons 4 millions 17 mille : 4017000. Dans 46 *centaines d'unités*, quel est celui des deux chiffres 4 ou 6 qui doit être placé aux *centaines d'unités?* Le 6. Par conséquent, le chiffre 4 représente 4 unités de mille qui, ajoutées aux 17 déjà formées, donnent un total de 21 unités de mille. L'opération peut s'indiquer ainsi : 4017000, et le résultat obtenu sera : 4021600.   46

Soit à écrire le nombre *six-billions vingt-quatre millions huit-cent-trente-six centaines de mille* et *cinq dixaines d'unités.*

Commençons par écrire 6 billions 24 millions d'unités simples, ce qui nous offrira la portée du nombre, c'est-à-dire la quantité de chiffres dont il doit être composé : 6024000000.

Puisque nous devons intercaler dans ce nombre 836 *centaines de mille*, le chiffre 6 se placera à l'ordre des *centaines de mille*, le 3 à celui des unités de *millions*, et le 8 enfin aux *dixaines de millions*. L'opération s'indiquera de la sorte :

$$6024000000$$
$$836$$
$$\overline{6107600000}$$

On fera la somme des différents chiffres qui doivent représenter le même ordre, et l'on obtiendra :

$$6107600000.$$

Or, il s'agit encore d'intercaler les 5 dixaines d'unités ; ceci est bien simple, il suffit de placer un 5 à l'ordre des *dixaines d'unités* si cet ordre est indiqué par un zéro, et nous sommes dans le cas, ou bien d'ajouter 5 unités au nombre de dixaines qui pourraient déjà s'y trouver. On aura donc, en définitive :

$$6107600050.$$

Ce nombre si compliqué en apparence se réduit à fort peu de chose, comme on le voit, si l'on entend parfaitement la théorie de la numération.

Nous nous dispenserons d'augmenter cette nomenclature assez étendue déjà, persuadé que nous sommes, que tous les nombres résumés dans nos exercices numériques subséquents seront formés d'une manière convenable si l'on a bien saisi les principes que nous avons à dessein longuement développés.

Il est, au reste, un moyen fort simple d'assurer la traduction en chiffres de tous les nombres : Il suffit de décomposer le nombre sont il s'agit en ses diverses parties, *unités simples, dixaines, centaines, mille, etc.,* *ou en ses diverses tranches,* et puis ensuite de totaliser toutes les sommes partielles. Le total de l'addition donne le nombre demandé. Ce procédé peut être admis en thèse générale et ne souffre aucune exception. Nous allons l'éclaircir par des exemples.

Soit à représenter en chiffres le nombre sept mille treize cent quarante-trois.

Subdivisions le nombre 7 mille treize cent quarante-trois unités en 7 mille et treize cent quarante-trois. Plaçons ces deux parties l'une sous l'autre afin d'en effectuer l'addition; l'opération se présentera de cette manière :

$$7000$$
$$1343$$

Et le résultat   8343   sera le nombre demandé.

Soit à traduire en chiffres le nombre dix-huit millions sept mille et neuf-cent-vingt-six centaines d'unités.

Décomposons ce nombre en : 18 millions, 7 mille, et 92600 unités (il est bien évident que 926 centaines d'unités égalent 92600 unités simples). Plaçons les trois parties obtenues de manière à pouvoir en effectuer l'addition. L'opération se présentera de cette manière :

$$18000000$$
$$7000$$
$$92600$$

Et le résultat   18099600   sera le nombre demandé.

En résumé, lorsqu'au premier abord on ne saisit pas de suite la nuance d'un nombre à traduire en chiffres, il faut procéder immédiatement par la décomposition et la réunion des parties du nombre dont il est question. Cette dernière méthode est rationnelle, facile à mettre en pratique, et de plus, complètement indépendante de la forme ou de l'énoncé des quantités qu'il s'agit de représenter en chiffres; c'est assez dire que nous la recommandons d'une manière toute spéciale.

63.   **Exercices Numériques.**

NOMBRES A TRADUIRE EN CHIFFRES.

Cinq millions dix-huit mille soixante-quatorze centaines d'unités
Six millions dix-neuf mille quatre dixaines d'unités
Sept millions vingt-huit mille quarante-neuf dixaines d'unités
Quatorze millions cinq-mille trois-cent-quarante-sept centaines d'unités
Cinq billions trois mille et quinze mille trois-cent-vingt dixaines d'unités
Six millions et deux cent trente-huit centaines d'unités
Trois millions sept mille vingt-cinq dixaines d'unités
Cinq-mille neuf centaines d'unités
Quinze millions huit mille cinq-cent-trois dixaines d'unités
Trois billions cinquante-neuf millions et quarante-sept centaines de mille
Neuf billions vingt-quatre millions et cinq-cent-soixante-dix dixaines de mille
Sept trillions et huit-mille-neuf-cent cinquante-six dixaines de billions
Quatre billions et cent-trente-neuf dixaines de mille
Cinq millions et treize-cent-vingt-huit centaines de mille
Dix-huit millions et douze-cent-sept dixaines d'unités

Quatre millions dix-neuf mille et dix-sept-cent-trente-deux centaines d'unités, etc., etc.

On conçoit aisément que ces nombres peuvent être variés à l'infini.

64. D'après ce que nous venons de voir, il est donc constant qu'à l'aide de la combinaison de *dix* caractères seulement on peut parvenir à écrire tous les nombres ; mais il est évident aussi que le principe fondamental de la numération, la base du *système décimal*, est : *qu'un chiffre placé d'un rang vers la gauche d'un autre est dix fois plus grand que celui-ci*, ou plutôt représente des unités d'un ordre *dix fois plus grand*. Par suite, un chiffre placé *d'un rang* vers la *droite* d'un autre chiffre, représente des unités d'un ordre *dix fois plus petit*.

Donc, en général, plus les chiffres sont situés à la *gauche* les uns des autres, et plus ils représentent des unités d'un *ordre élevé ;* plus les chiffres sont situés à la *droite* les uns des autres, et plus ils représentent des unités d'un *ordre inférieur*.

On attribue, en effet, *deux valeurs* à un chiffre quelconque : 1° *une valeur absolue*, et 2° *une valeur relative*.

La valeur absolue d'un chiffre est la valeur que ce chiffre possède par lui-même, c'est-à-dire la valeur qu'il conserverait s'il était complètement isolé ; la valeur absolue d'un chiffre ne peut donc être *qu'une, deux, trois, quatre, cinq, six, sept, huit* ou *neuf* unités. Ainsi, quelle que soit la place qu'occupe le chiffre 4, par exemple, il ne vaudra jamais plus de 4 unités par lui-même.

On demande, je suppose, quelle est la valeur absolue de chacun des chiffres 7, 3, 9 et 0 dans le nombre 35478019. Que valent les chiffres 7, 3, 9 et 0 si l'on ne considère en aucune manière le rang qu'ils occupent ? Sept unités, trois unités, neuf unités et 0 unités ; Telle est la valeur *absolue* de chacun d'eux. Disons en passant que la valeur absolue de même que la valeur relative du caractère 0 sont toujours 0.

La *valeur relative* d'un chiffre est la valeur réelle de ce chiffre, c'est-à-dire la valeur que ce chiffre possède, tant sous le rapport du nombre d'unités dont il est composé que sous celui de l'ordre qu'il représente. Ici naturellement la valeur du chiffre dépend surtout de la place qu'il occupe.

On demande, je suppose, quelle est la *valeur relative* de chacun des chiffres 7, 3 et 9 dans le même nombre 35478019.

Le chiffre 7 représente les unités du *cinquième ordre*, les *dixaines de mille*. Or, une dixaine de mille vaut *dix mille* unités simples, donc 7 dixaines de mille valent *soixante-dix mille ;* en effet, ajoutons sept fois de suite dix mille, nous obtiendrons : Dix-mille, vingt-mille, trente-mille, quarante-mille, cinquante-mille, soixante-mille et enfin soixante-dix-mille unités simples; telle est la valeur relative du chiffre 7 dans le nombre: 35478019. Il est évident que si ce même chiffre occupait une autre place, sa valeur relative serait modifiée.

La valeur relative d'un chiffre est, en un mot, la conversion des unités de l'ordre remplacé par ce chiffre, en unités simples.

Quelle est maintenant la valeur relative du chiffre 3 ? Ce chiffre représente les unités du *huitième ordre*, les *dixaines de millions*.

Or, une dixaine de millions vaut *dix millions* d'unités simples, donc, 3 dixaines de millions, valent *trente millions* d'unités simples : Telle est la valeur relative du chiffre 3 dans le nombre donné.

Enfin, le chiffre 9 occupe la place des unités simples ; la valeur absolue et la valeur relative du chiffre des unités du premier ordre sont toujours identiques.

La valeur relative du 9 est donc 9 unités.

65. Pour arriver plus aisément à découvrir *la valeur relative* d'un chiffre quelconque ; il faut d'abord s'assurer que :

Une *dixaine*	vaut *dix*	unités simples.
Une *centaine*	vaut *cent*	unités simples.
Un *mille ou une unité de mille*	vaut *mille*	unités simples.
Une *dixaine de mille*	vaut *dix-mille*	unités simples.
Une *centaine de mille*	vaut *cent-mille*	unités simples.
Un *million*	vaut *un million*	d'unités simples.
Une *dixaine de millions*	vaut *dix-millions*	d'unités simples.
Une *centaine de millions*	vaut *cent-millions*	d'unités simples.
Un *billion*	vaut *un billion*	d'unités simples.
Une *dixaine de billions*	vaut *dix-billions*	d'unités simples.
Une *centaine de billions*	vaut *cent-billions*	d'unités simples,

etc, etc.

Ceci bien compris, il est facile de déterminer, par exemple, combien 4 *centaines de millions* valent d'unités simples ; car, une *centaine de millions* vaut *cent-millions* d'unités, par conséquent, pour obtenir la valeur de 4 centaines de millions il suffit d'ajouter 4 fois l'une après l'autre le nombre cent millions et de dire : *cent-millions, deux-cent-millions, trois-cent-millions* et enfin *quatre-cent-millions* d'unités simples.

66. Nous avons dit qu'une *centaine* vaut cent unités, *un mille,* mille unités, etc. etc, il s'agit de voir maintenant quelle en est la raison d'être.

Les *dixaines d'unités* étant placées immédiatement à gauche des unités simples, il s'ensuit qu'une *dixaine* est *dix* fois plus *grande* qu'une *unité* et vaut, par suite, *dix unités.*

Si l'on voulait s'en convaincre, du reste, il n'y aurait qu'à se reporter au numéro 64.

Les *centaines d'unités* sont placées immédiatement à *gauche* des *dixaines,* par suite, une *centaine* vaut *dix dixaines* ; or, une *dixaine* vaut *dix unités :* donc, une *centaine* représente la valeur de *cent unités.* On ne comprend probablement pas ce raisonnement au premier abord ; je vais l'éclaircir par un exemple : Une pièce de *dix sous* vaut *dix sous,* et il est nécessaire d'accumuler *dix pièces de dix sous* pour former une pièce de *cent sous.* D'après cela, je demande combien une pièce de *cent sous* renferme de pièces d'*un sou ?* Une pièce de *cent sous* renferme le nombre de sous obtenu par l'addition successive de *dix pièces de dix sous* ou de *dix fois dix sous* ou *dix, vingt, trente, quarante, cinquante, soixante, soixante-dix, quatre-vingts, quatre-vingt-dix, — cent.*

Donc enfin, *une pièce de cent sous* est formée de *cent pièces d'un sou.* Mais une pièce de *cent sous* c'est une *centaine,* un *sou* est une *unité simple ;* donc, en définitive, *une centaine* vaut *cent unités.*

Par un raisonnement analogue on parvient sans difficulté à se persuader *qu'un mille* composé de *dix centaines (puisque l'ordre des mille est situé immédiatement à gauche de celui des centaines) vaut mille unités simples,* qu'une *dixaine de mille* composée de *dix unités de mille,* renferme *dix mille unités simples, etc., etc.*

67. Passons maintenant à la comparaison des valeurs absolue et relative des chiffres entre eux.

Pour obtenir le rapport qui existe entre les valeurs absolues de deux chiffres, il s'agit uniquement de déterminer de combien d'unités l'un des deux chiffres surpasse l'autre. Ainsi, par exemple, dans le nombre 560843, le chiffre 6 est plus grand en valeur absolue que le chiffre 4, de 2 unités seulement, et le chiffre 8 possède une valeur absolue qui surpasse de 3 unités celle du chiffre 5. Ceci est trop simple pour que nous nous y attachions davantage ; ce dont nous devons nous occuper surtout, c'est d'examiner de quelle manière on parvient à déterminer les différentes *valeurs relatives* des chiffres entre eux, c'est-à-dire en ne considérant ces chiffres que par rapport à l'ordre qu'ils remplacent et en faisant, par conséquent, complètement abstraction de leur *valeur absolue.*

Soit le nombre 950743.

On demande quelle est la *valeur relative* du chiffre 4 par rapport au 5, ou plutôt on désire connaître combien les unités de l'ordre que représente le 4 sont de fois plus petites ou plus grandes que celles de l'ordre représenté par le 5.

Ici, on le voit, on laisse complètement de côté la question du *nombre d'unités* dont est formé chacun des deux chiffres ; on ne considère que l'*ordre d'unités.*

Quel que soit le caractère, un 5, un 7, un 9 etc., etc., la solution ne peut donc être changée.

Or, examinons d'abord si ce chiffre 4 est plus grand ou plus petit en valeur relative que le chiffre 5.

Le chiffre 4 est certainement plus petit que le 5, puisque ce chiffre 4 est placé *à droite* du 5 (*voir n° 64*) ; cherchons à présent *combien de fois* le chiffre 4 est plus petit que le 5. Il est à considérer que ce *nombre de fois* doit être *décimal* puisque la numération est *décimale,* c'est-à-dire que les ordres sont de dix en dix fois plus grands ou plus petits les uns que les autres, et jamais que de dix fois ; le *nombre de fois* doit donc être invariablement: *Dix, cent, mille, dix-mille, cent-mille, un million, dix-millions* ou *cent-millions, etc., etc.*

Ce nombre varie naturellement selon la distance qui sépare les deux chiffres dont il s'agit. Si l'un des chiffres se trouve placé *d'un seul rang* à droite ou à gauche de l'autre, il est seulement *dix fois* plus petit ou plus grand ; de *deux rangs*, cent fois ; de *trois rangs*, mille fois ; de *quatre rangs*, dix-mille fois ; de *cinq rangs*, cent-mille fois, et ainsi de suite. Au cas particulier, le chiffre 4 est situé au *troisième rang à droite* du chiffre 5 : par conséquent, le chiffre 4, en valeur relative, *est mille fois plus petit* que le 5, ou, en d'autres termes, les unités de l'ordre que représente le 4 sont mille fois plus petites que celles de l'ordre représenté par le 5.

Il est, du reste, un moyen bien simple de s'en convaincre : Puisque nous voulons comparer la valeur relative de l'ordre 4 à celle de l'ordre 5, nous pouvons considérer le 4 comme le chiffre des *unités*. Or, si le 4 est aux unités, le 5 occupe la place des unités du quatrième ordre, c'est-à-dire des mille ; mais, nous avons dit, au numéro 65, qu'un mille vaut mille unités, par suite, le chiffre 4 tient le rang d'unités mille fois plus petites que celles indiquées par le 5, et réciproquement le chiffre 5, est, en *valeur relative, mille fois plus grand que le* 4.

Eclaircissons cet exposé par un nouvel exemple.

Soit le nombre 9083742. On demande quelle est la valeur relative du chiffre 9 par rapport au 4, c'est-à-dire combien ce chiffre 9 est de fois plus grand ou plus petit, en valeur relative, que le chiffre 4.

Il est à considérer d'abord que le 9 représente des unités plus grandes que le 4, puisque ce chiffre 9 est placé *à gauche* du caractère 4. Or, maintenant il s'agit de déterminer combien de fois le chiffre 9 est plus grand que le 4 : Eh bien ! regardons le 4 comme le chiffre des unités, et voyons quelle place occupera le 9 ? Le 9 représentera alors les unités du *sixième ordre, les centaines de mille*. Mais, une centaine de mille vaut cent mille unités ; par conséquent, le chiffre 9 tient le rang d'unités cent mille fois plus grandes que celles indiquées par le 4, donc, la *valeur relative* du 9, est *cent mille fois plus grande* que celle du 4, et réciproquement, la valeur relative du chiffre 4 est cent mille fois plus petite que celle du 9.

Il existe un moyen mécanique de trouver immédiatement le rapport des valeurs relatives de deux chiffres. Ce moyen, nous allons l'appliquer à l'exemple précédent : Soit à déterminer la valeur relative du chiffre 9 par rapport au chiffre 4 dans le nombre 9083742.

Marquez les deux chiffres désignés 9 et 4 par un signe quelconque, un point, je suppose ; comptez ensuite de combien de rangs à gauche du 4 se trouve situé le chiffre 9. En passant sur le 7, le 3 et le 8, le 0 et le 9, dites successivement un, deux, trois, quatre et cinq ; pour cette raison ajoutez *cinq zéros* à droite du caractère 1, et vous obtenez le nombre 100000 (*cent mille*). Il est manifeste que le chiffre 9, placé à gauche du 4, représente des unités d'un ordre supérieur à celles indiquées par le chiffre 4 ; donc le chiffre 9 est *cent mille fois plus grand que le* 4.

On peut toujours effectuer le calcul de la même manière ; il suffit, à cet effet, de marquer les deux chiffres dont on veut comparer les *valeur relatives* par un signe quelconque, puis, d'examiner ensuite de combien de rangs l'un des deux chiffres est situé à droite ou à gauche de l'autre, et enfin d'ajouter à la droite du caractère 1 un nombre de zéros égal au nombre de rangs que l'on vient de déterminer ; Il est facile, au surplus, de s'assurer si l'un des chiffres est plus *grand* ou plus *petit* que l'autre, selon que le premier est placé à *gauche* ou à *droite* du second.

Il faut, d'ailleurs, bien distinguer les deux chiffres dont on veut comparer les valeurs relatives : Ainsi, il est constant que le résultat, de la valeur relative du chiffre 9 comparée à celle du chiffre 4, ne peut être le même que celui de la valeur relative du chiffre 4 comparée à celle du chiffre 9.

Le chiffre 9 représente un ordre d'unités cent mille fois plus *grand* que celui représenté par le 4 ; tandis que le chiffre 4, représente un ordre d'unités cent mille fois plus *petit* que celui représenté par le 9. Il faut avoir soin de ne pas confondre ces deux questions ; car, comme on l'aperçoit aisément, les solutions *de chacune d'elles* sont loin d'être identiques.

68. On pourrait changer la forme de cette question des *valeurs relatives*, sans pourtant que le raisonnement à établir en subît aucune modification. Ainsi, par exemple, on demande combien il faut de *dixaines d'unités* pour composer *une centaine de mille*, ou en d'autres termes, on veut savoir combien les dixaines d'unités sont de fois plus petites ou plus grandes que les centaines de mille ?

Pour arriver à découvrir la solution demandée, tracez un nombre quelconque de chiffres : 45089721, puis, marquez d'un signe quelconque le chiffre des dixaines d'unités dans ce nombre (*ici, c'est le caractère 2*), — et celui des centaines de mille (*le 0, au cas présent*). La question se trouve ainsi ramenée à ce que nous avons exposé au Nº 67 ; le chiffre 2 est placé à *droite* du 0, donc, les unités de l'ordre représenté par ce chiffre 2 sont plus *petites* que celles de l'ordre représenté par le 0 : Donc il peut y avoir un certain nombre de *dixaines d'unités* dans une centaine de mille ; ce dernier point n'est pas inutile à examiner.

Or, le chiffre de centaines de mille, le 0, est situé au *quatrième rang* à gauche du chiffre des dixaines d'unités, le 2. Par conséquent, ce zéro représente des unités d'un ordre *dix mille* (c'est-à-dire *quatre* zéros placés à la suite du caractère un : 10000) fois plus grand que celles exprimées par le 2. On peut en déduire qu'une centaine de mille étant dix-mille fois plus grande qu'une dixaine d'unités, il faut *dix-mille* dixaines d'unités pour former une centaine de mille.

On demande combien il faut de *dixaine de millions* pour composer *une centaine de mille ?*
Une dixaine de millions est assurément *plus grande* qu'une cen-

taine de mille, puisque l'ordre des dixaines de millions est placé à gauche de celui des centaines de mille.

Donc, il ne peut pas y avoir au moins *une seule dixaine de millions* dans une centaine de mille. On peut donc répondre hardiment à la question posée ci-dessus, combien faut-il de dixaines de millions pour composer une centaine de mille ? Il n'en faut pas *une seule*, la centaine de mille étant plus *petite* qu'une dixaine de millions. Je signale cet objet parce qu'on s'y méprend quelquefois ; il y a donc lieu de bien examiner avant tout si l'unité qui, d'après l'exposé de la question, doit être contenue dans un second ordre d'unités, n'est pas *plus grande* que l'unité de ce dernier ordre.

Si l'on demande, au contraire, combien il faut de *centaines de mille* pour composer une *dixaine de millions*, ici, évidemment, on envisage la question sous un point de vue vraisemblable, car, un certain nombre de centaines de mille peuvent former une dixaine de millions, puisqu'une centaine de mille est plus *petite* qu'une dixaine de millions. Traçons une suite quelconque de chiffres, 5749302168 ; marquons par un point les chiffres 3 et 4 qui représentent les deux ordres : Centaines de mille et dixaines de millions ; concluons enfin, que le chiffre 4, placé de deux rangs à gauche du chiffre 3, représente, par suite, des unités d'un ordre *cent fois plus grand*, et qu'il faut *cent centaines de mille* pour composer *une dixaine de millions*.

La raison d'être de cette déduction se conçoit aisément ; une centaine de mille est cent fois plus petite qu'une dixaine de millions ; par conséquent, il en faut cent fois plus qu'une pour former une dixaine de millions, c'est-à-dire qu'il est nécessaire d'en accumuler cent.

69. EXERCICES SUR LES VALEURS ABSOLUE ET RELATIVE DES CHIFFRES.

Soit le nombre 4509361287. On demande :

1° Quelle est la valeur *absolue* des chiffres 3, 7, 0, 4 ;

Et 2° Quelle est la valeur *relative* de chacun des caractères 9, 6, 8, 5.

Soit le nombre 854276539. On demande la valeur *relative* de chacun des chiffres qui composent ce nombre.

Soit le nombre 3098274156. On demande :

Quelle est la valeur *relative* :

1° Du chiffre 4 par rapport au 3 ;

2° Du 9 par rapport au caractère 1 ;

3° Du 7 par rapport au 0 ;

4° Du 8 par rapport au 5 ;

5° Du 6 par rapport au 2 ;

Combien faut-il de centaines d'unités pour former un million ?

Combien y a-t-il de dixaines de mille dans une centaine de millions ?

Combien une dixaine d'unités est-elle de fois plus grande ou plus petite qu'une dixaine de mille ?

Combien une centaine de mille est-elle de fois plus grande ou plus petite qu'une dixaine d'unités ?

Combien faut-il de centaines de mille pour former une centaine d'unités ?

Combien y a-t-il de dixaines de millions dans une centaine de mille ?

Combien une centaine de mille est-elle de fois plus grande ou plus petite qu'une unité de billion ?

Combien faut-il d'unités de mille pour composer une centaine d'unités ?

70. Toutes les explications qui précèdent font l'objet de la *numération des nombres entiers*; elles peuvent se résumer en trois points principaux :

1° La base de la numération *décimale* est le nombre *dix*, car le système tout entier est établi sur ce principe : *qu'un chiffre placé d'un rang vers la gauche d'un autre, représente des unités d'un ordre dix fois plus grand.*

D'où il s'en suit, qu'au moyen de la combinaison des *dix caractères :* 0, 1, 2, 3, 4, 5, 6, 7, 8 et 9, on doit parvenir à exprimer tous les nombres en chiffres. On comprend, dès lors, que ces caractères jouissent de la prérogative de posséder *deux valeurs bien distinctes :* une valeur *personnelle* qui ne peut changer (*valeur absolue*), et, de plus, une valeur qui dépend uniquement du *rang*, et qui, par suite, est sujette à une variabilité indéfinie (*valeur relative*).

2° Le plus grand nombre n'existe pas ; car, quelle que soit *l'étendue* ou la *valeur* d'un nombre, on pourra augmenter ce nombre en lui ajoutant seulement *une unité*. A *fortiori* sera-t-il plus grand si on l'augmente de plus d'une unité. Il est donc manifeste que le plus grand nombre ne peut pas être écrit.

Le plus petit des nombres entiers est *un*, puisque, si une quantité entière ne renferme pas au moins une unité, elle est équivalente à zéro ; or, zéro ne peut constituer un nombre.

3° Le caractère zéro sert à représenter, en général, les unités de l'ordre qui n'est pas appelé à prendre place dans un nombre. On peut donc ajouter une infinité, une quantité quelconque de zéros à la *gauche* d'un nombre sans que ce nombre devienne plus grand ou plus petit, pourvu, toutefois, qu'aucun chiffre significatif ne soit intercalé dans la suite de zéros. Ainsi le nombre 78 ou 000078 expriment tous deux *soixante-dix-huit unités.*

Il est bien facile d'en comprendre la raison : On indique seulement au second nombre qu'il ne renferme pas de *dixaines*, de *centaines*, de *mille*, etc., etc. ; mais le chiffre 8 reste toujours, comme avant l'addition des zéros, 8 unités, le 7 était et est encore le chiffre des dixaines, par conséquent, le nombre n'a pas changé de valeur. Il n'en est pas de même lorsque des zéros sont ajoutés à la droite d'un nombre entier ; ainsi, par exemple, si l'on ajoute trois zéros à la droite du nombre 78 on obtient 78000. Il est évident que 78000 est un nombre plus grand que 78 ; car, le chiffre 8 ne représente plus 8 *unités simples,* mais bien 8 *unités de mille ;* le 7 qui, auparavant occupait la place des *dixaines d'unités* représente maintenant l'ordre des *dixaines de mille.* La valeur absolue de chacun de ces deux chiffres n'a pas été modifiée, mais leur valeur relative ou réelle est devenue plus grande. Donc, si l'on ajoute des zéros à la droite d'un nombre entier, ce nombre augmente de valeur.

Les nombres s'écrivent par périodes de trois chiffres appelées tranches. On peut s'assurer que l'on a représenté un nombre d'une manière exacte ou inexacte, en lisant ce nombre. On demande, *par exemple,* d'exprimer en chiffres le nombre 45 millions 3 mille 17 unités ; ce nombre est, je suppose, d'abord représenté de la sorte : 450003017. Or, il s'agit de vérifier si cette suite de chiffres: 450003017 forme bien le nombre 45 millions trois mille et 17 unités ; on se met aussitôt en devoir de *lire* ce nombre, en le décomposant en tranches de trois chiffres :

$$450 \mid 003 \mid 017$$

et l'on s'aperçoit alors que l'on a traduit en chiffres : *Quatre-cent-cinquante millions, trois mille et dix-sept unités.*

On modifie la tranche des *millions* qui se trouve erronée, et l'on écrit en définitive : 45003017.

On peut encore vérifier l'exactitude d'un nombre en analysant séparément la valeur de chacun des chiffres qui entrent comme éléments dans la formation de ce nombre, et convertir le tout en unités. Mais ce procédé, appliqué aux nombres d'une certaine étendue, est fastidieux et long ; on peut l'employer avec avantage lorsqu'il s'agit de nombres composés de deux ou trois chiffres, comme nous l'avons déjà dit, au surplus, au Nº 37.

71. Le plus grand nombre entier *positif* n'existe pas, nous l'avons prouvé ; mais le plus grand nombre entier *négatif* existe ; c'est — 1. Le plus petit nombre entier positif est *un ;* d'où l'on voit qu'il y a deux unités de différence du plus petit nombre entier positif au plus grand nombre entier négatif.

Le plus petit nombre entier négatif n'existe pas, puisque la suite des nombres entiers positifs est infinie, illimitée, et que les nombres négatifs sont les nombres positifs précédés du signe moins.

72. — Pour obtenir le rapport des valeurs relatives de deux chiffres, il suffit de passer sur chacun des chiffres qui se trouvent à droite ou à gauche de l'un des deux caractères dont il est question, en disant successivement: Dix, cent, mille, dix mille, etc., jusqu'à ce que l'on parvienne à mettre le doigt sur le second caractère. Ainsi, pour déterminer la valeur relative du chiffre 5 par rapport à celle du 4 dans ce nombre : 150742, on passera sur le 0 en disant: Dix, puis sur le 7 et le 4, *cent et mille.* Or, le chiffre 5 est placé à la gauche du 4, donc, les unités que représente le chiffre 5 sont mille fois plus fortes que celles indiquées par le caractère 4, et, par suite, on dit, qu'en valeur relative, le chiffre 5 est mille fois plus grand que le 4. Mais nous avons vu que la valeur relative d'un chiffre est la valeur réelle, effective de ce chiffre ; si donc, maintenant, on considère les chiffres non-seulement sous le rapport du rang qu'ils

occupent, mais encore sous celui de leur valeur personnelle; s'il ne s'agit plus de dire combien une *unité* de l'ordre représenté par tel ou tel chiffre est de fois plus grande ou plus petite que celle d'un autre ordre; si enfin on demande de comparer les valeurs relatives ou réelles de ces deux chiffres 5 et 4, c'est-à-dire de déterminer combien de fois 5 dixaines de mille contiennent 4 dixaines d'unités, comment devra-t-on opérer? On convertira alors les 5 dixaines de mille en cinquante mille unités simples, et les 4 dixaines en quarante unités; puis, on divisera 50000 par 40, ce ce qui donne 1250; donc la valeur du chiffre 5 est 1250 fois plus grande que celle du chiffre 4, et réciproquement 4 dixaines d'unités sont 1250 fois plus petites que 5 dixaines de mille.

On demande combien 5 centaines d'unités sont de fois plus petites que 7 unités de millions?

7 unités de millions valent 7000000 d'unités simples; 5 centaines valent 500 unités simples; divisons 7000000 par 500, et nous obtiendrons 14000. Donc, 5 centaines d'unités sont 14000 fois plus petites que 7 unités de millions. Ceci est, du reste, assez facile à concevoir:

Une centaine d'unités est dix-mille fois plus petite qu'une unité de millions; 5 centaines d'unités seront naturellement 5 fois moins de fois plus petites, c'est-à-dire 2000 fois.

Donc, 5 centaines d'unités sont deux mille fois plus petites qu'une unité de million. Mais nous avons 7 unités de millions; par suite 5 centaines d'unités doivent être 7 fois de fois plus petites, ou 14000 fois.

On comprend que ces sortes de questions pourraient être multipliées à l'infini. Elles auront toutes une solution immédiate, si l'on a saisi convenablement la théorie que nous venons d'exposer.

On peut, au reste, poser en principe général, que, lorsqu'il s'agit de traiter les questions de ce genre et les analogues, il faut, au préalable, effectuer la conversion de chaque partie en unités simples. Le calcul est alors ramené à une plus simple expression.

73. On désire savoir combien il faut d'unités de mille pour former une centaine d'unités?

Nous avons dit au numéro 68 qu'une centaine d'unités étant plus petite qu'une unité de mille, il ne peut y avoir au moins une seule centaine d'unités dans un mille. Dans ce cas, on renverse la question, et l'on cherche combien il faut de *centaines* pour composer un *mille*: Il en faut *dix*, donc, une centaine est dix fois plus petite qu'un mille, et, par conséquent, il ne faut que le *dixième* d'une unité de mille pour former une *centaine* d'unités.

Combien faut-il de centaines de millions pour former une dixaine d'unités? 0,0000001 (un dix-millionième).

En effet, une *centaine de millions* est dix-millions de fois plus grande qu'une *dixaine d'unités;* par conséquent, il ne faut que la dix-millionième partie d'une centaine de millions pour former une dixaine d'unités.

74. EXERCICES NUMÉRIQUES SUR LES VALEURS ABSOLUE ET RELATIVE DES CHIFFRES.

Combien faut-il de fois 4 dixaines d'unités pour former un mille?

Combien faut-il de fois 5 centaines d'unités pour composer une dixaine de millions?

Combien faut-il de centaines de mille pour former une dixaine de mille?

Combien faut-il de fois 8 dixaines de mille pour former une centaine de millions?

Combien faut-il de millions pour former une centaine d'unités ?

Combien faut-il de fois 7 unités de mille pour composer une dixaine de billions ?

---

75. La numération consiste à représenter tous les nombres au moyen de caractères appelés *chiffres*. Le nombre de ces caractères est *arbitraire* ; par suite, le nombre des systèmes de numération est indéfini.

Un système dépend uniquement de sa *base*, c'est-à-dire de la quantité de chiffres que l'on emploie. Dans le système *décimal*, le nombre des caractères dont on fait usage est de *dix* y compris le *zéro* ; neuf chiffres ont les deux valeurs absolue et relative, et le zéro n'a aucune valeur absolue.

Il est à remarquer que, dans ce système, le plus grand nombre représenté par un seul chiffre est 9, c'est-à-dire le *nombre* des chiffres du système *moins* un.

De plus, les unités sont toujours de dix en dix fois plus grandes ou plus petites les unes que les autres ; c'est même sur ce principe qu'est fondée toute la numération dont la base est dix.

Ce raisonnement qui nous a servi à exprimer les nombres dans le système *décimal*, peut s'étendre à tous les systèmes de numération. La base seule changera, et partant, les chiffres, au lieu de représenter des ordres de dix en dix fois plus grands ou plus petits, exprimeront des unités autant de fois plus grandes ou plus petites les unes que les autres qu'il y aura de chiffres dans la base.

Ainsi, par exemple, le système *quinaire* (à base 5) se compose de cinq caractères y compris le zéro ; ces caractères sont : 0, 1, 2, 3 et 4. A l'aide de ces cinq chiffres seulement il s'agit de concevoir comment on peut parvenir à écrire tous les nombres : Eh bien ! on convient d'abord que de 5 unités du premier ordre on formera une unité du second ordre ; les 5 premiers nombres dans le système quinaire seront donc (D) *1, *2, *3, *4, *10. En effet, les quatre premiers nombres se représentent avec les quatre caractères significatifs, 1, 2, 3 et 4, et le zéro, placé à droite du chiffre 1, indique que le nombre *10 renferme seulement une unité du second ordre ; or, une unité du second ordre vaut 5 unités du premier ordre ; donc le nombre *10 exprime bien la valeur de 5 unités.

Dans tous les systèmes il y a, comme dans le système décimal, des unités du premier, du second, du troisième, du quatrième, etc., etc., ordre, et, de plus, quelle que soit la base d'un système, les unités des différents ordres sont représentées invariablement par 10, 100, 1000, 10000, etc. On conçoit facilement la raison d'être de ce principe.

Pour écrire dans le système quinaire, les nombres supérieurs à cinq, on ajoutera successivement une unité, deux unités, trois unités, et quatre unités à ce nombre *10. Jusqu'à ce que le nombre d'unités ajoutées ne dépasse pas quatre, le chiffre des unités du premier ordre seul doit être modifié ; mais, comme dans le système quinaire, le nombre le plus grand qui puisse s'exprimer par un seul chiffre est le nombre 4, dès que 5 unités du premier ordre seront réunies, elles formeront une unité du second ordre. D'après cela, les nombres six, sept, huit et neuf seront représentés ainsi : *11, *12, *13, *14, et dix par *20. On pourra compter de la même manière jusqu'au moment où le chiffre des unités du second ordre aura atteint sa limite extrême 4 (puisque le 4 est le caractère le plus élevé du système quinaire) ; on comprend qu'une fois le nombre *44 (vingt-quatre)

(D) Pour faciliter le raisonnement et jeter plus de jour sur ces définitions, nous indiquerons les nombres traduits dans des systèmes à bases autres que dix, par un *astérisque*.

représenté, il sera nécessaire de former, de cinq unités du second ordre, une unité du troisième ordre, puis de cinq unités du troisième ordre, une unité du quatrième ordre, et ainsi de suite. Il est bien entendu que les différents ordres, qui, dans ce système, sont de cinq en cinq fois plus grands se groupent tous à la gauche les uns des autres, tout-à-fait comme dans le système décimal.

76. Ce que nous venons d'exposer relativement au système *quinaire* peut s'appliquer, en général, à tous les systèmes de numération. Ainsi, le système *binaire* se compose de deux chiffres : 0 et 1 ; dans ce système on est convenu que, tout chiffre placé immédiatement à gauche d'un autre représente des unités d'un ordre deux fois (nombre de chiffres qui constituent la base) plus élevé.

Dans le système *ternaire*, ou à base trois, les chiffres sont de trois en trois fois plus grands à mesure qu'ils avancent d'un rang vers la gauche.

Dans le système *septenaire* enfin, les caractères 0, 1, 2, 3, 4, 5, 6, qui forment les éléments de ce système, expriment des valeurs relatives de sept en sept fois plus grandes ou plus petites les unes que les autres. On comprend qu'en général, si l'on indique la base d'un système quelconque par A, les unités des différents ordres expriment des quantités A fois plus grandes ou plus petites les unes que les autres, c'est là le principe fondamental de tout système de numération.

Le plus grand nombre qui puisse être représenté par un seul chiffre est le nombre des chiffres de la base A, moins un. Tous les nombres entiers peuvent donc être représentés dans un système quelconque, pourvu toutefois que ce système se compose *au moins de deux caractères* le zéro étant l'un deux ; du reste, la théorie applicable à chaque système en particulier, ressemble de tous points à celle de la *numération décimale*, à cette exception près que les valeurs relatives des chiffres sont différentes, puisque ces valeurs sont entièrement subordonnées à la base du système. Nous ne nous étendrons donc pas davantage sur cette partie de la numération, et nous ne reproduirons pas sur aucun des systèmes à bases différentes de dix les observations que nous a suggérées la numération décimale. Nous nous contenterons seulement d'agiter ces deux questions importantes, à savoir : 1° Comment s'y prend-on pour traduire un nombre dans un système à base quelconque, et 2° comment fait-on passer, dans le système décimal, un nombre écrit dans un système à base donnée?

77. Observons, avant tout, que tous les nombres traduits dans les systèmes dont la base est inférieure à dix doivent représenter fictivement des quantités plus grandes que celles exprimées par les mêmes nombres écrits dans le système décimal. En effet, il ne peut échapper à l'intelligence que dix-sept unités, par exemple, indiquées par le nombre 17 dans le système décimal seront traduites dans le système à base 4, je suppose, par un nombre plus grand que 17, par *41. Ceci est évident, car, dans le système *quaternaire*, les différents ordres ne sont que de quatre fois en quatre fois plus grands ; par conséquent, une unité du second ordre ne représente que quatre unités simples, tandis que dans le système décimal, une unité du second ordre représente dix unités simples : Il sera donc nécessaire d'employer un plus grand nombre d'unités du second ordre pour écrire dix-sept dans le système à base 4, que pour traduire ce nombre dans le système à base dix. Le même raisonnement peut s'appliquer à tous les ordres, et de là, on doit conclure que les nombres traduits dans les systèmes à bases inférieures à dix

représentent en apparence des quantités plus fortes que celles exprimées par les mêmes nombres écrits dans le système décimal. Par suite, quand la base est supérieure à dix, les nombres représentent des quantités plus petites, et, en général, plus la base d'un système est grande, et plus la quantité d'unités est représentée par un nombre petit, puisque plus la base est grande, plus les ordres expriment d'unités, et, partant, moins les chiffres qui remplacent ces ordres sont élevés. L'inverse peut en être induit sans inconvénient.

Ceci bien entendu, examinons de quelle manière on parviendra à traduire un nombre dans un système à base quelconque.

Soit le nombre *quarante-neuf* à traduire dans le système à base 6.

Remarquons d'abord que, dans le système à base 6, les unités du second ordre sont six fois plus grandes que les unités du premier ordre ou les unités simples. Par conséquent, autant de fois six unités simples seront contenues dans quarante-neuf unités simples (le nombre donné), autant de fois le nombre que nous cherchons devra renfermer une unité du second ordre, ou, en d'autres termes, on divise quarante-huit par 6, pour obtenir la quantité d'unités du second ordre, car, il y aura six fois moins d'unités du second ordre que d'unités simples, puisque les premières sont six fois plus grandes. Si l'on divise 49 par 6, on obtient 8 au quotient, et 1 pour reste; ce qui veut dire que 49, converti dans le système à base 6, renferme 8 unités du second ordre, plus une unité du premier ordre. Le reste de la division du nombre donné par la base fournit donc toujours les unités du premier ordre; nous plaçons le chiffre 1 aux unités simples. Mais il est impossible d'exprimer *huit* unités du second ordre par un seul chiffre, puisque les caractères du système à base 6 sont 0, 1, 2, 3, 4 et 5. Or, *six unités* du second ordre forment une unité du troisième ordre; en divisant 8 par 6, nous obtiendrons la quantité des unités du troisième ordre. Si l'on divise 8 par 6, on obtient 1 au quotient, et 2 au reste, ce qui veut dire que le nombre à traduire renferme une unité du troisième ordre et 2 unités du second ordre. Nous plaçons le chiffre 2 à gauche du caractère 1 des unités simples déjà posé, et, enfin, le chiffre 1 au rang des unités du troisième, et nous obtenons pour la traduction du nombre 49 dans le système à base 6, le nombre : *121. Il faut bien observer que ce nombre *121 renferme des unités du troisième ordre parce que, dans le système à base 6, les unités du troisième ordre valent 6 unités du second ordre, et, par suite, *trente-six* unités seulement du premier ordre; les unités du quatrième ordre valent 6 unités du troisième ordre ou six fois 36 unités simples ou *deux-cent-seize* unités du premier ordre, et ainsi de suite.

Dans la traduction du nombre précédent, il est évident que, si le quotient de la dernière division effectuée avait été supérieur à 5, une nouvelle division de ce quotient par 6 eût été nécessaire, et ces divisions continuelles par la base invariable 6 auraient été reproduites jusqu'au moment où, comme au cas particulier, l'on eût obtenu un quotient inférieur au nombre 6.

Ce que nous venons de dire pour la traduction d'un nombre dans le système à base 6, peut s'appliquer, en général, à tous les systèmes; ainsi, pour traduire un nombre dans un système à base quelconque, base A, je suppose, il suffit de diviser le nombre, écrit au préalable dans le système décimal, par la base A; le reste de l'opération, quel qu'il soit, donne le chiffre des unités du premier ordre, qui, toujours, est moindre que la base.

Si le quotient est plus petit que la base A, ce quotient indique les unités du second ordre ; si au contraire, et comme il arrive le plus fréquemment, le quotient est plus grand que la base A, on le divise par la base, et c'est le reste de cette seconde division qui marque les unités du second ordre ; quand au quotient il indique les unités du troisième ordre : Si donc, ce nouveau quotient est moindre que la base A, il suffit de poser au troisième rang le chiffre par lequel il est exprimé.

Mais si le quotient est plus grand que la base A, il renferme, dès lors une ou plusieurs unités de l'ordre suivant, le quatrième ordre ; on extrait ces unités en divisant ce dernier quotient par la base A, et ainsi de suite. Les restes successifs de chaque division indiquent donc les unités des différents ordres ; le dernier ordre, le plus grand, par conséquent, est exprimé par le dernier quotient.

Deux exemples suffiront à éclaircir ce mode d'opération.

Soit à traduire, le nombre *deux-cent-trente-un*, dans le système à base 8.

Divisons 231 par 8.; le quotient obtenu est 28, et le reste 7. Ce reste 7 est le chiffre des unités simples, plaçons-le à part. Divisons le quotient 28 par 8 ; le second quotient que l'on obtient est 3, et le reste 4. Ce second reste 4 est le chiffre des unités du second ordre, plaçons donc ce chiffre à gauche du 7. Le second quotient 3, étant plus petit que la base 8, aucune division n'est plus nécessaire, et ce chiffre 3 indique les unités du troisième ordre. Plaçons ce 3 à gauche du 4. Nous obtenons en définitive : *347 qui est le nombre demandé.

Soit enfin à traduire le nombre *soixante-cinq* dans le système à base 3. Divisons 65 par 3; il vient 21 au quotient, et 2 au reste.

Le reste 2 forme les unités du premier ordre. Divisons le quotient 21 (qui est plus grand que la base 3) par 3 ; il vient 7 au second quotient et 0 au reste. Le 0 forme les unités du second ordre ; divisons le second quotient 7 par 3 ; il vient 2 pour troisième quotient et 1 pour reste. Le reste 1 exprime les unités du troisième ordre, et le dernier quotient 2, moindre que la base 3, indique les unités du quatrième ordre. Le nombre soixante-cinq, traduit dans le système ternaire s'écrira donc ainsi : * 2102.

Il est du reste bien facile de concevoir que cette manière d'opérer ne manque pas de raison d'être, car, si l'on en faisait l'application sur un nombre à traduire dans le système à base dix, on obtiendrait identiquement les mêmes résultats. On peut, au surplus, expérimenter à ce sujet.

78. Jusqu'à présent nous avons examiné les systèmes de numération dont la base est *moindre* que dix, il s'agit maintenant de chercher à connaître comment on peut obtenir les traductions des nombres dans les autres systèmes.

Un système quelconque renferme toujours autant de caractères qu'il y a de chiffres dans sa base, le zéro faisant, au reste, toujours partie de ces caractères. Or, nous ne connaissons encore que les dix chiffres : 0, 1, 2, 3, 4, 5, 6, 7, 8, 9. Par conséquent, pour écrire les nombres dans un système dont la base est supérieure à dix, il est indispensable d'inventer des caractères nouveaux. Ainsi, par exemple, dans le système *duo-décimal* (à base 12), chaque ordre peut renfermer jusqu'à *onze unités*, sans qu'il soit nécessaire d'effectuer une conversion ; on doit donc avoir à sa disposition un seul caractère qui représente onze unités, puisque les ordres ne peuvent jamais être remplacés que par un seul chiffre. Il en sera de même pour le nombre dix.

Dans ce cas, on se sert de caractères quelconques, les lettres de l'alphabet, par exemple, auxquelles on attribue une valeur de convention.

Ceci bien entendu, prenons pour exercice le nombre *trois-cent-vingt-sept* à traduire dans le système duo-décimal ou à base 12. Les éléments de ce système seront : 0, 1, 2, 3, 4, 5, 6, 7, 8, 9, a, b (a, b, représentent les chiffres dix et onze).

Divisons, comme il a été dit, le nombre à traduire 327 par la base 12. Il vient au quotient, 27, et, au reste, 3. Ce reste 3 indique les unités du premier ordre.

Divisons le quotient 27 (puisqu'il est supérieur à la base 12) par 12. Il vient 2 pour second quotient et 3 pour reste.

Ce second reste 3 forme les unités du second ordre, et le quotient 2 étant moindre que la base 12, indique les unités du troisième ordre. Le nombre demandé s'écrira donc : *233

Dans cet exemple, comme on le voit, les ordres pouvant être représentés par des chiffres plus petits que *dix*, il n'a pas été nécessaire d'utiliser les caractères supplémentaires : A, B.

Il n'en sera pas de même dans l'exemple suivant :

Soit à traduire le nombre *trente-trois mille neuf cents* dans le système à base 14. Les éléments de ce système sont: 0, 1, 2, 3, 4, 5, 6, 7, 8, 9, a, b, c, d. (a, b, c, d, représentent les nombres dix, onze, douze et treize). — Divisons le nombre 33900 par 14.

Le quotient donne 2421, et le reste 6. Ce reste 6 forme les unités du premier ordre.

Divisons le quotient par 14. Il vient un second quotient 172, et un reste 13. Ce reste 13, représenté par le caractère D, exprime les unités du second ordre. Divisons le second quotient 172 par 14, puisque ce quotient est plus élevé que la base, nous obtenons 12 pour le troisième quotient, et 4 pour reste.

Ce reste 4 forme les unités du troisième ordre, et le dernier quotient 12 moins élevé que la base, exprime, par le caractère C, les unités du quatrième ordre. En réunissant ces matériaux comme il vient d'être dit, on a : *C4D6.

Soit enfin à traduire le nombre *huit cent cinquante-cinq* dans le système duo décimal (à base 12). Les éléments de ce système seront : 0, 1, 2, 3, 4, 5, 6, 7, 8, 9, a, b, ces derniers figurant les nombres dix et onze.

Divisons 855 par la base 12. Il vient 71 au quotient, et 3 au reste. Le reste 3 exprime les unités du premier ordre. Divisons le quotient 71 par 12. Il en résulte un second quotient 5 avec un reste 11. Ce reste 11, représenté par le caractère spécial B, exprimera les unités du second ordre, et le dernier quotient 5, moins élevé que la base 12, forme les unités du troisième ordre. Le résultat de ces diverses opérations sera le nombre : *5B3. On comprend que, quelle que soit la base, on peut toujours agir de la même manière. Il suffit d'examiner, au préalable, quels sont les caractères qui doivent concourir à former le système; puis de compléter, avec les lettres de l'alphabet, ou tous autres caractères de convention, le nombre des éléments, jusqu'à ce que l'on en obtienne une quantité égale à la base.

Il est bien entendu que le zéro en fait toujours partie; nous verrons plus loin comment on pourrait s'en passer.

79. Analysons maintenant l'opération inverse.

Soit le nombre *468 écrit dans le système *septénaire* (à base 7), à traduire dans le système décimal.

Observons que, dans le système septénaire, les unités du second ordre sont *sept* fois plus fortes que les unités du premier ordre; que les unités du troisième ordre sont sept fois plus grandes que les unités du second ordre, et, par conséquent, sept fois sept fois ou 49 fois plus fortes que les unités du premier ordre. De même, les unités du quatrième ordre étant sept fois plus grandes que les unités du troisième ordre, sont, par conséquent, sept fois 49 fois ou 343 fois plus fortes que les unités du premier ordre, et ainsi de suite.

L'opération consiste donc uniquement à convertir les unités de chaque ordre en unités simples ou unités du premier ordre, et puis ensuite à réunir en un seul les produits de ces différents ordres.

Le nombre * 468 se compose 1º de 8 unités simples ; 2º de 6 unités du second ordre, et, enfin, 3º de 4 unités du troisième ordre. Or, dans le système septénaire, nous venons de le dire, une unité du second ordre vaut 7 unités simples ; puisqu'au cas particulier, nous avons 6 unités du second ordre, elles représentent donc 42 unités simples.

Une unité du troisième ordre renferme 49 (7 fois 7) unités du premier ordre, par suite, les 4 unités du troisième ordre expriment 196 unités simples.

En résumé, le nombre * 468 renferme 8 unités simples, 42 unités simples, et 196 unités simples. Réunissons ces trois produits, et le total 246 représente le nombre * 468 écrit dans le système à base 7, et traduit dans le système décimal.

Soit le nombre * 6957 écrit dans le système *ternaire*, à traduire dans le système décimal.

Dans le système ternaire une unité du second ordre vaut trois unités du premier ordre ; une unité du troisième ordre représente alors neuf unités simples ; une unité du quatrième ordre exprime trois fois neuf ou 27 unités du premier ordre, et ainsi de suite.

Ceci bien entendu, on peut disposer l'opération comme il suit :

    7 unités du premier ordre valent 7 unités simples.
    5 . unités du second ordre valent 15 unités simples (ou 5 fois 3.)
    9 . . unités du troisième ordre valent 81 unités simples (ou 9 fois 9.)
    6 . . . unités du quatrième ordre valent 162 unités simples (ou 6 fois 27,)

le nombre* 6 9 5 7 écrit dans le système ternaire
  peut donc se traduire dans le système décimal par 265.

Comme on le voit, l'opération se réduit à multiplier le chiffre qui représente les unités du second ordre par 3, les unités du troisième ordre par 9, celles du quatrième par 3 fois 9 ou 27, puis à réunir les quatre produits 7, 15, 81 et 162.

Si le nombre à traduire eût possédé des unités du cinquième ordre, on aurait multiplié ces dernières (afin de les convertir en unités simples) par 3 fois 27 ou par 81.

Soit enfin le nombre * A2C5 écrit dans le système à base 14, à traduire dans le système décimal.

Il est bien entendu que les éléments du système à base 14 sont : 0, 1, 2, 3, 4, 5, 6, 7, 8, 9, A, B, C et D. Les quatre derniers caractères représentent, au reste, les chiffres 10, 11, 12 et 13.

Dans le système à base 14 les unités du second ordre valent 14 unités simples ; les unités du troisième ordre sont 14 fois plus fortes que celles du second ordre, et, par conséquent, valent 14 fois 14 unités simples ou 196 unités simples. Les unités du quatrième, représentent 14 unités du troisième ordre, c'est-à-dire 14 fois 196 unités simples ou 2744 unités simples, et ainsi de suite pour les ordres supérieurs.

Disposons maintenant l'opération, qui se réduit à multiplier les unités du second ordre C (ou le caractère 12) par la base 14; les unités du troisième ordre 2, par 14 fois la base ou par 196; les unités du quatrième ordre A (ou le caractère 10), par 14 fois 196 ou 2744; et enfin, à réunir ces trois produits en y comprenant toutefois les 5 unités du premier ordre :

	5 unités du premier ordre valent	5 unités simples.
(Dites douze.)	C. unités du second ordre valent	168 unités simples (ou 12 fois 14).
	2.. unités du troisième ordre valent	392 unités simples (ou 2 fois 196)
(Dites dix.)	A... unités du quatrième ordre valent	27440 unités simples (ou dix fois 2744)

Le nombre *A 2 C 5 écrit dans le système à base 14 peut donc se traduire dans le système décimal par 28005.

80. On peut, au surplus, parvenir à traduire dans le système décimal, un nombre écrit dans un système à base quelconque, en procédant comme il suit :

Soit le nombre *458 écrit dans le système à base 9, à traduire dans le système décimal.

Les unités les plus fortes en valeur relative de ce nombre *458, sont les unités du troisième ordre; or, dans le système à base 9, une unité du troisième ordre vaut 9 unités du second ordre, 4 unités du troisième ordre converties en unités du second ordre, donnent donc 36. Ces 36 unités du second ordre ajoutées aux 5 que possède le nombre, forment un total de quarante-une unités du second ordre.

Mais une unité du second ordre vaut 9 unités simples; par conséquent 41 unités du second ordre valent 41 fois 9 unités simples, c'est-à-dire 369 unités du premier ordre ; si à ce nombre 369 on ajoute les 8 unités simples du nombre lui-même, on obtient enfin pour la traduction demandée : 377.

Soit le nombre *A3C24 écrit dans le système à base 13, qu'il s'agit de traduire dans le système décimal.

A représente le caractère dix, C le caractère 12.

Le nombre *A3C24 renferme cinq ordres d'unités. Dans le système à base 13 une unité du cinquième ordre vaut treize unités du quatrième ordre.

Puisque nous avons A ou 10 unités du cinquième ordre, converties en unités du quatrième ordre, elles en représenteront 130; ajoutant à 130, les 3 unités du quatrième ordre qui font partie du nombre donné, on obtient un total de 133 unités du quatrième ordre.

Mais une unité du quatrième ordre vaut 13 unités du troisième ordre; par suite, les 133 unités du quatrième ordre valent 133 fois 13 ou 1729 unités du troisième ordre. Si, à ce nombre 1729, on ajoute les C ou 12 unités du troisième ordre, on obtient 1741 unités du troisième ordre. Ces 1741 unités du troisième ordre répétées 13 fois sont converties en 22633 unités du second ordre ; ajoutons à ce nombre 22633 les 2 unités du second ordre, et nous aurons une somme de 22635 unités du second ordre. Convertissons encore ces 22635 unités du second ordre en unités du premier ordre; il suffit de multiplier 22635 par 13, puisqu'une unité du second ordre vaut 13 unités simples. Si, au produit 294255 on ajoute les 4 unités qui représentent le premier ordre, on obtient enfin pour le nombre cherché : 294259.

On doit comprendre que cette seconde manière d'opérer revient tout-à-fait à la première.

Au lieu de convertir chaque ordre séparément en unités simples, on réunit les ordres par la conversion partielle de chacun d'eux en unités immédiatement inférieures; on arrive enfin à réduire un certain nombre d'unités du second ordre en unités du premier ordre.

7

Il faut surtout bien observer de ne pas omettre, à la suite de chaque conversion, d'ajouter le nombre d'unités qui peuvent former partie intégrante du nombre donné.

81. On peut s'assurer qu'un nombre écrit dans un système à base quelconque a été traduit exactement ou non dans le système décimal, en traduisant le nombre décimal obtenu dans le système à la base donnée.

On peut de même se convaincre qu'un nombre écrit dans le système décimal a été traduit exactement ou non dans un système à base donnée, en convertissant le nombre obtenu, dans le système décimal.

Ce sont là deux moyens de contrôle dont l'exactitude est manifeste et n'exige pas d'autres explications.

82. S'il s'agissait de traduire un nombre écrit dans un système quelconque, à base 8, par exemple, dans un système autre que le système décimal, à base 3, je suppose, on commencerait par traduire le premier nombre dans le système décimal, et puis ce nombre décimal dans le système ternaire (à base 3).

De la sorte, on passerait d'un système à l'autre au moyen du système à base dix.

83. Nous avons dit que, si l'on voulait, on pourrait ne pas utiliser le caractère zéro pour écrire les nombres dans tous les systèmes analogues au système décimal; mais cette suppression du caractère 0 serait l'objet de plus d'un inconvénient.

En effet, les éléments du système quaternaire, par exemple, seraient les caractères : 1, 2, 3, 4. Ces caractères représenteraient les quatre premiers nombres. Pour former les nombres, cinq, six et sept, on écrirait : *11, *12, *13.

Le nombre huit serait représenté par *14; car, huit unités simples valent deux unités du second ordre et il nous est impossible, par l'absence du caractère zéro, de mettre le chiffre 2, au second rang.

Or, remarquons ici que les quatre unités du premier ordre expriment la même valeur que le chiffre 1 des unités du second ordre. Cette irrégularité seule est de nature à tromper le raisonnement.

De même, le nombre 32 se représenterait par *134; mais, dans ce nombre *134, la partie 34 vaut 16 unités, c'est-à-dire un nombre d'unités égal au chiffre 1 des unités du troisième ordre.

Nous n'irons pas plus loin. Il est visible qu'on pourrait se passer du caractère zéro ; mais cette suppression, nous le répétons, occasionnerait bien des inconvénients, en ce sens que l'intelligence vivant dans un milieu peu régulier serait constamment en butte aux méprises les plus grossières.

84. On voit dans le système décimal que, pour rendre un nombre entier dix fois petit, il suffit de séparer par une virgule le premier chiffre à droite de ce nombre. On peut faire un raisonnement analogue à l'égard de tous les autres systèmes. Ainsi, dans le système à base 9, les chiffres expriment des ordres de 9 en 9 fois plus petits; par conséquent, pour rendre 9 fois plus petit le nombre *532 écrit dans le système à base 9, il s'agit uniquement de séparer, par une virgule, le premier chiffre à droite de ce nombre, et l'on aura : *53.2.

Le nombre *5,32 est 81 fois (ou 9 fois 9 fois) plus petit que le nombre *532, et ainsi de suite.

Pour rendre le nombre *45 (écrit toujours dans le système à base 9) 9 fois, 81 fois, 729 fois, etc., plus grand, il suffit d'ajouter un zéro, deux zéros, trois zéros à la droite de ce nombre.

Ce que nous venons de dire pour le système à base 9 peut s'appliquer, en général, à tous les systèmes.

85. Ajoutons, avant de terminer. que, si le système duo décimal était usité, il offrirait plus d'avantages, en ce sens que le ombre 12, ayant une plus grande quantité de sous-multiples que dix, donnerait plus de facilités pour la célérité et la promptitude des calculs.

Il est à remarquer, en dernier lieu, que toutes les propriétés dont jouissent les nombres écrits dans le système décimal, appartiennent également aux autres systèmes.

Quelquefois elles échappent à l'esprit d'investigation même le plus exercé, mais elles n'en existent pas moins. En y réfléchissant, on s'en persuade aisément.

CHAPITRE III

De la Numération.

NOMBRES DÉCIMAUX.

86. Nous venons d'examiner comment on parvient à écrire et à lire les nombres *entiers;* or, la numération consiste à écrire et à lire *tous les nombres.*

Nous allons donc maintenant exposer les principes de la seconde partie de la numération, la numération des parties décimales, c'est-à-dire des quantités plus petites que l'unité, que le nombre *un.*

Il s'agit d'abord de concevoir l'origine de cette numération.

87. Pour jeter plus de jour sur notre exposé, nous supposerons que l'on se propose de mesurer la longueur d'un objet quelconque, d'une chambre, par exemple.

Nous représenterons la longueur *de cette chambre* par la ligne A B. Nous avons vu que, pour effectuer cette opération, il est nécesaire de choisir, au préalable, *une unité arbitraire,* le mètre, je suppose.

Nous portons le mètre sur la longueur de la ligne A B.

$$A \underline{\hspace{8cm}} \overset{\text{C}}{|} \hspace{1cm} B$$

(On sait que la ligne A B exprime la distance du point A au point B).

Si l'on porte cinq fois exactement la longueur du mètre sur la ligne A B, on en conclura que la longueur A B est de cinq mètres.

Mais, si le mètre étant placé cinq fois sur A B, il reste une quantité C B (la distance du point C au point B), plus petite qu'un mètre, on ne peut pas dire que la longueur de cette chambre est de six mètres, et, pourtant, elle en a plus de cinq. Or, entre cinq et six, il n'existe aucun nombre entier ; le nombre six suit immédiatement le nombre cinq : Par conséquent, le nombre exact, qui doit servir d'évaluation à la longueur cherchée, devant se trouver entre cinq et six, ne sera pas un nombre entier. On comprend qu'ici l'invention d'un *nouveau* système devient indispensable. Voici ce qui a été établi :

On partage l'*unité*, le mètre, en *dix* parties égales, dont l'une s'appelle *dixième* ou un *dixième* de l'unité. On porte ensuite la longueur de ce dixième sur la quantité C B ; admettons que ce dixième d'unité y soit contenu exactement quatre fois : On dira alors que la chambre A B à cinq mètres et quatre dixièmes de mètre de longueur. Mais les quatre dixièmes portés sur C B, il pourrait arriver encore qu'il restât une partie plus petite qu'un dixième de mètre, de façon que la longueur C B aurait plus de quatre dixièmes d'unité, et, pourtant, n'en aurait pas cinq. Il a donc fallu créer encore des parties de l'unité plus petites que le dixième, et ainsi de suite, c'est-à-dire qu'en continuant le même raisonnement on se persuade aisément qu'il y a nécessité de former un système régulier composé de parties de plus en plus petites les unes que les autres, et d'étendre ce système jusqu'à l'infini ; observons, au surplus, que ce système est décimal, et que les différents ordres expriment des parties de dix en dix fois plus petites que l'unité.

En un mot, la numération des parties décimales est basée sur les mêmes principes que celle des nombres entiers, à cette différence près, que les ordres, au lieu de représenter des quantités de dix en dix fois plus *grandes* jusqu'à la limite extrême, l'*infini*, expriment des quantités de dix en dix fois plus *petites*, également jusqu'à la limite extrême de la petitesse : l'*infini*.

88. Lorsqu'une quantité renferme *exactement* une ou plusieurs unités, le nombre qui en exprime l'évaluation peut donc s'appeler un nombre entier.

Mais lorsqu'une quantité contient, outre un certain nombre d'unités entières, un excédant plus petit qu'une unité, le nombre, qui est l'expression de cette quantité, ne peut être un nombre entier. Il est alors nécessaire, comme nous venons de le dire, de subdiviser l'unité en parties plus petites.

Chaque art a son mode de subdivision, et ce mode de subdivision si on le fait varier quelquefois, c'est afin de l'approprier de la manière la plus absolue et la plus avantageuse à telle ou telle branche de l'industrie, à tel ou à tel besoin.

Sans aller plus loin, l'heure se subdivise en 60 minutes, la minute en 60 secondes, etc., tandis que l'on a adopté, pour l'année, la division en 365 parties appelées jours.

Mais la division la plus commode de l'unité, celle qui ramène les calculs à la plus grande simplicité, c'est sans contredit la *division décimale*, c'est-à-dire la division de l'unité en *dix, cent, mille, dix mille*, etc., parties égales ; cette division est préférable à toute autre surtout parce qu'elle se lie de la façon la plus étroite au système décimal de numération des nombres entiers. Car, il faut le dire, la numé-ration des parties décimales n'est qu'une extension de celle des nombres entiers ; toutes deux reposent sur le même principe : *Un chiffre placé d'un rang vers la droite d'un autre est dix fois plus petit que celui-ci ;* toutes deux sont composées des mêmes éléments, les chiffres, les dix caractères fondamentaux, et ces éléments, dans l'une comme dans l'autre partie de la numération, ont les deux valeurs distinctes : Absolue et relative.

Enfin, toutes les conventions qui ont été établies à l'endroit de la numération des *nombres entiers*, s'étendent complètement à la numération des *parties décimales ;* de plus, les chiffres de cette dernière prennent des noms analogues : Il faut seulement observer que les valeurs relatives de ces chiffres suivent un sens inverse.

Dans notre système de subdivision, l'unité se *partage donc* d'abord en dix parties égales, et l'une de ces parties, avons-nous dit, s'appelle *dixième.*

Ensuite le dixième est *divisé lui-même* en dix parties égales, appelées *centièmes ;*

Le centième, en dix parties égales, appelées *millièmes ;*

Le millième en dix parties égales, appelées *dix-millièmes ;*

Le dix-millième en dix parties égales, appelées *cent-millièmes ;*

Le cent-millième en dix parties égales, appelées *millionièmes ;*

Le millionième en dix parties égales, appelées *dix-millionièmes ;*

Le dix-millionième en dix parties égales, appelées *cent-million-ièmes ;*

Et ainsi de suite en *billionièmes, dix billionièmes, cent billioniè-mes, trillionièmes, etc., etc., jusqu'à l'infini.*

Toutes ces parties qui sont successivement dix, cent, mille, dix-mille, cent-mille, etc., fois plus petites que l'unité, et de plus, de dix en dix fois plus petites les unes que les autres, sont appelées *parties décimales.*

Lorsque la réunion de ces parties ne constitue pas au moins *un entier,* elles sont alors appelées *fractions décimales ;* lorsqu'au contraire, à un nombre qui contient déjà une ou plusieurs unités viennent se joindre des parties décimales, le nombre est alors dénommé *nombre décimal.*

89. Toute quantité plus petite qu'une unité peut renfermer un certain nombre de dixièmes (qui, du reste, ne doit jamais excéder 9, car, dix dixièmes forment un entier), et, de plus, une partie plus petite qu'un dixième. Cette partie peut alors être convertie en centiè-mes dont le nombre ne dépassera pas neuf ; s'il en résultait un excédant moindre qu'un centième, cet excédant pourrait être évalué en millièmes, et ainsi de suite. A l'aide de ce système on est donc à même de former tous les nombres plus petits que l'unité.

90. Il est évident maintenant que, pour exprimer en chiffres, une quantité composée d'entiers et de parties décimales, il est nécessaire d'employer un signe de convention destiné à séparer visiblement les

entiers des parties décimales ; autrement, on confondrait certainement ces deux parties, et, dès lors, on n'aurait point une idée exacte de la valeur de ces sortes de nombres.

Le signe dont, à cet effet, on se sert, est la *virgule* (,).

Cet indice se place invariablement de suite à droite du chiffre des unités ; par conséquent, immédiatement à droite de la virgule vient prendre rang le chiffre des dixièmes, les centièmes après, et puis ensuite les millièmes, dix-millièmes, etc., etc.

De façon que la virgule est, dans les nombres décimaux, en quelque sorte, le point de départ de tous les chiffres ; à sa gauche, on échelonne successivement les quantités plus grandes que l'unité, les unités d'abord, puis les dixaines, les centaines, les mille, etc., tandis qu'à sa droite, ce sont les dixièmes, les centièmes, les millièmes, etc., etc,, et en général, les parties décimales de l'unité.

Les dixièmes se placent donc immédiatement à la droite de la virgule, et, par conséquent, à droite du chiffre des unités ; le chiffre des centièmes se place de suite à droite de celui des dixièmes ; les millièmes à droite des centièmes, puis les dix-millièmes, les cent-millièmes, les millionièmes, etc., etc. Du reste, il est à considérer qu'en partant de ce principe : *Tout chiffre placé d'un rang vers la droite d'un autre est dix fois plus petit;* la raison d'être de cette classification est parfaitement justifiée, car, les centièmes, par exemple, sont des dixièmes de dixième, et par conséquent, exprimant des parties dix fois plus petites que les dixièmes, doivent se placer immédiatement à droite de ces derniers.

91. Ceci posé, il s'agit de retenir les appellations différentes données aux parties décimales de l'unité, et de reconnaître ensuite la valeur particulière de chacun des mots employés pour cet objet.

Les noms des parties décimales de l'unité se composent de deux parties : 1° des expressions dix, cent, mille, dix-mille, cent-mille, million, etc., etc., et 2° de la finale invariable *ième*. C'est, du reste, cette finale *ième*, qui indique que les quantités sont plus petites que l'unité, car les ordres de dix en dix fois plus grands que l'unité prennent les mêmes racines dix, cent, etc., avec la terminaison *aine*.

Il faut donc être très-circonspect dans l'emploi des finales *ième* ou *aine* : La première indique les parties décimales de l'unité, la seconde, les quantités plus grandes que l'unité ; les mots, dix, cent, mille, dix-mille, cent-mille, million, etc., qui précédent la terminaison *ième*, font voir suffisamment si la partie dénommée est dix fois, cent fois, mille fois, ou dix-mille fois, etc., plus petite que l'unité.

Ainsi, pour déterminer la qualification d'une partie décimale quelconque, il suffit d'ajouter *ième* au nombre qui marque combien de fois la partie dont il s'agit est plus petite que l'unité. Par exemple, on demande comment doit s'appeler une partie *dix-mille* fois plus petite que l'unité ?

A cette expression dix-mille ajoutons *ième*, et le résultat *dix-millième* de cette addition, fournit la dénomination demandée.

D'après cela :

Une partie *dix*	fois plus petite que l'unité s'appelle *dix...ième.*
Une partie *cent*	fois plus petite que l'unité s'appelle *cent...ième.*
Une partie *mille*	fois plus petite que l'unité s'appelle *mill...ième.*
Une partie *dix-mille*	fois plus petite que l'unité s'appelle *dix-mill...ième.*
Une partie *cent-mille*	fois plus petite que l'unité s'appelle *cent-mill...ième.*
Une partie *un million* de	fois plus petite que l'unité s'appelle *million...ième.*

et ainsi de suite.

Si, au contraire, on demande maintenant ce que c'est qu'un *cent-millième* de l'unité? il suffit de retrancher la particule *ième* ajoutée, pour caractériser la nature de cette fraction d'unité, et l'on obtiendra: *Cent-mille*, d'où l'on pourra conclure qu'un cent-millième d'unité est une partie qui est cent-mille fois plus petite qu'une unité.

D'après cela on peut déduire que :

Un *dix...ième* est une partie *dix* fois plus petite que l'unité.
Un *cent..ième* est une partie *cent* fois plus petite que l'unité.
Un *mill..ième* est une partie *mille* fois plus petite que l'unité.
Un *dix-mill..ième* est une partie *dix-mille* fois plus petite que l'unité.
Un *cent-mill...ième* est une partie *cent-mille* fois plus petite que l'unité.
Un *million...ième* est une partie *un million* de fois plus petite que l'unité.

Les deux opérations que nous venons d'indiquer et qui doivent servir à faciliter la mémoire, ne comportent aucune difficulté sérieuse. Elles consistent, en définitive, dans l'addition ou la suppression de la terminaison *ième* qu'il ne faut pas confondre, et nous insistons avec quelque raison sur ce point, avec la particule *aine*.

92. Comme on a pu le voir déjà, il existe une concordance notable entre la dénomination des chiffres représentant des ordres plus grands et plus petits que l'unité, et situés à droite et à gauche à une égale distance du caractère exprimant ces unités.

Cette analogie, cette concordance, se trouve résumée, au surplus, dans la nomenclature suivante :

4	5	7	6	8	9	1,	9	8	7	6	5	4
Millions.	Centaines de mille.	Dizaines de mille.	Mille.	Cent....aines.	Dix....aines.	UNITÉS.	Dix....ièmes.	Cent....ièmes.	Mill....ièmes.	Dix-mill...ièmes.	Cent-mill...ièmes.	Million...ièmes.

Ainsi, pour ne choisir qu'un exemple, le *troisième* chiffre à *gauche* de l'ordre des unités simples prend le nom de *mille*, et le *troisième* chiffre à *droite* de l'ordre des unités simples est dénommé *millièmes*; le premier représente un ordre *mille* fois plus grand que l'unité, et le second, un ordre *mille* fois plus petit que l'unité.

La seule différence réside donc dans l'inversion : *Chiffre plus grand ou chiffre plus petit*; hors de là, l'analogie est complète.

Il est donc bien facile de déterminer maintenant la différence qui existe entre une *dixaine*, et un *dixième*, je suppose.

En effet, une dixaine vaut dix unités, et un dixième est dix fois plus petit que l'unité ; par conséquent, un dixième est cent fois plus petit qu'une dixaine.

93. Avant de procéder à la traduction en chiffres des parties décimales, il est indispensable de connaître d'une manière imperturbable l'ordre des parties décimales au moins depuis l'unité jusqu'aux millionièmes inclusivement, *et vice versâ*.

Ceci est, exclusivement, une affaire de mémoire, aussi nous contenterons-nous de reproduire ces deux nomenclatures en laissant à l'élève le soin de se les approprier :

Dixièmes, centièmes, millièmes, dix-millièmes, cent-millièmes et millionièmes ;

Et, en revenant vers le chiffre des unités :

Millionièmes, cent-millièmes, dix-millièmes, millièmes, centièmes, dixièmes, puis vient le caractère des unités.

On comprend qu'au-delà des millionièmes on peut former des parties successivement de dix en dix fois plus petites : Les dix-millionièmes, cent-millionièmes, billionièmes, etc., et étendre cette nomenclature jusqu'à l'infini; mais il est rare qu'usuellement on soit obligé d'opérer dans les calculs sur des quantités plus petites que les millionièmes d'unité.

94. Pour exprimer en chiffres les parties décimales de l'unité, il suffit d'en écrire d'abord le nombre comme un nombre entier, et de faire passer ensuite le premier chiffre à droite de ce nombre à l'ordre indiqué par l'énoncé.

Eclaircissons ce principe par des exemples.

Soit à écrire la fraction décimale : *Quatre cent vingt-cinq dix millièmes :*

Ecrivons d'abord 425 unités. Or, dans 425 unités, c'est le premier chiffre à droite, le chiffre 5, qui occupe la place des unités ; donc, puisque dans 425 dix-millièmes, le dix-millième est l'unité, c'est également le premier chiffre à droite, le 5, qui doit prendre rang aux dix-millièmes.

On pose le doigt sur le chiffre 5 en disant : Dix-millièmes; si, le chiffre 5 représente les dix millièmes, le 2 qui se trouve immédiatement à gauche doit exprimer les millièmes, puis le 4, les centièmes ; il n'y a point de dixièmes, il n'y a point d'unités, ces deux ordres seront donc remplacés par deux zéros, et l'on aura bien soin de placer la *virgule* de suite à droite du 0 représentant les unités. Toutes ces précautions prises, on obtiendra alors : 0,0425 pour le nombre demandé.

On peut vérifier ensuite si le premier chiffre 5 du nombre occupe bien la place qui doit lui être assignée, suivant l'énoncé, celle des dix-millièmes, en appelant dixièmes le chiffre rangé immédiatement à

Plaçons d'abord un zéro suivi d'une virgule, puisque l'ordre des unités n'est pas mentionné dans l'énoncé du nombre. Puis à la droite de cette virgule remplaçons par des zéros les dixièmes, les centièmes, les millièmes, les dix-millièmes, les cent-millièmes, les millionièmes, et enfin les dix-millionièmes. On s'arrête aux dix-millionièmes par la raison toute simple que cet ordre est celui qui doit figurer en dernier lieu dans le nombre demandé.

Ce faisant on obtiendra : 0,0000000.

Or, chaque ordre ne doit pas être représenté par un zéro. En effet, il s'agit d'exprimer 549 dix-millionièmes ; le premier zéro à droite sera donc remplacé par le premier chiffre à droite du nombre 549, c'est-à-dire par le 9 ; le second zéro sera chassé et remplacé par le 4, et enfin le chiffre 5 viendra prendre la place du troisième zéro expulsé.

On obtient alors pour résultat : 0,0000549.

De cette manière on voit que, sans aucune difficulté, on détermine rapidement le nombre de zéros qui doivent précéder la partie décimale.

Le raisonnement, au reste, ne souffre en aucune façon de cette modification apportée dans le mode d'opérer, car, dans l'exemple précédent, il est manifeste que le 9 doit occuper la place des dix-millionièmes ; par suite, le 4, placé immédiatement à gauche, représente les millionièmes, et le 5 les cent-millièmes : l'ordre des dix-millièmes, des millièmes, des centièmes, des dixièmes et des unités qui manquent dans le nombre doivent être remplacés par des zéros. On comprend que, dès lors, par une autre voie, on arrive au même but sans que la théorie soit le moins du monde compromise.

Soit à écrire le nombre décimal : *Vingt-neuf unités et quatre-cent-sept dix-millièmes.*

Écrivons 29 unités, et plaçons la virgule immédiatement à droite du chiffre 9. Or, maintenant l'on doit arriver à représenter l'ordre des dix-millièmes; remplaçons donc les dixièmes, les centièmes, les millièmes et enfin les dix-millièmes par des zéros.

On obtiendra alors : 29,0000.

Mais l'énoncé indique que le nombre doit renfermer 407 dix-millièmes ; il ne reste donc plus alors qu'à substituer le chiffre 7 au premier zéro à droite, le zéro des dix-millièmes ; le zéro des millièmes ne subit aucune modification, mais le troisième zéro, le chiffre des centièmes, est remplacé par le 4. Le résultat définitif de ces opérations donne le nombre demandé : 29,0407.

Enfin, soit à écrire la fraction décimale : *Dix-huit millièmes.*

Commençons par placer un zéro destiné à représenter l'ordre des unités ; n'omettons pas ensuite de faire suivre, ce zéro, de la virgule. Indiquons les dixièmes, les centièmes, et en dernier lieu, les millièmes par trois zéros. Puis transformons le premier zéro à droite en un 8 et substituons le caractère 1 au second zéro ; on obtiendra alors l'expression : 0,018, c'est-à-dire la partie décimale demandée, dix-huit millièmes.

Il est donc bien facile d'écrire tous les nombres décimaux et les fractions décimales, lorsqu'au préalable on sait parfaitement exprimer en chiffres tous les nombres entiers.

97. Pour traduire, en langage ordinaire, une partie décimale représentée par des chiffres, il suffit de lire cette partie comme un nombre entier, et puis de substituer au mot unités le nom du dernier ordre.

S'il y avait des entiers joints aux parties décimales, on traduirait séparément le nombre entier.

Soit à lire l'expression : 0,0045003906.

Ce nombre ne renferme pas d'unités entières, il est vrai, mais il est complètement inutile de dire 0 unité. Dans ce cas on passe sous silence les unités et l'on se contente d'énumérer la partie décimale.

Lisons donc la partie qui se trouve à droite de la virgule comme si aucune virgule n'existait; c'est-à-dire, séparons, comme il a été dit, le nombre en tranches de trois chiffres en commençant par la droite ; il est à remarquer toutefois que la première tranche à droite ne peut porter évidemment le nom d'unités. La seconde prend le nom de mille, la troisième, millions, etc., tout-à-fait comme dans les nombres entiers; la première tranche seule doit éprouver un changement.

Les tranches séparées, le nombre se lira alors 45 millions 3 mille 906... Gardons-nous d'ajouter ici le mot unités, puisque le zéro placé immédiatement à gauche de la virgule nous a déjà parfaitement édifié à l'égard des unités que le nombre renferme.

Mais substituons à ce mot unités le nom de l'ordre dont le chiffre 6 tient la place; il est facile d'obtenir ce nom. Il suffit, à cet effet, en partant de la virgule, de donner successivement à chacun des chiffres la dénomination qui lui est propre; on arrivera ainsi à se convaincre que le chiffre 6 représente l'ordre des dix-billionièmes.

Le nombre alors se traduit de la sorte: *Quarante-cinq millions trois mille neuf-cent-six dix-billionièmes.*

On comprend qu'ici ces 45 millions, ces 3 mille, ne sont pas des millions, des mille d'unités, mais bien des millions, des mille de l'ordre le plus petit qui fait partie du nombre, c'est-à-dire 45 millions, 3 mille, de dix-billionièmes, de parties dont il faut *dix billions* pour composer *une unité.*

Soit à traduire en langage ordinaire la fraction décimale 0, 0904.

Quel est le nombre formé par les chiffres situés à droite de la virgule ? Ces chiffres répondent à *neuf cent quatre.*

Quel est l'ordre que représente le chiffre 4 ? Celui des *dix-millièmes.*

Donc l'expression : 0,0904 doit se lire : *Neuf cent quatre dix-millièmes.*

Soit à traduire en langage ordinaire le nombre décimal : 453,002056.

Ce nombre renferme des entiers. Lisons d'abord, et par la méthode ordinaire, la partie entière. Il viendra : *Quatre cent cinquante-trois unités.*

droite de la virgule, puis centièmes, le chiffre 4, millièmes, le 2, et enfin, dix-millièmes, le caractère 5.

Donc le nombre exprime des dix-millièmes, et la réunion des chiffres 0,0425 représente quatre-cent-vingt-cinq parties; Donc, en résumé, la distribution: 0,0425 est la traduction en chiffres du nombre quatre-cent-vingt-cinq dix-millièmes.

Soit à écrire le nombre décimal *quarante-deux unités* et *soixante-douze millièmes.*

Écrivons avant tout les 42 unités après quoi nous plaçons une virgule. Écrivons ensuite le nombre 72 à droite de la virgule, or, le chiffre 2 (*le premier chiffre à droite*), doit occuper le rang des millièmes: Posant donc le doigt sur ce chiffre 2 nous dirons millièmes, puis sur le 7, centièmes, et nous verrons alors que l'ordre des dixièmes absent sera représenté par un zéro. En définitive, nous obtiendrons l'expression: 42, 072, pour le nombre demandé.

Les deux quantités décimales que nous venons d'exprimer en chiffres fournissent plusieurs observations importantes:

1° Il est d'abord manifeste que, lorsqu'un ordre quelconque est absent, il doit être remplacé par un zéro; c'est, au surplus, une loi générale et qui n'admet aucune exception.

2° Si deux, trois ou plusieurs ordres font défaut, on répète deux, trois ou plusieurs fois ce même caractère zéro.

3° Lorsqu'il s'agit de représenter en chiffres des fractions décimales, comme alors le nombre ne renferme pas un seul entier, l'ordre des unités est indiqué par un zéro, lequel est immédiatement suivi de la virgule.

4° Si, au contraire, comme dans le second exemple, 42 unités et 72 millièmes, le nombre comporte des entiers, évidemment alors le chiffre 2 tenant la place des unités simples, il serait absurde d'affecter un zéro à l'ordre de ces unités simples.

5° Si l'on doit écrire un nombre renfermant et des entiers et des parties décimales (ce nombre est alors, comme nous l'avons dit, appelé nombre décimal), on traduit séparément en chiffres la partie entière, puis on place la *virgule*, et enfin l'on exprime la partie décimale. Ces deux opérations doivent être bien distinctes.

95. Soit à écrire la fraction décimale *sept centièmes.*

Écrivons 7 unités. Or, le 7 ne doit pas occuper la place des unités, mais bien celle des centièmes; posons le doigt sur ce 7 en disant centièmes, remplaçons les dixièmes, qui manquent, par un zéro, puis traçons la virgule: Enfin indiquons l'ordre des unités par un zéro, et nous obtiendrons: 0,07.

Soit à écrire la fraction décimale 4 *dixièmes.*

Écrivons 4 unités. Mettons le doigt sur le chiffre 4 en disant dixièmes. On voit ici qu'il suffit de placer la virgule à gauche du 4 et de remplacer, par un zéro, les unités absentes, et l'on obtient 0,4.

Soit à écrire la fraction décimale *six-cent-deux millièmes.*

Écrivons 602 unités. Posons le doigt sur le chiffre 2 en disant:

Cent-millièmes, puis dix-millièmes en passant sur le zéro, et millièmes sur le 6. Il reste à remplacer l'ordre des centièmes, des dixièmes, et des unités, chacun par un zéro ; cette addition faite et l'introduction de la virgule à sa place ordinaire opérée, on obtient : 0,00602.

Soit à écrire la fraction décimale *dix-huit mille trente-six dix-millionièmes*.

Écrivons 18036 unités et faisons passer le chiffre 6 aux dix-millionièmes, c'est-à-dire au septième rang après la virgule. On voit, de suite qu'il est nécessaire d'ajouter deux zéros à la gauche du caractère 1.

On obtient ce résultat, du reste, en mettant, comme d'habitude, le doigt sur le 6 et disant : Dix-millionièmes, puis millionièmes sur le 3, cent-millièmes sur le 0, dix-millièmes sur le 8, et millièmes sur le chiffre 1. Il reste donc à remplacer les centièmes et les dixièmes par deux zéros ; puis à tracer la virgule accompagnée d'un troisième zéro destiné à représenter l'ordre des unités. Le résultat de ces diverses opérations donne le nombre demandé : 0,0018036.

Le nombre des parties décimales à exprimer serait plus élevé que les mêmes principes mis en pratique suffiraient à atteindre le but proposé.

Un dernier exemple mettra, nous l'espérons, nos lecteurs en état d'écrire tous les nombres décimaux.

Soit à écrire le nombre *quarante-deux millions sept mille dix-neuf* unités et *cinq millions quatorze mille huit cent-millionièmes*.

Écrivons d'abord 42 millions 7 mille 19 unités, et faisons suivre de la virgule, le chiffre 9 :

$$42007019,$$

Écrivons maintenant à droite de cette virgule le nombre 5 millions 14 mille 8 unités : 5014008.

Mettons le doigt sur le chiffre 8 et disons : Cent-millionièmes, puis dix-millionièmes sur le zéro, millionièmes sur le second zéro, cent-millièmes sur le 4, dix-millièmes sur le caractère 1, millièmes sur le zéro immédiatement à gauche, et enfin centièmes sur le 5.

L'ordre des dixièmes seul doit être remplacé par un zéro ; D'un autre côté le chiffre des unités 9 est déjà rangé.

On obtiendra donc en définitive pour le nombre demandé, l'expression :

$$42007019,05014008.$$

Il faut observer toutefois qu'après avoir écrit la partie entière et placé la virgule, il est nécessaire de réserver un petit espace à droite de cet virgule destiné à recevoir les zéros que l'on se trouverait dans l'obligation d'ajouter.

96. Il existe au surplus, un moyen pratique plus aisé à l'aide duquel on parvient à écrire les parties décimales ; pour jeter un plus grand jour sur notre exposé, nous appliquerons ce procédé à des exemples.

Soit à représenter en chiffres la fraction décimale *cinq-cent-quarante-neuf dix-millionièmes*.

forme pas au moins une unité, l'ordre des unités simples doit être représenté par zéro; au surplus, il est bien entendu que le signe appelé virgule doit invariablement suivre le chiffre des unités.

Ces conditions complètement remplies, la fraction décimale 9 dixièmes 5 millièmes, sera traduite en chiffres comme il suit : 0,905.

Soit à écrire la fraction décimale : *Cinq-cent-trois dix-millièmes, cinq cent-millièmes.*

Écrivons d'abord 503 dix-millièmes, et puis ensuite plaçons le chiffre 5 à l'ordre des cent-millièmes, c'est-à-dire immédiatement à droite du chiffre 3 des dix-millièmes ; le résultat de ces diverses opérations donnera la fraction décimale demandée : 0,05035.

Soit à écrire la fraction décimale : *Vingt-six millièmes, quatre cent-millièmes, et quarante-neuf dix-millionièmes.*

Écrivons d'abord vingt-six millièmes. Indiquons l'ordre des dix-millièmes par un zéro, puisque, dans ce cas, il fait défaut. Plaçons le chiffre 4 aux cent-millièmes, c'est-à-dire à droite du zéro, et nous obtiendrons la suite : 0,02604. Or, il s'agit encore de joindre à cette partie les 49 dix-millionièmes dont il est fait mention dans l'énoncé. Quel est donc celui des deux chiffres 4 ou 9 qui doit prendre rang aux dix-millionièmes? C'est le chiffre 9 assurément, le premier chiffre à droite. Le 9 étant placé à l'ordre des dix-millionièmes, le chiffre 4 situé immédiatement à gauche représentera les millionièmes. Mais dans la partie 0,02604 déjà exprimée en chiffres, les cinq ordres qui précèdent celui des millionièmes sont entièrement complétés, il ne reste donc plus dès-lors qu'à ajouter la portion 49 à côté de 0,02604, et l'on obtiendra un tout : 0,0260449, qui est l'expression de la fraction décimale demandée.

Il est à remarquer que l'opération entièrement terminée, il est un moyen de s'assurer, du moins jusqu'à un certain point, si le résultat est ou non erroné; car, l'énoncé indique que les parties les plus petites qui doivent entrer comme éléments dans la formation du nombre sont des dix-millionièmes, il faut donc, par conséquent, que le premier chiffre à droite de la partie représentée, remplace l'ordre des dix-millionièmes. Ce procédé est, au surplus, un moyen de contrôle qu'il est urgent, en thèse générale, d'employer pour la vérification de tous les nombres décimaux traduits en chiffres.

On peut, pour faciliter encore davantage le travail, opérer comme il suit:

Soit à écrire la fraction décimale : *Quatre centièmes cinq-cent qua-tre-vingt-six millionièmes.*

Examinons avant tout quel est l'ordre le plus petit qui doit faire partie de la fraction: Ce sont les *millionièmes.* Pour cette raison, remplaçons les dixièmes, les centièmes, les millièmes, les dix-millièmes, les cent-millièmes et enfin les millionièmes, par des zéros, nous avons l'assemblage suivant : 0,000000. Or, l'ordre des centièmes doit être représenté par le chiffre 4, ainsi que l'indique l'énoncé. Au zéro des centièmes substituons donc le caractère 4. Mais nous avons encore à joindre à ces quatre centièmes les 586 millionièmes, qui se décomposent en 6 millionièmes, 8 cent-millièmes et 5 dix-millièmes ; en effet, puisque le chiffre 6 doit prendre rang aux millionièmes, le 8 placé immédiatement à gauche représente les cent-millièmes et le chiffre 5 les parties dix fois plus grandes que les cent-millièmes, c'est-à-dire les dix-millièmes.

L'opération se réduira donc maintenant à substituer, au premier zéro à droite, le chiffre 6, au second, le 8, au troisième, le 5, et le résultat définitif sera : 0,040586.

Ce dernier moyen, sans compromettre en rien le raisonnement, permet d'écrire, d'une façon irréprochable et avec toute la promptitude désirable, les parties décimales d'une étendue quelconque. Nous l'emploierons, du reste, souvent dans la suite.

101. On peut encore écrire les parties décimales *par tranches* comme on le fait pour les nombres entiers; il suffit, à cet effet, de posséder imperturbablement les noms et l'ordre des tranches, puis de suppléer, comme à l'ordinaire, à l'insuffisance de chaque tranche par un, deux ou trois zéros.

Il est à remarquer que, l'unité étant le point de départ des nombres entiers comme des parties décimales, dans ces dernières, les tranches sont formées en allant de gauche à droite. Ainsi les dixièmes, les centièmes et les millièmes composent la première tranche appelée tranche des *millièmes;* les dix-millièmes, les cent-millièmes et les millionièmes constituent la seconde tranche appelée tranche des *millionièmes;* les dix-millionièmes, les cent-millionièmes et les billionièmes, forment la troisième tranche appelée tranche des *billionièmes*, et ainsi de suite.

Comme on le voit, c'est toujours le premier chiffre à droite d'une tranche qui prête son nom à cette tranche, et, de plus, la division des tranches dans les parties décimales a lieu de gauche à droite, et non de droite à gauche; en ce point même l'analogie qui existe entre les deux parties de la numération, semble cesser ou du moins s'affaiblir; mais ce n'est, d'un autre côté, que pour revivre avec plus d'éclat.

En effet, les tranches situées à la *gauche* de celle des unités sont: La tranche des *mille*, des *millions*, des *billions*, etc.; et les tranches situées immédiatement à la *droite* de celle des unités sont: la tranche des *millièmes*, des *millionièmes*, des *billionièmes*, etc; c'est-à-dire, qu'en résumé, des expressions analogues servent à dénommer les tranches dans l'une et l'autre partie de la numération.

Il est bien aisé, au reste, de concevoir que ce partage des tranches doit être fait de gauche à droite dans les parties décimales, et de droite à gauche dans les nombres entiers, car, dans les parties décimales on approche de l'infini, ou de l'infiniment *petit*, de plus en plus, à mesure que l'on avance vers la droite des chiffres; par conséquent, l'ordre de ces chiffres suit invariablement le même système de *gauche à droite*, c'est-à-dire que, quelle que soit la quantité de chiffres décimaux, la première décimale à droite de l'unité prend toujours le nom de *dixièmes*, la seconde, *centièmes*, etc., et la dernière décimale à *droite*, est complètement *indéterminée;* parfois ce sont les dix-millièmes, parfois les millionièmes, etc., qui terminent la partie; tandis qu'au contraire, dans les nombres entiers, on approche de l'infini, ou de l'infiniment *grand*, de plus en plus, à mesure que l'on avance vers la gauche des chiffres; par suite, l'ordre de ces chiffres suit invariablement le même système de *droite à gauche*, c'est-à-dire que, quelle que soit la quantité des éléments dont on fait usage dans ces sortes de nombres, le premier chiffre à gauche des unités prend toujours le nom de *dixaines*, le second *centaines*, etc., et le dernier caractère à *gauche*, est complètement *indéterminé*, parfois ce sont les dixaines de mille, parfois les millions, etc., etc., qui terminent le nombre entier. Or, la nomenclature des tranches ne peut être basée que sur l'invariabilité de l'ordre des chiffres employés; et, partant, ces tranches doivent être formées de *droite à gauche* dans les nombres *entiers*, et de *gauche à droite* dans les *parties décimales*.

Examinons maintenant quel est le nombre que forment les chiffres placés à droite de la virgule; l'assemblage 002056 séparé en tranches de trois chiffres de droite à gauche, fournit le nombre : *deux mille cinquante-six*, et, de plus, le chiffre 6 occupe la place des *millionièmes*.

Le nombre donné doit donc se traduire ainsi : *Quatre-cent-vingt-trois unités, et deux mille cinquante-six millionièmes*.

Il est essentiel de retenir que les deux parties d'un nombre décimal, la partie entière et la partie décimale, doivent être énoncées séparément.

En mettant en pratique les procédés qui viennent d'être indiqués,
La fraction décimale 0,017 s'énoncera : *Dix-sept millièmes*;
Et le nombre décimal : 52008019,05069 : 52 millions 8 mille 19 *unités*, et 5 mille 69 *cent-millièmes*.

Nous ne croyons pas utile d'insister davantage sur ce point.

98. On pourrait encore lire les parties décimales en énumérant chaque chiffre isolément et en lui appliquant le nom de l'ordre qu'il représente. Ainsi la fraction décimale : 0,4059, peut se traduire de cette façon :

4 dixièmes 5 millièmes et 9 dix-millièmes.

Mais cette méthode est peu usité eet doit faire place, à n'en pas douter, à celle que nous venons d'exposer dans le numéro précédent, et qui, consacrée par l'usage, donne, au reste, plus promptement et plus régulièrement une idée exacte de la valeur d'une partie décimale.

99. Exercices numériques.

NOMBRES DÉCIMAUX A ÉCRIRE EN CHIFFRES.

4 dixièmes	504 millièmes	2874 dix-millièmes
12 centièmes	28 millièmes	3 centièmes
239 millièmes	7 millièmes	19 dix-millièmes

108 cent-millièmes.
45 millionièmes.
9 cent-millièmes.
6 dixièmes.
53896 cent-millièmes.
2004 dix-millièmes.
5 dix-millièmes.
Quarante-neuf cent-millièmes.
Dix-sept dix-millièmes.
957 millièmes.
6 millionièmes.
4025 cent-millièmes.
42 dix-millièmes.
839 millionièmes.
6 cent-millièmes.
600 millièmes.

400 millièmes.
4 cent-millièmes.
Trois-cent-vingt-cinq cent-millièmes.
Cinq mille vingt-cinq cent-millièmes.
Cinq mille vingt-huit millionièmes.
7 unités et 23 millièmes.
405 entiers, 809 millièmes.
48 unités et 409 dix-millièmes.
Soixante-dix centièmes.
Six millièmes.
Trente millièmes.
Trois millièmes.
Trois cent-millièmes.

Cinq mille deux dix-millièmes, Trente-huit cent-millièmes.
Sept-cent-neuf millionièmes. Cinq dixièmes.
Quatorze dix-millièmes. Deux mille dix-millièmes.
29 cent-millièmes. Quarante-cinq centièmes.
Trente-quatre centièmes. Treize millièmes.
Huit centièmes. Deux-cent-quatre dix-millièmes
Vingt-six dix-millièmes. 24 unités et 7 dixièmes.
Mille dix-huit millionièmes. 3018 unités et 5048 millio-
Deux-cent-neuf mille huit-cent- nièmes.
quarante-sept millionièmes. 4 unités et 8 centièmes.

Deux millions six mille vingt-deux entiers et quatre mille trente-sept millionièmes.

Dix-sept entiers et cinquante-six millièmes.

Trente unités et quatre-cent-six cent-millièmes.

Sept billions quatorze mille deux-cent-quarante unités et 53 mille 5 cent soixante-quatorze millionièmes.

Huit unités et six dixièmes.

NOMBRES A LIRE DE VIVE VOIX OU A ÉCRIRE EN LETTRES :

4,7	0,123	9,07
0,057	0,0908	41,0052
0,2	0,004032	2009,003
0,04	0,0005	46085,005069
0,00603	0,09756	748,00028
0,045087	0,900	213,0007928
0,93	0,00009	789630,8971
0,008	0,0603	721,9500003
0,000405	0,00048	97,8706
0,019	0,00006	18,3
0,0024	0,600	150,97003705
47002050,0418	475205,97	15019028,000046

100. Ce qui précède, bien compris, nous allons examiner par la pratique de quelle manière on peut parvenir à représenter en chiffres les nombres décimaux et les parties décimales qui, d'après leur mode d'énumération, peuvent, en apparence, présenter quelques difficultés.

Soit à écrire la fraction décimale : 9 dixièmes 5 millièmes.

Si l'on possède parfaitement la nomenclature des ordres de dix en dix fois plus petits que l'unité, il sera bien facile d'écrire ce nombre et tous ses analogues. En effet, dans cet exemple, 9 dixièmes 5 millièmes, de quoi s'agit-il ? De placer le chiffre 9 à l'ordre des dixièmes, et le 5 à celui des millièmes ; or, entre les dixièmes et les millièmes se trouvent les centièmes qui font défaut, au cas particulier, et qui, par suite, doivent être représentés par le caractère zéro. Il en est de même pour l'ordre des unités.

En général, et disons-le une fois pour toutes, dès qu'un ordre quelconque manque dans une partie, soit entière, soit décimale, il est indispensable que cet ordre soit indiqué par le caractère zéro. Établissons également de suite que, lorsque la réunion des parties d'un nombre ne

Soit à traduire en chiffres la fraction décimale: *Sept millièmes trente-quatre millionièmes et deux-cent-quinze billionièmes.*

Il est bien facile d'écrire cette partie décimale. On place d'abord un zéro suivi d'une virgule; ce zéro représente l'ordre des unités. Il s'agit ensuite de disposer les 7 millièmes; or, la tranche des millièmes ne renfermant qu'un seul chiffre, il sera nécessaire de faire précéder de deux zéros le caractère 7. Vient après la tranche des millionièmes composée de la partie 34 qui, afin de compléter la tranche, doit être précédée d'un zéro.

Enfin, la tranche des billionièmes ne subit aucune addition de zéros, puisque le nombre 215, qui la représente, est composé de trois chiffres.

On obtient, en définitive, pour la fraction décimale demandée, l'assemblage: 0,007034215.

D'où l'on voit que, tout comme les nombres entiers, les parties décimales pourraient s'écrire par tranches.

Mais il est à considérer que les nombres décimaux ou les fractions décimales sont très-rarement, dans l'énoncé, décomposés en tranches; dès-lors le mode de représentation par tranches donnerait lieu à des difficultés que ne justifierait, en aucune façon, l'avantage qu'on en pourrait tirer; au surplus, dans la pratique, on a reconnu que les parties décimales ne sauraient être énumérées d'une manière plus régulière que celle exposée par nous au numéro 97. Il en résulte que le mode de représentation des parties décimales par tranches ne doit être regardé que comme un moyen de simplifier quelquefois des opérations de numération très-diffuses ou très compliquées.

Soit à écrire la fraction décimale : *Vingt-sept millièmes et deux dix-millionièmes.*

Plaçons le nombre 27 précédé d'un zéro, immédiatement à droite de la virgule : La tranche des millièmes est, dès-lors, complétée. Remplaçons ensuite la tranche des millionièmes par trois zéros, et puis enfin plaçons le caractère 2 qui, assurément, représentera l'ordre des dix-millionièmes. Le résultat de ces diverses opérations est la fraction décimale demandée: 0,0270002.

Comme on le voit, on peut quelquefois utiliser très-avantageusement la méthode de représentation des décimales par la décomposition des tranches.

102. Il est nécessaire de prêter toujours une grande attention à la manière dont sont énoncées les parties décimales. Pour n'en fournir qu'un exemple, énumérer 7 *cent-millièmes* ou 700 *millièmes*, c'est tout comme, quant à la prononciation, et, cependant il existe une grande différence entre ces deux quantités: la première, 7 *cent-millièmes,* exprime 7 parties dont il en faut *cent-mille* pour composer une unité; la seconde, 700 *millièmes*, exprime 700 parties dont il en faut mille pour former un entier.

En outre, la fraction 7 cent-millièmes se représente de cette manière: 0,00007, et la partie décimale 700 millièmes se traduit en chiffres par: 0,700.

Il faut se tenir en garde contre les ambiguïtés auxquelles la prononciation peut donner lieu.

103. Passons maintenant à la traduction de quelques parties décimales qui exigent dans leur formation des conversions successives et immédiates.

Soit à représenter en chiffres le nombre décimal: *Huit dixièmes et soixante-sept centièmes.*

La partie la plus petite qui doit entrer dans la formation du nombre demandé est le centième; plaçons, à cet effet, deux zéros à droite de la virgule. Ces deux zéros représentent les dixièmes et les centièmes; et l'on a : 0,00.

Or, il s'agit d'écrire 67 centièmes, c'est-à-dire de remplacer le zéro des centièmes par le chiffre 7, et, partant, celui des dixièmes par le 6: mais, d'un autre côté, nous devons placer aussi les 8 dixièmes.

Le chiffre 6 et le chiffre 8 doivent donc tous deux occuper la place des dixièmes, et, dès lors, le seul moyen d'y arriver, c'est de les réunir, de les additionner.

Mais 6 dixièmes et 8 dixièmes font 14 dixièmes, et il est impossible de représenter un ordre quelconque par une quantité supérieure à 9; dans ce cas, il s'agit d'effectuer une conversion : on laisse le caractère 4 aux dixièmes et l'on fait passer le chiffre 1 à l'ordre des unités. On obtient en définitive : 1,47 pour l'expression de la fraction décimale demandée.

Il est bien facile de concevoir qu'il en doit être ainsi, car la fraction décimale 67 centièmes se compose de 7 centièmes et de 6 dixièmes; ces 6 dixièmes ajoutés aux 8 qui doivent faire partie du nombre demandé, donnent un total de 14 dixièmes. Or, 14 dixièmes valent une unité et 4 dixièmes; le chiffre 7 est laissé aux centièmes, le chiffre 4 aux dixièmes, et le chiffre 1 représente l'ordre des unités.

On comprend parfaitement que, si le nombre énoncé renfermait des entiers, alors on ajouterait 1 à cette quantité d'entiers, et ainsi de suite.

Soit à écrire la fraction décimale : *Soixante-deux dix-millièmes* et *cinq-mille trois-cent-huit millionièmes.*

La partie la plus petite est ici le millionième.

Disposons un nombre suffisant de zéros pour arriver à représenter tous les ordres des décimales jusqu'à celui des millionièmes inclusivement, nous aurons : 0,000000. Plaçons maintenant les 62 dix-millièmes, c'est-à-dire le chiffre 2 aux dix-millièmes, et le 6 aux millièmes, puisque ce chiffre 6 est rangé immédiatement à gauche des dix-millièmes; il s'agit ensuite d'introduire les 5308 millionièmes : A cet effet, plaçons le chiffre 8 à l'ordre des millionièmes, ou plutôt substituons, comme à l'ordinaire, le chiffre 8 au premier zéro à droite. Le chiffre 0 occupe la place des cent-millièmes, le 3 vient prendre rang aux dix-millièmes qui sont déjà représentés par le caractère 2, on totalise alors les deux chiffres 3 et 2, et l'ordre des dix-millièmes renferme 5 unités. Enfin, le chiffre 5 destiné à représenter les millièmes est cumulé avec le chiffre 6 déjà placé à l'ordre des millièmes; le résultat 11 millièmes se décompose en 1 millième laissé à l'ordre des millièmes, et 1 centième placé à celui des centièmes.

L'opération peut, au reste, dans la pratique, s'indiquer ainsi :

$$0,000000$$
$$\overline{}$$
$$0,006200$$
$$5308$$
$$\overline{}$$

et le résultat 0,011508 donne la fraction décimale demandée.

En définitive, on peut parvenir aisément à représenter en chiffres ces sortes de nombres en faisant usage de moyens analogues à ceux indiqués au n° 63.

Au surplus, nous allons achever d'éclaircir ceci par un dernier exemple.

Soit à traduire en chiffres le nombre décimal : Trente-quatre *unités* quatre-vingt-neuf *centièmes* et deux mille neuf cent soixante-huit *cent-millièmes.*

Ecrivons d'abord les 34 unités suivies d'une virgule.

Observons ensuite que la partie la plus petite est, au cas particulier, le *cent-millième*, et, pour cette raison, représentons les cinq ordres : Dixièmes, centièmes, millièmes, dix-millièmes et cent-millièmes, par cinq zéros, l'on obtiendra alors :

34,00000.

Plaçons les 2968 cent-millièmes, c'est-à-dire le 8, à l'ordre des cent-millièmes, le 6, à celui des dix-millièmes, le 9, aux millièmes, et, enfin, le 2, aux centièmes : Il est bien visible, j'imagine, que, dans 2968 cent-millièmes, c'est le premier chiffre à droite du nombre, le 8, qui doit représenter les cent-millièmes; par suite, il est tout aussi évident que, le chiffre 8 exprimant l'ordre des cent-millièmes, le caractère 6 placé immédiatement à gauche, doit prendre rang aux dix-millièmes, et pour le même motif, le 9 doit remplacer les millièmes et le 2 les centièmes.

Après avoir fait subir cette transformation aux 4 premiers zéros, on aura l'assemblage : 34,02968 auquel il faut ajouter encore les 89 centièmes. Or, la partie décimale 89 centièmes se décompose en 9 centièmes et 8 dixièmes; par conséquent, le chiffre 9 doit être placé à l'ordre des centièmes, lequel ordre est déjà représenté par le caractère 2 : Dès-lors, il suffit de fondre ces deux quantités de centièmes en une seule, et de conclure que l'ordre des centièmes doit être exprimé par le nombre 11. Mais la portion 11 centièmes renferme elle-même 1 centième, plus 1 dixième; les centièmes sont donc indiqués, en résumé, par le caractère 1, et l'ordre des dixièmes représenté déjà par le nombre 8 doit être augmenté d'une unité, d'un, et indiqué, dès-lors, par le caractère 9.

Le résultat du raisonnement que nous venons d'exposer donne le nombre décimal demandé : 34,91968.

Ce résultat peut être obtenu beaucoup plus promptement en disposant l'opération comme il suit :

$$34,00000$$

$$\frac{34,02968}{89}$$

$$34,91968$$

Comme on le voit, aucune difficulté sérieuse n'existe dans la représentation de ces nombres; il suffit de concevoir que, du moment que plus de 9 unités sont appelées à occuper un ordre quelconque, une conversion en unités d'un ordre immédiatement supérieur devient aussitôt indispensable, et il faut observer en même temps que, lorsque deux chiffres sont destinés à remplacer le même ordre, ces deux chiffres doivent être fondus en un seul au moyen de l'addition

Nous ne nous étendrons pas davantage sur cet objet. Un seul coup-d'œil jeté sur le détail de l'opération suffit, au reste, pour en faire comprendre tout le mécanisme.

104. Soit à traduire en chiffres la fraction décimale : *Neuf centièmes et quatre dixièmes de centième.*

Disposons d'abord les 9 centièmes : 0,09.

Or, il s'agit maintenant de joindre à cette expression décimale 0,09 les 4 dixièmes de centième. Mais, en définitive, qu'est-ce que la dixième partie d'un centième? C'est un millième. L'opération se réduit donc à introduire 4 millièmes à la suite des 9 centièmes. Le résultat vient :

0,094

Pour concevoir l'origine de cette sorte de parties décimales, il est bon de prendre note de l'observation suivante :

Si l'on avait à mesurer la longueur d'une quantité peu considérable, d'une aiguille, par exemple, il est de toute évidence qu'à cet effet on ne choisirait pas l'unité ordinaire pour les longueurs, le *mètre*. On prendrait, je suppose, le *centimètre* ou centième de mètre, et on porterait cette unité sur la longueur de l'aiguille dont il s'agit d'évaluer la dimension ; or, il peut arriver que cette aiguille contienne 9 centimètres, par exemple, et de plus, une quantité moindre qu'un centimètre, comme 4 dixièmes de centimètre. Le chiffre 9 doit donc être regardé comme le chiffre des unités auquel viennent s'adjoindre les parties décimales 4 dixièmes de centimètre. Mais ce caractère 9 n'exprime lui-même que des centièmes de la véritable unité de longueur, le mètre ; donc, en résumé, l'évaluation demandée doit renfermer 9 centièmes de l'unité primitive, le mètre, et, de plus, 4 dixièmes de centième ou 4 dixièmes d'unité, si l'on considère de nouveau le centième comme *unité*.

Deux exemples suffiront à éclaircir ce que nous venons d'exposer.

105. Soit à traduire en chiffres la fraction décimale : 34 millièmes et 8 centièmes de millième.

Disposons les 34 millièmes : 0,034.

Qu'est-ce que des centièmes de millième ? Ce sont des cent-millièmes ou des parties décimales cent fois plus petites que les millièmes. Il s'agit donc simplement de joindre 8 cent-millièmes à l'expression : 0,034. Cette addition opérée on obtient le résultat demandé : 0,03408.

106. Soit enfin à traduire en chiffres la fraction décimale : 32 millièmes de dixième.

Les millièmes de dixième sont des parties mille fois plus petites que les dixièmes, c'est-à-dire des dix-millièmes.

L'expression 32 millièmes de dixième équivaut donc à 32 dix-millièmes d'unité ; par conséquent, la fraction décimale demandée doit se traduire par l'assemblage suivant : 0,0032.

Au surplus, il est bien évident que le dixième étant accidentellement considéré comme unité, le chiffre des *millièmes* de dixième prend la *troisième* place à droite des dixièmes, ou la quatrième du nombre.

107. Il reste encore à l'égard des fractions décimales de l'espèce, une dernière difficulté à lever.

Soit à traduire la fraction décimale : 18 centièmes de dixième et 475 dix-millièmes.

Écrivons d'abord 18 centièmes de dixième, c'est-à-dire, 18 millièmes : 0,018. Plaçons ensuite un zéro à droite du chiffre 8 pour arriver à représenter les dix-millièmes.

Or, il s'agit maintenant d'introduire les 475 dix-millièmes dans la partie déjà traduite, ou de placer le chiffre 5 à l'ordre des dix-millièmes, et, par suite, le 7 à celui des millièmes, et le 4 aux centièmes. L'opération peut s'indiquer ainsi :

$$\begin{array}{r} 0,018 \\ \hline 0,0180 \\ 475 \\ \hline \end{array}$$

et le résultat 0,0655 est l'expression de la partie décimale demandée.

Il est bien entendu que les chiffres destinés à remplacer le même ordre, ont été totalisés, ainsi qu'il a été dit antérieurement.

108. C'est en vertu de principes analogues que :

1° La fraction 2 centimes et demi se représente par : 0,025.

En effet, un demi-centime ou la moitié d'un centième équivaut à 5 millièmes.

2° La fraction 4 centimes et quart se représente par : 0,0425.

En effet, un quart de centime ou le quart d'un centième équivaut à 25 dix-millièmes.

3° Enfin, la fraction 7 centimes trois quarts se représente par : 0,0775.

En effet, trois quarts de centime ou trois quarts d'un centième équivalent à 75 dix-millièmes.

109. Au chapitre de la numération des nombres entiers, nous avons vu que les nombres peuvent être traduits en dixaines, en centaines, en mille, etc., tout aussi bien qu'en unités simples.

Il est tout naturel de concevoir maintenant qu'ils peuvent être également écrits en dixièmes, en centièmes, en millièmes, etc. Il suffit, à cet effet, de considérer un instant le dixième, le centième, le millième, etc., pour unité.

Soit à traduire en chiffres l'expression : 59 *dixièmes*.

Ecrivons 59 unités. Or, ici l'unité véritable est le dixième ; par conséquent, le caractère 9 doit occuper, non pas la place des unités, mais bien celle des dixièmes : il ne reste donc plus alors qu'à détacher ce chiffre 9, des unités, par une virgule, et il vient 5, 9 pour la traduction demandée.

Soit à traduire en chiffres l'expression décimale :

Quarante-deux-mille cinq-cent-huit *dix-millièmes*.

Ecrivons 42508 unités, et faisons passer le chiffre 8 des unités simples à l'ordre indiqué des dix-millièmes.

Il s'agit uniquement, pour y parvenir, de détacher par une virgule, les quatre premiers chiffres à droite; et le résultat de ces diverses opérations fournit l'expression cherchée :

4,2508..... et ainsi de suite.

110. On pourrait encore élever d'autres difficultés à l'endroit de la traduction en chiffres des parties décimales; nous nous en abstiendrons, et laisserons à nos lecteurs le soin d'opérer des rapprochements avec la *Numération des nombres entiers* ; de ces rapprochements, nous en sommes persuadé, jailliront des réflexions qui les amèneront à reproduire aisément tous les nombres décimaux. Au surplus, si l'on ne s'écarte en aucune façon des principes que nous venons d'exposer, et si l'on ne perd pas de vue la théorie de la numération, on peut être assuré de ne jamais faire fausse route à cet égard.

Exercices Numériques.

NOMBRES DÉCIMAUX ET FRACTIONS DÉCIMALES A ÉCRIRE EN CHIFFRES

111. **Première Série.**

Quarante-sept-mille-trois-cents billionièmes.

Cinq millions sept-cent-quarante-deux mille trois-cent-six dix-billionièmes.

Neuf-cent-huit billionièmes.

Sept centièmes.

Dix-huit millièmes.

36 cent millièmes.

Mille-sept dix-millièmes.

6 dixièmes.

Sept millièmes.

Quinze-mille-un cent-millièmes.

7 cent-billionièmes.

700 cent-billionièmes.

Cinq-cent-trois dix-millièmes.

Mille douze millionièmes.

52779 cent-millièmes.

Quarante-cinq dix-millionièmes.

Dix centièmes.

Cent-huit cent-millièmes.

12 dix-millièmes.
Dix-mille cent-millièmes.
Quinze centièmes.
Huit cent-millièmes.
Quatre dix-millièmes.
9 cent-millièmes.
Cinquante centièmes.
234 millièmes.
Deux mille dix-millièmes.
9 millièmes.
Quatre cent-millionièmes.
Quatre-cents millionièmes.
Six-mille vingt-trois cent-millièmes
Cinquante-huit centièmes.
Un cent-millième.
850 millièmes.
9 dixièmes.
26 dix-millièmes.
93 centièmes.
40 millièmes.
5637 millionièmes.
Seize cent millièmes.
Treize-mille huit-cent-trois millionièmes.
397 billionièmes.
Six cent-billionièmes.
48552 billionièmes.
Deux-millions trois mille dix-huit
dix-billionièmes.
97 millions 8 cent-millionièmes.
59 unités et 5 centièmes.

6 unités et 903 cent-millièmes.
10002 entiers et 123 millionièmes.
102 unités et 43 dix-millièmes.
4 unités et 20016 billionièmes.
62 unités et 7043 cent-billionièmes.
8 billions 9 mille 17 unités 82 dix-
millièmes.
Cent cent-millièmes.
Un millionième.
437 cent-millièmes.
4 centièmes.
Dix-mille-neuf millionièmes.
Un centième.
18 millionièmes.
Quatorze dix-millionièmes.
5817 cent-millionièmes.
316943 cent-millionièmes.
600 billionièmes.
Dix-neuf dix-billionièmes.
Neuf trillionièmes
203 millions 47 mille 6 billionièmes
58 billions 7 mille cent-billionièmes
72 millions 7 mille dix-billionièmes
209 unités et 34 millièmes.
Deux mille huit unités et 6 dixièmes.
94 entiers et 26 centièmes.
509 cent-millièmes.
37 entiers et 5017003 trillionièmes
Un cent-trillionième.
18 millions 4 billionièmes.

112.   **Deuxième Série.**

8 dixièmes 7 millièmes.
46 millièmes 9 millionièmes.
2 centièmes 8 dix-millionièmes.
23 millièmes 57 billionièmes.
7 dixièmes 18 cent-millièmes
38 millièmes 6 cent-millièmes 492
cent-millionièmes.
48 entiers et 6 millièmes 29 billionièmes.
98 centièmes 3 dix-millièmes.

2004 cent-millièmes 5 dix-billionièmes.
408 dix-millièmes 6 cent-millièmes.
2 centièmes 3 dix-millièmes 4 cent-
millièmes.
4 centièmes 29 dix-millièmes.
9 dixièmes 5037 millionièmes.
537 unités et 3 centièmes 4 millièmes.

113.   **Troisième Série.**

5 millièmes 23 millionièmes 12 billionièmes.
792 millionièmes 52 billionièmes.
57 entiers et 4 billionièmes 17 trillionièmes.
2019 entiers et 42 millièmes 58 billionièmes.
27 entiers et 506 millièmes 29 millionièmes.
25 millionièmes 3 trillionièmes.
9 millièmes 52 dix-millionièmes.
548 millionièmes 4 cent-billionièmes.
72 millièmes et 28 cent-millionièmes.

114.   **Quatrième Série.**

9 dixièmes 75 centièmes.
47 dix-millièmes 5315 cent-millièmes.
96 millièmes 643 cent-millièmes.
16 entiers et 28 dixièmes 64 centièmes.
7 dix-millièmes 56206 cent-millionièmes.
84 millièmes et 7409 millionièmes.
97 centièmes et 3659 cent-millièmes.
236 entiers et 47 dixièmes.
504 millièmes et 29 dix-millièmes.

115.   **Cinquième Série.**

28 centièmes de millième.
4 dixièmes de centième.
18 entiers 2 millièmes et 15 dix-millièmes de millième.
539 dix-millièmes et 3 centièmes de dix-millième.
47 millièmes de dixième.
6 unités 17 centièmes et 12 centièmes de centième.
89 dixièmes et 603 centièmes de dixième.
7 centièmes et 36 dixièmes de centième.
48 millièmes de dixième et 53 dix-millièmes d'unité.
3 centièmes et 4 dixièmes de centième

116.   **Sixième Série.**

72 dixièmes.   305647 dix-millièmes.
14896 millièmes.   19 mille 14 cent 8 millionièmes
409 centièmes.   et 9604 dixièmes de millième.
86701 dix-millièmes.   17008 centièmes.
4207 millièmes.   54963074 millionièmes.
964513 cent-millièmes.

117. Nous venons de voir que l'on peut *écrire* les nombres décimaux en dixièmes, en centièmes, en millièmes, etc. Il s'ensuit dès lors que l'on peut aussi les *lire* en dixièmes, en centièmes, en millièmes, etc.

Soit à lire en *millièmes* le nombre : 4563,025643.

Le millième est ici l'unité. Considérons donc la partie 4563025 comme un nombre entier que nous traduirons par : 4 millions 563 mille 25.

Or, le 5 occupe la place des millièmes, et, par conséquent, le nombre 4563025 exprime la valeur, non de 4 millions 563 mille 25 entiers, mais bien de : 4 millions 563 mille 25 millièmes d'unité.

On comprend parfaitement qu'il est tout aussi rationnel de joindre les entiers aux parties décimales, dans la traduction en langage ordinaire des nombres décimaux, que de lire séparément les parties entière et décimale.

En effet, il est visible que, dans l'exemple précédent, les 4563 unités valent 4 millions 563 mille *millièmes*, c'est-à-dire mille fois plus de millièmes que d'entiers, puisque les millièmes sont des fractions mille fois plus petites; mais la partie décimale renferme elle-même 25 millièmes, donc, en résumé, le nombre 4563,025643 se compose de 4 millions 563 mille 25 *millièmes*.

Il est évident, au surplus, que la portion 643 située à droite du chiffre des *millièmes* ne peut représenter la valeur d'un seul millième, puisque cette partie n'exprime que 643 millionièmes et qu'il faut *mille* millionièmes pour obtenir un millième. Cependant, en considérant le chiffre

5 des millièmes comme le caractère des unités, on aperçoit facilement que le 3 des millionièmes est placé au troisième rang à droite, et que, par suite, ce chiffre 3 représente des millièmes d'unité, si toutefois nous regardons un instant les millièmes comme des entiers.

D'après cela, le nombre 4563,025643 se traduira donc définitivement et *exactement* en *millièmes* par : 4 millions 563 mille 25 millièmes et 643 millièmes de millième.

Soit à lire en *cent-millièmes* le nombre : 19,5078246.

Traduisons comme un nombre entier toute la partie jusques et y compris le chiffre des cent-millièmes 2. Nous dirons : 1 million 950 mille 782.

Or, le caractère 2 occupe la place des cent-millièmes ; donc, en réalité, on doit lire : 1 million 950 mille 782 cent-millièmes.

Mais ce nombre 19,5078246 qui ne renferme pas 1 million 950 mille 783 cent-millièmes, en représente néanmoins plus de 1 million 950 mille 782.

En effet, il existe encore à la droite du chiffre des cent-millièmes la partie 46 dix-millionièmes qui ne vaut pas un cent-millième, mais qui représente 46 centièmes de cent-millième, puisque le cent millième étant considéré un moment comme unité, le chiffre 6 est placé de deux rangs vers la droite du 2 de l'ordre des cent-millièmes. On conçoit, au surplus, que les 19 entiers valent 1 million 900 mille cent-millièmes, c'est-à-dire cent-mille fois 19, et, qu'enfin les 50782 cent-millièmes de la partie décimale venant se totaliser avec le produit de la conversion des entiers, le nombre décimal : 19,5078246 doit se traduire exactement en cent-millièmes par :

1 million 950 mille 782 cent-millièmes et 46 centièmes de cent-millième.

De ce qui vient d'être dit on peut induire sans inconvénient qu'il est toujours possible dans la traduction en chiffres des nombres décimaux de joindre les entiers aux parties décimales, et, partant, de lire les nombres de l'espèce en dixièmes, en centièmes, en millièmes, etc.

Dans cette opération, les entiers subissent, au reste, comme toutes les parties décimales, une conversion en fractions de l'ordre demandé.

Ainsi le nombre 4,75 peut se traduire indifféremment par : 4 unités 75 centièmes, ou par 475 centièmes, c'est-à-dire qu'en effet, 4 unités valent 400 centièmes. Le nombre 53,6 se lira : 53 entiers 6 dixièmes ou : 536 dixièmes. Enfin le nombre décimal : 7,0458 sera énuméré en millièmes par : 7045 millièmes et 8 dixièmes de millième ; ou en centièmes, par : 704 centièmes et 58 centièmes de centième, etc , etc.

S'il s'agit d'une fraction décimale proprement dite, on ne fait, dans ce cas, aucune mention des unités qui sont alors représentées par un zéro, et on traduit la partie décimale ainsi que nous venons de le voir.

Soit à lire en *dix-millièmes* la fraction décimale : 0,0576238.

Cette partie renferme essentiellement 576 dix-millièmes auxquels viennent s'ajouter 238 dix-millionièmes, c'est-à-dire 238 millièmes de dix-millième. La fraction décimale ci-dessus s'énoncera donc en dix-millièmes : 576 dix-millièmes et 238 millièmes de dix-millième.

Il est à remarquer, au surplus, que lire un nombre décimal ou une fraction décimale en dix-millièmes, c'est tout bonnement déterminer la quantité de dix-millièmes qui entrent dans la formation des nombres dont il s'agit.

118. On peut encore lire les parties décimales en les partageant en tranches de trois chiffres en allant de la gauche vers la droite, puis en énumérant ensuite les nombres placés dans chacune des tranches.

Soit à traduire en langage ordinaire la fraction décimale : 0,027009732.
Séparons de gauche à droite les diverses tranches de cet assemblage de chiffres, nous obtiendrons :

0,027 | 009 | 732

Or, la première tranche s'appelle tranche des millièmes, la seconde, millionièmes, et la troisième, billionièmes ; par conséquent, la fraction décimale : 0,027009732 renferme : 27 millièmes 9 millionièmes 732 billionièmes.

Soit à lire la fraction suivante : 0,000453000018.
Décomposons-la en ses diverses tranches, nous aurons :

0,000 | 453 | 000 | 018

et donnons à chaque tranche la dénomination spéciale qui lui est affectée, nous traduirons par : 453 millionièmes et 18 trillionièmes.

Cependant il peut arriver que le nombre des décimales ne favorise pas, comme dans les deux exemples qui précèdent, aussi complètement la décomposition des tranches, ou, en d'autres termes, une partie décimale ne renferme pas toujours 3 ou 6 ou 9 ou 12, etc. chiffres. Alors, évidemment, la dernière tranche vers la droite peut n'avoir qu'un ou deux chiffres et doit, dès lors, subir une légère modification.

Il suffit, dans ce cas, de compléter cette dernière tranche par l'addition de deux ou un zéros placés à droite.

Ainsi, s'il s'agit d'énoncer la fraction décimale 0,0345, suivant la division des tranches, on commencera par ajouter deux zéros à la droite du chiffre 5, ce que l'on peut faire sans changer la valeur de cette partie. Ces deux zéros formeront avec les quatre décimales données deux tranches, et la partie 0,034500 se traduira :

34 millièmes et 500 millionièmes, expression équivalente à 34 millièmes et 5 dix-millièmes.

Néanmoins, d'après ce que nous avons vu au numéro précédent, on pourrait lire la fraction 0,0345 : 34 millièmes et 5 dixièmes de millième.

Il est bien clair, au reste, que, si des entiers sont joints aux parties décimales et qu'il faille traduire celles-ci par la division des tranches, le nombre entier doit être énuméré séparément ; il ne peut y avoir, dans ce cas, de fusion entre les parties entière et décimale.

119. **Exercices Numériques.**

NOMBRES DÉCIMAUX ET FRACTIONS DÉCIMALES A LIRE DE VIVE VOIX
OU A ÉCRIRE EN LETTRES.

Première Série.

à lire en millièmes :
45,02794
0,0396

en centièmes :
9057,58032
0,0338

en dix-millièmes :
89,0623745
0,7099628

à lire en dixièmes :
958,093
0,47

en cent-millièmes :
14807,0506437
0,29436

en dix-millionièmes :
92,0946207854
0,572460937

120. **Deuxième Série.**

à lire en décomposant les tranches :
0,476965

5

40003,005028931
0,000297012
0,063000084
9001,009047000056
0,000000064
0,0053
47,06346936
0,4
0,69
15274,0427860005

121. La numération des parties décimales étant basée sur les mêmes principes que celle des nombres entiers, il s'ensuit que les chiffres, éléments des fractions décimales, ont aussi les deux valeurs distinctes: *Absolue* et *relative*. Ainsi, dans la partie 0,02648, la valeur absolue de chacun des chiffres 2, 6, 8, est égale à 2 unités, 6 unités, 8 unités de l'ordre des centièmes, des millièmes, et des cent-millièmes; par conséquent, la valeur relative ou réelle représentée par chacun de ces caractères est: 2 centièmes, 6 millièmes, et 8 cent-millièmes d'unité.

Puisque le dixième est dix fois plus petit que l'entier, il en résulte qu'il faut dix fois plus qu'un dixième, c'est-à-dire dix dixièmes pour composer une unité.

Par la même raison:

Cent centièmes forment un entier.
Mille millièmes   idem.
Dix-mille dix-millièmes idem.
Cent-mille cent-millièmes idem.
Un million de millionièmes idem.
et ainsi de suite.

En un mot, il faut autant de parties d'entier pour représenter cet entier que les parties dont il s'agit sont de fois plus petites que l'unité; un *douzième*, par exemple, est douze fois plus petit qu'un entier; il est donc nécessaire d'en accumuler *douze* pour composer une unité.

Il est bien facile de concevoir toute la raison d'être de ce principe: En effet, comment obtient-on un douzième d'entier ou la douzième partie d'un entier? En partageant l'entier, une orange, je suppose, en douze parties égales.

Dès lors pour recomposer l'orange entière après la division, il suffit de réunir les douze parties ensemble, de les rapprocher les unes des autres, et, par suite, on peut induire qu'il faut *douze douzièmes* pour former un *entier*.

Le même raisonnement s'applique, au reste, à la subdivision de l'unité en un nombre quelconque de parties égales, que cette subdivision soit décimale ou non.

D'un autre côté, on comprend aisément que, puisque dix dixièmes valent une unité, il faut cent centièmes pour exprimer la valeur d'un entier; on se souvient que, pour former un centième d'unité, on a partagé le dixième en dix parties égales : Donc, dix centièmes valent un dixième. Or, dix dixièmes constituent un entier ; par conséquent, il faut accumuler dix fois dix centièmes pour obtenir l'unité, c'est-à-dire dix, vingt, trente, quarante, cinquante, soixante, soixante-dix, quatre-vingts, quatre-vingt-dix et enfin cent centièmes. Donc, en résumé, cent centièmes valent un entier.

On démontrerait successivement d'une manière analogue que mille millièmes, dix-mille dix-millièmes, etc., etc., forment une unité, quelle que soit, au reste, la nature de l'unité dont il s'agit.

122. Pour déterminer les valeurs relatives des chiffres, les uns par rapport aux autres, il suffit de se reporter aux indications que nous avons présentées à ce sujet au chapitre de la numération des nombres entiers. Puisque la base des deux parties de la numération est identique, il est manifeste que les mêmes moyens pratiques peuvent être mis en œuvre.

Nous allons, au surplus, procéder par quelques exemples à la parfaite entente de cet objet.

Soit le nombre décimal : 4057,316298.

On demande quelle est la valeur relative :

1° du chiffre 6 par rapport au 8.
2° du chiffre 9 par rapport au 3.
3° du chiffre 4 par rapport au 2.
et 4° du chiffre 3 par rapport au 0.

1° Chercher la valeur relative du caractère 6 par rapport au chiffre 8, c'est tout bonnement déterminer combien de fois ce chiffre 6 est plus grand ou plus petit que le 8 relativement à la place respective qu'ils occupent dans le nombre donné 4057,316298.

Or, il est d'abord évident que le chiffre 6 disposé à la gauche du caractère 8 est plus *grand* que ce dernier.

Il s'agit maintenant d'examiner si le 6 est ou dix, ou cent, ou mille, ou dix-mille, etc., etc., fois plus grand que le 8.

Nous avons déjà indiqué le moyen d'y parvenir.

Le chiffre 6 est situé au *troisième* rang à la gauche du 8, et, par suite, il représente des unités d'un ordre *mille* fois plus élevé que celles exprimées par le caractère 8.

Nous avons vu effectivement que, lorsqu'un chiffre est placé d'un, de deux, de trois, de quatre, de cinq, de six, de sept, etc., rangs vers la gauche ou la droite d'un autre, ce premier chiffre est, en valeur relative, dix, cent, mille, dix-mille, cent-mille, un million, dix-millions, etc., fois plus grand ou plus petit que le second.

2° Il est d'abord visible que le chiffre 9, étant placé à la *droite* du 3, représente des unités d'un ordre *moins élevé* que ce caractère 3.

Pour arriver à déterminer combien de fois le 9 est plus petit que le 3, il suffit de considérer un instant le chiffre 9 comme le caractère des unités, et d'examiner ensuite quelle est la place occupée par le 3. Le chiffre 3 remplacerait alors l'ordre des dixaines de mille ; or, une dixaine de mille vaut dix-mille unités, donc enfin, le chiffre 9 est, en valeur relative, dix-mille fois plus petit que le 3, ou réciproquement le caractère 3 exprime des unités d'un ordre dix-mille fois plus grand que celles représentées par le 9.

3° Le chiffre 4 est, par rapport au rang qu'il occupe, plus grand que le chiffre 2, puisque le 4 est placé à la gauche du 2.

Pour parvenir à trouver combien de fois le 4 est plus fort que le 2, marquez les deux chiffres 4 et 2 par un signe quelconque. Ajoutez ensuite à la droite du caractère 4 sept *zéros*, parce que le chiffre 4 est situé au septième rang à gauche du 2, et vous obtiendrez : 40000000 (*dix millions*), ce qui veut dire, qu'en valeur relative, le chiffre 4 est dix-millions de fois plus grand que le 2.

4° Enfin, il est évident que, placé à la droite du caractère 0, le chiffre 3 représente des unités d'un ordre moins élevé que celles remplacées par ce caractère. Donc, en valeur relative, le chiffre 3 est plus petit que le chiffre 0, au cas particulier s'entend.

Il est encore manifeste que ce chiffre 3 est *mille* fois plus petit que le zéro, car, en posant le doigt sur le chiffre 7 placé immédiatement à gauche du caractère 3, on dira : Dix, puis successivement : Cent et mille, en passant sur les deux chiffres : 5 et 0.

Par conséquent, le chiffre 3 est, en valeur relative, mille fois plus petit que le zéro, ou inversement, le caractère 0 représente des unités d'un ordre mille fois plus grand que celles exprimées par le chiffre 3.

On voit, d'après cela, qu'il est tout aussi aisé de déterminer les valeurs relatives des caractères employés dans les parties décimales, que lorsqu'il s'agit de mettre ces mêmes caractères en usage dans les nombres entiers : Le raisonnement et les principes à suivre en la circonstance doivent assurément être identiques, puisque la base et les éléments fondamentaux sont exactement les mêmes.

On aperçoit, au surplus, que l'on opère sur les nombres décimaux comme sur les fractions décimales, et sans porter le moins du monde attention à la virgule ; cette virgule peut, en effet, s'annihiler dans la pensée, puisque les deux ordres qu'elle sépare, les *unités simples* et les *dixièmes*, suivent la loi commune aux autres chiffres, c'est-à-dire que le caractère des unités simples placé d'un rang vers la gauche de celui des dixièmes est, en valeur relative, dix fois plus grand que cet ordre des dixièmes, et que, par contre, les dixièmes sont dix fois plus faibles que les unités simples.

Nous n'insisterons pas davantage sur ce point.

123. Au lieu de demander les valeurs relatives des chiffres, les uns par rapport aux autres, on peut encore poser la même question d'une manière différente. Ainsi par exemple :

1° Combien faut-il de dix-millièmes pour former un dixième ?

2° Combien les millionièmes sont-ils de fois plus petits que les centièmes ?

3° Combien faut-il de millièmes d'unité pour composer une centaine de mille ?

4° Combien faut-il de dixièmes pour former un dix-millième ?

Pour obtenir les solutions de ces quatre problèmes, il est nécessaire, avant tout, pour l'intelligence des ordres, et afin d'éviter toute confusión, de tracer, au hasard, une série de chiffres quelconques et de placer une virgule n'importe en quel endroit. De la sorte on ramène la question au numéro précédent.

Soit : 9204876135,0492753168, la suite arbitraire de chiffres.

1° Pour déterminer combien il faut de *dix-millièmes* pour former un *dixième*, il suffit de chercher combien un dix-millième est de fois plus petit qu'un dixième, ou quelle est la valeur relative du chiffre 2 des dix-millièmes par rapport au caractère 0 des dixièmes.

En opérant comme il a été dit précédemment, on aperçoit que le 0 placé au troisième rang à gauche du 2 est mille fois plus fort que ce dernier chiffre, et l'on en conclut qu'il faut mille dix-millièmes pour composer un dixième.

Il est, au reste, bien facile de concevoir que, puisqu'il est nécessaire d'accumuler dix-mille dix-millièmes pour former un entier, il n'en faudra que mille pour un dixième, en raison de ce que le dixième vaut dix fois moins que l'unité.

2° Pour parvenir à trouver combien les *millionièmes* sont de fois plus petits que les *centièmes*, il suffit d'examiner de combien de rangs le chiffre 5 des millionièmes est situé vers la droite du caractère 4 des centièmes.

Le chiffre 5 est placé au quatrième rang, et, par conséquent, les millionièmes sont dix-mille fois plus faibles que les centièmes.

3° Déterminons combien les *millièmes* d'unité sont de fois plus petits que les *centaines de mille*.

Le chiffre 9 des millièmes, placé de *huit rangs* à la droite du caractère 8 des centaines de mille, représente des unités d'un ordre *cent-millions* de fois plus petit que le 8, et, partant, il faut cent-millions de millièmes pour composer une centaine de mille.

4° Combien faut-il de *dixièmes* pour former un dix-millième?

En y réfléchissant mûrement, on reconnaît qu'un *dixième* étant plus fort qu'un dix-millième, la question posée de cette façon ne comporte aucune solution. Il est visible, en effet, qu'un dixième est plus fort qu'un dix-millième, car, si l'on divise une orange, par exemple, en dix parties égales, et puis ensuite une seconde orange de même dimension en dix-mille parties égales, la dixième partie de la première orange est, on le comprend aisément, plus importante que la dix-millième partie de la seconde orange, supposée, au reste, en tous points semblable à la première.

Dès lors, puisqu'un seul dixième est plus grand qu'un dix-millième, un certain nombre de dix-millièmes peuvent concourir à former un dixième, et, si la question étant agitée en sens inverse, on demande: Combien faut-il de *dix-millièmes* pour composer *un dixième?* Alors on déduira que le chiffre 2 des dix-millièmes, situé au troisième rang à droite du caractère 0 des dixièmes, représente des unités d'un ordre mille fois plus petit que les dixièmes, et qu'enfin il est nécessaire d'accumuler mille dix-millièmes pour former un dixième ; mais on ne peut jamais conclure qu'il faut mille dixièmes pour former un dix-millième, par cette excellente raison, je le répète, qu'un dixième est plus fort qu'un dix-millième.

On ne saurait prêter une trop grande attention à ces questions posées d'une manière absurde, afin de voir si l'élève a bien saisi la valeur relative des chiffres ; à cet effet, on doit bien se pénétrer de ce principe : Pour que plusieurs unités d'un même ordre puissent concourir à former des unités d'un ordre plus élevé, il est indispensable que les premières soient plus petites que les secondes.

124. Nous ne résumerons pas ici les points principaux de la numération des parties décimales ; nous croyons les avoir fait ressortir, dans le courant de ce chapitre, d'une manière catégorique. Nous nous contenterons seulement d'insister de nouveau pour que l'on ne confonde pas les terminaisons *aine* et *ième* ; toutes les fois que les particules *dix* et *cent* sont accompagnées de la finale *aine*, l'expression entière représente une quantité plus *grande* que l'unité.

C'est le contraire si ces mêmes particules sont accompagnées de la finale *ième*.

Ainsi, il existe une grande différence entre une *dixaine* et un *dixième* ; l'expression dixaine signifie que l'unité est dix fois prise, dix fois répétée, et vaut, par conséquent, dix unités.

Un dixième est une partie dix fois plus petite que l'entier.

On conçoit, en définitive, que l'unité étant le point de départ des nombres entiers comme des parties décimales, les chiffres placés à une égale distance du caractère des unités sont le même nombre de fois ou plus grands ou plus petits que l'unité, selon qu'ils sont situés à gauche ou à droite.

125. Nous avons vu que le plus grand nombre n'existe pas ; nous pouvons conclure maintenant de ce que les parties décimales sont de dix en dix fois plus petites à mesure que les chiffres sont placés à la droite les uns des autres, que le plus petit des nombres n'existe pas davantage, puisque les parties décimales peuvent être divisées jusqu'à l'infini. La plus grande fraction décimale n'existe pas non plus.

126. **Exercices numériques.**

Soit le nombre décimal : 9504,263187.

Indiquer la valeur *relative* :

1° du chiffre 4 par rapport au 8 ;
2° du chiffre 7 par rapport au 2 ;
3° du chiffre 6 par rapport au caractère 1 ;
4° du chiffre 3 par rapport au 0 ;
5° du chiffre 9 par rapport au 7 ;
6° du chiffre 2 par rapport au 0 ;
7° du chiffre 8 par rapport au 5 ;
8" du chiffre 0 par rapport au chiffre 1 ;
10° du chiffre 8 par rapport au 2.

Combien faut-il de cent-millièmes pour former un dixième ?

Combien faut-il de centièmes pour composer une dixaine de mille ?

Combien les dix-millièmes sont-ils de fois plus petits que les centièmes ?

Combien les centaines d'unités sont-elles de fois plus grandes que les millièmes ?

Combien faut-il de centièmes pour composer un dix-millième ?

---

127. Pour obtenir le rapport exact des valeurs relatives de deux chiffres décimaux quelconques, on fait usage des mêmes moyens pratiques indiqués à ce sujet au chapitre de la numération des nombres entiers. Nous engageons donc nos lecteurs à se reporter aux numéros qui en font l'objet.

Il est seulement à remarquer qu'au lieu de convertir la valeur réelle de chacun des deux chiffres dont il s'agit en unités, chose impossible dans les parties décimales, on réduit au contraire les unités de l'ordre le plus élevé de celui des deux chiffres en unités de même nature que celles de l'ordre représenté par le second chiffre, et puis enfin l'on effectue la division du premier produit par le second.

128. D'après tout ce que nous venons de voir, il est manifeste que le signe caractéristique appelé *virgule* a une immense importance dans la valeur des nombres. On sait qu'immédiatement à gauche de la virgule est toujours placé le chiffre des unités simples ; par conséquent, le déplacement seul de cette virgule suffit pour occasionner des perturbations dans un nombre et pour en altérer la valeur.

Il est donc nécessaire d'être fort circonspect dans l'emploi de la virgule, et de ne pas l'employer inopportunément ; ainsi, pour n'en fournir qu'un exemple, il ne faut jamais dans la traduction des nombres entiers, séparer les tranches par des virgules, puisque cette ponctuation peut donner lieu à des erreurs graves en ce qu'elle revêt les mêmes formes que lorsqu'elle agit dans les parties décimales.

129. Des principes mêmes de la numération décimale découlent des propriétés que nous allons exposer le plus succinctement possible.

Abordons en premier lieu les définitions :

Multiplier un nombre, c'est, en général, répéter ce nombre, rendre ce nombre plus grand, plus fort.

Diviser un nombre, au contraire, c'est décomposer, partager ce nombre ; c'est rendre ce nombre plus petit, plus faible.

Puisque dans notre système de Numération, quand un chiffre est placé d'un rang, de deux, de trois, de quatre, de cinq, de six, etc., rangs vers la gauche ou vers la droite, il exprime des unités d'un ordre dix fois, cent, mille, dix-mille, cent-mille, un million etc., fois plus grand ou plus petit ; il en résulte que toutes les fois qu'on recule les chiffres d'un nombre d'un, deux, trois, etc., rangs vers la gauche ou vers la droite, le nombre tout entier devient immédiatement dix, cent, mille, etc., fois plus grand ou plus petit. Or, lorsque, dans un nombre, on fait avancer un seul des chiffres d'un, de deux, etc., rangs vers la gauche ou vers la droite, tous les autres chiffres avancent également d'un même nombre de rangs, et, par suite, pour rendre un nombre dix, cent, mille, etc., fois plus grand ou plus petit, c'est-à-dire pour multiplier ou diviser un nombre par dix, cent, mille, etc., il suffit de faire avancer un seul des chiffres de ce nombre d'un rang, de deux, de trois, etc., rangs vers la gauche ou vers la droite

Ceci posé, examinons combien de fois le caractère zéro entre comme élément dans les nombres : Dix, cent, mille, dix-mille, cent-mille, un million, dix-millions, cent-millions, etc.

Le nombre 10 (dix) renferme un zéro,
Le nombre 100 (cent) renferme deux zéros,
Le nombre 1000 (mille) renferme trois zéros,
Le nombre 10000 (dix-mille) renferme quatre zéros,
Le nombre 100000 (cent-mille) renferme cinq zéros,
Le nombre 1000000 (un million) renferme six zéros,
Le nombre 10000000 (dix-millions) renferme sept zéros,
Le nombre 100000000 (cent-millions) renferme huit zéros,
et ainsi de suite.

Il est indispensable de s'identifier d'une manière complète avec cette nomenclature, afin de saisir ce qui va suivre.

130. Pour *multiplier* un nombre *entier* par dix, cent, mille, etc., ou pour rendre un nombre entier dix, cent, mille, etc., fois plus *grand*, il suffit de mettre à la suite de ce nombre entier autant de zéros qu'il y en a dans le nombre par lequel on veut multiplier.

Soit à multiplier le nombre 538 par *dix-mille*.

Combien y a-t-il de zéros dans le nombre dix-mille ? *quatre*. Ajoutons donc, pour cette raison, *quatre* zéros à la droite du nombre 538, et nous obtenons : 5380000.

Il est évident que ce nombre 5380000 est dix-mille fois plus fort que 538 ; en effet, avant l'addition des zéros, le chiffre 8 occupait la place des unités simples, et après cette addition, le chiffre 8 remplace l'ordre des dixaines de mille.

Or, les dixaines de mille sont dix-mille fois plus grandes que les unités simples ; donc, en résumé, par l'addition des quatre zéros, le nombre 538 est devenu dix mille fois plus grand, et, partant, a été multiplié par dix-mille.

Il est visible, au surplus, que, lorsque le chiffre des unités devient dix mille fois plus fort, les autres caractères du même nombre représentent également des ordres d'un ordre dix-mille fois plus élevé. Les dixaines d'unités deviennent des centaines de mille, les centaines d'unités des unités de millions, et ainsi de suite.

Pour rendre un nombre entier dix, cent, mille, etc., fois plus grand, il suffit donc de faire passer successivement le premier chiffre à droite du nombre dont il s'agit, le caractère des unités simples, à l'ordre des dixaines, des centaines, des mille, etc., ce que l'on fait en ajoutant un, deux, trois, etc., zéros à la droite de ce nombre entier.

Donc, en définitive, pour multiplier un nombre entier par

10	(dix)	on place un zéro à sa droite,
100	(cent)	deux zéros,
1000	(mille)	trois zéros,
10000	(dix-mille)	quatre zéros,
100000	(cent-mille)	cinq zéros,
1000000	(un million)	six zéros,

Et ainsi de suite jusqu'a l'infini.

131. Pour multiplier un nombre décimal ou une fraction décimale par 10, 100, 1000, etc., il suffit d'avancer la virgule d'autant de rangs vers la *droite* qu'il y a de zéros dans le nombre par lequel on veut multiplier.

Soit à multiplier le nombre décimal 48,0276 par *cent*.

On est d'abord tenté, en se reportant à ce qui a été dit au numéro précédent, d'ajouter *deux* zéros à la droite du nombre 48,0276. Deux zéros, car, en effet, le nombre 100 renferme deux fois le caractère zéro.

Or, ajoutons ces deux zéros, nous obtiendrons : 48,027600 et voyons ce qu'est devenu, après cette addition, le nombre primitif.

Le chiffre 8 des unités est resté à l'ordre des unités, et, par conséquent, tous les autres chiffres n'ont pas bougé davantage ; dès-lors le nombre n'a subi aucune altération. Il est, au surplus, bien facile de concevoir que, le chiffre des unités étant invariablement situé immédiatement à gauche de la virgule, si cette virgule ne change pas de place, le chiffre des unités reste constamment chiffre des unités, et partant, on peut ajouter une infinité de zéros à la droite de la partie décimale sans que cette partie décimale en soit modifiée le moins du monde.

D'un autre côté, il est à remarquer que, si l'on ajoute un ou plusieurs zéros à la droite de la fraction décimale 0,3 par exemple, cette fraction ne changera aucunement de valeur, ne deviendra ni plus grande ni plus petite.

En effet, si nous mettons un zéro à la droite de la partie décimale 0,3, nous obtenons 0,30. Au lieu de renfermer 3 dixièmes, cette portion comprend à présent 30 centièmes ; or, il est manifeste que 3 dixièmes et 30 centièmes sont deux quantités égales, car un dixième vaut dix centièmes et par conséquent 3 dixièmes valent 30 centièmes. La fraction décimale 0,30 représente donc dix fois plus de parties que 0,3, puisqu'elle en exprime trente au lieu de 3; mais ces trente parties sont dix fois plus petites. Donc, il y a compensation ; donc la fraction 0,30 équivaut à 0,3; donc, enfin, on peut ajouter une infinité de zéros à la droite d'une partie décimale sans modifier en aucune façon la valeur de cette partie.

Ce principe sera rendu plus sensible à l'aide d'un exemple : Si l'on partage une pomme en dix parties égales et si l'on mange 3 de ces parties, on aura consommé 3 dixièmes d'unité; si l'on prend une seconde pomme de même dimension, si l'on divise celle-ci en cent parties égales et si, enfin, on mange trente de ces dernières parties, il est évident que la partie consommée dans l'un et l'autre cas est la même.

Ces éléments bien compris, il est bien clair, dès lors, que, pour rendre le nombre décimal 48,0276, *cent fois plus fort*, on ne peut, comme lorsqu'il s'agit d'un nombre entier, ajouter deux zéros à la droite de ce nombre. Observons que, pour que ce nombre soit multiplié par 100, il est nécessaire que le chiffre 8 des *unités* devienne des *centaines*.

Pour arriver à ce but, il faut que la virgule marche vers la *droite* du nombre, et, puisque le nombre décimal doit être rendu *cent* fois plus grand, elle avancera de *deux* rangs vers la droite, et le nombre deviendra : 4802,76. Il est visible que ce dernier nombre est cent fois plus grand que 48,0276, car le caractère 8 des unités occupe maintenant le rang des centaines. Or, les centaines sont cent fois plus fortes que les unités, donc le nombre 48,0276 a été multiplié par 100.

Soit la fraction décimale 0,28 à multiplier par *cent-mille*.

Le nombre cent-mille renferme *cinq* zéros. La virgule doit, par suite, être avancée de cinq rangs vers la droite.

Or, ici la partie 0,28 ne se compose pas d'un nombre suffisant de chiffres : Dans ce cas, on commence par ajouter une quantité quelconque de zéros à la droite de 0,28 et l'on peut alors porter la virgule à la cinquième place à droite, et l'on obtient : 028000.

Ce nombre 028000 est assurément cent-mille fois plus fort que 0,28, puisque le chiffre zéro des unités est devenu des centaines de mille.

Ce zéro situé à *gauche* du nombre 28000 peut, au surplus, être supprimé sans aucun inconvénient.

En résumé, pour rendre un nombre décimal (*ou une fraction décimale*) dix, cent, mille, etc., fois plus grand, il s'agit uniquement d'avancer la virgule d'autant de rangs vers la droite qu'il y a de zéros dans le nombre par lequel on veut multiplier.

Dans le cas où le nombre des décimales est insuffisant, on ajoute une quantité convenable de zéros à la droite de la partie décimale, opération dont la raison d'être vient d'être démontrée ci-dessus.

De ce principe, qui maintenant est consacré par le raisonnement, on conclut que réciproquement on peut supprimer les zéros situés à la droite d'une partie décimale sans changer la valeur de cette partie.

132. Pour *diviser* un nombre *entier* par 10, 100, 1000, etc., il suffit de porter une virgule d'autant de rangs vers la *gauche* qu'il y a de zéros dans le nombre par lequel on veut diviser.

Soit à rendre le nombre 42568, *mille* fois plus petit.

Le chiffre 8 des unités doit occuper la place des millièmes. A cet effet, portons une virgule de trois rangs vers la *gauche*, nous obtiendrons : 42,568. On a déjà compris que cette virgule est portée après les *trois* premiers chiffres, parce que le nombre mille renferme *trois* zéros.

Il est évident que le nombre 42,568 est mille fois plus petit que le nombre 42568, car le chiffre 8 qui occupait avant l'opération la place des unités représente maintenant l'ordre des *millièmes*. Or, les millièmes sont mille fois plus faibles que les unités ; donc, en résumé, le nombre dont il s'agit a été rendu mille fois plus petit ou a été divisé par mille.

Soit à diviser le nombre 463 par un *million*.

Un million renferme 6 zéros ; par conséquent, pour rendre le nombre entier 463 un million de fois plus petit, il faut porter une virgule de *six rangs* vers la gauche. Or, dans ce cas, le nombre des chiffres de 463 n'est pas suffisant ; pour obvier à cet inconvénient, on place une quantité convenable de zéros à la gauche de 463, et, portant alors une virgule de six rangs vers la gauche, on obtient 0,000463.

Il est visible que cette partie 0,000463 est un million de fois plus petite que 463, puisque le chiffre 3 des unités exprime maintenant des millionièmes : Or, les millionièmes sont un million de fois plus faibles que les unités.

Donc le nombre 463 a été rendu un million de fois plus petit.

On voit encore par là que, lorsque l'ensemble d'une partie décimale ne représente pas la valeur *d'un entier*, l'ordre des unités est indiqué par le caractère zéro.

133. Pour *diviser* un nombre décimal ou une fraction décimale par dix, cent, mille, etc., il suffit d'avancer la virgule d'autant de rangs vers la gauche qu'il y a de zéros dans le nombre par lequel on doit diviser.

Soit à rendre le nombre décimal 45,02 *dix* fois plus petit.

Le nombre *dix* renferme *un zéro* ; pour cette raison, avançons la virgule *d'un rang* vers la gauche, nous obtenons le nombre : 4,502 qui, assurément, est dix fois plus petit que 45,02, puisque le chiffre 5 des unités simples est passé à l'ordre des dixièmes. Or, les dixièmes sont des parties décimales *dix fois* plus petites que les unités ; donc, le nombre 45,02 a été divisé par *dix*.

Soit à diviser la fraction décimale 0,029 par *dix mille*.

Le nombre dix-mille renferme quatre zéros.

Avançons la virgule de quatre rangs vers la gauche, et, puisque le nombre des chiffres situés à la gauche de la virgule n'est pas suffisant pour rendre cette opération possible, plaçons à la gauche de la fraction 0,029 une quantité convenable de zéros ; puis ensuite, déplaçons la virgule et avançons-la de quatre rangs vers la gauche, nous obtiendrons : 0,0000029.

Il est évident que cette partie 0,0000029 est dix-mille fois plus petite que 0,029, puisque le caractère zéro placé primitivement à l'ordre des unités simples remplace maintenant celui des dix-millièmes. Or, les dix-millièmes sont des parties décimales dix-mille fois plus petites que les unités ; donc enfin, par ce déplacement de la virgule, la fraction 0,029 a été divisée par dix-mille, c'est-à-dire a été rendue dix-mille fois plus petite.

134. Tous les principes qui viennent d'être exposés et qui découlent directement des propriétés mêmes de la numération décimale, peuvent être résumés de la manière suivante :

Pour rendre un nombre entier dix, cent, mille, etc., fois plus grand, il suffit d'ajouter à la *droite* de ce nombre autant de zéros qu'il y en a dans le nombre par lequel on veut multiplier.

Pour rendre un nombre décimal (*ou une fraction décimale*), dix, cent, mille, etc., fois plus grand, il suffit d'avancer la virgule d'autant de rangs vers la droite qu'il y a de zéros dans le nombre par lequel on veut multiplier.

Pour rendre un nombre entier dix, cent, mille, etc., plus petit, il suffit de porter une virgule d'autant de rangs vers la *gauche*, qu'il y a de zéros dans le nombre par lequel on veut diviser.

Enfin, pour rendre un nombre décimal (*ou une fraction décimale*), dix, cent, mille, etc., fois plus petit, il suffit d'avancer la virgule d'autant de rangs vers la *gauche* qu'il y a de zéros dans le nombre par lequel on veut diviser.

On voit par là que le déplacement de la virgule occasionne des altérations dans la valeur des nombres, et que, plus on avance la virgule vers la *droite*, plus les nombres deviennent *grands*, tandis qu'au contraire, plus on avance la virgule vers la *gauche*, et plus les nombres deviennent *faibles*.

Il est bien clair, au surplus, que ces multiplications et ces divisions abrégées et faites, pour ainsi dire, sans opération, ne peuvent s'effectuer, sur les nombres entiers ou sur les parties décimales, qu'en tant qu'il s'agit de multiplier ou de diviser invariablement par les nombres dix, cent, mille, dix-mille, cent-mille, un million, dix-millions, cent-millions, etc., etc.

On ne pourrait point opérer aussi habilement s'il était question de multiplier ou de diviser un nombre par des quantités différentes de dix, cent, mille, etc. Il faut alors mettre en pratique des procédés plus longs et plus compliqués qui feront, au reste, l'objet de chapitres spéciaux.

135.   **Exercices numériques.**

Rendre le nombre 674		Rendre le nombre 539	
1° Dix-mille		1° Cent-mille	
2° Cent		2° Dix	
3° Un million		3° Un million	
4° Dix	fois plus grand	4° Cent	fois plus petit
5° Mille		5° Cent-mille	
6° Cent-mille		6° Dix-millions	
7° Dix-millions		7° Mille	
Rendre le nombre 92,7064325		Rendre le nombre 9074368	
1° Cent-mille		1° Cent	
2° Un million		2° Un million	
3° Cent		3° Dix-mille	
4° Mille	fois plus grand	4° Dix	fois plus petit
5° Dix-millions		5° Cent-millions	
6° Dix		6° Mille	
7° Dix-mille		7° Cent-mille	

Rendre chacun des nombre 3,50 et 6,297.
1° Dix-millions
2° Cent
3° Dix- mille
4° Dix
5° Un million
6° Mille
7° Cent-mille
8° Cent-millions
} fois plus grand

Rendre le nombre 47,8
1° Cent-millions
2° Mille
3° Dix
4° Cent-mille
5° Million
6° Cent
7° Dix-mille
8° Dix-millions
} fois plus petit

Rendre le nombre 405893
1° Million
2° Dix
3° Mille
4° Cent-mille
5° Cent
6° Dix mille
7° Dix-millions
} fois plus grand

Rendre le nombre 9726,087
1° Dix
2° Cent
3° Mille
4° Dix-mille
5° Cent-mille
6° Un million
7° Dix-millions
} fois plus petit

Rendre la fraction décimale 0,009
1° Dix
2° Mille
3° Cent
4° Dix-mille
5° Million
6° Cent-mille
7° Cent-millions
8° Dix-millions
} fois plus grande

Rendre la fraction décimale 0,0445
1° Cent-mille
2° Dix-millions
3° Cent
4° Dix
5° Mille
6° Cent-millions
7° Dix-mille
8° Un million
} fois plus petite

ON DEMANDE COMBIEN

les NOMBRES : sont de fois plus grands ou plus petits que CEUX-CI

	les NOMBRES	que CEUX-CI	
1°	9,64	1°	964
2°	0,0179	2°	1,79
3°	47856	3°	47,856
4°	49	4°	49000
5°	4,0207	5°	4020,7
6°	573	6°	0,0573
7°	9	7°	0,00009
8°	73,7	8°	73700000
9°	56,00094	9°	560,0094
10°	0,063	10°	6300

Il suffit, pour parvenir à résoudre ces problèmes, d'examiner dans la première colonne quel est le chiffre qui représente l'ordre des unités, et puis ensuite de reconnaître au numéro correspondant dans la seconde colonne, quelle est la place occupée par ce même caractère. De là on conclut aisément que le nombre dont il s'agit est devenu dix, cent, mille, etc., fois plus grand ou plus petit, selon que le chiffre des unités simples est passé aux dixaines, centaines, mille, etc., ou aux dixièmes, centièmes, millièmes, etc.

136. A l'aide des propriétés de la numération on peut parvenir à ré-

soudre très-promptement une multitude de problèmes dont nous allons essayer très-brièvement de donner une idée :

1º Combien un homme qui possède un million est-il de fois plus riche que celui qui a 100 francs ?

Il est évident ici que l'individu qui possède un million est autant de fois plus riche que celui qui a 100 francs, que le nombre 1000000 contient le nombre 100.

Il s'agit donc uniquement, dans ce cas, de diviser 1000000 par 100, c'est-à-dire de détacher les deux premiers zéros à droite, et il reste 10000 : Donc la première personne dont il est question est dix-mille fois plus riche que la seconde.

On opérerait d'une manière analogue si l'on demandait combien de fois le nombre 100 est contenu dans 1000000.

2º Un homme possède 1000 francs, et l'on veut connaître quelle est la somme que l'on doit avoir pour être dix-mille fois plus riche ?

Il est bien clair que, pour être dix-mille fois plus riche, il faut posséder dix-mille fois plus. La question est donc ramenée à répéter dix-mille fois la somme primitive de 1000 francs, c'est-à-dire à multiplier 1000, par 10000 ; or, le nombre 10000 renferme quatre zéros, et, par conséquent, il suffit, dans ce cas d'ajouter quatre zéros à la droite de ce nombre 1000, ce qui donne pour résultat : 10000000 (dix-millions).

3º Combien faut-il de dixaines pour composer un mille ?

Les dixaines sont des ordres d'unités cent fois plus petits que les mille ; il est donc nécessaire d'en accumuler cent pour former un mille.

Le résultat 100 peut être obtenu d'une manière beaucoup plus simple : Il suffit de diviser la plus grande quantité 1000 par la plus petite 10. On détache, à cet effet, un zéro du nombre 1000, et il reste cent. Donc il faut cent dixaines pour composer un mille.

Toutes les questions analogues peuvent se traiter de la même manière.

4º Soit le nombre 453208. On demande de dire combien il y a de centaines d'unités dans ce nombre ?

Une centaine d'unités est cent fois plus grande qu'une unité, et, partant, il doit y avoir cent fois moins de centaines que d'unités dans le nombre donné 453208. Il s'agit simplement dès-lors de diviser ce nombre par 100. Le résultat vient 4532,08, ce qui veut dire que le nombre dont il est question renferme 4532 centaines d'unités, plus 8 centièmes de centaine ou 8 unités.

Pour séparer les dixaines, les centaines, les mille, etc., d'un nombre quelconque, il suffit donc de diviser ce nombre par dix, cent, mille, etc., ou, en d'autres termes, de détacher par une virgule un, deux, trois, etc., chiffres. Si le nombre est décimal, l'opération se réduit alors à avancer la virgule dans les mêmes conditions.

5ª Réduire 15 dixaines de mille en dixaines d'unités ?

Une dixaine de mille est mille fois plus grande qu'une dixaine d'unités, et, par suite, il doit y avoir mille fois plus de dixaines d'unités que de dixaines de mille.

Il suffit de multiplier le nombre 15 par 1000, ce qui donne 15000 pour le résultat demandé.

On conçoit aisément que ces sortes de problèmes peuvent être variés à l'infini.

Nous avons démontré plus haut que l'on peut ajouter une infinité de zéros à la droite d'une partie décimale sans altérer la valeur de cette partie. Nous avons vu également que, si l'on ajoute des zéros à la droite d'un nombre entier, on multiplie successivement ce nombre par dix, cent, mille, dix-mille, etc., selon la quantité de zéros y joints.

Il est pourtant possible d'ajouter quelquefois des zéros à la droite d'un nombre entier sans augmenter la valeur de ce nombre ; mais alors il faut manifestement que la dénomination de l'unité change.

Ainsi, il est évident que 45 dixaines valent 450 unités, que 12 centaines valent 120 dixaines, etc., etc., et cependant on a ajouté dans l'un et l'autre cas un zéro à la droite des nombres entiers 45 et 12.

Il est visible qu'encore ici les quantités 450 et 120 renferment dix fois plus d'unités que 45 et 12, mais que, par contre, les unités qu'elles représentent sont d'un ordre dix fois plus petit : Par conséquent, il y a compensation.

Donc, on peut quelquefois ajouter un ou plusieurs zéros à la droite d'un nombre entier sans modifier la valeur de ce nombre, pourvu, toutefois, qu'en même temps l'unité varie, et devienne dix, cent, mille, etc., fois plus petite.

Par ce principe, les réductions de centaines en dixaines, d'unités en millièmes, etc., etc., s'expliquent parfaitement.

CHAPITRE IV.

Des unités métriques.

137. Quoique les principes du système légal des poids et mesures dont l'usage est prescrit en France, ne seront développés et mis à la portée de tous que vers la fin de cet ouvrage, il n'est peut-être pas inutile de se familiariser d'avance avec les noms appliqués aux unités qui sont les éléments de ce système. Ces unités les voici :

Le *mètre*, unité des mesures de longueur.

L'*are*, unité de surface pour les mesures agraires (*pour évaluer les terrains*).

Le *litre*, unité de capacité pour mesurer les liquides et les matières sèches.

Le *stère*, unité de solidité pour mesurer les bois de chauffage.

Le *gramme*, unité des mesures de poids.

Le *franc*, unité monétaire.

Jusqu'à présent, nous avons employé le mot *unité* dans le sens le plus abstrait : Il est temps enfin de concevoir que cette expression *unités* peut être remplacée par celles-ci : *mètre, are, litre, stère, gramme* ou *franc*.

Ces six sortes d'unités sont les seules reconnues dans notre pays. Aussi tous les problèmes que nous poserons dans la suite, au lieu de se rapporter à des unités quelconques, auront-ils toujours pour objet des mètres, des ares, des litres, des stères, des grammes, des francs, ou, en un mot, des unités métriques.

Le système métrique est le système par excellence, par cela seul qu'il repose tout entier sur les bases de la numération décimale ; nous nous attacherons au chapitre consacré au système métrique à démontrer l'incontestable supériorité du système décimal sur tous les autres systèmes. Ici n'est point le lieu ni le moment d'en dire davantage à ce sujet.

On a déjà saisi, au surplus, nous en sommes persuadé, toute l'ingéniosité de la numération décimale.

Puisque les unités métriques sont tout simplement les unités arbitraires que nous avons exprimées en chiffres *(le mot unités était alors pris dans l'acception la plus vague; on ne désignait pas, en effet, la nature de ces unités, on ne désignait pas si ces unités étaient des francs, des mètres, des litres, des grammes, etc.)* Il s'ensuit que ces unités métriques *(ainsi appelées parce qu'elles dérivent toutes du mètre)* doivent toujours, dans les nombres décimaux, être suivies immédiatement de la virgule. A droite de cette virgule viennent successivement s'échelonner les parties décimales, et, à gauche, les ordres des nombres entiers; ainsi la virgule se placera donc toujours après le caractère qui représentera l'une des unités métriques:

Mètre, are, litre, stère, gramme ou franc.

Comme le franc est l'unité que nous aurons, dans la suite, le plus l'occasion d'employer, nous dirons de suite qu'il se divise en dix parties égales appelées *décimes* par substitution à dixièmes, et que le décime se partage lui-même en dix parties égales nommées *centimes*, expression équivalente à centièmes.

Le centime se subdivise en dix parties égales appelées millimes, puis les parties décimales s'acheminent continuellement vers l'infini en conservant au-delà des millièmes les noms de dix-millièmes, cent-millièmes, millionièmes, etc., d'*unité*, c'est-à-dire de *franc*.

On traduira donc d'après cela les nombres décimaux:

Quatre francs cinq centimes par 4,05 (4 *unités et* 5 *centièmes*).
Neuf francs et trente-deux centimes par 9,32 (9 *entiers et* 32 *centièmes*).
Trois francs et douze millimes par 3,012 (3 *entiers et* 12 *millièmes*).
Cinq francs et huit millimes par 5,008 (5 *entiers et* 8 *millièmes*).
Six francs et trois décimes par 6,3 (6 *entiers et* 3 *dixièmes*).
Un fr. deux cent trente-six millimes par 1,236 (1 *entier et* 236 *millièmes*).
et enfin: neuf centimes par 0,09 (9 *centièmes*).

Donc, en résumé, les principes fondamentaux de notre système des poids et mesures découlent entièrement de la théorie du système décimal de numération dont nous venons d'expliquer tout le mécanisme.

CHAPITRE V.

Chiffres romains.

138. Notre traité de numération ne serait pas complet si nous n'indi-

quions, très-succinctement au moins, la traduction de quelques nombres en chiffres romains.

Ces sortes de chiffres sont tout bonnement des lettres.

Nous croyons être agréable à nos lecteurs en donnant cette nomenclature, car il arrive bien souvent que les dates d'évènements mémorables. par exemple, sont représentées par des caractères romains, et l'on est quelquefois bien aise alors de pouvoir les déchiffrer.

On sait, au reste, que les éléments dont nous nous servons : 0, 1, 2, 3, 4, 5, 6, 7, 8 et 9, sont des caractères *arabes*.

I	1	XV	15	XXIX	29	CCC	300
II	2	XVI	16	XXX	30	CD	400
III	3	XVII	17	XXXIX	39	D	500
IV	4	XVIII	18	LX	40	DC	600
V	5	XIX	19	XLIX	49	CM	900
VI	6	XX	20	L	50	M	1000
VII	7	XXI	21	LI	51	MC	1100
VIII	8	XXII	22	LIX	59	MD	1500
IX	9	XXIII	23	LX	60	MM ou 11 m.	2000
X	10	XXIV	24	LXX	70	V $\overline{\text{m}}$.	5000
XI	11	XXV	25	LXXX	80	I $\overline{\text{m}}$	1000000
XII	12	XXVI	26	XC	90	X $\overline{\text{m}}$.	10000000
XIII	13	XXVII	27	XCIX	99	C $\overline{\text{m}}$.	100000000
XIV	14	XXVIII	28	C	100		

Les nombres principaux, c'est-à-dire ceux qui servent à la formation des autres, sont, on le voit:

$$\text{V} \quad \text{X} \quad \text{L} \quad \text{C} \quad \text{D} \quad \text{M} \quad \text{I} \,\overline{\text{m}}.$$
$$5 \quad 10 \quad 50 \quad 100 \quad 500 \quad 1000 \quad 1000000$$

Il suffit, en effet, lorsqu'il s'agit de représenter un nombre supérieur à l'un d'eux, d'ajouter à leur droite la quantité supplémentaire, tandis qu'inversement, lorsqu'il s'agit de représenter un nombre inférieur à l'un d'eux, il suffit de placer à leur gauche la quantité à déduire.

Ainsi D équivaut à 500; si l'on dispose C ou 100 à la droite de D, on obtient DC ou 600, tandis que si l'on place C à la gauche de D on obtient CD ou 400.

C'est dans ce seul principe que réside toute la difficulté.

Aussi, après quelque temps de réflexion, est-il facile de s'approprier promptement cette nomenclature.

Lorsqu'il est question de paginer un ouvrage, on substitue quelquefois J à 1, et par la même occasion I à L.

Les autres lettres sont alors représentées en caractères moindres, en minuscules.

Les chiffres romains n'ont plus guère d'importance maintenant que pour la traduction des époques auxquelles se rattachent quelques faits mémorables de l'histoire. On conçoit dès lors qu'il n'est presque jamais nécessaire de faire usage des lettres I $\overline{\text{m}}$, X $\overline{\text{m}}$, C $\overline{\text{m}}$.

CHAPITRE VI.

DES QUATRE OPÉRATIONS FONDAMENTALES DE L'ARITHMÉTIQUE.

139. Calculer, c'est composer ou décomposer les nombres, selon

les nécessités de la question, selon les besoins de la pensée. Le raisonnement indique quelles sont les modifications qu'il est indispensable de faire subir aux nombres donnés pour la résolution d'un problème (*problème signifie question*), afin d'arriver à obtenir le résultat demandé.

Les calculs effectués dans ce but prennent le nom *d'opérations*.

Ces opérations sont divisées en quatre séries :

L'addition, la soustraction, la multiplication et la *division*.

Elles sont toutes quatre l'objet de procédés différents.

Ces quatre opérations sont appelées fondamentales, parce qu'en effet elles servent de *base* à l'arithmétique tout entière, parce que c'est sur elles que l'arithmétique est assise, de même que les parties d'une maison reposent toutes sur des pierres dénommées les *fondations*.

L'addition, la soustraction, la multiplication et la division sont donc les quatre pierres de fondations sur lesquelles s'est élevé le monument qui a pris nom : L'Arithmétique. Il est, par suite, fort essentiel de s'approprier de la manière la plus absolue ces quatre opérations, afin de pouvoir accumuler sur elles chaque partie de l'édifice de la science, et sans avoir à redouter en aucun façon qu'un jour l'échafaudage de la pensée vienne s'écrouler par le peu de solidité de ses bases.

Toutes les opérations de l'arithmétique, quelque compliquées qu'elles puissent être, sont ramenées aux quatre opérations primitives; toutes les combinaisons viennent aboutir à l'addition, la soustraction, la multiplication ou la division.

Nous allons nous occuper d'étudier séparément chacune de ces quatre parties si importantes.

CHAPITRE VII.

Addition.

140. J'ai dépensé trois sommes : 5 francs pour du calicot, 9 francs pour de la soie, et 3 francs pour de la toile, et je désire savoir combien j'ai déboursé en tout.

Le résultat demandé est très-facile à déterminer, et tout le monde est à même de donner la solution, 17 francs, de cette question. Cette solution s'obtient par un calcul mental, par une espèce de pratique de ce genre d'opération : On sait que la réponse cherchée est 17 francs, mais on ignore presque toujours par suite de quel ordre d'idées on peut parvenir à trouver cette réponse. Et bien! les moyens qui sont mis en œuvre pour satisfaire à l'exposé du problème près énoncé constituent la première opération de l'arithmétique :

L'ADDITION.

L'addition est donc une opération qui consiste à ajouter, à joindre ensemble, à réunir, à additionner, en un mot, *deux* ou *plusieurs* quantités de *même nature*, deux ou plusieurs nombres dans lesquels l'unité est complètement identique.

Cette définition n'est pas claire, n'est pas suffisante, nous le reconnaissons nous-même : Aussi allons-nous l'étendre et la mettre à la portée de tous, car il est évident que, si bien souvent les fils d'une opération échappent à la sagacité et à l'intelligence des élèves, c'est uniquement parce que ces élèves ne comprennent ni l'objet, ni le but de l'opération dont il s'agit ; partant ils n'en saisissent pas davantage le raisonnement et ne peuvent assurément, dans les questions les plus usuelles et les plus simples, en faire une application convenable.

Avant d'établir les principes d'une opération, il est donc bien nécessaire de concevoir ce que l'on se propose par cette opération.

J'ai deux francs dans la poche de mon gilet, quatre francs dans celle de mon habit et sept francs dans la main; combien ai-je en tout ?

Pour satisfaire à cette question *matériellement*, il suffit de plàcer l'une auprès de l'autre, c'est-à-dire de réunir, de mettre ensemble les trois parties d'argent : Deux francs, quatre francs et sept francs ; or, c'est cette simple action de réunion d'unités qui prend le nom d'addition.

Le résultat de cette réunion, le nombre treize francs obtenu, s'appelle la *somme* ou le *total* de l'opération : Ces deux seuls mots somme ou total, éveillent par eux-mêmes l'idée *d'un tout* provenant de l'assemblage des parties.

Mais on conçoit parfaitement que, pour effectuer une addition de la façon qui vient d'être indiquée, c'est-à-dire en comptant à côté les unes des autres des pièces de monnaie, en faisant passer ces matières par les mains, on ne sent en aucune manière le besoin d'utiliser les moyens fournis par l'arithmétique, on n'aperçoit même pas la nécessité de connaître cette science.

Il est manifeste que l'opération étant en fond la même on peut arriver à un résultat analogue en procédant à l'aide des caractères, des chiffres dont se sert l'arithmétique.

D'un autre côté, l'unité est une quantité arbitraire ; par conséquent, lorsqu'on sait additionner des francs, on est en mesure d'ajouter ensemble des unités quelconques, des mètres, des tables, des crayons, des tours, etc., etc.

Or, s'il s'agissait de déterminer le total de cinq tours et neuf tours, par exemple, et, que, pour y arriver, il était indispensable de réunir matériellement à côté les unes des autres les cinq et les neuf tours, on comprend que l'opération deviendrait non seulement rebutante, mais quelquefois impossible.

Le but de l'addition est de faire connaître le moyen d'obtenir la somme ou le total de ces quantités par un procédé tout aussi rationnel et dans lequel on ne fait usage que des caractères 0, 1, 2, 3, 4, 5, 6, 7, 8 et 9. En un mot, les grandeurs cinq tours, neuf tours, etc., sont représentées par des nombres et l'arithmétique indique comment il faut s'y prendre pour réunir ou additionner enfin ces nombres.

Au surplus, on conçoit aisément que, quelle que soit l'unité, l'opération sera invariablement soumise aux mêmes principes.

141. Avant de joindre ensemble deux ou plusieurs quantités, deux ou plusieurs nombres, il faut bien examiner si l'unité de chacun des nombres à réunir est identique, car il est manifeste que l'on ne peut jamais additionner des unités d'espèces différentes. Ainsi, il serait absurde de demander le total de quatre chevaux et cinq tables ; le résultat de l'opération n'est ni 9 chevaux, ni 9 tables, c'est tout simplement 4 chevaux et 5 tables. On doit ajouter des chevaux à des chevaux, des tables à des tables, et en général, on ne peut additionner que des unités de même nature.

142. Il est encore évident que l'on ne peut totaliser *moins de deux nombres* ou de deux quantités quelconques, puisque l'addition est une réunion, et que, pour opérer une réunion, il faut au moins deux objets : Donc, pour effectuer une addition, il est nécessaire qu'au minimum deux nombres soient donnés.

Il est clair qu'on peut joindre ensemble plus de deux objets de même espèce, et il n'existe même, à cet égard, aucune limite ; donc on peut effectuer l'addition d'une *infinité* de nombres.

143. On additionne très-aisément les nombres entiers qui ne sont composés que d'un seul chiffre, c'est-à-dire ceux qui ne renferment que des unités simples ; ainsi, on reconnaît sur-le-champ que 4 unités et 7 unités font onze unités, que 9 et 6 font quinze. Mais lorsqu'il s'agit de totaliser des quantités plus importantes, on éprouve de véritables difficultés en continuant à opérer de la même manière ; pour n'en donner qu'un exemple, il est très-difficile de déterminer de suite la somme de 934 unités et 866 unités.

Le moyen qui, jusqu'à présent, est à notre disposition, consiste à ajouter au nombre 964, successivement l'une après l'autre 866 unités, ou mieux encore de préciser le 866e nombre à partir de 934. On comprend déjà que ce procédé serait trop long dans la pratique et qu'on a été amené à lui substituer une méthode plus abrégée.

Les nombres ne s'ajoutent donc pas les uns aux autres d'un seul coup, en une seule fois; ils se décomposent par parties que l'on additionne séparément et qui, en définitive, forment le même total. On y parvient, à la vérité, par une voie tout aussi sûre et beaucoup plus simple.

144. L'addition embrasse deux points principaux : 1° l'arrangement ou la combinaison des nombres à additionner, et 2° la réunion des différents ordres ou l'addition en elle-même.

Nous allons, par un exemple, donner une idée complète de cette opération.

Soit à additionner les quatre nombres suivants :

Quarante-deux-millions, douze mille, vingt-quatre unités ;

Deux millions cent trois mille quatre-cent-onze unités :

Cent vingt-trois millions deux cent cinquante-deux mille soixante-deux unités ;

Dix millions six-cent-vingt-mille deux-cent-une unités.

Nous avons dit au n° 111 que l'on ne peut réunir que des quantités de même nature ; par conséquent, des unités doivent être ajoutées avec des unités, des dixaines avec des dixaines, des centaines avec des centaines, des mille avec des mille, etc., etc., et, en général, les mêmes ordres d'unités doivent toujours être totalisés ensemble.

On peut en conclure dès lors qu'avant de songer à effectuer l'addition de deux ou plusieurs nombres, il est indispensable de placer les unités simples de chacun de ces nombres les unes sous les autres, les dixaines, les centaines, les mille, etc., les mêmes ordres en un mot, dans une même colonne verticale. C'est là le point capital.

Pour parvenir à faire correspondre tous les ordres identiques de chaque nombre dans une même bande, il est un moyen fort aisé à mettre en pratique.

Convertissez en chiffres le premier nombre :

42 millions 12 mille 24 unités 042012024
en ayant bien soin d'espacer convenablement chacun   002103411
des caractères de ce nombre, car, lorsque d'autres   123252062
chiffres viendront prendre place sous les premiers, il 010620201
pourrait y avoir confusion dans les différents ordres de ──────────
ces chiffres, et, par suite, le calcul serait erroné.   177987698

Quelquefois même, pour éviter toute erreur, on dispose à l'avance des bandes qui doivent contenir successivement les unités simples, les dixaines, les centaines, etc. ; mais lorsqu'on a soin de laisser un espace suffisant entre chacun des chiffres du nombre primitif, il n'est à redouter aucun désordre dans l'opération.

Cet objet est fort important, aussi est-ce à dessein que nous insistons sur ce point.

Écrivez à *part, isolément*, le second des nombres à additionner : 2 millions 103 mille 411 unités . . . . . 2 103 411, puis ensuite placez le premier chiffre à droite de ce nombre, le chiffre des unités simples, le caractère 1 sous le premier chiffre à droite, le caractère 4, du nombre déjà traduit, et successivement en avançant toujours d'un rang vers la gauche, disposez les chiffres au fur et à mesure qu'ils se présentent, c'est-à-dire suivant leur ordre. De la sorte, le chiffre des dixaines 1 se trouvera tout naturellement placé sous son collègue du premier nombre ; les centaines, les mille, les dixaines de mille, les centaines de mille et enfin les unités de millions, correspondront parfaitement ; il restera alors, afin de ne laisser aucun vide qui puisse donner naissance à la moindre confusion, à remplacer les dixaines de millions par un zéro.

Répétez ensuite la même opération avec le troisième nombre :

123 millions 252 mille 62 unités...... 123 252 062, c'est-à-dire
écrivez ce nombre à part, et portez ensuite le premier chiffre à droite,
2, le chiffre des unités simples, dans la première colonne sous les
chiffres 4 et 1 des deux autres nombres. Puis placez enfin les autres
chiffres dans leurs bandes respectives en suivant l'ordre naturel dans
lequel ils sont rangés : Les caractères 6, 0, 2, 5, 2, 3, 2 et 1 viendront
s'échelonner à la suite les uns des autres, dans les colonnes des
dixaines, centaines, mille, dixaines de mille, centaines de mille,
millions, dixaines de millions et centaines de millions. Il est bien
évident, au surplus, que si le nombre renfermait des billions ou des
unités encore plus fortes, il y aurait à créer une nouvelle bande pour
chacun des chiffres situés au delà des centaines de millions.

Enfin agissez avec le dernier nombre :

10 millions 620 mille 201 unités........ 10 620 201, comme avec les
autres. Ecrivez ce nombre à part, portez le chiffre 1 des unités
simples dans la première colonne à droite, et échelonnez successivement les autres caractères dans leur ordre respectif : Ils viennent
d'eux-mêmes se placer convenablement.

Il est inutile de faire ressortir les immenses avantages que les commençants auront à procéder de cette façon : Ils découvriront ainsi
par eux-mêmes toute la théorie de l'addition, et ne seront pas rebutés
tout d'abord par des difficultés que, par la suite, il leur sera très-
aisé d'aplanir.

Aussi les engageons-nous à ne pas essayer de disposer les nombres
les uns sous les autres en allant de gauche à droite ; en considérant
le chiffre des unités comme le point de départ de tous les ordres, et, en
opérant en conséquence, on peut être persuadé de ne jamais se
tromper.

Du reste, nous aurons l'occasion de revenir sur ce sujet, lorsqu'il
s'agira de l'addition des parties décimales.

Ceci posé, totalisons nos quatre colonnes.

Les unités simples de chacun d'eux, étant placées dans une même
colonne, il suffit d'effectuer la somme des chiffres de la première
bande à droite, pour obtenir le total des unités du premier ordre.
Ainsi, l'on dira : 4 et 1 font 5 ; 5 et 2 font 7 ; 7 et 1 font 8.

Les unités simples des quatre nombres ajoutées ensemble donnent un total de 8 unités : Par conséquent, après avoir tracé une
ligne horizontale au-dessous des quantités à additionner, afin de les
séparer du total, on portera la somme 8 des unités simples sous
la colonne de cet ordre d'unités.

On opère ensuite de la même manière pour déterminer le total
des dixaines d'unités. Ainsi l'on dira : 2 et 1 font 3 ; 3 et 6 font
9 ; 9 et 0 font toujours 9. La somme de la bande des dixaines est donc
égale à 9, et, par suite, c'est ce chiffre 9 qu'il s'agit de placer au pied
de la seconde colonne, de la colonne des dixaines d'unités.

En continuant à suivre le même mode pour effectuer l'addition de
chacun des ordres situés à gauche des dixaines, on dira successivement :

Pour la colonne des centaines d'unités : 0 et 4 font 4 ; 4 et 0 font 4 ; 4 et 2 font 6 ; et l'on portera le total 6 sous la troisième colonne, celle des centaines d'unités.

Pour la colonne des mille : 2 et 3 font 5 ; 5 et 2 font 7 ; 7 et 0 font 7, et l'on placera le chiffre 7 au bas de la quatrième colonne.

Pour la colonne des dixaines de mille : 1 et 0 fait 1 ; 1 et 5 font 6 ; 6 et 2 font 8. On placera 8 au pied de la cinquième colonne.

Pour la colonne des centaines de mille : 0 et 1 fait 1 ; 1 et 2 font 3 ; 3 et 6 font 9. On porte 9 à la sixième colonne.

Pour la colonne des millions : 2 et 2 font 4 ; 4 et 3 font 7 ; 7 et 0 font 7. On porte 7 au pied de la septième colonne.

Pour la colonne des dixaines de millions : 4 et 0 font 4 ; 4 et 2 font 6 ; 6 et 1 font 7. On place le chiffre 7 sous la huitième colonne.

Enfin pour la dernière colonne des *centaines de millions :* 0 et 0 fait 0 ; 0 et 1 fait 1 ; 1 et 0 fait 1. Et l'on pose 1 sous la neuvième colonne.

On comprend aisément que, si le nombre des colonnes était plus considérable, rien ne serait changé à la façon de totaliser.

La somme des quatre nombres donnés à additionner est donc égale à : 177987698, c'est-à-dire à : *cent-soixante-dix-sept-millions, neuf cent quatre-vingt-sept-mille et six-cent-quatre-vingt-dix-huit unités.*

Ce dernier nombre est le total de l'addition et représente une *valeur égale* à celle des quatre nombres dont il est question.

Il est bien évident qu'ajouter zéro à un chiffre quelconque revient à n'effectuer aucune addition : Zéro est synonyme de *rien ;* par conséquent 6 et 0 ou 0 et 6 donnent également pour total 6 unités.

On conçoit facilement, au surplus, que, si l'on avait plus de quatre nombres à totaliser, l'opération n'en serait pas plus compliquée.

145. D'après les détails qui précèdent, il est bien aisé d'effectuer une addition. Cependant, comme on a pu le voir déjà, il existe une difficulté première, difficulté dont nous n'avons pas encore dit mot. Nous voulons parler de la réunion des différents ordres. Ainsi, par exemple, les commençants ne savent pas toujours déterminer, de suite, que 4 et 3 font 7, que 5 et 6 font 11, que 9 et 8 font 17, que 43 et 6 font 49, qu'enfin 65 et 7 font 72.

Nous supposons bien que la plupart de nos lecteurs connaissent ces éléments ; nous ne pouvons, nonobstant, nous empêcher d'indiquer les moyens de parvenir à les posséder à ceux, au contraire, qui ne seraient pas aussi heureux.

Pour totaliser 4 et 3, il suffit de remonter à l'origine des deux nombres 4 et 3, et de dire : 4 unités renferment 4 fois une unité, et, en supposant qu'un trait oblique soit l'unité, le nombre 4 représente cette quantité d'unités :....... ////.

De même le nombre 3 exprime trois unités ou........ ///.

Or, pour réunir deux quantités il suffit de les rapprocher l'une de l'autre, de les mettre en présence ; par conséquent, si l'on place à la suite les uns des autres tous les traits obliques ou toutes les unités, on obtient ///////.

On compte le nombre de traits, d'unités, et la somme 7 annonce suffisamment que 4 et 3 font 7.

Veut-on déterminer quelle est la somme formée par les deux nombres 5 et 6, on représentera 5 par cinq traits : .... ///// et 6 par : ...... /////; on rapprochera ensuite ces deux quantités l'une de l'autre : /////////, et, comptant successivement toutes les unités du total, on en déduira que 5 et 6 font 11.

On peut, au reste, faire usage des doigts pour atteindre le même but; ainsi pour s'assurer que 9 et 8 font 17, on comptera, à partir du nombre 9 : Dix, onze, douze, treize, quatorze, quinze, seize et dix-sept, en levant successivement un doigt, 2, 3, 4, 5, 6, 7 et 8 doigts. *Huit doigts*, parce que c'est le nombre 8 qu'il s'agit, au cas particulier, d'ajouter à 9.

Il est inutile d'ajouter que ce dernier mode n'est pas, au reste, aussi sûr que le premier.

Les mêmes moyens pratiques peuvent être employés à l'égard de nombres plus considérables.

Ainsi, par exemple, pour déterminer que 43 et 6 font 49, on se contentera de tracer six traits : //////..., et de dire, en posant le doigt sur le premier d'abord : quarante-quatre, puis successivement sur les cinq autres : 45, 46, 47, 48 et enfin 49.

S'agit-il de trouver combien font 7 et 65 ? On conviendra avant tout que 65 et 7 ou 7 et 65 donnent le même résultat.

Nous démontrerons ce principe plus loin.

On figurera ensuite 7 traits .... ///////, et passant sur chacun d'eux on dira : 66, 67, 68, 69, 70, 71 et 72. Donc, 7 unités et 65 unités font 72 unités.

On s'aperçoit aisément qu'on peut de la sorte parvenir à totaliser chacune des colonnes d'une addition quelconque, et par suite effectuer cette addition elle-même. Il est à remarquer, au surplus, que, dans les additions partielles, on n'ajoute jamais à une quantité que l'un des caractères : 0, 1, 2, 3, 4, 5, 6, 7, 8 ou 9, et que, dès lors, les procédés ci-dessus indiqués ne donnent pas lieu à des opérations fort longues.

On ne saurait trop se livrer à des exercices d'addition afin d'acquérir toute la facilité, l'aisance et surtout la célérité, qualités indispensables, pour arriver à effectuer parfaitement ce genre d'opération.

On s'exercera d'abord à compter les nombres de deux en deux, de cette manière : 2, 4, 6, 8, etc., etc., ensuite on les énoncera de trois en trois : 3, 6, 9, 12, etc., de quatre en quatre, de cinq en cinq, de six en six, de sept en sept, de huit en huit, de neuf en neuf. On pourra modifier ces applications en comptant les nombres de 2 en 2, de 3 en 3, etc..... de 9 en 9, mais en commençant par chacun des chiffres 1, 2, 3, 4, 5, 6, 7, 8 et 9. Ainsi on énoncera les nombres de 6 en 6, en partant de 8, et l'on dira : 8, 14, 20, 26, 32, etc.; on les totalisera de 9 en 9, en prenant 5 pour point de départ, et l'on dira : 5, 14, 23, 32, etc.

Il est visible que ces exercices répétés fréquemment donneront à ceux qui les auront pratiqués une grande habitude de l'addition, et leur permettront, par suite, d'opérer très rapidement et sans éprouver la moindre difficulté.

146. On appelle *table*, en général, une certaine disposition de chiffres combinés de manière à pouvoir faciliter les opérations d'arithmétique. Chaque opération a sa table : Ainsi il existe une table d'addition, une table de soustraction, une table de multiplication et une table de division.

Les tables n'ont pas de limite : On peut les construire jusqu'à 4, jusqu'à 9, jusqu'à 50, etc., jusqu'à l'infini.

Voici comment on confectionne une *table d'addition*.

Sens horizontal.

0	1	2	3	4	5	6	7	8	9
1	2	3	4	5	6	7	8	9	10
2	3	4	5	6	7	8	9	10	11
3	4	5	6	7	8	9	10	11	12
4	5	6	7	8	9	10	11	12	13
5	6	7	8	9	10	11	12	13	14
6	7	8	9	10	11	12	13	14	15
7	8	9	10	11	12	13	14	15	16
8	9	10	11	12	13	14	15	16	17
9	10	11	12	13	14	15	16	17	18

Sens vertical. (à gauche) — Sens vertical. (à droite)

Sens horizontal.

On dispose d'abord, sur une ligne horizontale, les 9 premiers nombres précédés du caractère zéro.

Observons, en passant, que ce dernier chiffre est indispensable pour la construction de la table.

On répète ensuite les mêmes nombres : 1, 2, 3, 4, 5, 6, 7, 8 et 9 dans le sens vertical, en ayant soin d'affecter le zéro communément aux deux colonnes : Ce caractère 0 forme ainsi *le coin* des deux bandes horizontale et verticale.

Ces deux colonnes, représentées comme il vient d'être dit, servent d'éléments à toute la table.

6

Pour former la seconde bande horizontale, il suffit d'ajouter *l'unité* au chiffre 1, naissance de cette bande, et de placer successivement les nombres 2, 3, 4, 5, 6, 7, 8, 9 et 10 sous les caractères de la première colonne.

Pour former la troisième bande, on ajoute *un* au chiffre 2 qui ouvre la marche de cette bande, et successivement on dispose les nombres 3, 4, 5, 6, 7, 8, 9, 10 et 11, engendrés par l'addition continuelle de *l'unité*, sous les chiffres de la seconde colonne.

Toutes les autres bandes sont formées d'une manière identique; après avoir examiné le premier chiffre de chacune des bandes, il s'agit uniquement d'ajouter l'unité à ce chiffre jusqu'à complet épuisement des caractères de la première colonne.

Le nombre des caractères de cette première colonne mesure l'étendue de la table : C'est assez dire que, si l'on voulait construire une table d'addition supérieure à 9, il suffirait d'établir, et dans le sens horizontal, et dans le sens vertical, la suite des nombres jusqu'à la limite fixée.

Ainsi, par exemple, veut-on confectionner une table qui s'étende au nombre 27, on écrira dans les deux sens les 27 premiers nombres précédés du zéro, et l'on formera chaque bande par l'addition 27 fois répétée de *l'unité* au premier chiffre de chacune de ces bandes.

Pour la régularité de l'opération il est nécessaire de disposer à l'avance, au moyen de la règle, des petites cases destinées à recevoir chacun des nombres totalisés; si l'on omettait cette précaution on courrait grand risque de jeter de la confusion dans la disposition des diverses parties de la table, et, dès lors, les résultats seraient erronés.

On comprend aisément qu'au lieu de construire les bandes horizontalement, on parviendrait au même but en les confectionnant verticalement.

Au reste, la seule inspection de la table ci-dessus établie sufffit pour en faire comprendre le mécanisme.

Il s'agit maintenant d'examiner de quelle manière on procède pour se servir de cette table.

Soit à totaliser les nombres 4 et 7.

On pose le doigt sur le chiffre 4 pris, soit dans la colonne horizontale, soit dans la colonne verticale, qui ont servi toutes deux de base à la formation de la table; on porte également un second doigt sur le nombre 7 pris dans la colonne opposée. On descend la bande verticale 7 jusqu'au moment où l'on se trouve vis-à-vis la bande horizontale 4, et le nombre 11 qui est situé à l'intersection de ces deux bandes, est le total des deux nombres dont il est question.

Achevons d'éclaircir ceci par un nouvel exemple.

Soit à additionner 9 unités et 8 unités.

Cette addition s'effectue à l'aide des deux colonnes principales 0, 1, 2, 3, 4, 5, 6, 7, 8, 9 tracées dans les deux sens : Portons le doigt sur le chiffre 9 de la colonne horizontale, je suppose; posons également un second doigt sur le caractère 8 de la colonne verticale, et descendons la bande 9 jusqu'à l'instant où le doigt se trouve situé vis-à-vis du chiffre 8, c'est-à-dire au moment où il est placé sur le nombre faisant à la fois partie de la bande verticale 9 et de la bande horizontale 8. Le nombre 17 qui est établi à l'intersection ou mieux *au coin* de ces deux dernières bandes, est le total cherché.

Cette manière de se servir de la table d'addition peut s'appliquer, en général, comme nous le verrons, au reste, aux trois autres tables.

On construit encore une autre sorte de table qui permet de déterminer, de suite et sans aucun travail intellectuel, les sommes des diverses quantités à totaliser. Pour donner une idée de cette table nous allons la former jusqu'au nombre 4 :

1 et 1 font 2	2 et 1 font 3
1 — 2 — 3	2 — 2 — 4
1 — 3 — 4	2 — 3 — 5
1 — 4 — 5	2 — 4 — 6
3 et 1 font 4	4 et 1 font 5
3 — 2 — 5	4 — 2 — 6
3 — 3 — 6	4 — 3 — 7
3 — 4 — 7	4 — 4 — 8

Cette dernière table présente, il est vrai, l'avantage de fournir immédiatement les totaux que l'on peut avoir à chercher, mais elle doit être rejetée au profit de la première qui n'exige, elle, pour sa formation, aucune connaissance de l'opération appelée *addition*.

La première est confectionnée à l'aide de la numération parlée seulement ; la seconde, ne peut être construite que si l'on possède déjà les éléments de l'addition, et, dès lors, sans objet, perd le caractère d'utilité auquel il faut surtout tenir.

Nonobstant, à des titres divers, ces deux tables pourront être mises à l'étude et donneront, à n'en pas douter, des facilités à l'endroit de l'opération qui nous occupe.

147. Nous avons déjà indiqué plus haut les moyens d'effectuer une addition ; cependant l'exemple que nous avons choisi à dessein ne peut donner une idée entièrement complète de cette opération, car, comme on a pu le voir, dans cet exercice, la somme de chaque colonne n'excède pas le nombre 9.

Or, il arrive très souvent qu'après avoir totalisé les diverses bandes d'une addition on obtient pour l'une ou chacune d'elles un résultat supérieur à 9 ; dès lors une autre marche est à suivre, et cette marche nous allons l'exposer sur un exemple pris au hasard. A cette occasion, nous développerons, au surplus, la théorie de cette première opération de l'arithmétique.

Soit à additionner les cinq nombres suivants :

1° Quatre-vingt-quinze millions douze mille huit unités.

2° Deux billionssept-cent-quatre-vingt-quatre millions neuf-cent-six mille, cent cinquante-trois unités.

3° Quatre-vingt-quatre mille soixante-douze unités.

4° Quatre-vingt-dix-sept millions quatre-cent-trente-six mille, huit-cent-trois unités.

Et 5° Neuf-cent-quarante-huit millions sept cent cinquante-mille six-cent-quatre-vingt-dix-neuf unités.

Ecrivons d'abord le premier des nombres à totaliser : Disposons ensuite chacun des autres nombres sous celui-ci de manière à faire correspondre tous les mêmes ordres dans les mêmes colonnes; il suffit, à cet effet, ainsi qu'il a été dit au n° 144, d'écrire chaque nombre isolément, puis après, de placer le premier chiffre à droite, le chiffre des unités simples sous le

```
  132211122
  0095012008
  2784906153
  0000084072
  0097436803
  0948750699
  ──────────
  3926189735
```

même caractère, le 8 du premier nombre déjà rangé, et enfin d'échelonner les autres chiffres dans chaque colonne, en suivant du reste l'ordre naturel dans lequel ils sont disposés.

On n'omettra pas surtout pour éviter toute confusion, dans le cas où des chiffres viendraient à se placer dans des bandes situées à la gauche du 9, de remplir immédiatement par des zéros tous les espaces laissés vides. On se souvient, en effet, à ce moment, qu'il est permis d'ajouter une infinité de zéros à la gauche d'un nombre sans modifier en rien la valeur de ce nombre.

Cette première opération, la plus importante, du reste, entièrement achevée, passons à l'addition en elle-même, c'est-à-dire à la réunion des différents ordres.

On souligne avant tout les nombres à additionner, afin de les séparer du résultat que l'on cherche ; on suligne (*on trace un trait au-dessus*) les mêmes nombres afin de les séparer des *retenues* qui pourront être appelées à faire partie de telle ou telle colonne.

On commence l'addition des ordres par la *droite* et non par la *gauche*. Nous en ferons concevoir plus loin la raison d'être.

Procédant ensuite à l'addition, on dit :

1° A la *première colonne*, celle des unités simples :

8 et 3 font 11, et 2 font 13, et 3 font 16, et 9 font 25 unités simples.

La réunion des unités simples de chacun des nombres à additionner fournit le résultat 25.

Or, dans 25 unités simples, il y a 5 unités et 2 dixaines d'unités ; laissons donc les 5 unités simples sous la colonne des unités et reportons, en guise de *retenue*, les 2 dixaines à la colonne des dixaines d'unités, à la seconde colonne.

De la sorte, le total comprendra visiblement les 25 unités de la colonne des unités simples.

Il est évident que, toutes les fois que la somme d'une colonne quelconque dépasse 9, une conversion devient nécessaire, puisque, au surplus, on ne peut jamais indiquer un ordre par un chiffre supérieur à 9.

2° A la *seconde colonne*, celle des dixaines d'unités :

2 de retenue, et 0, font 2, et 5 font 7, et 7 font 14, et 9 font 23 dixaines d'unités.

- La réunion des dixaines de chacun des nombres à additionner, et y compris les 2 dixaines de retenue provenant de la somme des unités simples, fournit le résultat 23.

Or, dans 23 dixaines d'unités (*ou* 230 *unités*) il y a 3 dixaines et 2 centaines d'unités ; posons les 3 dixaines sous la colonne des dixaines et reportons les 2 centaines de retenue à la colonne des centaines afin de les totaliser avec cette dernière.

De la sorte, le total comprendra manifestement les 23 dixaines, somme de la colonne des dixaines d'unités.

3° A la *troisième colonne*, celle des centaines d'unités :

2 de retenue et 1 font 3, et 8 font 11, et 6 font 17 centaines d'unités.

Or, 17 centaines d'unités se décomposent en 7 centaines et 1 mille. Posons les 7 centaines sous la troisième colonne des centaines, et reportons le chiffre 1 au-dessus de la ligne des retenues à la colonne des mille.

4° A la *colonne des mille* :

1 de retenue et 2 font 3, et 6 font 9, et 4 font 13, et 6 font 19 unités de mille, qui se décomposent en 9 unités de mille et une dixaine de mille. Posons le caractère 9 sous la colonne des mille, et reportons la retenue 1 à la colonne des dixaines de mille.

5° A la *colonne des dixaines de mille* :

1 de retenue et 1 font 2, et 8 font 10, et 3 font 13, et 5 font 18 dixaines de mille.

Or, 18 dixaines de mille renferment 8 dixaines de mille, plus une centaine de mille. Laissons le chiffre 8 sous la colonne des dixaines de mille et portons le chiffre 1 à celle des centaines de mille.

6° A la *colonne des centaines de mille* :

1 de retenue et 9 font 10, et 4 font 14, et 7 font 21 centaines de mille, qui se subdivisent en une centaine de mille et 2 unités de l'ordre immédiatement supérieur, c'est-à-dire 2 unités de millions.

Posons le caractère 1 sous la colonne des centaines de mille et portons la retenue 2 à la colonne suivante des unités de millions.

7° A la *colonne des unités de millions* :

2 de retenue et 5 font 7, et 4 font 11, et 7 font 18, et 8 font 26 unités de millions, décomposées en 6 unités de millions et 2 dixaines de millions. Laissons le chiffre 6 à la colonne des unités de millions, et reportons les 2 dixaines de millions à la colonne suivante.

8° A *la colonne des dixaines de millions* :

2 de retenue et 9 font 11, et 8 font 19, et 9 font 28, et 4 font 32 dixaines de millions.

Or, 32 dixaines de millions renferment 2 dixaines de millions, plus 3 centaines de millions ; c'est assez dire que nous posons le 2 sous la colonne des dixaines de millions et que nous reportons le 3 à celle des centaines de millions.

9° *A la colonne des centaines de millions :*

3 de retenue et 7 font 10, et 9 font 19 centaines de millions, qui se décomposent en 9 centaines de millions et 1 billion. Laissons le chiffre 9 sous la colonne des centaines de millions, et ajoutons la retenue 1 à la colonne des unités de billions.

Enfin 10° *A la dernière colonne,* au cas particulier, celle des *unités de billions :*

1 de retenue et 2 font 3 billions.

Puisque la somme de cette colonne n'excède pas le nombre 9 il suffit de poser le caractère 3 sous la colonne des billions.

Mais si, au contraire, le total de cette dernière colonne des billions eût dépassé 9, alors, après avoir, comme à l'ordinaire, effectué la conversion, on aurait placé la retenue immédiatement à gauche du 3, c'est-à-dire à l'ordre des dixaines de billions.

Le nombre 3926189735 est le total cherché.

Il comprend, en réalité, la somme des ordres de chacune des quantités données à totaliser, cela est évident.

Pour effectuer l'addition de deux ou plusieurs nombres déjà disposés convenablement les uns sous les autres, il suffit donc de totaliser chaque colonne en commençant par la première à droite. Si la somme de la colonne ne dépasse pas 9, on pose le chiffre amené sous la colonne dont il s'agit ; mais si la somme de la colonne excède 9, on pose sous cette colonne le premier chiffre à droite du nombre amené, et l'on reporte le second à la colonne suivante, afin de l'additionner avec cette dernière. On répète la même opération jusqu'à l'extinction complète des colonnes.

Ces principes sont généraux et ne souffrent aucune exception.

148. Un dernier exemple pourvoira à l'éclaircissement de notre exposé.

Soit à additionner les quatre nombres suivants :

Cinq mille vingt-huit unités.

Trois mille sept unités.

Quatre-vingt-douze mille six unités.

Et neuf mille cinquante-trois unités.

Il s'agit d'abord de bien disposer ces nombres les uns sous les autres, c'est-à-dire de répartir convenablement les chiffres, dont ils sont composés, dans leurs bandes respectives :

$$
\begin{array}{r}
1\ \ 2 \\
05028 \\
03007 \\
92006 \\
09053 \\
\hline
109094
\end{array}
$$

Traduisons en chiffres le premier des nombres ;

Le second nombre est : 3007. Or, il est bien clair que ce dernier nombre ne renferme comme unités les plus élevées que des mille, ce qui veut dire que le chiffre 3 peut être posé de suite sous le chiffre 5 ; la disposition de ce second nombre est donc parfaitement assurée.

Le troisième nombre est celui-ci : 92006.

Or, ce nombre renferme l'ordre des dixaines de mille, et, par suite, le premier chiffre à gauche, 9, doit être placé immédiatement en dehors, à gauche, des caractères 5 et 3. Les autres chiffres se placent à la file.

Enfin, le quatrième et dernier nombre : 9053 ne renferme que l'ordre des unités de mille, et, par conséquent, le chiffre 9 doit être disposé à la colonne des unités de mille, c'est-à-dire sous les caractères 5, 3 et 2 des autres nombres.

On voit par là que, lorsque l'on a acquis tant soit peu l'habitude d'effectuer des additions, il est fort aisé de ranger sur-le-champ chaque chiffre à sa place respective, et sans qu'il soit besoin de faire usage des moyens indiqués au n° 144.

Cependant, si l'on se trouvait le moins du monde embarrassé à cet égard, il ne faudrait pas hésiter un seul instant à mettre notre méthode en pratique, et qui consiste, nous le répétons une dernière fois, à écrire isolément chacun des nombres à totaliser pour disposer ensuite le premier chiffre de chacun d'eux dans une même colonne.

Les autres chiffres viennent se placer naturellement les uns sous les autres.

Effectuons maintenant l'addition proposée ci-dessus.

Nous dirons :

A la première colonne : 8 et 7 font 15, et 6 font 21, et 3 font 24 unités ; je pose 4 et retiens 2.

A la seconde colonne : 2 de retenue et 2 font 4, et 5 font 9 dixaines ; je pose 9.

A la troisième colonne : 0 quatre fois répété donne toujours zéro ; je pose donc le caractère zéro sous la colonne des centaines.

A la quatrième colonne : 5 et 3 font 8, et 2 font 10, et 9 font 19 mille ; je pose 9, et retiens 1.

Enfin, à la *cinquième colonne :* 1 de retenue et 9 font 10 dixaines de mille, je pose 0 sous la colonne des dixaines de mille, et j'avance le caractère 1 à celle des centaines de mille, c'est-à-dire immédiatement à gauche du zéro.

Le nombre 109094 est le total cherché.

Cette opération donne lieu aux observations suivantes :

1° Lorsque la somme des chiffres d'une colonne quelconque ne dépasse pas 9, il reste tout simplement à poser sous cette colonne le chiffre amené par l'addition.

2° Lorsque la somme des chiffres d'une colonne quelconque excède 9, on pose sous la colonne dont il s'agit le premier chiffre de droite du nombre amené par l'addition, et on retient l'autre, ou plutôt on reporte celui-ci à la colonne suivante, pour le comprendre dans l'addition des chiffres de cette colonne.

Ainsi, le total d'une colonne a donné 67, je suppose : On place le premier chiffre de droite du nombre 67, c'est-à-dire le caractère 7, sous la colonne totalisée, et l'on reporte 6 à la colonne située immédiatement à gauche.

Si l'on avait à effectuer des additions considérables, il pourrait arriver qu'on obtînt au résultat d'une colonne un nombre supérieur à

99, par exemple, 238. Dans ce cas, et en suivant, au reste, la règle posée plus haut, on place le chiffre 8 sous la colonne en question, et l'on reporte le nombre 23 à la colonne suivante. Si la somme d'une colonne donne 4856, on pose 6 sous cette colonne, et l'on reporte en guise de retenue 485 unités à la colonne suivante, et ainsi de suite.

On peut donc, en thèse générale, établir ce principe : Que, quel que soit le nombre obtenu au total d'une colonne, il faut placer le premier chiffre de droite de ce nombre sous la colonne dont il s'agit et retenir la partie restant à gauche pour l'ajouter à l'ordre suivant.

Il est clair, au surplus, que si, dans une opération de ce genre, l'addition partielle des unités simples, par exemple, offrait un résultat de 347, on pourrait reporter le chiffre 4 seulement à l'ordre des dixaines, et, de suite, poser le caractère 3 au-dessus de la ligne des retenues, à l'ordre des centaines.

3° Lorsque tous les chiffres d'une même colonne sont des zéros, on pose zéro au pied de cette colonne.

Si cependant il y a une retenue à ajouter à une colonne entièrement composée de zéros, c'est alors naturellement le chiffre de la retenue qui doit figurer au bas de la colonne dont il est question.

4° Lorsque la somme des chiffres de la dernière colonne à gauche, d'une addition, ne surpasse pas 9, on dispose, comme il vient d'être dit, le chiffre amené, sous cette colonne. Mais si, au contraire, les chiffres de cette dernière colonne étant totalisés, on obtient une somme supérieure à 9, il suffit alors d'avancer le chiffre de la retenue immédiatement à gauche du premier déjà placé, car il est inutile de le reporter à la colonne suivante, puisque celle-ci n'existe pas.

Il ne faut pas omettre, surtout quand il s'agit d'effectuer des additions assez considérables, de tracer, au-dessus des nombres à totaliser, la ligne des retenues. Cette reproduction des retenues a, en effet, son utilité, car elle supplée à la mémoire de la manière la plus avantageuse.

Bien plus, elle permet fort souvent de retrouver immédiatement des erreurs dont on ne pourrait constater l'existence, et que l'on ne pourrait redresser qu'en recommençant toute la série des additions partielles ; dans tous les cas, son principal objet est de faciliter les calculs, et, à ce titre seul, on ne saurait s'abstenir d'en faire usage.

Son emploi cause, au surplus, fort peu d'embarras.

149. L'addition des parties décimales s'opère de la même manière que celle des nombres entiers, à cette exception près que le total des quantités de l'espèce subit, quant à l'ordre des chiffres, une légère modification, modification déterminée par l'ensemble même des nombres à totaliser :

Un exemple seul suffira pour traduire simplement notre pensée.

Soit à additionner les nombres suivants :

48 unités et 275 dix-millièmes.

3056 unités et 3 centièmes.

407 unités et 809 cent-millièmes.

962 millièmes.

Il est bien clair que, pour effectuer l'addition des nombres décimaux ou des fractions décimales, il s'agit, comme point essentiel, de disposer les mêmes ordres les uns sous les autres.

Ainsi, les dixièmes de chacune des quantités à réunir doivent se trouver dans une même colonne; les centièmes, les millièmes, etc., et toutes les autres parties décimales sont, on le comprend facilement, subordonnés à la même loi.

Ceci posé, écrivons le premier nombre :
Pour parvenir à placer convenablement les chiffres décimaux, il suffit d'employer un moyen analogue à celui dont nous avons parlé à l'occasion de l'addition des nombres

$$
\begin{array}{r}
121\ 11 \\ \hline
0048,02750 \\
3056,03000 \\
0407,00809 \\
0000,96200 \\ \hline
3512,02759
\end{array}
$$

entiers. On traduit isolément chacune des quantités décimales à totaliser et l'on dispose ensuite le chiffre des *unités simples* dans la colonne qui lui est destinée ; puis enfin, on échelonne successivement à gauche les chiffres de la partie entière, et, à droite, ceux de la partie décimale, en ayant bien soin de suivre l'ordre naturel des colonnes.

On n'oubliera pas non plus de remplir par des zéros les espaces laissés vides, et, à cet effet, pour en légitimer la raison d'être, on se souviendra qu'il est permis d'ajouter une infinité de zéros à la droite d'une partie décimale, sans en modifier la valeur en aucune façon.

On voit par là qu'on peut toujours arriver à placer parfaitement les chiffres les uns sous les autres, en considérant le caractère des unités simples comme le point de départ de tous les ordres situés consécutivement à droite et à gauche.

Les quatre nombres dont il est question étant disposés régulièrement, on procède ensuite à la réunion partielle de chacune des colonnes. Cette opération s'effectue, au reste, comme si la virgule n'existait pas. Le total viendra donc:

$$351202759.$$

Or, quelles sont les parties décimales les plus petites que nous venons de totaliser ? Ce sont les *cent-millièmes* ; par conséquent, la somme doit renfermer des cent-millièmes : C'est assez dire que le premier chiffre à droite, le caractère 9 doit passer à l'ordre des cent-millièmes. Il suffit, par conséquent, de détacher, par une virgule, les cinq premiers chiffres, et l'on obtient le résultat demandé : 3512,02759.

On peut donc conclure de ce qui vient d'être exposé que l'addition des parties décimales est assujétie aux mêmes principes que celle des nombres entiers.

Le mode d'opération est complètement identique.

Il faut observer seulement que, la réunion des quantités entièrement effectuée, il reste encore à séparer, au total, et de droite à gauche, autant de chiffres décimaux qu'il y a de décimales dans celui des nombres totalisés qui en contient le plus.

Il est, au surplus, bien aisé de concevoir que les virgules de chaque quantité forment eux-mêmes une colonne, et que, dès lors, après avoir effectué l'addition de la colonne des dixièmes, et, avant de commencer celle des unités, il est nécessaire, à ce moment, d'intercaler la virgule. Nous n'insisterons pas davantage sur ce point.

S'il s'agissait de totaliser rien que des fractions décimales, la colonne des unités serait alors entièrement composée de zéros, et le chiffre à poser au pied de cette colonne serait naturellement un zéro, à moins que, cependant, la somme de l'ordre des dixièmes n'excédât le nombre 9.

C'est à dessein que nous nous sommes abstenu d'indiquer la théorie de l'addition des nombres décimaux; c'eût été une superfluité. Il est visible, en effet, que le raisonnement à suivre lorsqu'il s'agit de nombres de cette espèce doit être identiquement le même que lorsqu'il est question de nombres entiers.

Dans l'un comme dans l'autre cas, les ordres sont de dix en dix fois plus grands, et, par suite, une conversion n'est nécessaire ou, en d'autres termes, il n'y a lieu de reporter des retenues que dès l'instant où la somme d'une colonne quelconque surpasse 9.

Il est, dès lors, évident que l'addition des parties décimales subit les mêmes lois que celle des nombres entiers.

150. Lorsqu'une addition est effectuée, il est manifeste que les unités du total sont toujours de la même espèce que celles que l'on vient d'additionner.

En effet, il est impossible de totaliser des nombres qui ne sont pas l'expression de quantités homogènes, et, partant, les unités de la somme déterminée sont toujours d'une nature identique à celles dont il s'agit de consommer la réunion.

Ainsi, toutes les fois que l'on additionne des *francs*, le total se compose uniquement de francs; si, au contraire, on totalise des mètres, la somme renferme exclusivement des mètres.

151. Nous nous sommes promis au début de ce chapitre, de démontrer de la façon la plus rationnelle qu'il importe peu dans quel ordre on additionne deux ou plusieurs quantités: Le moment est venu de satisfaire à cette question et de lui donner raison.

Je dis que 5 et 6 ou 6 et 5 doivent former la même somme.

En effet, de quoi se compose le nombre 5? De l'unité 5 fois répétée.

De quoi se compose le nombre 6? De l'unité 6 fois répétée.

En supposant qu'un trait soit l'unité, on peut donc représenter le nombre 5 par: ///// et le nombre 6 par: //////. Or, en quoi consiste l'opération qui a pour but de totaliser 5 et 6? A réunir les deux nombres 5 et 6, c'est-à-dire à les fondre en une seule quantité, à les rapprocher l'un de l'autre.

Mais rapprocher les cinq traits des six ou les six traits des cinq, n'est-ce pas la même chose?

Il est fort aisé de concevoir que le résultat ne peut pas différer, le moins du monde, quel que soit du reste le mode de rapprochement que l'on mette en œuvre. Au surplus, le raisonnement ne doit pas faire de grands efforts pour admettre ce principe.

Il est encore évident que, lorsqu'il s'agit d'effectuer l'addition de plus de deux nombres, on peut également intervertir l'ordre de ces nombres sans rien changer à la valeur du résultat. Les raisons que nous venons d'exposer peuvent s'appliquer, sans aucun inconvénient, et par extension, à la consécration de cette nouvelle doctrine.

Toute démonstration a son application. Nous déduirons donc de ce qui vient d'être dit que, lorsqu'il s'agira de totaliser plusieurs nombres, on pourra modifier l'ordre de ces nombres, sans avoir à craindre d'influer, en aucune manière, sur la somme cherchée.

152. Nous avons dit qu'une addition doit s'effectuer en totalisant les colonnes de droite à gauche, c'est-à-dire en commençant par la droite. Voici la raison d'être de ce principe.

Les ordres des nombres suivent la loi progressive ascendante en allant de la droite vers la gauche, ou plus simplement, plus les ordres sont situés à la gauche et plus ils représentent de fortes quantités. Ceci bien conçu, il est évident alors qu'il faut commencer par additionner les ordres les plus petits, car, la somme des ordres les plus petits peut former des unités d'un ordre plus élevé, tandis que les ordres les plus grands ne peuvent jamais produire des retenues d'un ordre inférieur. Ainsi, la colonne des dixaines, par exemple, peut, étant totalisée, donner des centaines, mais la colonne des centaines ne donnera jamais de dixaines.

Or, les ordres les plus petits sont placés à la droite des nombres : il est donc nécessaire de commencer les additions par la droite.

153. Il est essentiel de bien comprendre quelle est la valeur du total d'une addition. Le total ou la somme est toujours égal à la totalité des nombres, à la réunion, à l'ensemble de toutes les quantités additionnées ; le total vaut donc à lui seul *autant*, mais ni *plus* ni *moins*, que tous les nombres qu'il s'agit d'ajouter.

De là on saisit facilement que la *somme* ou le *total* d'une addition représente toujours une quantité *plus forte* que celles exprimées par chacun des nombres totalisés, ou même encore par *tous* les nombres totalisés *moins un*.

154. Quelquefois, au lieu d'effectuer des opérations, il ne s'agit que de les indiquer, et cette indication se fait à l'aide de signes particuliers. Il est bien évident, dès lors, que des indices spéciaux et différents doivent être affectés à chacune des quatre règles fondamentales.

Le signe caractéristique de l'Addition est celui-ci : $+$, que l'on énonce *plus*. Ainsi, pour marquer que les trois nombres 9, 8 et 3, sont destinés à être totalisés, on écrira : $9 + 8 + 3$ (9 *plus* 8 *plus* 3).

Cette formule fait voir suffisamment qu'il faut additionner les trois quantités : 9, 8 et 3.

Il suffit donc d'intercaler le signe *plus* entre des nombres que l'on doit totaliser.

On ne peut comprendre encore le but de ces indications ; cependant on ne saurait trop s'habituer à procéder, d'abord, dans une question quelconque, à l'indication des calculs, avant d'effectuer ces mêmes calculs.

Qu'il suffise de savoir maintenant qu'en agissant de cette manière on abrège et l'on simplifie presque toujours les opérations. Plus loin nous aurons l'occasion d'en dire davantage à ce sujet.

Il est un autre signe appelé signe de l'égalité (*ce signe le voici* : =), et qui est commun à toutes les opérations en général. Cet indice placé entre deux quantités sert à marquer que les deux quantités dont il est question sont de même valeur. Ainsi, par exemple, la formule : $4 = 4$, signifie que quatre unités valent quatre unités.

Le signe de l'égalité se place entre l'indication des calculs à effectuer, et le résultat de ces mêmes calculs.

Ainsi, après avoir totalisé les trois nombres : $9+8+3$, on trouve que le résultat égale 20, et l'on représente l'opération de cette manière : $9+8+3 = 20$.

On conçoit, au surplus, que le signe de l'égalité est d'un fréquent usage dans toutes les opérations de l'arithmétique, quelles qu'elles soient.

155. On appelle, en général, *preuve* d'une opération, une seconde opération que l'on effectue pour s'assurer de l'exactitude de la première. Faire la preuve d'une opération quelconque, soit addition, soustraction, multiplication ou division, c'est examiner, à l'aide de moyens fournis par le raisonnement seul, si le résultat de cette opération est exact ou inexact.

Il existe plusieurs manières d'effectuer les preuves des quatre premières règles ; cependant il en est une propre à toutes.

Je veux parler de la preuve d'une opération par elle-même, ou, en d'autres termes, la preuve de l'addition par l'addition, c'est-à-dire avec la connaissance de l'addition seulement, la preuve de la soustraction par la soustraction, la preuve de la multiplication par la multiplication, et enfin la preuve de la division par la division uniquement.

Nous donnerons, en outre, et au fur et à mesure que cela nous sera permis, les autres moyens d'effectuer les preuves des quatre opérations fondamentales.

Ceci posé, procédons à la preuve de l'addition par l'addition. Soit à totaliser les quatre nombres suivants :
$$4509 + 18726 + 9014 + 26345$$

Opération.		Preuve.	
21 2		A 04509	F 54085
A 04509		B 18726	A 04509
B 18726		C 09014	T 58594
C 09014		D 26345	
D 26345		F 54085	
T 58594			

et soit le nombre 58594 le résultat trouvé. Il s'agit de vérifier cette opération, d'en effectuer la preuve, de s'assurer, en un mot, si le total 58594 est ou non la somme véritable des quatre nombres dont il vient d'être question, et que nous désignerons par A, B, C et D. Nous représenterons, au surplus, le total par T.

Supprimons un instant par la pensée un des nombres totalisés, le premier, par exemple, le nombre A. Afin de le détacher complètement des autres, soulignons-le.

Additionnons les trois nombres qui restent, B, C, D. Soit F la somme de ces trois nombres. Ajoutons enfin le nombre supprimé A au total F, et concluons que la première opération a été bien faite si nous trouvons un résultat identique au nombre T; si, au contraire, les deux résultats diffèrent, reconnaissons immédiatement que la somme obtenue T est erronée.

La raison d'être de cette déduction se conçoit aisément.

En effet, T équivaut aux quatre nombres A, B, C et D.

Le nombre F ne vaut que les trois quantités B, C et D; par conséquent, F est plus petit que T. Or, que manque-t-il au nombre F pour que ce nombre devienne égal à T: Le nombre A, assurément, le nombre supprimé, la quatrième quantité qui n'est pas comprise dans F. Donc, si au nombre F on ajoute A, le total de ces deux derniers nombres doit fournir un résultat équivalent à la somme primitive T; s'il n'en est pas ainsi, c'est que la première opération est inexacte, c'est que le premier total est erroné, c'est que l'addition n'est pas bonne. Il faut alors recommencer les calculs.

Un second exemple suffira pour éclaircir cet objet.

Soit à additionner les trois quantités suivantes :

$$8507,32 + 19432,087 + 0,9506.$$

Opération.		Preuve.
1 11 1		
08507,3200	08507,3200	19433,0376
19432,0870	19432,0870	08507,3200
00000,9506	00000,9506	27940,3576
27940,3576	19433,0376	

et soit le nombre 27940,3576 le résultat obtenu.

Il s'agit, au moyen d'une seconde opération appelée *preuve*, de s'assurer si le total trouvé: 27940,3576 est bien la somme des trois nombres donnés.

Supprimons l'un de ces trois nombres, et soulignons-le, afin de le séparer convenablement des deux autres: Pour la commodité de l'opération supposons que ce soit le premier nombre 8507,32 qui se trouve ainsi détaché.

Totalisons les deux nombres 19432,087 + 0,9506: La somme vient: 19433,0376. Or, il est évident que le nombre 19433,0376, total de *deux* des nombres dont il est question, ne peut être aussi fort que le nombre 27940,3576, total des *trois* quantités de l'addition. Mais que manque-t-il à ce nombre 19433,0376 pour qu'il devienne équivalent à 27940,3576? Le nombre supprimé, le nombre 8507,32, assurément. Si donc enfin au total 19433,0376 on ajoute 8507,32, le raisonnement indique suffisamment que la somme de ces deux dernières quantités doit former un tout égal au nombre 27940,3576; s'il n'en est pas ainsi, on conclut naturellement que l'opération a été mal conduite, et, dès lors, il est indispensable d'en recommencer le détail, afin, cette fois, de la mener à bonne fin.

Il est visible que, lorsqu'il s'agit d'effectuer la preuve d'une addition par l'addition, il n'est pas nécessaire de supprimer le premier des nombres, préférablement aux autres, car, en définitive, en quoi consiste la preuve que nous venons de faire voir? A opérer en deux fois, à décomposer l'addition primitive en deux additions. Ainsi, au lieu de totaliser les trois nombres d'un seul coup, nous avons d'abord additionné deux de ces nombres seulement, pour ajouter ensuite le troisième nombre à cette dernière somme. Mais, en résumé, le total ne renferme toujours que la réunion des trois nombres : On peut donc détacher, *à volonté*, un des nombres de l'addition ; cependant, la suppression du nombre situé au-dessus des autres, offre, dans la pratique, des facilités pour le calcul.

Si l'effectif d'une addition se compose d'un plus grand nombre de quantités, de six quantités, par exemple, on peut encore parvenir à effectuer la même preuve en déviant un peu de la route que nous venons de tracer.

Ainsi, on peut totaliser d'abord trois des quantités, et puis ensuite on réunit ensemble les trois autres.

On additionne enfin ces deux sommes, qui, si l'opération n'est pas erronée, doivent former un tout égal au total des six quantités données.

Mais, au lieu de totaliser ces quantités trois par trois, on pourrait les réunir deux par deux, et ajouter ensuite les trois sommes, etc., etc.

On comprend aisément qu'il serait possible de multiplier à l'infini ces différents modes d'effectuer la preuve d'une addition, puisque ces modes reposent tous, d'ailleurs, sur le même principe.

En général, en arithmétique, il ne faut pas trop se fier à la valeur de ce mot *preuve*.

Car, dans cette science, une preuve se compose d'éléments identiques à l'opération elle-même, et comme l'on n'est pas infaillible dans la pratique des opérations, il s'en suit que, bien souvent, on risque de s'égarer dans une preuve, et de conclure de là que l'opération est erronée, alors que la preuve seule est inexacte.

D'un autre côté, il peut arriver encore que le résultat d'une addition, je suppose, ne soit pas exact, et qu'en effectuant la preuve d'une manière irrégulière, bien entendu, on trouve cependant que la première opération est bonne. La combinaison des chiffres est parfois si bizarre qu'il n'y a là rien qui doive surprendre : Les erreurs, et de l'opération, et de la preuve de cette opération, peuvent se compenser et ne laisser dès lors aucune trace.

Nous concluons donc, avec quelque raison, qu'en arithmétique il ne peut exister de preuves.

Néanmoins, en répétant deux preuves différentes sur une même opération, si l'on s'aperçoit que le résultat de cette opération subit avantageusement ces deux essais, on en doit induire, sans aucune restriction, que l'opération dont il s'agit est exacte.

On peut encore effectuer la preuve d'une addition en employant un autre moyen. Il suffit, à cet effet, de totaliser les colonnes en suivant le chemin de bas en haut si l'on a opéré de haut en bas, ou de haut en bas si l'on a, dès l'origine, opéré inversement.

Il est manifeste qu'il faudra retrouver au résultat des caractères analogues aux caractères primitifs.

Un dernier mot. Il faut éviter, lorsque l'on effectue les additions partielles de chaque colonne d'une opération, de chercher à combiner commodément les chiffres, afin d'en obtenir plus promptement la somme. Ce procédé est complètement abusif, en ce sens, d'abord, qu'il dénote presque toujours, chez celui qui le met en usage, peu d'habileté dans la pratique des calculs, et qu'ensuite il peut donner lieu à des erreurs ou à des omissions graves qui exigent la répétition de l'opération. Considérée sous ces deux points de vue, cette méthode doit donc être abandonnée.

156. Généralement on enseigne aux élèves à totaliser des colonnes de chiffres verticalement, et presque jamais on ne les exerce à additionner les nombres horizontalement. Cependant la nécessité oblige bien souvent à opérer de cette manière, si l'on ne veut éprouver l'inconvénient de reproduire les quantités pour en effectuer l'addition ordinaire.

Beaucoup de comptes, de notes, de billets, de mémoires, de tableaux sont, au surplus, rédigés de la façon suivante :

Dépenses de l'année 1853.

Indication du mois.	Nourrit.	Entretien	Logement	Chauffage et Eclairage.	Frais divers.	Total par mois.
	Fr.	Fr.	Fr.	Fr.	Fr.	Fr.
Janvier	245,50	127,70	609, »	35, »	80, »	1097,20
Février	197,25	48, »	546, »	42, »	56,30	689,55
Mars	210,40	253,45	217, »	17,20	69,50	767,55
Avril	224,50	159,50	532,80	28, »	57,80	982,10
Mai	196,45	240, »	108,30	36, »	108,45	689,20
Juin	205,60	357, »	243, »	29,70	96, »	901,30
Juillet	256,20	134, »	312, »	47,45	32, »	761,65
Aout	209,35	217,75	197,80	56, »	78,65	759,55
Septembre	199,55	193, »	236,75	19, »	34,75	683,05
Octobre	200,65	214, »	311,40	25,90	204,35	956,30
Novembre	243,90	309,35	247, »	32, »	99,55	931,80
Décembre	237,35	118,80	306, »	49,55	116,60	828,30
Totaux	2606,50	2352,55	3636,75	417,80	1033,95	10047,55

Il s'agit, au cas particulier, de déterminer le total des dépenses : 1° par mois, et 2° par année, en indiquant en même temps la somme des dépenses, pour l'année, de chaque espèce de frais.

On prépare un état semblable à celui dont il est question ici, et l'on additionne d'abord verticalement les dépenses par chapitre. On obtient ainsi successivement les sommes déboursées annuellement pour la nourriture, l'entretien, etc.

On totalise ensuite les dépenses placées sur une même ligne horizontale et l'on reconnait ainsi les sommes déboursées pendant chaque mois.

Il est bien visible, au surplus, que, pour s'assurer de la régularité des calculs, il suffit d'examiner si le total des douze sommes dépensées pendant les douze mois, est semblable à la somme des totaux de chaque espèce de dépenses pendant l'année : Ces deux résultats doivent être identiquement 10047 fr. 55 c.

L'exemple que nous venons de choisir suffit seul pour faire comprendre qu'il est nécessaire de s'habituer aussi bien à additionner des nombres horizontalement que verticalement. Nous recommandons cet exercice.

157. Exercices Numériques.

NOMBRES A ADDITIONNER.

1° $57 + 348 + 406 + 72 + 42 + 2963 + 15009$

2° $538 + 2007 + 142074 + 29046 + 76 + 2016$

3° $4017029 + 5012 + 258046 + 10537 + 462 + 5627$

4° $17045 + 485039407 + 236719 + 7032028976$

5° $53208079 + 4097216 + 19516 + 537288 + 3056425$

6° $37059287603 + 8543 + 49017539 + 157094 + 58435$

7° $458 + 2079 + 47 + 165287 + 9538 + 656 + 99$

8° $97243 + 4019 + 168341 + 536068 + 5044742 + 27$

9° $5006 + 476058 + 96564 + 573 + 42736 + 9018$

10° $86052 + 7012065 + 7061 + 17509 + 853607$

11° $47,03 + 28,00287 + 5036,027 + 10538,006025 + 0,004$

12° $204,007 + 9,0042 + 74,000897 + 0,17 + 4,03426 + 0,091$

13° $18552,0475 + 7046,18 + 4019007,00986 + 3047205039,0523$

14° $0,04 + 0,0019 + 0,57328 + 0,007 + 0,8 + 0,042539$

15° $97,072 + 426058,04025 + 509,09 + 4032,5284 + 0,000052$

16° $0,042 + 0,03 + 0,4026 + 0,2379 + 0,092436 + 0,7 + 0,0005631$

17° $45074,012 + 39,6 + 2006019,04 + 5099,90507 + 0,90,072$

18° $4,00013 + 509,8 + 0,9465023 + 5016408093,00009$

19° $0,800 + 0,00008 + 0,049 + 0,6032 + 0,5927394 + 0,01$

20° $29,073 + 0,1 + 0,49 + 2198043,0985073 + 2,07964 + 0,9$

On pourra s'exercer à effectuer les vingt additions qui précèdent en suivant le sens horizontal, c'est-à-dire en ne plaçant pas les nombres qui en font l'objet les uns sous les autres. Au surplus, on les effectuera également de cette dernière manière.

21°		22°		23°	
	60428		962		46019028
	5963		17436		5053674
	47827		53		124762
	5034		9064		8574427
	296		248		80956
	3794		683739		5074
			4057		867438

24°		25°		26°		27°	
	5725		80572		405,025		0,0037
	26469		45762892		6,00538		0,5
	8007		459		7029,3		0,092
	356249		953609		47,02509		0,17
	583		809		10045,000734		0,00394
	4006584		10538				0,04
	94627		9004				
			7243089				

28°		29°		30°	
	4528,06		0,03		9,8
	5066,0452		0,561		46,023
	23,00049		0,00904		6,00004
	248637,009		0,0857257		507,0496
	9008,057136		0,009		2001,000745
	472,04864		0,0072		86,0358
	5029706,13		0,7		45274,07
			0,02049		97360,00005387

31° Cinquante-deux mille trois-cent-trente-neuf unités.
    Huit-cent-neuf unités.
    Sept-cent-un mille douze unités.
    Quatre unités.
    Douze mille six-cent-quarante-cinq unités.
    Dix-neuf unités.
32° Cinq-cent-huit unités.
    Quarante millions vingt-trois mille quatorze unités.
    Sept billions huit mille neuf-cent-treize unités.
    Trois mille quatre-vingt-seize unités.
    Six millions huit-cent-soixante-quinze unités.
    Trois-cent-neuf millions trente-six mille neuf unités.
    Dix-neuf mille dix-neuf unités.
33° Soixante-douze unités et 6 centièmes.
    Neuf millièmes.

Cinq entiers sept-cent-vingt-neuf dix-millièmes

Deux mille cinquante-sept unités et trente-huit millièmes.

Quatre entiers et six mille trente-sept millionièmes.

Trente-cinq centièmes.

34° Douze millièmes

Sept mille quatre-cent-soixante-neuf cent-millièmes.

Quatre dixièmes.

Trois-cent-quarante-neuf millièmes.

Six-cent-quatre-vingt-sept dix-millièmes.

Quarante-trois mille cinq-cent-sept millionièmes.

35° Soixante-deux millions neuf mille quarante-six unités et cinq dix-millièmes.

Trois-cent-soixante-sept mille trente-quatre cent-millièmes.

Vingt-quatre mille sept unités et deux cent-cinq cent-millièmes.

Neuf billions six unités et trois millions sept billionièmes.

Sept-cent-vingt-deux entiers et quatre-vingt-un millièmes.

Huit mille trois-cent-soixante-six unités.

158. Nous avons vu au n° 146 à l'aide de quels moyens on parvient à construire une table d'addition *illimitée;* nous avons ensuite représenté cette table s'étendant au nombre 9.

Nous allons maintenant reproduire cette même table, et nous nous proposons de faire voir ici qu'on pourrait supprimer la *moitié* des éléments qui la composent, sans que, pour cela, elle cessât d'être complète.

Table ordinaire jusqu'à 9 inclusivement.

0	1	2	3	4	5	6	7	8	9
1	2	3	4	5	6	7	8	9	10
2	3	4	5	6	7	8	9	10	11
3	4	5	6	7	8	9	10	11	12
4	5	6	7	8	9	10	11	12	13
5	6	7	8	9	10	11	12	13	14
6	7	8	9	10	11	12	13	14	15
7	8	9	10	11	12	13	14	15	16
8	9	10	11	12	13	14	15	16	17
9	10	11	12	13	14	15	16	17	18

Pour arriver à obtenir la table *simplifiée*, faites passer la ligne diagonale de 0 à 18 : Tous les nombres situés sur cette ligne doivent essentiellement faire partie de la table. Il est entendu, au surplus, que les deux colonnes principales 0, 1, 2, 3, 4, 5, 6, 7, 8, 9 placées dans les deux sens vertical et horizontal sont dans le même cas, puisque, sans elles, il serait impossible de combiner les chiffres ou les nombres dont on désire effectuer la somme.

Ceci posé, effacez tous les nombres disposés, soit à gauche, soit à droite de la diagonale, mais d'un de ces côtés seulement. Les quantités ainsi supprimées sont inutiles et, dès lors, peuvent disparaître sans aucun inconvénient.

La table réduite à sa plus simple expression représentera alors de cette manière :

A ou **B**

A									
0	1	2	3	4	5	6	7	8	9
1	2	3	4	5	6	7	8	9	10
2	»	4	5	6	7	8	9	10	11
3	»	»	6	7	8	9	10	11	12
4	»	»	»	8	9	10	11	12	13
5	»	»	»	»	10	11	12	13	14
6	»	»	»	»	»	12	13	14	15
7	»	»	»	»	»	»	14	15	16
8	»	»	»	»	»	»	»	16	17
9	»	»	»	»	»	»	»	»	18

B									
0	1	2	3	4	5	6	7	8	9
1	2	»	»	»	»	»	»	»	»
2	3	4	»	»	»	»	»	»	»
3	4	5	6	»	»	»	»	»	»
4	5	6	7	8	»	»	»	»	»
5	6	7	8	9	10	»	»	»	»
6	7	8	9	10	11	12	»	»	»
7	8	9	10	11	12	13	14	»	»
8	9	10	11	12	13	14	15	16	»
9	10	11	12	13	14	15	16	17	18

Il est évident qu'on peut faire usage de chacune de ces deux tables tout comme si elles étaient complètes.

En effet, soit à totaliser 5 et 7 : Prenons, ainsi qu'il a été dit, le nombre 5 dans l'une des colonnes verticale ou horizontale, et le nombre 7 dans la seconde.

Il viendra à l'intersection la somme demandée 12.

Cependant, si, considérant la table A, on pose le doigt sur le chiffre 5 de la bande horizontale, et, par conséquent, un second doigt sur le caractère 7 de la bande verticale, il arrive qu'en descendant la colonne 5 jusqu'à l'encontre de la colonne 7, on ne trouve aucun nombre correspondant à ces deux colonnes, on se souviendra alors qu'il importe peu dans quel ordre on additionne deux nombres, et, au lieu d'examiner le chiffre 5 dans la bande horizontale, on considèrera ce même chiffre dans la colonne verticale, et, partant, le 7 dans la bande horizontale ; si l'on parcourt alors le chemin tracé par la colonne verticale 7 jusqu'au moment où l'on se trouve vis-à-vis la colonne horizontale 5, on tombera sur le nombre 12 précité et l'on se convaincra, dès lors, sans nul effort, qu'effetivement la moitié de la première table est surabondante.

On comprend aisément que les considérations qui viennent d'être exposées, peuvent aussi bien s'appliquer à la table B qu'à la table A dont il est question.

La raison d'être de la suppression de la moitié de la table d'addition est facile à saisir. Il est visible, en effet, que les nombres détachés de la table complète sont superflus, en ce sens que chacun d'eux est la répétition du total de deux quantités dont la somme est déjà indiquée ailleurs. Ainsi, pour n'en choisir qu'un exemple, totalisons, à l'aide de notre première table, les deux nombres 4 et 3 : Pour y parvenir, nous pouvons prendre deux routes différentes. 1° Poser un doigt sur le chiffre 4 de la colonne horizontale et un autre sur le caractère 3 de la bande verticale, ou, 2° poser un doigt sur le chiffre 3 de la bande horizontale et un autre sur le caractère 4 de la colonne verticale, et les deux intersections donnent également le total 7. Il s'ensuit donc que le même nombre 7 est répété deux fois dans la table pour exprimer la somme de deux mêmes quantités : Il s'y trouve par suite une fois de trop.

Ce raisonnement nous conduit tout naturellement à conclure qu'il est possible, sans donner naissance à aucun inconvénient, de réduire de moitié la table d'addition, qui peut être étendue, au reste, jusqu'à l'infini. Il est manifeste, au surplus, que tous les nombres situés sur la ligne diagonale, c'est-à-dire sur la ligne droite qui partirait du point 0 pour aller au point extrême de la table où est placé le plus grand nombre, ne peuvent jamais être supprimés, par cette raison toute simple qu'ils représentent chacun la somme de deux quantités identiques 2+2 ou 3+3, ou 4+4, etc., etc., et que, dès-lors, les deux chiffres 2, par exemple, ne figurent en tout que comme deux éléments dans les colonnes principales, tandis que les deux chiffres différents 4 et 3, je suppose, y figurent au contraire en somme, comme quatre éléments. Le total de ces derniers se trouve, par conséquent, répété deux fois dans la table ; il n'en est pas de même des premiers, c'est-à-dire des chiffres semblables 2+2, ou 3+3, ou 4+4, etc., etc.

Ces principes n'ont pas besoin, pour être compris, d'être l'objet de plus amples développements. Nous ajouterons seulement que, la multiplication n'étant qu'un abrégé d'additions successives, la table de cette troisième opération est susceptible également de subir une mutilation qui s'opère, en résumé, dans les mêmes conditions : Nous y reviendrons, au reste, en temps et lieux.

159. *Deux et deux font qaatre*, telle est l'expression employée bien souvent à dessein de prouver toute la clarté, toute la raison d'être d'un objet mis en question, d'une chose qui paraît quelque peu douteuse aux yeux des autres. Il semble que, lorsqu'on a dit : *Cela est clair comme deux et deux font quatre*, il n'est plus permis de présenter les moindres objections ; et cependant on n'a jamais démontré que deux et deux font quatre. Il a tenu à fort peu de chose que deux et deux fissent cinq, six, ou sept : C'est à la convention seule qu'il faut attribuer ce résultat. C'est donc aussi en s'étayant sur les principes de cette convention, que l'on parviendra très-facilement à *prouver que deux et deux font quatre.* Voici cette démonstration :

Nous avons vu au chapitre de la numération des nombres entiers que, par suite d'une simple convention, un trait oblique étant considéré comme unité, on représente successivement par les caractères : 1 2 3 4, etc.,
Les assemblages d'unités / // /// ////, etc.

Or, comment totalise-t-on deux quantités ? En les rapprochant l'une de l'autre, avons-nous dit plus haut. Par conséquent, pour obtenir la somme de 2+2 ou de 2 et 2, ou enfin de $//$ et $//$, il suffit de disposer à côté l'une de l'autre les deux parties $//$ et $//$; et ce rapprochement, ou en définitive cette addition, donne pour résultat : $////$.

Mais nous sommes convenu de représenter l'assemblage d'unités : $////$, pour le caractère 4 énoncé *quatre*, donc, *deux et deux font quatre*.

Comme on le voit, ce raisonnement repose tout entier sur les principes de convention qui sont les éléments de la numération. Ainsi, il est évident que, si l'on était convenu de représenter par le caractère 5 la réunion d'unités : $////$, on aurait alors *deux et deux font cinq* ; mais il n'en est pas moins vrai que l'addition de 2 et 2 doit toujours fournir le total : $////$, quel que soit au reste le chiffre inventé pour exprimer ce dernier assemblage. Or, comme ce chiffre de convention est le caractère 4, on peut en induire que *deux et deux font quatre*.

On démontre de la même manière que *cinq et sept font douze*, que *trois et six font neuf*, etc., etc. Il s'agit tout simplement, pour y parvenir, de remonter à l'origine des nombres et de s'étayer ensuite sur les conventions qui en ont été la base. Mais tous ces raisonnements sont presque sans objet, attendu que l'on considère, avec raison, du reste, ces sortes de vérités comme des axiomes.

Nous tenions à indiquer cette démonstration aussi rationnelle, au surplus, qu'il est possible de le désirer, afin de faire comprendre qu'en arithmétique il n'existe pas de preuves proprement dites, et que tous les principes consacrés par la théorie ne reposent, en résumé, que sur des conventions. C'est par là, il faut l'avouer, que pêche la science appelée *Arithmétique ;* on ne rencontre pas d'inconvénients de ce genre en *Géométrie.*

160. Nous avons expliqué au n° 152 pourquoi il est nécessaire de commencer une addition par *la droite.* On peut cependant opérer par *la gauche* et obtenir le même résultat ; dans un certain cas même il n'est pas plus long, ni plus difficile, de commencer l'opération par la gauche que par la droite.

L'exemple suivant en fournit une preuve convaincante :

$$
\begin{array}{r}
5312 \\
2046 \\
120 \\
\hline
\text{Total} \quad 7478
\end{array}
$$

Il est visible que, lorsque la somme de chacune des colonnes ne dépasse pas 9, on n'a pas plus d'embarras à effectuer la réunion des ordres de gauche à droite que de droite à gauche.

Il n'en est pas de même quand la somme des colonnes excède le nombre 9 : L'opération commencée par la gauche devient alors quelquefois plus longue et plus difficultueuse. Nous allons examiner néanmoins comment on parviendrait, en ce cas, à déterminer le résultat d'une addition quelconque.

Soit à totaliser les quatre nombres : 9413+2092+5604+2287 Disposons d'abord convenablement ces quatre quantités.

$$
\begin{array}{r}
9413 \\
2092 \\
5604 \\
2287 \\
\hline
18286 \\
111 \\
\hline
\text{Total} \quad 19396
\end{array}
$$

Totalisons tous les chiffres de la première colonne à gauche, celle des mille : Nous obtenons 18 mille. Posons le caractère 8 sous la colonne des mille, et avançons 1 à l'ordre suivant des dixaines de mille.

Totalisons les centaines d'unités : Nous obtenons 12 centaines, et, par conséquent, nous posons le chiffre 2 au pied de la colonne des centaines, et reportons un mille sous le caractère 8, des unités de mille.

Totalisons les dixaines d'unités : Nous obtenons 18 dixaines, et, par suite, posons le chiffre 8 au bas de la colonne des dixaines d'unités. Nous reportons, au surplus, la retenue 1 centaine, sous le chiffre 2 de l'ordre des centaines.

Enfin, totalisons les unités : Nous obtenons 16 unités. Posons le caractère 6 sous la première colonne, et reportons 1 sous le chiffre 8 des dixaines.

Ajoutons maintenant les trois retenues, dont il vient d'être question, au nombre 18286, et nous obtenons, en définitive, le résultat demandé : 19396.

On voit par là que l'on peut effectuer l'addition des nombres en commençant par la gauche, tout aussi bien qu'en totalisant les colonnes de droite à gauche; il est à remarquer seulement qu'on n'y parvient qu'à l'aide d'un travail plus long.

On doit observer, au surplus, que ces trois retenues, additionnées après coup, ne sont, en réalité, que les chiffres de retenues de l'addition ordinaire, et qui, ne pouvant être reportés immédiatement, puisque l'on totalise d'abord les ordres les plus élevés, nécessitent essentiellement une seconde opération.

Il est manifeste encore que l'on pourrait également effectuer l'addition des nombres en commençant par l'une quelconque des colonnes. Il serait tellement aisé de le faire que nous n'insisterons pas davantage sur cet objet.

161. Outre les deux moyens que nous avons donnés d'effectuer la preuve de l'addition, il en existe encore d'autres que nous allons détailler ici. Afin de jeter un plus grand jour sur notre exposé, nous procèderons à l'aide d'un exemple :

1° PREUVES PAR LA SOUSTRACTION.			OPÉRATION. 121	3° PREUVE PAR 9		Preuve en commençant par la gauche.
4683	12837	12837	4683	— 21 — 3		4683
5061	12590	247	247	— 13 — 4		247
2846			5061	— 12 — 3		5061
		247	2846	— 20 — 2		2846
12590	247	12590			12 — 3	12837
		Total :	12837....		21 — 3	1210

2° Preuve en commençant par la gauche.

PREUVES. 1° Supprimons l'un des nombres, 247, je suppose, et totalisons les trois autres, ce qui nous donne : 12590.

Si, de la somme 12837, nous retranchons 12590, il doit évidemment rester le nombre 247. En effet, 12837 est le total des quatre nombres, tandis que 12590 n'est que la somme de trois d'entre eux seulement; par conséquent, si, de la somme de quatre nombres on supprime celle de trois de ces nombres, le résultat de la soustraction effectuée dans ce but ne peut qu'être identique à la quatrième quantité.

Il est visible, au surplus, que si, de la somme 12837, on retranche le nombre 247, il doit rester 12590.

On peut, au choix, effectuer une de ces deux soustractions.

2° Effectuons la preuve de l'opération dont il s'agit, en commençant par la gauche des nombres, et disons :

A la colonne des mille : 4 et 5 font 9, et 2 font 11 mille ; des 12 mille du total on retranche ces 11 mille, et il reste 1 mille qui, converti en centaines d'unités, forme, avec les 8 centaines du total, 18 centaines d'unités.

A la colonne des centaines : 6 et 2 font 8 et 8, font 16 centaines d'unités ; on retranche ces 16 centaines des 18 d'autre part, et il reste 2 centaines d'unités qui, converties en dixaines, représentent, avec les 3 dixaines du total, 23 dixaines d'unités.

A la colonne des dixaines : 8 et 4 font 12, et 6 font 18, et 4 font 22 dixaines qui, retranchées des 23 obtenues précédemment, produisent une différence d'une dixaine. Cette dixaine vaut dix unités ; dix unités et les 7 de la colonne des unités du total, forment 17 unités.

Si l'addition dont il faut vérifier l'exactitude n'est pas erronée, il est indispensable que le total de la *colonne des unités* fournisse le nombre 17, afin qu'en opérant la soustraction comme pour les autres colonnes, il vienne *zéro* au pied de cette colonne des unités simples.

En effet, totalisons l'ordre des unités et nous obtenons le nombre 17 qui, retranché de 17 déterminé plus haut, donne pour reste 0. Donc le résultat 12837 est exact.

La raison d'être de cette conclusion se conçoit aisément.

Nous venons de voir que la réunion des chiffres de la colonne des mille ne produit que le nombre 11, tandis que l'on trouve 12 mille au total. De quoi provient donc cette différence ? Elle résulte évidemment, de ce que, dans les douze unités de mille du total, se trouve compris un mille, la retenue de la colonne des centaines d'unités ; les différences 2 et 1, constatées aux colonnes des centaines et des dixaines s'expliquent de la même manière : Elles proviennent, en effet, des retenues des colonnes de droite. Or, il est visible que la dernière à droite, la colonne des unités, au cas particulier, ne peut pas fournir un nombre inférieur à 17, ou, en d'autres termes, ne peut laisser aucune différence, car l'existence de cette différence ne pourrait être justifiée, puisqu'aucun ordre n'est situé à droite des unités et qu'il est, dès lors, impossible d'invoquer aucune retenue. Donc, assurément, si l'opération est bien faite, il est nécessaire de trouver un zéro au bas de la colonne des unités.

Il est évident, au surplus, que, s'il s'agit d'une addition de nombres décimaux, c'est toujours au pied de la dernière colonne à droite, c'est-a-dire au bas de celle qui présente les ordres les plus petits en jeu, que le zéro, dont nous venons de parler, doit être déterminé à la suite de soustractions successives.

3° *Preuve par* 9. La preuve par 9 s'applique à chacune des quatre opérations, toutefois, avec quelques modifications qui dépendent de la nature même de ces opérations.

Examinons comment elle s'effectue sur l'addition. Considérons, à cet effet, l'exemple précédent.

On sait qu'un nombre est divisible exactement par 9 lorsque la somme des chiffres de ce nombre forme 9 ou un multiple de 9 et que, dès lors, pour obtenir le reste de la division d'un nombre quelconque par 9, il suffit de totaliser les caractères du nombre dont il s'agit comme des unités simples, et de déduire ensuite de cette somme tous les 9 qui s'y trouvent contenus.

Ces principes découlent de la théorie même de la divisibilité des nombres, théorie que nous développerons à la seconde partie de notre ouvrage, et qui doit, au reste, être entendue des élèves auxquels ces notes sont destinées.

Ceci posé, nous pouvons donc déterminer de suite et sans opérer, en aucune façon, quel est le reste de la division par 9 du premier des nombres additionnés : 4683. Il suffit de dire : 4 et 6 font 10; or, le nombre 10 se compose de deux caractères dont la somme est 1; 1 et 8 font 9 ou 0; 0 et 3 font 3. Par conséquent, le reste de la division de 4683 par 9, est 3. Mettons ce chiffre à part.

Agissons de la même manière à l'égard du second nombre 247, et disons : 2 et 4 font 6 et 7 font 13; or, le total des deux chiffres du nombre 13 est 4, et, par suite, le reste de la division par 9 du nombre 247 est 4. Plaçons ce 4 sous le chiffre 3 précédemment obtenu.

Opérons de même sur le troisième nombre 5061, en disant : 5 et 6 font 11 et 1 font 12 : 1 et 2 font 3. Disposons le reste 3 sous les deux autres.

Enfin, cherchons le reste de la division par 9 de la dernière des quantités totalisées : 2846. Ce reste est 2.

Ajoutons ensemble les quatre restes 3 + 4 + 3 + 2. Il vient 12, c'est-à-dire 3 en additionnant les deux caractères 1 et 2. Il doit donc s'en falloir de 3 unités que la somme 12837 ne soit pas divisible par 9 : Nous pouvons nous en assurer en déterminant le reste de ce nombre 12837, et en disant : 1 et 2 font 3 et 8 font 11; dans ce dernier nombre 11 se trouvent les éléments 1 et 1 qui font 2; 2 et 3 font 5, et 7 font 12. Le nombre 12 renferme les deux chiffres 1 et 2 dont la somme est bien 3. Donc, le reste de la division par 9 du total 12837 est 3, et, partant, l'addition des quatre nombres dont il est question est parfaitement exacte.

Il est évident que, puisque la somme des restes de la division par 9 de chacun des nombres totalisés est 12, il s'en faut de 12 que le total de ces quatre mêmes nombres ne soit divisible exactement par 9. Or, il est visible que, le nombre 12, surpassant lui-même 9, il ne peut s'en falloir que de l'excès de 12 sur 9, c'est-à-dire 3, nombre que l'on obtient d'ailleurs immédiatement en réunissant les deux chiffres 1 et 2 du nombre 12, que ce total 12837 ne soit divisible exactement par 9.

En résumé, pour effectuer la preuve par 9 d'une addition, il suffit de former les restes de la division par 9 de chacun des nombres totalisés ; d'ajouter ensuite tous ces restes afin d'en obtenir un seul qui doit être, bien entendu, inférieur à 9, puis d'examiner enfin si ce dernier est identique à celui que fournit le total général de l'opération.

Les mêmes principes sont, à coup sûr, à mettre en pratique et d'une manière analogue lorsqu'il s'agit d'une addition de quantités décimales.

Il est à remarquer, au surplus, que, si l'un des restes obtenus est le nombre 9 lui-même, le véritable reste est zéro, puisqu'alors il y a évidence que le nombre dont il est question est divisible par 9. Si toutes les quantités additionnées sont des multiples de 9, il est manifeste que, dans ce cas, tous les restes, y compris celui du total, sont représentés par le caractère zéro.

On peut, à l'aide d'un moyen bien simple, parvenir à trouver le reste de la division par 9 d'un nombre quelconque. A cet effet, on totalise les chiffres du nombre dont il s'agit comme des unités simples, et jusqu'à l'instant où l'on obtient un nombre supérieur à 9 : A ce moment, on réunit les deux caractères en un seul en les totalisant, et, ainsi de suite, jusqu'à extinction complète de la nomenclature des chiffres.

Soit, par exemple, le nombre 46256037 dont on veut chercher le reste de la division par 9. On dira : 4 et 6 font 10, puis 1 et 0 fait 1 ; 1 et 2 font 3, et 5 font 8, et 6 font 14, puis 1 et 4 font 5 ; 5 et 3 font 8, et 7 font 15, puis enfin 1 et 5 font 6. Donc, si l'on divise le nombre donné 46256037 par 9, il viendra le reste 6.

Nous n'insisterons pas davantage sur ce point.

Avant de terminer cependant, nous dirons qu'il ne faut pas trop se fier aux preuves par 9, car il arrive très-fréquemment que des erreurs glissent inaperçues sans que la preuve par 9 vienne les démasquer. On comprend, en effet, qu'il suffit d'une compensation d'erreurs, compensation très-facile à obtenir, au reste, avec le nombre 9, pour qu'une opération totalement erronée soit reconnue exacte.

La preuve par 9 est la moins bonne de toutes les preuves.

A l'aide du nombre 3 on peut effectuer les mêmes preuves que par 9 : Dans cette preuve, tous les restes doivent être moindres que 3.

Le nombre 3 offre encore plus d'inconvénients que 9, car il est plus ordinaire de commettre une erreur de trois unités qu'une de 9, et il est évident que, lorsque dans ces sortes de preuves l'erreur comporte 3 ou 9 unités ou les multiples de 3 ou de 9 unités, le résultat du contrôle, de la vérification, fait constamment ressortir, à tort, l'exactitude de l'opération.

162. D'après tout ce qui vient d'être dit, il est bien facile de résoudre les deux problèmes suivants :

1° Connaissant le total 23 de quatre nombres, et 5, l'un de ces nombres, on demande de déterminer la somme des trois autres ?

Le nombre 23 contient quatre nombres ; si donc on retranche, le quatrième nombre connu 5, de 23, il est visible qu'il restera la somme 18 des trois autres.

2° Connaissant le total 19 de trois nombres, et 12, la somme de deux de ces nombres, on demande de déterminer le troisième ?

Le nombre 19 contient trois nombres, 12 en contient deux ; par conséquent, si l'on retranche 12 de 19 il restera le dernier nombre 7.

Ces opérations peuvent se faire sur de plus grands nombres sans que le raisonnement subisse aucune modification.

163. Nous terminerons ces notes sur l'addition en donnant une idée d'un problème qui passe fort souvent pour une subtilité mathématique, et qui en définitive n'est qu'une application directe de cette première opération.

Addition faite d'avance. — On fait poser trois nombres quelconques, composés de trois chiffres chacun, et l'on se propose d'y ajouter trois autres nombres, composés également de trois chiffres chacun, de manière à ce que la somme des six quantités soit toujours égale à un nombre invariable : 2997.

Nous allons procéder à la solution de ce problème, par demandes et réponses :

D. Posez au-dessous les uns des autres trois nombres composés de trois chiffres chacun ?

R.   Les voici : $\left\{ \begin{array}{l} 457 \\ 203 \\ 698 \end{array} \right.$

D. Quels que soient les trois nombres que vous ayez écrits, je vais y ajouter trois autres nombres renfermant également trois chiffres chacun, et je dis d'avance que la somme des six nombres sera 2997 ?

Au-dessous des trois nombres :
$$\begin{cases} 457 \\ 203 \\ 698 \end{cases}$$

On dispose ceux-ci :
$$\begin{cases} 542 \\ 796 \\ 301 \end{cases}$$

Et le total formera bien : 2997 unités.

Il est bien facile de concevoir tout le mécanisme de cette opération. Totalisons le nombre 999 répété trois fois :

999
999
999

Il vient : 2997 à la somme.

Or, les trois nombres 457, 203 et 698 que l'on a fait poser ne peuvent, à coup sûr, donner pour total 2997.

Mais, si l'on ajoute trois nombres combinés de manière à former avec 457, 203 et 698, trois fois le nombre 999, c'est-à-dire si l'on complète chaque chiffre jusqu'à ce qu'il devienne égal à 9, alors évidemment la somme des six quantités devra être égale à 2997. Quel est, en effet, le premier des trois nombres que nous avons formés ? C'est 542. On aperçoit bien que 542 est le complément de 457 jusqu'au nombre 999 ; car, totalisez ces deux nombres 457 et 542, et vous trouverez 999. Le nombre 796 est de même l'excès de 999 sur le second des nombres 203, et enfin, 301 est bien le complément de 698. D'où il s'ensuit que les six quantités :

Et
$$\begin{array}{ccc} 457 & 203 & 698 \\ 542 & 796 & 301 \\ \hline 999 & 999 & 999 \end{array}$$ enchaînées

deux à deux représentent, en résumé, trois fois le nombre 999. Mais nous avons vu que ce nombre 999 totalisé trois fois donne pour somme 2997. Donc, enfin, les six quantités dont il s'agit doivent visiblement produire le total 2997.

Un second exemple suffira pour éclaircir cet objet :

D. Ecrivez au-dessous les uns des autres trois nombres quelconques de trois chiffres chacun ?

R. Les voici....
$$\begin{cases} 529 \\ 407 \\ 286 \end{cases}$$

Le premier des nombres est 529. Or, que faut-il ajouter à 529 pour égaler 999 : Le nombre 470, assurément. Ce nombre 470 s'obtient, du reste, très-facilement en disant : 5 de 9, reste 4 ; 2 de 9 reste 7 ; 9 de 9 reste 0.

Le second des nombres est 407. Or, que faut-il ajouter à 407 pour former 999 : Le nombre 592 manifestement. Il suffit de dire, à cet effet : 4 de 9, reste 5 ; 0 de 9 reste 9 ; 7 de 9 reste 2.

Enfin, le troisième nombre est 286 auquel il est nécessaire d'ajouter 713 pour obtenir 999.

Donc, si aux trois nombres donnés 529, 407 et 286, on ajoute les trois quantités complémentaires : 470, 592 et 713, on obtiendra pour résultat 2997, puisqu'en définitive ces six nombres ne représentent que trois fois 999, c'est-à-dire 2997.

Il est évident que si chacune des trois quantités posées en premier lieu était le nombre 999 lui-même, on n'aurait alors aucune addition supplémentaire à effectuer.

Ce problème est susceptible d'être varié à l'infini.

En effet, au lieu d'opérer sur des nombres composés de trois chiffres, on peut tout aussi bien faire poser des quantités de deux, de quatre, de cinq, de six, etc., chiffres; on peut également mettre plus de trois nombres en jeu. Il suffit alors, selon le mode qu'on aura adopté, de calculer d'avance le total que forment les nombres: 99 ou 999 ou 9999 ou 99999, etc., répétés deux, trois, quatre, etc., fois.

Il ne reste plus ensuite qu'à ajouter aux quantités données les compléments de ces mêmes quantités.

En s'exerçant à ces sortes de supputations on arrive aisément à acquérir un degré d'habileté qui permet d'écrire aussi promptement les compléments des nombres qu'on a mis de temps à tracer ces mêmes nombres.

CHAPITRE VIII.

Soustraction.

164. J'avais 8 francs en poche, j'en ai dépensé 3, et je désire connaître combien il me reste?

Il est évident que je ne possède plus 8 francs: J'ai trois francs de moins, c'est-à-dire 5 francs.

Or, pour déterminer qu'après avoir donné 3 francs sur 8 qui se trouvaient en ma possession, il m'en reste 5, il est nécessaire d'effectuer une certaine opération dans l'esprit: C'est cette opération qui s'appelle une *soustraction*.

Pierre a 4 francs, Paul en a 3, et l'on demande combien de francs Pierre a de plus que Paul?

Puisque Pierre possède 4 francs et que Paul n'en a que 3, Pierre est plus riche que Paul; il a, en effet, un franc de plus que Paul, c'est-à-dire le surplus de 4 sur 3. Ce résultat, un franc, ne peut s'obtenir encore qu'à la suite d'une opération, laquelle est la *soustraction*.

Enfin, Henri a reçu 9 pommes et Gustave n'en a reçu que 5, on désire savoir quelle est la différence des nombres de pommes en la possession de ces deux personnages.

Pour arriver à posséder 9 pommes, il en manque 4 à Gustave, et, par suite, il y a 4 pommes de différence entre les cadeaux reçus par Henri et Gustave.

Le résultat 4 cherché ne s'obtient de même qu'à la suite d'une opération qui n'est autre qu'une *soustraction*.

La soustraction est donc une opération qui consiste à retrancher une première quantité d'une seconde, ou à déterminer de combien l'une surpasse l'autre, ou enfin, à établir la différence entre deux quantités.

Le résultat de l'opération s'appelle *reste*, *excès* ou *différence*, selon le cas. Cette dénomination varie selon la forme de la question posée.

Ainsi, dans le *premier* des trois exemples qui précèdent, le résultat de l'opération prend le nom de *reste ;* dans le *second,* il s'appelle *xcès,* et, dans le *dernier, différence.* Le tout est déterminé par la ature même du problème dont on cherche la solution.

Il est manifeste que, comme l'addition, la soustraction ne s'effectue pas *matériellement;* ainsi, si l'on a 6 planches et si, voulant en céder deux, on désire connaître combien il en restera, il est visible que l'on ne doit pas, pour obtenir le résultat de l'opération que l'on a en vue, détacher 2 planches des six et décompter ensuite quel est le ombre restant. Non, évidemment.

Ce procédé, nous l'avons dit, serait rebutant, et parfois même impossible à mettre en pratique.

On représente les quantités dont il faut effectuer la soustraction par des nombres, et, à l'aide des moyens fournis par l'arithmétique, on opère sur ces nombres.

Donc, en résumé, la soustraction est une opération qui a pour but d'établir la différence qui existe entre deux nombres, ou de déterminer de combien d'unités le plus grand des deux surpasse le second, ou enfin, deux nombres étant donnés, de retrancher le plus petit du lus grand.

Ainsi les deux nombres 15 et 7 sont d'inégale valeur ; il s'agit, par la soustraction, d'obtenir la différence 8 unités qui existe entre ces eux nombres.

C'est le résultat 8 unités qui s'appelle reste, excès ou différence.

Le plus grand des deux nombres d'une soustraction prend le nom de *minuende* ou *diminuande,* et le plus petit est dénommé le *minuteur* ou le *dinninuteur.*

Ainsi, 15 est, au cas particulier, le *minuende,* et 7, le *minuteur.*

On comprend parfaitement que la soustraction ne devient nécessaire que lorsque les deux nombres dont il s'agit n'ont pas la même valeur, car, s'ils étaient aussi forts l'un que l'autre, il est visible qu'il n'y aurait aucune différence entre eux, et que, dès-lors, le reste de l'opération serait zéro.

On conçoit également qu'il est de toute impossibilité absolue de retrancher le plus grand de deux nombres du plus petit. Ainsi, on ne peut pas retrancher 15 unités de 7 unités, mais bien 7 unités de 15 unités.

Il faut, au surplus, bien saisir la valeur de cette expression *retrancher* ou *soustraire.*

Le mot soustraire signifie prendre, ôter, dérober: En effet, une soustraction est, en réalité, un vol.

Donc, effectuer une soustraction sur un nombre appelé minuende, c'est diminuer ce nombre d'une certaine quantité d'unités, quantité exprimée par le minuteur ; c'est prendre, ôter, dérober du minuende autant d'unités qu'il y en a dans le minuteur. On peut conclure de là, ans aucun effort, qu'il n'est pas possible de retrancher le plus grand de deux nombres du plus petit, car il faudrait supposer alors qu'un leur peut s'emparer de dix francs lorsqu'il n'y en a que quatre à l'endroit de son méfait, ce qui serait, on l'a déja compris, totalement absurde.

165. Les unités du *reste* d'une soustraction sont toujours de même nature que celles des deux nombres qui ont servi à exécuter l'opération. Il est évident, au surplus, que le minuende et le minuteur d'une soustraction doivent toujours être composés d'unités de même espèce, car il est impossible de retrancher 4 pommes, par exemple, de deux plumes. On ne peut retrancher des pommes que de pommes, des plumes que de plumes, et, en général, on ne peut effectuer la soustraction que de quantités homogènes.

Il est bien clair d'après cela que le résultat d'une soustraction renferme toujours des unités de même nature que celle des nombres de l'opération.

166. Dans une soustraction on n'opère jamais que sur deux nombres: Le plus *grand*, le plus *petit*, ou le *minuende* et le *minuteur*.

Pour donner une idée de cette opération, nous allons de suite choisir un exemple des plus simples, exemple qui rentrera dans le premier cas de la soustraction.

Soit à retrancher le nombre : *Trois-cent-vingt-un mille quatre unités*, de *huit-cent-cinquante-quatre mille deux-cent-six unités*.

Avant tout, il faut observer un point fort important, et qui, au reste, n'est l'objet d'aucune complication, c'est que le placement des deux nombres, éléments de l'opération dont il s'agit, doit être invariablement effectué de la manière suivante : Placez le *plus petit* des deux nombres *au-dessous du plus grand*, car autrement l'opération devient impossible. Il y a donc lieu, avant de commencer une soustraction, d'examiner quel est celui des deux nombres donnés qui se trouve être le minuende *(le plus grand)*, et de considérer ensuite le second comme le minuteur *(le plus petit)*; règle générale, et sans aucune exception, le minuteur est placé au-dessous du minuende.

Nous ne rappellerons plus, dorénavant, ce principe.

Au cas particulier, c'est le nombre 854206 qui est le minuende, et, partant, 321004 le minuteur.

Pour retrancher 321004 unités de 854206 unités, on pourrait, à la vérité, ôter 321004 fois *l'unité* ou *un* du minuende 854206, mais cette méthode est inusitée, par cela seul qu'elle est impraticable à cause de son peu de célérité.

A ce procédé abandonné pour les raisons que nous venons de faire valoir, on a substitué celui de la soustraction partielle des unités de chaque ordre.

Nous avons dit au numéro précédent que les quantités doivent toujours être de même espèce pour qu'on en puisse établir la différence; par conséquent, il faut soustraire l'ordre des unités du minuteur, de celui des unités du minuende, les dixaines des dixaines, les centaines des centaines, etc. etc., et, en résumé, les soustractions partielles ne peuvent s'effectuer que sur les mêmes ordres.

On conclut de là qu'avant d'entamer l'opération, il est indispensable, comme dans l'addition, de disposer dans une même colonne les unités, les dixaines, les centaines, etc., de chacun des deux nombres dont il s'agit.

Pour y parvenir, on écrit à part, isolément, le minuteur, et plaçant ensuite le premier chiffre à droite sous le caractère des unités du minuende déjà traduit, on échelonne enfin successivement à gauche les uns des autres, et dans leur ordre naturel, tous les chiffres du minuteur. Ces moyens pratiques ont, au surplus, déjà été indiqués au chapitre de l'addition ; il ne sera donc plus nécessaire d'en renouveler l'exposé.

En observant tout ce qui vient d'être dit, les deux nombres 854206 et 321004 se présenteront de cette façon :

$$854206$$
$$321004$$

et le résultat de la soustraction vient 533202. Nous allons examiner par suite de quel ordre d'idées on arrive à le déterminer.

Au lieu de retrancher d'un seul coup, en une seule fois, le nombre 321004 de 854206, on soustrait séparément chaque chiffre du minuteur du chiffre correspondant du minuende. Or, on se rappelle que l'on a disposé les mêmes ordres les uns sous les autres. Ce mode est donc rationnel.

L'opération s'effectue de droite à gauche: Nous en expliquerons plus loin la raison.

Voici comment l'on s'exprime :

Première colonne. De 6 ôté 4, reste 2 : On pose le chiffre 2 sous la colonne des unités.

Deuxième colonne. De 0 ôté 0 reste 0 : On pose 0 sous la colonne des dixaines.

Troisième colonne. De 2 ôté 0 reste 2 : On pose 2 au bas de la colonne des centaines.

Quatrième colonne. De 4 ôté 1 reste 3 : On pose le caractère 3 sous la colonne des mille.

Cinquième colonne. De 5 ôté 2 reste 3 : On pose le 3 au pied de la colonne des di aines de mille.

Sixième colonne. De 8 ôté 3 reste 5 : On pose le chiffre 5 sous la colonne des centaines de mille.

Il est évident que, si le nombre des colonnes était plus considérable, la différence des ordres s'obtiendrait d'une manière analogue.

Le reste de l'opération que nous venons d'effectuer est le nombre : 533202. Il est visible que la différence entre les deux quantités données doit être égale à 533202, puisque, successivement de chacun des ordres du minuende, nous avons ôté le caractère de l'ordre correspondant du minuteur, et que le nombre 533202 est le résultat de ces soustractions partielles.

Pour que le calcul ne soit pas entaché d'erreurs, il faut bien s'identifier avec l'opération que l'on a en vue d'exécuter et ne pas s'écarter des règles que l'esprit s'est tracées à cet effet ; il est indispensable de bien concevoir que c'est le chiffre situé au-dessous ou le chiffre du minuteur qu'il faut retrancher du caractère placé au-dessus, du chiffre minuende, et l'on doit prendre garde de ne jamais intervertir l'ordre de ces deux chiffres, et ne pas ôter, au contraire, le caractère situé au-dessus, de son collègue disposé au-dessous. C'est là un point essentiel, car il est certain cas de la soustraction dans lequel quelques-uns des chiffres du minuteur sont plus forts que leurs correspondants du minuende, et l'on s'abuserait grossièrement si l'on supposait qu'il faille toujours retrancher le plus petit caractère du plus grand. A ce compte là, la soustraction serait une opération trop facile.

C'est donc, en définitive, le chiffre du *minuteur* qui doit être soustrait de celui du *minuende* et, pour ne pas se tromper à cet égard, on pourra, au début, opérer à l'aide de la formule suivante appliquée sur l'exemple précédent :

Première colonne : J'ai 6 francs ; on m'en prend 4, combien m'en reste-t-il ? Réponse : *Deux.*

Deuxième colonne : J'ai 0 franc, on m'en prend 0, combien m'en reste-t-il ? Réponse : *Zéro.*

Troisième colonne : J'ai 2 francs, on m'en prend 0, combien m'en reste-t-il ? Réponse : *Deux.*

Et ainsi de suite pour les autres colonnes. On suppose continuellement que l'on possède le nombre d'unités indiquées au minuende, et l'on en déduit celles du minuteur.

Avec un peu d'habitude de l'opération, on pourra facilement rejeter ce moyen pratique.

167. Nous comprenons parfaitement qu'à l'aide des détails que nous venons de donner on se trouve à même d'effectuer toutes les soustractions du genre de celle que nous avons à dessein choisie pour exercice, c'est-à-dire toutes les soustractions qui ne comportent pas de difficultés sérieuses. Il existe cependant encore là un point que l'on peut ignorer.

En effet, tout le monde ne sait pas opérer les soustractions d'un seul chiffre, ou plutôt, les soustractions dans lesquelles le minuteur ne se compose que d'un seul chiffre ; en un mot, on peut n'être pas en mesure de dire de suite et sans aucune hésitation que : de 8 ôté 3, il reste 5 ; de 6 ôté 4, reste 2 ; de 18 ôté 9, reste 9 ; de 14 ôté 8 reste 6, etc. etc., et cependant ce sont là les éléments de la soustraction, ce sont là, par suite, des notions préliminaires qu'il est indispensable de s'approprier.

Nous allons indiquer les procédés dont on peut faire usage pour y parvenir.

De 8 ôté 3. — Disposez 8 traits quelconques : ////////, et effacez-en 3, il reste : /////. — Comptez le nombre de barres qui subsistent après la suppression, ce nombre vous donnera le résultat de l'opération et vous serez convaincu alors que, si de 8 unités on retranche 3 unités, il en reste : 5. Ce moyen est fort simple et très-aisé à mettre en pratique ; il est évident, du reste, qu'il ne manque pas de raison d'être, car, supprimer trois unités sur 8, c'est bien ôter 3 de 8.

Il est visible, au surplus, que les deux expressions de 8 ôté 3 ou ôté 3 de 8 sont équivalentes. La particule *de* est, on le sait, toujours placée devant le minuende, et le mot *ôté, retranché* ou *soustraire* en tête du minuteur.

De 14 ôté 8. — Tracez 14 traits : |||||||||||||| , c'est-à-dire autant qu'il y a d'unités dans le plus grand des deux nombres. Effacez-en 8, puisque le minuteur renferme 8 unités, et le reste : |||||| , étant décompté, vous prouvera suffisamment que si l'on retranche 8 de 14, il doit venir au résultat : 6 unités.

Pour déterminer les restes successifs d'une soustraction, on peut encore se servir avantageusement de la table d'addition étendue jusqu'au nombre 9 seulement : Cette limite suffit à toutes les exigences d'une opération quelconque.

La table d'addition devient, en ce moment, une table de soustraction. Reproduisons donc cette table :

Sens horizontal.

0	1	2	3	4	5	6	7	8	9
1	2	3	4	5	6	7	8	9	10
2	3	4	5	6	7	8	9	10	11
3	4	5	6	7	8	9	10	11	12
4	5	6	7	8	9	10	11	12	13
5	6	7	8	9	10	11	12	13	14
6	7	8	9	10	11	12	13	14	15
7	8	9	10	11	12	13	14	15	16
8	9	10	11	12	13	14	15	16	17
9	10	11	12	13	14	15	16	17	18

Sens vertical. — Sens vertical.

Sens horizontal.

Pour saisir parfaitement le mécanisme des soustractions effectuées à l'aide de la table d'addition, il faut concevoir que : Retrancher un nombre d'un autre nombre, c'est tout bonnement chercher combien l'on doit ajouter d'unités au plus petit des deux nombres pour former le plus grand.

Ainsi, soustraire 9 de 15, c'est déterminer quel est le nombre qu'il faut joindre à 9 pour trouver 15. En effet, le résultat 6 de l'opération indique qu'il existe 6 unités de différence entre 15 et 9, ou que 15 dépasse 9 de 6, ou enfin que 9 est moindre que 15, de 6 unités. Or, si l'on ajoute ces 6 unités aux 9, il est visible qu'alors il n'existera plus de différence entre les deux quantités dont il s'agit; donc enfin, retrancher le minuteur du minuende, ou chercher combien il faut ajouter au minuteur pour composer le minuende, sont deux opérations identiques.

Nous aurons, au surplus, l'occasion d'invoquer ce principe lorsqu'il sera question d'effectuer la preuve de la soustraction par une addition.

Ceci posé, voici comment on utilise la table d'addition à l'endroit de la soustraction de deux nombres dont le plus grand est inférieur à 19.

Ôté 4 de 6. — Partez du plus petit des deux nombres 4, et en suivant la bande horizontale ou verticale selon que vous aurez pris au choix le 4 dans la colonne verticale ou horizontale, jusqu'au moment où vous rencontrez sous le doigt le plus grand nombre 6. Examinez ensuite quel est le chiffre placé en tête de la colonne dans laquelle est disposé le 6, ce chiffre vous donne le reste de l'opération. Il est évident qu'au cas particulier, c'est le nombre 2.

De 18 ôté 9. — Posez le doigt sur le nombre 9 de la colonne verticale, je suppose. Parcourez la bande horizontale 9 jusqu'à l'instant où vous apercevez le minuende 18, et examinez de suite quel est le chiffre placé en tête de la colonne verticale (*puisque vous avez voyagé sur la bande horizontale* 9) dans laquelle est placé le nombre 18. Vous y voyez ici le caractère 9. Dès-lors vous pouvez en induire que, si de 18, on soustrait 9, il reste 9.

On comprend aisément qu'il en doit être ainsi, car, partir du minuteur 9 pour arriver au minuende 18, c'est chercher, avons-nous dit, quel est le nombre qu'il est nécessaire d'ajouter à 9 pour former 18. Or, le nombre 18 figure dans la table d'addition comme le total de deux chiffres situés aux extrémités des deux bandes à l'intersection desquelles il vient aboutir: Par conséquent, le caractère placé à l'extrémité de la colonne opposée à celle que l'on vient de parcourir, est le nombre qu'il s'agit d'ajouter à 9 pour obtenir la somme 18, ou encore le reste de la soustraction des deux nombres: De 18 ôté 9.

Il suffit de répéter pendant quelque temps des exercices à l'aide des deux procédés que nous venons d'exposer pour arriver à déterminer très-habilement les restes de soustractions dans lesquelles le minuteur ne se compose que d'un seul chiffre. Cette connaissance, est, en définitive, indispensable à l'exécution de l'opération.

On peut confectionner des tables de soustraction, comme des tables d'addition, mais il serait inutile de le faire ici, puisqu'elles exigent, pour leur formation, la connaissance de la soustraction. Sous ce point de vue elles perdent donc véritablement leur caractère d'utilité, et, partant, deviennent sans objet.

168. L'opération, dont nous avons analysé le détail au N° 166, ne comporte en elle-même aucune difficulté sérieuse : Elle ne se présente, au reste, que fort rarement dans les calculs. Il arrive peu fréquemment, en effet, que, par une combinaison singulière, chacun des chiffres du minuende soit plus grand que son correspondant du minuteur ; il s'agit d'examiner maintenant comment on obtient le reste d'une soustraction dans laquelle quelques-uns des chiffres du minuteur sont plus forts que les caractères du même ordre du minuende. Cet objet formera le second cas.

Procédons à l'aide d'un exemple :

Soit à établir la différence qui existe entre les deux quantités suivantes : 54273 et 29538.

Disposons d'abord, ainsi qu'il a été dit, ces deux nombres l'un sous l'autre, le minuende au-dessus du minuteur, et, en ayant bien soin de faire correspondre dans une même colonne tous les ordres semblables :

	11 1
de	54273
ôté	29538
reste	24735

Soulignons le tout, et effectuons ensuite les soustractions partielles en commençant par la droite.

Première colonne. — De 3 unités ôté 8, cela ne se peut.

Cette opération est visiblement impossible : Si j'ai 3 francs on ne peut, à coup sûr, m'en prendre 8. C'est ici surtout qu'il faut prendre garde de ne point se tromper en disant : De 8 ôté 3, reste 5. De la sorte, on ne retrancherait pas le minuteur du minuende, mais bien quelques chiffres du minuende de leurs analogues du minuteur : On conçoit qu'alors le calcul tout entier serait entaché d'erreurs.

Cependant, quoiqu'on ne puisse pas ôter 8 de 3, il est nécessaire que la soustraction s'effectue, puisque manifestement, le nombre 54273 est plus grand que 29538, et que, partant, il doit être possible de retrancher 29538 unités de 54273 unités.

Dans ce cas, on emprunte *une dixaine* sur le chiffre 7.

Nous convertissons cette dixaine en dix unités, lesquelles dix unités, ajoutées aux trois qui occupent déjà l'ordre des unités, produisent une somme de 13 unités. De 13 unités ôté 8 unités, reste 5 unités. Posons le reste 5 sous la première colonne.

Seconde colonne. — Puisque nous avons retiré une dixaine des 7 qui représentaient le second ordre, il n'en reste plus que 6.

Nous devons donc dire : De 6 dixaines ôté 3 dixaines, reste 3 dixaines. Posons le chiffre 3 sous la seconde colonne.

Troisième colonne. — Le chiffre 2 des centaines est resté intact, car le chiffre 6 dixaines du minuende étant plus fort que le 3, caractère correspondant du minuteur, il n'a pas été nécessaire de contracter un emprunt sur le chiffre suivant de l'ordre des centaines.

On dira donc ici :

De 2 centaines ôté 5 centaines ; or cela ne se peut.

Recourons en cette occasion à la colonne des mille située immédiatement à gauche, et détachons une unité de cette colonne : Il n'en restera plus, dès lors, que 3. au lieu de 4. Convertissons ce mille en dix centaines, et ajoutons au produit de cette réduction les 2 centaines de l'ordre des centaines : Nous obtenons, en résumé, 12 centaines, et disons sur-le-champ : De 12 ôté 5, reste 7.

Portons le caractère 7 au pied de la troisième colonne.

Quatrième colonne. — Il ne nous reste plus que 3 mille.

De 3 mille ôté 9 mille, cela ne se peut. Empruntons une *dixaine de mille* sur le chiffre 5 de cet ordre, et après avoir réduit cette dixaine de mille en dix unités de mille, ajoutons les 3 mille. Nous aurons 13 mille.

De 13 ôté 9, reste 4. Mettons le chiffre 4 au bas de sa colonne respective des mille.

Cinquième colonne. — Puisque nous avons emprunté une dixaine de mille sur le caractère 5, il est évident que nous ne pouvons opérer maintenant que sur 4 dixaines de mille.

De 4 ôté 2, reste 2 dixaines de mille.

Formons le chiffre 2 sous la cinquième colonne.

Le résultat de l'opération dont il s'agit est donc : 24735.

Cette soustraction donne lieu aux observations suivantes :

Pour arriver à déterminer le reste de la soustraction de deux nombres il suffit de retrancher chacun des chiffres du minuteur de celui correspondant au minuende. Si le caractère du minuteur est plus élevé que celui du minuende, il y a lieu alors d'emprunter une unité de l'ordre placé immédiatement à gauche, de convertir cette unité en dix autres de l'ordre inférieur auxquelles vient s'ajouter le chiffre du même ordre ; puis l'on effectue l'opération qui, à ce moment, devient possible.

Il est bien entendu qu'à la soustraction suivante on a soin de déduire du chiffre minuende l'unité dont le détachement est devenu nécessaire.

On peut en tenir compte d'une façon fort aisée, un simple trait, formé sur la droite qui souligne le minuende, marque, au-dessus de chaque chiffre qui se trouve dans cette nécessité, l'emprunt contracté à l'endroit de la soustraction précédente ; de la sorte, on n'a point à craindre les erreurs d'une mémoire infidèle.

On comprend parfaitement que l'emprunt ne doit jamais excéder *une unité*, puisque cette unité est réduite en dix d'un ordre inférieur, et que le chiffre du minuteur ne peut jamais être plus fort que 9.

Il est visible, au surplus, que le nombre 24735 obtenu plus haut est bien la différence qui existe entre les deux quantités données : 54273 et 29538, car tous les chiffres du minuteur 29538 ont été retranchés du minuende 54273, soit que la soustraction ait été faite de suite et à l'aide des propres ressources de chaque chiffre du minuende, soit que l'on ait recouru aux ordres plus élevés qui, en définitive, dans ce cas, ont subi une réduction légale.

— On conçoit, en outre, que si le nombre des chiffres est plus considérable, on peut continuer à opérer d'une façon identique.

Un second exemple, dégagé de toute théorie, achèvera d'éclaircir notre exposé.

Soit la soustraction ci-après à réaliser :

$$
\begin{array}{r}
111111 \\
\text{de} \quad 5832416 \\
\text{ôté} \quad 4965738 \\
\hline
\text{reste} \quad 0866678
\end{array}
$$

Soulignons le minuende et le minuteur, afin de disposer le résultat de l'opération ; sulignons ces deux nombres afin d'indiquer visiblement quels sont ceux des chiffres du minuende sur lesquels il sera nécessaire d'emprunter une unité. Disons ensuite à la :

Première colonne. — De 6 ôté 8, cela ne se peut ; j'emprunte 1 dixaine qui vaut dix unités, lesquelles ajoutées aux 6 forment un total de 16 unités. De 16 ôté 8 reste 8. Je pose 8.

Seconde colonne. — De 0 (0, en effet, puisque la dixaine vient d'être prise), ôté 3, cela ne se peut ; j'emprunte une centaine sur le chiffre 4, cette centaine vaut dix dixaines : dix et 0 font 10. De 10, ôté 3, reste 7. Je pose 7.

Troisième colonne. — De 3 ôté 7, cela ne se peut ; j'emprunte sur le caractère 2, un mille qui vaut dix centaines : 10 et 3 font 13. De 13 ôté 7 reste 6. Je pose 6.

Quatrième colonne. — De 1 ôté 5, cela ne se peut ; j'emprunte sur le chiffre 3, une dixaine de mille qui vaut dix mille : 10 et 1 font 11. De 11 ôté 5 reste 6. Je pose 6.

Cinquième colonne. — De 2 ôté 6, cela ne se peut. J'emprunte, sur le caractère 8, une centaine de mille qui vaut dix dixaines de mille : 10 et 2 font 12. De 12 ôté 6 reste 6. Je pose 6.

Sixième colonne. — De 7 ôté 9, cela ne se peut. J'emprunte, sur le chiffre 5, un million qui vaut 10 centaines de mille : 10 et 7 font 17. De 17 ôté 9 reste 8. Je pose 8.

Septième colonne. — De 4 ôté 4, reste 0. Je pose zéro.

Le résultat définitif est donc 866678.

Nous croyons inutile de dire que, lorsque le chiffre du minuende est égal à son correspondant du minuteur, ou plus fort que celui-ci, il n'y a, dès lors, aucune raison de contracter un emprunt.

169. Avant de passer à l'analyse du troisième et dernier cas de la soustraction, il serait très utile de s'exercer à effectuer les opérations suivantes :

De	64251	De	872623	De	5863
ôté	36478	ôté	641847	ôté	2972
Reste		Reste		Reste	

		De	92456347	De	19321
		ôté	53629529	ôté	6947
		Reste		Reste	

Afin de s'assurer si l'on a bien ou mal opéré on pourra consulter, par anticipation, le n° 176, et effectuer la preuve de ces cinq soustractions à l'aide de l'addition.

Dans le cas où il serait impossible à l'élève de déterminer les restes demandés ci-dessus, il devra retourner sur ses pas et se remettre à étudier au numéro précédent, et d'une manière approfondie, la théorie de la soustraction.

170. Nous venons de voir qu'il est toujours possible de retrancher les chiffres du minuteur de ceux du minuende, alors même que quelques-uns de ces derniers sont plus faibles que leurs correspondants ; nous avons vu que, dans cette situation, il faut recourir à un emprunt.

Lorsque tous les caractères du minuende sont des chiffres significatifs, cet emprunt peut toujours être contracté ; mais s'il arrive que le minuende soit composé d'un ou de plusieurs zéros, comment fera-t-on l'emprunt dont il s'agit ?

C'est ce que nous allons examiner par le troisième cas de la soustraction.

Soit à exécuter l'opération suivante :

$$19991$$

de	400026
ôté	357289
reste	042737

Première colonne. — De 6 ôté 9, cela ne se peut ; j'emprunte, sur le chiffre 2, une dixaine qui vaut dix unités: 10 et 6 font 16. De 16 ôté 9 reste 7. Je pose 7.

Seconde colonne. — De 1 ôté 8, cela ne se peut ; or, ici il m'est également impossible d'emprunter une unité à l'ordre des centaines, pas davantage à l'ordre des mille et à celui des dixaines de mille puisque ces trois ordres sont représentés par zéro. Je ne puis qu'emprunter sur le premier chiffre significatif 4, de l'ordre des centaines de mille.

J'emprunte donc une centaine de mille ; mais il est complètement inutile de convertir cette centaine de mille en dix-mille dixaines d'unités, car, en effet, on n'a pas besoin de dix-mille dixaines pour en retrancher 8. Une simple centaine d'unités suffit.

Je réduis donc la centaine de mille empruntée en dix dixaines de mille que je porte sur le chiffre 0 de cet ordre. De ces dix dixaines de milie, j'en détache une : Il n'en reste plus, par conséquent, que 9 à l'ordre des dixaines de mille ; et je convertis la dixaine de mille détachée en dix unités de mille que je porte sur le caractère zéro de l'ordre des mille.

De ces dix unités de mille j'en emprunte une : Il n'en reste plus, par suite, que 9 à l'ordre des unités de mille ; et je réduis le mille emprunté en dix centaines d'unités, que je porte sur le caractère zéro de l'ordre des centaines d'unités. De ces dix centaines j'en détache une : Il n'en reste plus, dès lors, que 9 à l'ordre des centaines d'unités ; et je convertis enfin la centaine empruntée en dix dixaines d'unités : 10 et 1 font 11. De 11 ôté 8 reste 3. Je pose 3.

Troisième colonne. — Puisque, par suite de l'emprunt et de la conversion de la centaine de mille, 9 dixaines de mille, 9 unités de mille et 9 centaines d'unités ont été laissées à chacun de ces trois ordres, il s'ensuit que les trois zéros valent des 9.

Je dois donc dire : De 9 ôté 2 reste 7 centaines. Je pose 7.

Quatrième colonne. — De 9 ôté 7, reste 2 mille. Je pose 2.

Cinquième colonne. — De 9 ôté 5, reste 4 dixaines de mille. Je pose 4.

Sixième colonne. — De 3 centaines de mille ôté 3, reste 0. Je pose 0.

En résumé, le reste de l'opération dont il s'agit est 42737 ; cette opération s'effectue, au surplus, comme on a pu le voir, dans les mêmes conditions que celles du numéro précédent (2e cas).

Il suffit de concevoir seulement ici que, dès l'instant où l'emprunt ne peut être contracté, par la raison toute simple que le ou les premiers chiffres, situés immédiatement à gauche de l'ordre insuffisant, sont des zéros, il devient indispensable alors d'emprunter une unité sur le premier chiffre significatif qui se présente sur la gauche du minuende.

Il est visible ensuite que, cette unité empruntée étant d'un ordre trop considérable, on doit procéder à des conversions successives d'une unité en dix autres ; ces conversions nécessitent l'emprunt invariable et continuel d'une unité, et, partant, tous les zéros valent des 9. On comprend, en effet, que, dans l'exemple ci-dessus la centaine de mille empruntée se trouve répartie, divisée en :

1° 9 dixaines de mille, c'est-à-dire   90000 unités.
2° 9 unités de mille,   id.   9000 unités.
3° 9 centaines d'unités,   id.   900 unités.
Et 4° 10 dixaines d'unités,   id.   100 unités.

ensemble   100000 unités,

ou la centaine de mille dont il est question.

Par conséquent, lorsque, dans une soustraction, il est nécessaire de passer par-dessus les zéros du minuende, pour aller détacher, à titre d'emprunt, une unité d'un ordre supérieur à ceux représentés par chacun des zéros, tous les zéros sont convertis en 9.

La raison d'être de cette conclusion, vient d'être exposée.

Un second exemple suffira pour accélérer la pratique de ce dernier cas de la soustraction.

Soit à réaliser l'opération suivante :

$$199\ 1$$

de	30008305
ôté	26356904
reste	03651401

Première colonne. — De 5 ôté 4, reste 1 ; je pose 1.

Seconde colonne. — De 0 ôté 0, reste 0, je pose 0.

Il faut remarquer ici que tous les zéros du minuende indistinctement ne valent pas toujours des 9 ; ils n'ont cette valeur que, lorsqu'on a dû les enjamber pour aller contracter ailleurs l'emprunt d'une unité.

Troisième colonne. — De 3 ôté 9, cela ne se peut; j'emprunte un mille qui vaut dix centaines : 10 et 3 font 13. De 13 ôté 9, reste 4, je pose 4.

Quatrième colonne. — De 7 ôté 6, reste 1. Je pose le caractère 1.

Cinquième colonne. — De 0 ôté 5, cela ne se peut. J'emprunte une dixaine de millions sur le premier chiffre significatif 3, puisqu'il est impossible de contracter aucun emprunt aux ordres des centaines de mille et des unités de millions. Après avoir converti la dixaine de millions détachée, en dix millions, j'en laisse 9 sur le zéro de l'ordre des millions et réduis la dixième unité de millions en dix centaines de mille ; je pose en passant 9 centaines de mille sur le 0 de cet ordre, et convertis la dixième en dix dixaines de mille : 10 et 0 font 10. De 10 ôté 5, reste 5. Je pose 5.

Sixième colonne. De 9 ôté 3 reste 6. Je pose 6.

Septième colonne. — De 9 ôté 6 reste 3. Je pose 3.

Huitième colonne. — De 2 ôté 2 reste 0. Je pose 0.

On vient de voir qu'à la *cinquième colonne* le zéro du minuende n'a pas été compris, dans la soustraction, comme un 9; cela provient uniquement de ce qu'on ne s'est pas vu contraint de passer par-dessus ce caractère pour aller contracter un emprunt plus loin. C'est à cette seule condition que les zéros peuvent être considérés comme des 9.

171. Nous avons vu au chapitre de l'addition qu'il importe peu dans quel ordre on totalise deux ou plusieurs nombres.

Il n'en est pas de même, on le saisit aisément, dans la soustraction; ainsi, retrancher 5 de 8 ou 8 de 5 ne sont pas deux opérations identiques : La première donne pour résultat 3, la seconde est impossible à effectuer.

Il faut donc déduire de là qu'il importe beaucoup dans quel ordre on réalise la soustraction de deux nombres, et que, par suite, il est nécessaire de bien examiner dans une question, quel doit être le minuende, quel doit être le minuteur, afin de s'assurer sur-le-champ si le problème dont il s'agit est vraisemblable ou invraisemblable, est susceptible ou non d'une solution.

172. Nous avons dit plus haut que la soustraction de deux quantités s'effectue de droite à gauche, c'est-à-dire en commençant par la *droite*.

On comprend aisément toute la raison d'être de ce principe.

Les ordres augmentent de valeur à mesure qu'ils sont placés à gauche ; par conséquent, il est nécessaire de commencer par opérer les soustractions partielles des plus petits ordres, car, si l'emprunt d'une unité devient indispensable, on peut alors contracter cet emprunt sur les chiffres de gauche qui représentent des valeurs relatives plus considérables, tandis que si l'on débute par la gauche, et que l'un des chiffres du minuende (le dernier ne peut jamais se trouver dans ce cas) soit insuffisant, il n'est plus possible d'emprunter une unité d'un ordre plus élevé, puisque la soustraction des ordres supérieurs vient d'être effectuée ; on ne peut pas davantage contracter un emprunt sur des unités disposées vers la droite, puisque celles-ci représentent des quantités trop faibles : Il n'y aurait qu'un seul moyen, en cette occurrence, de se tirer d'affaire. Ce moyen consisterait à détacher une des unités déjà obtenues au reste ; mais on conçoit de suite que ce procédé entraînerait une série d'opérations plus ou moins embrouillées dont on peut éviter l'emploi en commençant par la droite. Donc, il est plus rationnel de réaliser la soustraction de deux nombres en allant de la droite vers la gauche.

173. Jusqu'à présent nous n'avons vu dans la soustraction que deux quantités en jeu ; cependant le minuende et le minuteur peuvent quelquefois être composés de plusieurs nombres. Mais, en définitive, l'opération revient au même.

Il suffit, en effet, de totaliser tous les nombres qui doivent concourir à former le minuende, et agir d'une manière analogue à l'endroit du minuteur. De la sorte, on finit, en résumé, par obtenir *deux* nombres seulement.

Nous aurons l'occasion de nous rappeler cette observation à la section des problèmes.

174. Le signe de la soustraction est tout bonnement un trait horizontal que l'on place entre le minuende et le minuteur. Il est bien entendu que le minuende ouvre toujours la marche.

Ainsi, pour indiquer que le nombre 45 doit être retranché de 86, on écrira : 86 — 45.

Le signe — s'énonce *moins*. L'opération étant réalisée, on peut écrire la formule suivante : $86 - 45 = 41$, que l'on exprimera : 86 unités moins 45 unités égalent 41 unités.

175. La soustraction des parties décimales s'effectue de la même manière que celle des nombres entiers, puisque, encore un coup, les parties décimales sont sous la dépendance de principes analogues à ceux établis à l'endroit des nombres entiers.

Soit à retrancher : 89, 23951 de 538,047.

Il s'agit avant tout de disposer parfaitement les unes sous les autres les parties décimales du même ordre ; on peut y parvenir, comme pour l'addition, après avoir écrit isolément le minuteur, en portant le caractère des unités de celui-ci sous son correspondant du minuende, puis, en échelonnant successivement à gauche et à droite de ce point immobile, et dans leur ordre naturel, tous les chiffres du minuteur.

L'opération se présente alors de cette manière :

$$
\begin{array}{ll}
 & \overset{111\ \ 119}{} \\
\text{de} & 538,04700 \\
\text{ôté} & 089,23951 \\
\hline
\text{reste} & 448,80749
\end{array}
$$

Auparavant de commencer la soustraction comme si aucune virgule n'existait, il est nécessaire de compléter par des zéros les parties décimales qui ne sont représentées par aucun caractère : On se rappelle ici que cette addition est permise, et ne modifie en aucune façon la valeur du nombre décimal. On remplace, en un mot, tous les espaces laissés vides, par des zéros ; cet objet est indispensable.

On effectue ensuite la soustraction en supprimant la virgule par la pensée.

Première colonne. — De 0 ôté 1, cela ne se peut ; j'emprunte un millième (sur le chiffre 7) qui vaut dix dix-millièmes, et laissant 9 dix-millièmes sur le zéro de cet ordre, je convertis l'autre dix-millième en dix cent-millièmes. 10 et 0 font 10 ; de 10 ôté 1, reste 9. Je pose 9.

Seconde colonne. — De 9 ôté 5, reste 4. Je pose 4.

Troisième colonne. — De 6 ôté 9, cela ne se peut ; j'emprunte 1 centième (*sur le caractère* 4) qui vaut dix-millièmes ; 10 et 6 font 16 ; de 16 ôté 9, reste 7. Je pose 7.

Quatrième colonne. — De 3 ôté 3, reste 0. Je pose 0.

Cinquième colonne. — De 0 ôté 2, cela ne se peut. J'emprunte une unité (*sur le* 8) qui vaut dix dixièmes ; 10 et 0 font 10. De 10 ôté 2, reste 8. Je pose 8.

Sixième colonne. — De 7 ôté 9, cela ne se peut ; j'emprunte une dixaine qui vaut dix unités ; dix et 7 font 17. De 17 ôté 9, reste 8. Je pose 8.

Septième colonne. — De 2 ôté 8, cela ne se peut : J'emprunte une centaine qui vaut dix dixaines ; 10 et 2 font 12. De 12 ôté 8, reste 4. Je pose 4.

Huitième colonne. — De 4 ôté 0, reste 4. Je pose 4.

La soustraction terminée, on sépare, par une virgule, et sur la droite du reste, autant de chiffre décimaux qu'il y en a dans celui des deux nombres qui en contient le plus.

Il est évident, en effet, qu'au cas particulier, le minuteur renfermant des cent-millièmes, le résultat doit avoir des cent-millièmes, c'est-à-dire cinq décimales après la virgule.

On aperçoit, au surplus, encore ici, que les virgules forment elles-mêmes une colonne, et que, par suite, après avoir effectué la soustraction des dixièmes, et avant de passer à celle des unités, on peut intercaler la virgule dont il s'agit.

D'après ce qui vient d'être dit, on reconnaît assurément que la soustraction des parties décimales s'opère, à peu de chose près, dans les mêmes conditions que celle des nombres entiers. La théorie est, au reste, en tous points identique dans l'un comme dans l'autre cas.

S'il est question de soustraire une fraction décimale d'un nombre entier, il est visible qu'aucune difficulté nouvelle ne peut s'élever à ce sujet. Nous allons en donner un exemple :

$$\begin{array}{r} 1\ 99 \\ \hline \text{De} \quad 4305{,}000 \\ \text{ôté} \quad 0{,}287 \\ \hline \text{Reste } 4304{,}713 \end{array}$$

Il suffit de mettre trois zéros à la suite du nombre 4305, afin de remplacer tous les ordres au minuende, qui se trouvent au minuteur, puis d'opérer ensuite comme ci-dessus.

On conçoit, en outre, que s'il s'agit de déterminer la différence de deux fractions décimales, les mêmes moyens peuvent être mis en pratique :

Soit à retrancher : 0,4508 de 0,708623 ;

L'opération se présente ainsi :

$$\begin{array}{r} 1\ 1 \\ \hline \text{De} \quad 0{,}708623 \\ \text{ôté} \quad 0{,}450800 \\ \hline \end{array}$$

et le reste   0,257823 s'obtient comme les résultats des soustractions précédentes.

En résumé, on doit donc conclure que la soustraction des parties décimales ne diffère en rien de celle des nombres entiers. Il y a lieu d'observer néanmoins qu'avant de procéder dans les parties décimales, il ne faut pas omettre de compléter par des zéros les décimales moins nombreuses soit du minuende, soit du minuteur, afin d'en avoir une quantité équivalente de part et d'autre. Ce point est important. Quant à la virgule, elle se place d'elle-même.

176. La preuve de la soustraction s'effectue à l'aide d'une addition. A cet effet, on totalise le minuteur avec le reste, et si l'opération est exacte, il est évident que l'on doit retrouver le minuende. Je dis évident, car, en réalité, qu'indique le reste d'une soustraction ? De combien d'unités le plus grand des deux nombres excède, surpasse le plus petit ; dès lors, si l'on ajoute ce reste, cette différence, cet excès, ce surplus, au minuteur, il est bien clair que la somme est équivalente au minuende.

Dans le cas contraire, on conclut tout naturellement que la soustraction n'a pas été bien conduite, qu'en un mot, le résultat est faux ou erroné. On recommence alors l'opération.

2° Preuve par la soustraction.	Exemple.	1° Preuve par l'addition
1 19	1 19	28539
45906	De 45906	17367
17367	ôté 28539	———
———	———	45906 Total
28539 Reste	Reste 17367	égal au minuende.
égal au minuteur.		

Pour vérifier ce calcul, j'additionne le reste 17367 avec le minuteur 28539, et comme le total de ces deux nombres est bien le minuende 45906, je suis assuré de l'exactitude de l'opération que je viens d'effectuer.

Il existe un moyen de faire la preuve de la soustraction par une soustraction. Pour y parvenir, il suffit de retrancher, le *reste, du minuende:* Il est visible que le résultat doit être le minuteur même de la soustraction, car, puisque la somme du minuteur et du reste équivaut au minuende, le minuteur exprime donc la différence qui existe entre le minuende et le reste, de même que le reste représente celle entre le minuende et le minuteur. Ainsi, pour effectuer la preuve par la soustraction de l'opération précédente, on retranche, le reste 17367, du minuende 45906, et comme le résultat est bien le minuteur 28539, j'en conclus que le premier reste 17367 est le chiffre véritable demandé.

Il est inutile d'ajouter que ces deux preuves s'appliquent tout aussi bien aux nombres décimaux et aux fractions décimales qu'aux nombres entiers.

177. De ce qu'en totalisant le reste avec le minuteur on retrouve le minuende, il résulte un moyen de réunir les trois cas de la soustraction en un seul: Ce moyen consiste à opérer comme si le reste était déjà déterminé, et l'on peut dire avec raison qu'en cette occasion, on arrivera à obtenir le résultat de la soustraction par la preuve elle-même de cette soustraction.

Eclaircissons ceci par un exemple :

$$
\begin{array}{ll}
\text{De} & 400962 \\
\text{ôté} & 352875 \\
\hline
\text{Reste} & 048087
\end{array}
$$

On s'exprime de la façon suivante :

Première colonne. — 5 et 7 font douze. On pose le 7 en même temps qu'on le prononce.

Seconde colonne. — Nous venons de dire 5 et 7 font 12, ou de retrancher 5 de 12, ou enfin d'ajouter le nombre 7 nécessaire à 5 pour former 12.

Or, nous n'avons pas 12 unités au minuende, nous n'en avons

que 2 : Ces deux unités ne peuvent en valoir 12, qu'après l'emprunt d'une dixaine, suivi de sa conversion en unité. Donc, puisque nous retranchons 5 de 12, le chiffre 6 des dixaines se trouve réduit à 5 ; mais, au lieu de diminuer le chiffre 6 d'une unité, et de le considérer comme un 5, il revient au même d'augmenter d'une unité le chiffre correspondant 7 du minuteur, et de dire : 8 de 6 ; par suite, on peut en induire que, toutes les fois qu'on se voit obligé d'augmenter le minuende de dix unités afin de rendre la soustraction possible, il y a lieu à l'ordre suivant d'augmenter, le chiffre du minuteur, d'une unité, et de ne point diminuer conséquemment le chiffre correspondant du minuende.

On dira alors à la seconde colonne :

1 de retenue et 7 font 8 ; 8 et 8 font 16. On pose le 8 en même temps qu'on le prononce.

Troisième colonne. — Puisqu'on a dû considérer les 6 dixaines du minuende comme 16, il s'ensuit qu'il est nécessaire d'ajouter, au chiffre 8 des centaines, du minuteur, la centaine en quelque sorte empruntée. 8 et 1 font 9 ; 9 et 0 font 9. On pose 0 aussitôt qu'on l'énonce.

Quatrième colonne. — Comme le chiffre 9 du minuende vient d'être considéré pour sa valeur personnelle, on n'effectue aucune addition avec le chiffre 2 du minuteur, et l'on dit simplement : 2 et 8 font 10. On pose 8 dès qu'on l'exprime.

Cinquième colonne. — 1 de retenue et 5 font 6 ; 6 et 4 font 10. On pose 4.

Sixième colonne. — 1 de retenue et 3 font 4 ; 4 et 0 font 4. On pose 0.

La raison d'être de ce mode d'opération est tout entière dans ce principe : Que diminuer, un chiffre quelconque du minuende, d'une unité, revient à augmenter, le caractère correspondant du minuteur, de cette même unité. En effet, retrancher 4 du nombre 8, diminué d'un (*c'est-à-dire de* 7), est une opération analogue à soustraire 5 de 8 ; dans l'un et l'autre cas le résultat est 3.

Un second exemple mettra tout le monde à même de réaliser la soustraction de cette manière :

De   37060081
ôté   29476325
----
reste   07583756

5 et 6 font 11. On pose 6 aussitôt qu'on le prononce.

1 de retenue et 2 font 3. 3 et 5 font 8. On pose 5.

3 et 7 font 10. On pose 7.

1 de retenue et 6 font 7. 7 et 3 font 10. On pose 3.

1 de retenue et 7 font 8. 8 et 8 font 16. On pose 8.

1 de retenue et 4 font 5. 5 et 5 font 10. On pose 5.

1 de retenue et 9 font 10. 10 et 7 font 17. On pose 7 en retenant 1.

1 de retenue et 2 font 3. 3 et 0 font 3. On pose 0.

Il est évident que ce procédé s'applique autant aux parties décimales qu'aux nombres entiers : On n'oubliera pas seulement lorsqu'il s'agira de parties décimales, de commencer par complèter le nombre des chiffres décimaux qui se trouveraient en moins au minuende ou an minuteur, puis on opérera comme ci-dessus.

On l'aperçoit au premier coup-d'œil, ce moyen est fort simple et très-ingénieux : En le mettant en pratique, on n'a plus à examiner si la soustraction dont il s'agit rentre dans le premier, le second ou le troisième cas ; s'il y a des zéros au minuende, etc., etc. Il suffit de voir quel est le chiffre qu'il faut ajouter à celui du minuteur pour retrouver à la preuve le caractère du minuende.

Il est visible dès lors, que, puisqu'à l'aide de cette méthode l'opération devient si aisée, il y a lieu de s'habituer à effectuer ainsi toutes les soustractions. De cette façon, on peut dire avec justesse que la soustraction est, en définitive, ramenée à l'addition.

178. Nous avons dit qu'il y a *quatre* opérations fondamentales en arithmétique : L'addition, la soustraction, la multiplication et la division, et, cependant, en réalité, il n'en n'existe que *deux* : L'addition et la soustraction.

La *multiplication* est un cas particulier de l'addition.

Multiplier signifie rendre plus grand, répéter, additionner plusieurs fois. Ainsi, multiplier 8 par 3, c'est ajouter trois fois le nombre 8 à lui-même ; par conséquent, en écrivant trois fois le nombre 8, et, en effectuant l'addition, on opère une multiplication.

Donc, la multiplication n'est qu'une addition, dans laquelle il s'agit de totaliser deux ou plusieurs fois le même nombre.

Mais si l'on a, par exemple, à multiplier 28 par 539, c'est-à-dire à additionner le nombre 28 écrit 539 fois, on conviendra que, d'abord, il serait fort long de disposer 539 fois 28, et puis ensuite d'exécuter cette énorme addition. On a inventé un moyen d'opérer beaucoup plus promptement dans ce cas, le moyen est la multiplication.

La multiplication n'est donc, en résumé, qu'un abrégé de l'addition, lorsque, bien entendu, c'est le même nombre qui doit être ajouté deux ou plusieurs fois.

D'un autre côté, la *division* n'est qu'un cas particulier de la soustraction.

Diviser, signifie rendre plus petit, partager, fractionner, diminuer une ou plusieurs fois de la même quantité. Ainsi, diviser 6 par 2, c'est rendre le nombre 6 deux fois plus petit, partager 6 en deux lots de même valeur, ou, en définitive, chercher combien 2 est contenu de fois dans 6 ; par conséquent, autant de fois on peut retrancher 2 de 6, et autant de fois 6 contient 2, cela est fort simple. Otons tout d'abord 2 de 6, il reste 4 ; ôtons 2 de 4 il reste 2 ; enfin ôtons 2 de 2, il reste 0.

Nous avons retranché successivement trois fois le nombre 2 du nombre 6, et, partant, 2 est contenu 3 fois dans 6.

Le nombre 3 est le résultat cherché. Donc, avec la connaissance de la soustraction on peut effectuer une division. Donc la division n'est qu'une suite de soustractions successives, pour lesquelles, un minuende et un minuteur étant donnés, il s'agit uniquement de retrancher continuellement le minuteur du minuende jusqu'au moment où il n'est plus possible de le faire, c'est-à-dire alors que le reste est zéro ou un nombre plus petit que le minuteur ; on compte à ce moment le nombre des soustractions effectuées et ce nombre est le résultat de la division demandé.

Mais si l'on a, par exemple, 15738 à diviser par 6, il faut retrancher 2623 fois le nombre 6 de 15738 ; on conviendra qu'alors l'opération devient rebutante par son excessive longueur : On a inventé un moyen de diviser beaucoup plus promptement dans ce cas, et ce moyen est la division.

La division n'est donc, à *vrai dire*, que l'abrégé d'une multitude de soustractions successives, dans lesquelles, bien entendu, le même minuteur est continuellement en jeu.

On ne doit, en définitive, reconnaître que deux opérations en arithmétique : L'addition et la soustraction. Les deux autres, nous venons de le voir, sont nées du besoin de simplifier, dans certains cas, ces deux premières.

Nous nous réservons aux chapitres de la multiplication et de la division de développer convenablement cette analogie, et de faire voir qu'elle est tellement marquée, que les principes reconnus, démontrés, lorsqu'il s'agit de l'addition des nombres, sont également vrais et applicables à la multiplication.

Il en est de même de la soustraction à l'égard de la division.

Pour n'en fournir à l'avance qu'un seul exemple : il importe peu dans quel ordre on *totalise* ou l'on *multiplie* deux ou plusieurs nombres.

Il importe beaucoup, au contraire, dans quel ordre on *soustrait* ou l'on *divise* deux quantités quelconques.

Nous indiquerons, au surplus, lorsque le moment en sera venu, comment on peut parvenir à remplacer la multiplication et la division par l'addition et la soustraction, soit que l'on doive opérer sur des nombres entiers, des nombres décimaux, ou des parties décimales.

179. **Exercices numériques.**

SOUSTRACTIONS A EFFECTUER.

1° De 45028 ôté 28539.

2° De 953 ôté 465.

3° De 80543721 ôté 63758942.

4° De 937,042 ôté 549,27638.

5° De 4700786 ôté 19,28.

6° 4500 — 26742.

7° 962087 — 270000.

8° 807 — 459.

9° 8062,098436 — 786,245.

10° 58,3 — 49,0674.

11° 60534	12° 5243	13° 69600
46978	3558	29723

14° 856206047
.97418000

15° 8000002
5345678

16° 934276
465689

17° 804
536

18° 400003
274368

19° 8973
5000

20° 476325
362104

21° 472,024
36,567893

22° 8,20367
3,64

23° 0,32
0,4716

24° 95,0574
0,43

25° 1
0,04259

26° 472
0,536

27° 57,029
49

28° 0,0475
0,379426

29° 47,050003
29,274628

30° 5,400028
0,9263

31° De trois mille deux-cent-trente-quatre unités, ôté le nombre deux mille cinq-cent-soixante-neuf unités.

32° De deux-cent-trois mille quatre unités, ôté quatre-vingt-dix-sept mille cinq-cent-vingt-neuf unités.

33° De huit-cent-cinquante-trois mille unités, ôté quarante-six mille deux-cent-quarante-sept unités.

34° De quatre millions sept-cent-vingt-huit mille cinq-cent-trente-cinq unités, ôté deux millions neuf-cent-quarante-neuf mille six-cent-soixante-seize unités.

35° De neuf-cent mille trois unités, ôté deux-cent-quarante-cinq mille six-cent-soixante-dix-huit unités.

36° De vingt-neuf millièmes, ôté quatre centmill-ièmes.

37° De quatre-cent-quatre-vingt-deux entiers et deux centièmes, ôté neuf-mille-deux-cent-quatre-vingt-quatre dix-millièmes.

38° De deux entiers, ôté quatre-vingt-dix-sept centièmes.

39° De trente-mille-six cent-millièmes, ôté vingt-huit mille cinq-cent-quarante-trois cent-millièmes.

40° De vingt-neuf entiers et six dixièmes, ôté dix-sept unités.

180. On peut construire une *table de soustraction* de même que l'on a confectionné une *table d'addition*.

Il faut seulement observer que, comme il importe beaucoup dans quel ordre on effectue la soustraction de deux nombres, on doit considérer tous les chiffres de l'une des deux bandes principales, la bande horizontale, je suppose, comme étant les minuendes, et, par conséquent, tous les caractères de la colonne verticale comme représentant les minuteurs.

Pour former alors la table on retranche successivement, de chacun des chiffres de la colonne horizontale, les nombres 1, 2, 3, 4, 5, 6, 7, 8, 9 de la bande verticale, et, comme à l'ordinaire, on pose le reste à l'intersection des deux colonnes. Il suffit, au surplus, de jeter un coup-d'œil sur la table suivante, pour en concevoir, immédiatement tout le mécanisme:

Minuendes.

0	1	2	3	4	5	6	7	8	9
1	0	1	2	3	4	5	6	7	8
2	»	0	1	2	3	4	5	6	7
3	»	»	0	1	2	3	4	5	6
4	»	»	»	0	1	2	3	4	5
5	»	»	»	»	0	1	2	3	4
6	»	»	»	»	»	0	1	2	3
7	»	»	»	»	»	»	0	1	2
8	»	»	»	»	»	»	»	0	1
9	»	»	»	»	»	»	»	»	0

Minuteurs.

Il est à remarquer que la diagonale de la table se compose uniquement de zéros : On en a déjà saisi la raison d'être. Les chiffres de la diagonale sont les intersections des caractères équivalents 1, 2, 3, 4, 5, 6, 7, 8 et 9 du minuende et du minuteur, et l'on sait que, lorsque le minuende egale le minuteur, le résultat de l'opération est zéro.

Les guillemets indiquent que la soustraction des deux chiffres, dont ils forment l'intersection, ne peut s'effectuer, ou du moins que, dans cette soustraction, le minuteur est plus fort que le minuende, et que, par suite, le reste n'équivaut pas même à zéro.

Mais il est toujours possible de retrancher, lorsque deux nombres sont donnés, le plus grand du plus petit; c'est même dans une opération de ce genre qu'ont pris naissance les *quantités négatives*. Nous avons déjà, au reste, effleuré ce sujet au N° 5.

Ainsi, pour soustraire 9 de 5, avons-nous dit, il suffit d'ôter 5 de 9 et de faire précéder, en ce cas, le reste 4, du signe moins : De sorte que 5 — 9 = — 4.

Par conséquent, deux nombres étant donnés, on pourra toujours retrancher le minuende du minuteur, en commençant par soustraire le minuteur du minuende, mais en mettant le signe — devant le résultat de la soustraction. En effet, si j'ai 9 francs de dettes, et si je ne possède que 5 francs, combien me reste-il, en définitive ? Réponse : 5 — 9 ou — 4, c'est-à-dire 4 francs au-dessous de zéro, 4 francs de dettes.

Il s'ensuit donc que les guillemets ci-dessus intercalés dans la table, ne donnent pas les véritables restes des soustractions dont les cases qu'ils occupent doivent indiquer les résultats.

Cette table présentée de la manière suivante sera, par suite, plus exacte:

Minuendes.

0	1	2	3	4	5	6	7	8	9
1	0	1	2	3	4	5	6	7	8
2	1	0	1	2	3	4	5	6	7
3	2	1	0	1	2	3	4	5	6
4	3	2	1	0	1	2	3	4	5
5	4	3	2	1	0	1	2	3	4
6	5	4	3	2	1	0	1	2	3
7	6	5	4	3	2	1	0	1	2
8	7	6	5	4	3	2	1	0	1
9	8	7	6	5	4	3	2	1	0

Minuteurs.

On se sert de la table de soustraction comme de la table d'addition. Ainsi, pour déterminer que, de 8 ôté 3, il reste 5, on pose le doigt sur le chiffre 8 de la colonne horizontale (colonne des minuendes), et un second doigt sur le caractère 3 de la colonne verticale (colonne des minuteurs); puis on arrive, à l'intersection de ces deux colonnes, à rencontrer sous la main le nombre 5.

Il est visible qu'on peut étendre la table de soustraction jusqu'à l'infini; mais pour être complète, il suffit qu'elle soit construite jusqu'à 18, quant à la colonne des minuendes seulement, puisque le caractère le plus élevé est 9, et que, de deux choses l'une, ou il n'a pas été nécessaire de détacher une unité du chiffre 9 afin de pouvoir effectuer la soustraction

8

partielle précédente, et alors, le chiffre 9 étant resté intact, quel que soit le chiffre correspondant du minuteur, la soustraction peut toujours se faire sans contracter un emprunt, ou ce chiffre 9 ne vaut plus que 8 unités, et alors, avec l'emprunt, le minuende ne peut excéder le nombre 18.

Il est évident, au surplus, qu'il n'est pas possible de supprimer aucune artie de la table de soustraction.

181. Nous avons dit pourquoi il est préférable de commencer une soustraction par la droite. On peut cependant effectuer l'opération de *gauche à droite.*

Un exemple fera comprendre comment on y parviendrait,

$$
\begin{array}{r}
\text{de} \quad 4307 \\
\text{ôté} \quad 2859 \\
\hline
2558 \\
111 \\
\hline
\text{reste} \quad 1448
\end{array}
$$

De 4 mille ôté 2 mille, reste 2 mille. Je pose 2.

De 3 centaines ôté 8 centaines, cela ne se peut. Or, il est impossible d'emprunter sur le chiffre 4 de l'ordre immédiatement supérieur, puisque la soustraction des mille est déjà réalisée.

Il faut alors détacher un mille des 2 qui sont déjà placés *au reste.* 10 et 3 font 13. De 13 ôté 8, reste 5 centaines Je pose 5.

De 0 ôté 5 dixaines, cela ne se peut. J'emprunte une centaine sur les 5 du reste. 10 et 0 font 10. De 10 ôté 5, reste 5. Je pose 5.

Enfin, de 7 ôté 9, cela ne se peut. J'emprunte une dixaine sur les 5 qui se trouvent à l'ordre des dixaines du reste. 10 et 7 font 17. De 17 ôté 9 reste 8, je pose 8.

Détachons maintenant une dixaine, une centaine, un mille, des chiffres 5, 5, 2, du reste, et il vient : 1448 pour le résultat de l'opération demandée.

On conçoit aisément que la soustraction des nombres peut s'exécuter de *gauche à droite* comme de *droite à gauche,* mais que ce dernier mode est beaucoup plus simple en ce sens que l'opérateur élude ainsi l'inconvénient de répéter après coup une seconde soustraction sur le reste.

182. Le *reste* d'une soustraction *ne peut* jamais *être égal* au *minuende,* puisque, pour obtenir ce reste, on diminue le minuende d'autant d'unités qu'il y en a dans le minuteur; le *reste ne peut* pas davantage être *plus fort* que le *minuende; il est,* en résumé, toujours *plus faible* que ce dernier terme.

Le *reste* d'une soustraction *peut* être *égal* au *minuteur,* et parfois même être *plus grand* ou *plus petit* que ce *minuteur.* Ainsi, si de 18 on retranche 9, le reste 9 est égal au minuteur; si de 18 on ôte 4, le reste 14 est plus fort que le minuteur; et si, enfin, de 18 on soustrait 15, le reste 3 est plus faible que le minuteur.

183. Nous avons indiqué le moyen de faire la *preuve* d'une soustraction par une addition ou par une soustraction. Nous allons examiner maintenant par suite de quel ordre d'idées on arrive à effectuer la preuve par 9 de cette opération.

Exemple.

$$
\begin{array}{r}
\text{De} \quad 905765 \dots\dots 5 \\
\text{ôté} \quad 348923 \dots\dots 2 \\
\hline
\text{reste} \quad 556842 \dots 3 \dots 3
\end{array}
$$

Il s'agit de vérifier si le résultat 556842 exprime bien la différence entre les deux quantités 905765 et 348923.

Déterminez le reste de la division par 9 du minuende, en disant: 5 et 7 font 12; 1 et 2 font 3; 3 et 6 font 9 ou 0; 0 et 5 font 5.

Si l'on divise 905765 par 9, il viendra donc 5 au reste.

Déterminez ensuite de la même manière le reste de la division par 9 du minuteur, en disant: 3 et 4 font 7 et 8 font 15, 1 et 5 font 6; 6 et 2 font 8 et 3 font 11, 1 et 1 font 2. Si l'on divise 348923 par 9, il viendra donc 2 au reste.

Mais, puisque nous retranchons le minuteur du minuende, il doit s'en falloir de 3 unités seulement, c'est-à-dire de 5 — 2 (*différence des restes*) que le résultat 556842 ne soit pas divisible par 9. Assurons-nous de ce fait, en totalisant les chiffres du reste comme des unités simples, et en disant: 5 et 5 font 10, 1 et 0 fait 1; 1 et 6 font 7 et 8 font 15, 1 et 5 font 6; 6 et 4 font 10, 1 et 0 fait 1; 1 et 2 font 3.

Le reste de la division par 9 du résultat 556842 est donc 3 et, par suite, nous pouvons conclure que ce résultat n'est point entaché d'erreurs.

Il peut advenir cependant que le reste de la division par 9 du minuende soit plus faible que celui du minuteur.

Il semble alors que la différence des restes ne puisse s'effectuer.

Dans ce cas, on augmente, de 9 unités, le reste insuffisant du minuende, et l'on opère ensuite comme ci-dessus. Ainsi, par exemple :

$$\begin{array}{llll} \text{Si de} & 538 & \ldots\ldots 7 & \ldots\ldots 7 + 9 = 16 \\ \text{On doit ôter} & 476 & \ldots\ldots 8 & \ldots\ldots\ldots\ldots .8 \\ \hline \text{Il reste} & 62 & \ldots\ldots 8 & \ldots\ldots\ldots .8 \end{array}$$

Le reste du minuende 538 est 7. Celui du minuteur 476 est 8. Or, le reste à retrancher est plus fort que celui dont il faut soustraire. On ajoute alors 9 unités aux 7 du minuende, et l'on obtient 16; ôtant 8 de 16, il vient le nombre 8 qui concorde parfaitement avec le reste de la division par 9 du résultat 62.

Cette addition du nombre 9 au reste de la division par 9 du minuende ne compromet, en aucune façon, le raisonnement. En effet, la preuve par 9 signale les erreurs inférieures à 9, mais n'indique pas le moins du monde celles de 9 unités: C'est par là même qu'elle pèche. Par conséquent, l'augmentation des 9 unités n'influe en rien sur le résultat de la preuve.

On peut encore faire la preuve par 9, de la soustraction, par l'addition des restes de la division par 9 du minuteur et du reste de l'opération. Si le résultat n'est pas erroné, la somme de ces deux restes doit être équivalente au reste du minuende. On comprendra toute la raison d'être de cette conclusion, si l'on se rappelle qu'en totalisant le minuteur avec le reste on doit retrouver le minuende.

184. En s'étayant sur les principes mêmes qui servent de base à la réalisation des preuves de la soustraction, on parvient à résoudre facilement les deux problèmes suivants :

1° Connaissant le minuende 45 et le reste 16 d'une soustraction, trouver le minuteur?

En ôtant le *reste du minuende* nous avons vu qu'il vient le *minuteur.* Nous dirons ici, par conséquent:

45 — 16 = 29. Donc le minuteur demandé est 29.

2° Connaissant le minuteur 52, et le reste 28 d'une soustraction, déterminer le minuende?

Nous avons prouvé également que le *minuende*, et le *total* du *minuteur* et du *reste*, sont deux sommes équivalentes.

Nous écrirons donc ici : 52 + 28 = 80; et nous déduirons ensuite que 80 est le minuende cherché.

185. De tout ce qui précède, on peut inférer une foule de vérités dont il faut bien se pénétrer pour l'intelligence de ce qui va suivre. Nous allons en restreindre le nombre le plus possible :

1° Si, le minuteur restant le même, on augmente ou l'on diminue le minuende, la différence augmentera ou diminuera.

En effet, la somme du minuteur et du reste doit fournir le minuende; or, si le minuteur n'a pas été modifié, c'est la différence qui augmente ou diminue pour arriver à obtenir le minuende augmenté ou diminué.

2° Si le minuende, restant le même, on augmente ou l'on diminue le minuteur, on diminuera ou on augmentera ainsi la différence.

En effet, plus le minuteur est fort et plus le reste est faible, tandis que, plus le minuteur ou le nombre d'unités à retrancher est peu considérable, et plus le reste est important.

3° La différence entre deux nombres ne change pas quand ils augmentent ou quand ils diminuent d'une même quantité.

Ainsi, de 8 ôté 5, de 9 ôté 6, ou de 7 ôté 4, le reste est toujours 3.

En effet, la différence augmente et diminue à la fois d'un même nombre d'unités, par les augmentations ou les diminutions identiques du minuende et du minuteur.

4° Si l'on augmente le minuende d'une certaine quantité, et si, en même temps, l'on diminue le minuteur d'une autre quantité, le reste de l'opération augmente de la somme des deux quantités.

Soit à retrancher 6 de 14, il reste 8. Ajoutons 9 unités au minuende 14, et ôtons 4 unités du minuteur 6, la différence des deux nombres 23 et 2, augmente de la somme 9 + 4 ou 13. En effet, cette différence s'élève maintenant à 21, tandis qu'en premier lieu elle n'était que de 8 unités.

Il est visible que le reste doit augmenter et de l'augmentation du minuende et de la diminution du minuteur.

5° Si l'on diminue le minuende d'une certaine quantité, et si, en même temps, on augmente le minuteur d'une autre quantité, la différence diminue de la somme des deux quantités.

Ce principe est l'inverse du précédent.

6° Dans une addition, le total augmente ou diminue toujours de la somme des augmentations ou des diminutions que l'on a fait subir aux nombres qui la composent.

Si l'on a totalisé quatre quantités, je suppose, et si l'on ajoute, après coup, des nombres quelconques à l'une ou plusieurs de ces quantités, il est manifeste que le total doit augmenter, et il augmentera d'une somme équivalente à la somme des nombres ajoutés. On conçoit, en outre, que s'il s'agit de diminutions, le total diminuera dans les mêmes conditions.

Si, au surplus, la somme des augmentations équivaut à celle des diminutions, le total de l'opération ne changera en aucune façon.

On reconnaîtra facilement la raison d'être de tous ces principes, si l'on a saisi convenablement la théorie de l'addition et de la soustraction.

Il existe encore d'autres vérités relatives aux deux premières opérations, et qui sont regardées comme des axiomes, c'est-à-dire comme des vérités certaines, incontestables, admises, reconnues par tout le monde et sans qu'il soit besoin d'en établir aucune démonstration. Ces principaux axiômes sont :

1° Si à des nombres *égaux* on ajoute des quantités *égales*, les *totaux* doivent être *égaux*.

Ainsi 2 + 2 = 4, et par suite, 2 + 2 + 3 = 4 + 3.

2° Si de nombres *égaux* on retranche des quantités *égales*, les *différences* sont *égales*.

Ainsi 2 + 2 = 4, et par suite, 2 + 2 — 3 = 4 — 3.

3° Si, par contre, à des nombres *inégaux* on ajoute des nombres *égaux*, les *sommes* sont *inégales*, et, si de nombres *inégaux* on retranche des nombres *égaux*, les *différences* sont *inégales*.

4° Enfin, *deux* ou *plusieurs* quantités égales à une *même* quantité sont *toutes* égales entre elles.

Ainsi, 4 + 5 = 6 + 3, et 7 + 2 = aussi 6 + 3, d'où j'en conclus que 4 + 5 = 7 + 2.

186. Il est évident qu'on peut effectuer l'addition et la soustraction de nombres écrits dans un système à base quelconque de la même manière que lorsqu'il s'agit d'opérer sur des quantités traduites dans le système décimal.

Deux exemples suffiront pour qu'à cet égard on soit complètement édifié.

Soit à totaliser les nombres *730A + *6B49 + *85B7 + *A608, écrits dans le système *duodécimal* (à base 12), A et B, représentant, au surplus, les chiffres 10 et 11.

Disposons d'abord les quatre quantités les unes sous les autres, et, en faisant correspondre, bien entendu, les mêmes ordres dans les mêmes colonnes :

```
                    212
            * 730A
            * 6B49
            * A608
Total       * 2925A
```

Première colonne. — 10 et 9 font 19 et 7 font 26 et 8 font 34. (* 2A dans le système duodécimal), je pose A unités et retiens 2 *douzaines*.

Seconde colonne. — 2 de retenue et 4 font 6 et 11 font 17 (*15), je pose 5 et retiens 1.

Troisième colonne — 1 et 3 font 4, et 11 font 15, et 5 font 20, et 6 font 26 (*22), je pose 2 et retiens 2.

Quatrième colonne. — 2 et 7 font 9, et 6 font 15, et 8 font 23, et 10 font 33 (*29), je pose 9, et j'avance 2.

Il est à remarquer surtout qu'il est nécessaire de convertir immédiatement la somme de chaque colonne (*somme réalisée, on vient de le voir, comme dans l'addition des nombres à base dix*) dans le système duodécimal.

On ne doit pas, pour éluder l'ennui des traductions partielles, commencer par effectuer l'addition décimale, et puis traduire ensuite le total dans le système à base 12, car on conçoit fort bien qu'alors le total ne serait point exact, les retenues étant comptées dans le système décimal de dix en dix, au lieu de 12 en 12.

La traduction des chiffres de la colonne opérée, on pose sous cette colonne le premier caractère de droite du nombre obtenu, et l'on reporte l'autre à la colonne suivante.

Soit à retrancher * 5709B9 de 6000A7,

Ces deux nombres étant écrits dans le système *duodécimal*.

Disposons le minuteur sous le minuende.

```
          1 II II II 1
      *  6 0 0 0 A 7
      *  5 7 0 9 B 9
Reste *  0 4 B 2 A A
```

Première colonne. — De 7 ôté 9, cela ne se peut. J'emprunte une unité du second ordre qui vaut *douze* unités du premier ordre. 12 et 7 font 19. De 19 ôté 9, reste 10. Je pose A.

Seconde colonne. — De 9 ôté B ou 11, cela ne se peut. J'emprunte une unité du sixième ordre, sur le premier chiffre significatif 6 du minuende. Cette unité se décompose en 11 unités du 5e ordre, plus 11 du 4e, plus 11 du 3e, et enfin 12 du second ordre. 12 et 9 font 21 ; de 21 ôté 11, reste 10. Je pose A.

Troisième colonne. — De 11 ôté 9, reste 2. Je pose 2.

Quatrième colonne. — De 11 ôté 0, reste 11. Je pose B.

Cinquième colonne. — De 11 ôté 7, reste 4. Je pose 4.

Sixième colonne. — De 5 ôté 5, reste 0. Je pose 0.

Il est évident que les principes qui ont fait l'objet des deux derniers chapitres : Addition et soustraction, s'appliquent, en général, à tous les nombres, quelle que soit d'ailleurs la base du système dans lequel ces nombres sont traduits.

Il y a lieu d'observer néanmoins que le mode de supputation varie selon la base employée ; mais au fond les calculs sont tout-à-fait identiques.

Nous avons porté jusqu'à présent nos raisonnements, nos théories, nos méthodes, nos observations, sur le terrain du système décimal ; mais il n'en est pas moins vrai que nous pourrions parfaitement substituer tout autre système au système à base dix, sans qu'il se produise d'autres changements que celui exigé par la différence même de la valeur des bases.

On se rappellera, en outre, que, pour effectuer une opération quelconque sur des nombres écrits dans un système à base autre que dix, on peut toujours traduire les quantités dont il s'agit dans le système décimal, réaliser ensuite l'opération, et enfin faire passer de nouveau le résultat du système décimal dans le système à la base primitive.

187. Jusqu'à ce moment nous avons opéré sur des quantités *positives.* Examinons maintenant comment on effectue les additions et les soustractions dans lesquelles il entre des quantités *négatives.*

1° *Addition.* — Si tous les nombres qu'il s'agit de totaliser sont *négatifs,* après en avoir réalisé la somme, on fait précéder cette somme du signe *négatif moins.* Ainsi : — 4, — 7 et — 15 font — 26. En effet, 4 francs, 7 francs et 15 francs de dettes donnent bien un total de 26 francs de dettes, c'est-à-dire — 26.

On a vu comment on se comporte à l'égard des nombres *positifs.* En général, lorsqu'une quantité n'est précédée d'aucun signe, on lui prête le signe *plus :* C'est pourquoi on ne met aucun signe devant les sommes de nombres positifs.

S'il est question de réaliser la somme de nombres positifs et de nombres négatifs, on commence par totaliser tous les nombres positifs, on additionne également tous les nombres négatifs, et puis on détermine la différence de ces deux totaux.

On fait précéder le reste du signe *plus* ou *moins,* selon que le minuende est une quantité positive ou négative.

Ainsi, pour ajouter — 9, 8, 6, — 7, 3, — 4, on totalise d'abord les nombres positifs $8 + 6 + 3 = 17$, et l'on fait ensuite la somme des nombres négatifs : — 9, — 7 — 4 = — 20 ; on retranche enfin la plus petite quantité 17 de la plus grande 20, et, comme le reste 3 est l'excès du nombre négatif sur le nombre positif, on place le signe *moins* devant la différence 3, et l'on obtient enfin — 3 pour la somme des 6 quantités données.

Si, au contraire, la somme positive est plus considérable que la somme négative, le reste prend alors le signe *plus*, ou plutôt, comme nous venons de le dire, ne prend aucun signe.

2° *Soustraction*. — Pour retrancher un nombre *négatif* d'un nombre *positif*, il faut totaliser ces deux nombres.

Ainsi, par exemple, la différence de 8 à — 7 est égale à 15. On conçoit, en effet, que, si l'on possède 8 francs, on a 15 francs de plus que si l'on doit 7 francs. Le nombre positif 8 excède, au surplus, zéro, de 8 unités, et zéro dépasse — 7 de 7 unités, donc, en définitive, si de 8 on retranche — 7, il vient au reste 15.

Si le minuende, au contraire, est un nombre *négatif*, et le minuteur un nombre *positif*, on additionne ces deux nombres et l'on fait précéder la somme du signe *moins*. Il est visible certainement que, pour diminuer la quantité négative — 6, par exemple, de 4 unités, il faut lui ajouter ces 4 unités, puisqu'en résumé, diminuer de 4 francs, 6 francs de dettes, c'est tout bonnement augmenter la dette dont il s'agit, de 4 francs, et, par conséquent, la porter à 10 francs.

Si le minuende et le minuteur sont deux nombres *négatifs*, on considère le minuteur comme une quantité positive, et selon que le minuende est plus fort ou plus faible en valeur absolue que le minuteur, on retranche le minuteur du minuende ou le minuende du minuteur; dans le premier cas, le reste prend le signe *moins;* dans le second, il prend le signe *plus*.

Ainsi, par exemple, si l'on doit ôter — 5 de — 9, on change le minuteur — 5 en + 5, et retranchant ensuite 5 de 9, il vient au résultat — 4. Il est clair, en effet, que, soustraire une quantité négative d'une quantité négative ou une dette d'une dette, revient à diminuer la première dette ou le minuende d'autant d'unités qu'il y en a dans la seconde, ou le minuteur.

On conçoit, au surplus, que, si la seconde dette remise est plus considérable que la première (*dont il faut effectuer le paiement*), le reste de l'opération devient alors une quantité positive.

Il existe, en résumé, un moyen de ne jamais commettre d'erreurs dans les soustractions de nombres positifs ou négatifs.

Il suffit, on a déjà pu l'apercevoir, de changer d'abord le signe du *minuteur*, et de réaliser ensuite l'addition du minuende et du minuteur (*Voir ce qui a été dit à l'égard de l'addition des quantités positives, négatives, ou positives et négatives tout à la fois*). Si le minuteur est précédé du signe *plus* on lui donne le signe *moins*, s'il est précédé du signe *moins* on lui donne le signe *plus*.

Nous allons fournir un exemple de chacun des quatre cas :

1ᵉʳ cas	2ᵉ cas	3ᵉ cas	4ᵉ cas	
De 16	De 16	De —16		
ôté 7	ôté —7	ôté 7	De — 16	De — 4
Reste 9	16	—16	ôté 7	ôté 7
	7	— 7	— 16	— 4
	Reste 23	Reste —23	7	7
			Reste — 9	Reste 3

On conclut de là fort aisément que, deux nombres positifs d'inégale valeur étant donnés, pour retrancher le plus grand du plus petit, on doit commencer par ôter le plus petit du plus grand et faire ensuite précéder le reste du signe *moins*.

En effet, s'il s'agit de soustraire 19 de 15, on substitue au signe *plus* du minuteur 19, le signe *moins,* et effectuant enfin l'addition des deux nombres 15 et — 19, on obtient pour total — 4.

Il ne faut pas se méprendre, en outre, au sens de ces deux mots *minuende* et *minuteur* : le *minuteur* est le nombre que l'on doit retrancher, tandis que le *minuende* est celui duquel il faut retrancher.

Maintenant, que le minuteur soit plus faible ou plus fort que le minuende, cela ne change en rien les fonctions de ces deux nombres.

Nous nous réservons à l'un des chapitres subséquents de compléter nos observations sur les deux premières opérations, en donnant une idée de l'addition et de la soustraction des nombres complexes.

CHAPITRE IX

Problèmes.

188. Nous avons envisagé jusqu'à présent les deux premières opérations sous le point de vue théorique seulement ; il était cependant indispensable d'en agir ainsi afin d'arriver à les appliquer en toute occasion d'une manière sûre et prompte, et sans avoir à craindre que les calculs fussent entachés de la moindre erreur. Mais l'arithmétique ne consiste pas entièrement à fournir des moyens d'effectuer l'addition, la soustraction, la multiplication et la division sur des nombres quelconques, elle a pour but surtout de guider le raisonnement dans toutes les questions usuelles et de l'amener, par suite, à faire un usage convenable et rationnel de ces quatre opérations fondamentales.

Considérée sous cet aspect, l'arithmétique est appelée *arithmétique pratique.*

L'arithmétique pratique s'occupe donc exclusivement de la solution des questions. Résoudre une question c'est chercher, quelques nombres étant donnés, la valeur d'une quantité inconnue ; il est bien clair que ce nombre inconnu ne peut être déterminé qu'à la suite d'un raisonnement propre à la question dont il s'agit, et que, dès l'instant que l'esprit est faussé, le résultat de la combinaison des nombres en jeu doit être erroné, puisque cette combinaison repose alors sur des raisons fausses ou inexactes.

Une question avec les éléments présentés pour la résoudre, c'est-à-dire les quantités données, prend le nom de *problème.*

Par conséquent, on appelle problème une question à résoudre.

Il est évident que, n'ayant encore analysé que l'addition et la soustraction, nous ne pouvons résoudre encore que les problèmes relatifs à ces deux premières opérations, c'est-à-dire ceux qui n'exigent pour la réalisation du résultat que la connaissance des deux premières opérations.

Il faut examiner maintenant par suite de quel ordre d'idées on parvient à reconnaître que, pour la solution d'un problème, il est nécessaire d'employer, ou l'addition, ou la soustraction, ou même enfin ces deux opérations à la fois. L'habitude peut enseigner à établir cette distinction; mais le raisonnement seul amènera l'élève à démêler sur-le-champ à quels calculs est attaché le résultat de la question qu'on lui propose, et à le faire avec connaissance de cause.

C'est donc uniquement à l'aide d'exemples raisonnés que nous voulons procéder.

189. 1° Une personne est née en 1829 ; en quelle année aura-t-elle 38 ans?

Réponse: En 1867.

L'époque demandée doit-elle être postérieure ou antérieure à 1829? Là est toute la question. Il est visible que la personne dont il s'agit aura 38 ans *après* l'année 1829 ; et combien d'années après? 38 années assurément.

Il suffit donc, en ce cas *d'ajouter* les 38 années aux 1829.

L'opération consiste, en définitive, dans une simple addition qui se présentera de cette manière : 1829 + 38 = 1867.

Par conséquent, cette personne aura 38 ans en l'année 1867.

2° Le mois de Janvier a 31 jours, Février 28, Mars 31, Avril 30, Mai 31, Juin 30, Juillet 31, Août 31, Septembre 30, Octobre 31, Novembre 30, Décembre 31. — On demande le nombre de jours de l'année ?

Réponse: 365 *jours.*

Il est bien simple de reconnaître que l'année doit se composer de la réunion des nombres de jours dont est formé chaque mois ; il ne reste donc, en résumé, qu'à totaliser les quantités :

31 + 28 + 31 + 30 + 31 + 30 + 31 + 31 + 30 + 31 + 30 + 31 = 365 jours. Par conséquent, l'année renferme 365 jours.

3° Une personne est morte en 1834 à l'âge de 47 ans, quelle est l'époque de sa naissance ?

Réponse : en 1787.

Il est évident que la personne dont il s'agit ici doit être née *avant* l'année 1834, époque de sa mort, et, puisqu'elle est morte à l'âge de 47 ans, c'est donc 47 années avant 1834 qu'elle a vu le jour ; par conséquent, il suffit, en ce cas, de retrancher 47 de 1834.

Le résultat vient 1787.

On conçoit, au surplus, qu'il serait absurde de supposer que, pour obtenir la solution de ce problème, il fût nécessaire d'ajouter les 47 ans à 1834, car, alors, de la réponse même 1881, on pourrait conclure que la personne dont il est question fût née après l'époque de sa mort.

4° Un ouvrier a reçu 48 francs ; un second ouvrier 17 francs de plus que le premier, et un troisième ouvrier autant que les deux premiers. On demande quelle est la somme reçue par chacun d'eux?

Réponse : Le premier, 48 francs ; le deuxième, 65 francs, et le dernier 113 francs.

Le premier ouvrier a reçu 48 francs : Sa part est indiquée dans l'énoncé du problème. Le second 17 francs de plus que le premier, et par conséquent 17 francs de plus que 48 francs, c'est-à-dire en totalisant ces deux nombres 17 + 48 = 65 francs.

Le troisième a reçu autant que les deux autres ensemble, or, le premier a 48 francs, et le second 65 francs : Donc, le troisième a reçu 48 + 65 = 113 francs.

5° Un sac rempli de charbon pèse 26 kilogrammes (*le kilogramme vaut mille grammes*) ; le sac seul pèse 2 k. 04, et l'on demande quel est le poids net du charbon contenu dans le sac ?

Réponse : 23 k., 96. (*K. est l'abréviation de kilogramme*) (E).

Il est bien clair que 26 kilogrammes étant le poids du sac et du charbon, le charbon seul doit peser moins de 26 kilogrammes, et quelle quantité en moins ? Le poids 2 k., 04 du sac, assurément.

Donc, si l'on ôte 2 k., 04 de 26 k. le reste 23 k., 96 doit certes indiquer le poids du charbon.

Si, au contraire, donnant le poids 23 k., 96 du charbon et 2 k., 04 celui du sac, on demande de déterminer le poids *brut*, c'est-à-dire le poids total du sac et du charbon, il est visible qu'alors il faut additionner 23 k., 96 et 2 k., 04 pour obtenir 26 k., le poids du sac et du charbon demandé.

Si enfin, donnant le poids 23 k., 96 du charbon et celui 26 k. du sac et du charbon, on demande le poids du sac seul, on conçoit que, dans ce cas, il suffit de retrancher le poids du charbon, 23 k., 96, du poids total du sac et du charbon, 26 k., pour qu'il reste le poids du sac seul : 2 k., 04.

6° Il y a 5 fagots rangés en ligne droite à 7 lieues de distance les uns des autres. Un homme doit les réunir tous au premier, et comme il ne peut en porter qu'un à la fois, on demande le chemin total qu'il devra parcourir ?

Réponse : 140 lieues.

Afin de bien entendre ce problème, figurons-nous une route par la ligne AB, et installons sur cette route les 5 fagots dont il s'agit.

N'oublions pas qu'il existe 7 lieues de distance d'un fagot quelconque à celui qui le suit ou le précède immédiatement.

Pour arriver à déterminer le chemin total qui devra être parcouru, il suffit de chercher quel est le chemin à parcourir pour amener

(E). L'expression 23 k. 96 équivaut à 23 kilogrammes 96 centièmes de kilogramme, ou 23 unités et 96 centièmes d'unité. On reconnaît ici qu'une virgule devrait être placée entre les chiffres 3 et 9, c'est-à-dire immédiatement à droite du caractère des unités. Mais, pour la facilité de l'impression, nous admettrons dans la suite que, toutes les fois que la première lettre d'un nom d'unité quelconque sera intercalée entre deux chiffres d'un nombre, elle tiendra lieu de virgule. Les caractères placés à gauche de la lettre devront être considérés alors comme la partie entière, et les chiffres disposés à droite comme la partie décimale.

chaque fagot à l'endroit désigné, c'est-à-dire au point A, lieu où se trouve placé le premier fagot.

Le premier fagot n'occasionne aucun déplacement. .   0 lieue.

Pour aller prendre au point C le second fagot, il faut faire 7 lieues, et autant pour revenir de C en A, en tout.   14 lieues.

Pour aller prendre au point D le troisième fagot, il faut faire 14 lieues, et autant pour revenir de D en A, en tout. . . . .   28 id.

Pour aller prendre au point E le quatrième fagot, il faut faire 21 lieues, et autant pour revenir de E en A, en tout.   42 id.

Enfin, pour aller prendre le cinquième et dernier fagot au point B, il faut faire 7, 14, 21, 28 lieues, et autant pour revenir de B en A, en tout. . . . .   56 id.

En réunissant les nombres de lieues nécessaires pour le transport de chaque fagot, on trouve. . . . .   140 lieues.

En résumé, le chemin total à parcourir pour amener tous les fagots à l'endroit où est disposé le premier, est de 140 lieues.

7° Une marchandise a coûté 5638 f. 45 ; combien faut-il la vendre pour gagner 269 f. 28 ?

Réponse : 5907 f. 73.

Pour gagner 269 f. 28 sur la marchandise dont il s'agit, faut-il la revendre plus que 5638 f. 45 (*prix d'achat*) ou moins que 5638 f. 45 ? Plus, assurément ; et, puisque l'on désire gagner 269 f. 28 sur le marché, il est nécessaire de vendre la marchandise 269 f. 28 de plus que 5638 f. 45, c'est-à-dire en totalisant 5638 f. 45 et 269 f. 28 = 5907 f. 73.

Si, donnant le prix d'achat 5638 f. 45 d'une marchandise, et 5907 f. 73 le prix de vente de la même marchandise, on demande le gain ou la perte qui résulte de cette opération de négoce, il suffit d'établir la différence qui existe entre les deux sommes 5907 f. 73 et 5638 f. 45, et de conclure ensuite que, puisque la marchandise dont il s'agit a été cédée à un prix *plus élevé* que le prix d'achat 5638 f. 45, il y a eu bénéfice ; le montant de ce profit est déterminé par le résultat 269 f. 28 de la soustraction.

Il est évident, en effet, qu'ici l'on a dépensé 5638 f. 45 pour faire l'acquisition de la marchandise ; mais on a reçu, par contre, et moyennant l'abandon de la marchandise, la somme de 5907 f. 73 ; donc, on a reçu plus qu'on a dépensé, donc on a réalisé un bénéfice, bénéfice qui s'est élevé à 269 f. 28, c'est-à-dire l'excès de 5907 f. 73 sur 5638 f. 45.

Si, enfin, donnant le prix de vente 5907 f. 73 d'une certaine marchandise, et 269 f. 28 le gain qui résulte de la négociation, on demande le prix d'achat de cette marchandise, il faudra raisonner comme il suit : La marchandise dont il est question a été vendue avec profit, donc elle coûtait *moins* que 5907 f. 73 ; et, comme le bénéfice s'est élevé à 269 f. 28, il s'ensuit que le prix d'achat doit être égal au prix de vente 5907 f. 73, diminué de 269 f. 28, c'est-à-dire, en résumé, à 5638 f. 45.

On conçoit, au surplus, que s'il s'agissait d'une perte de 269 f. 28 au lieu d'un gain de pareille somme, il serait nécessaire alors d'ajouter le montant de la perte au prix de vente pour retrouver le prix d'achat. (*F est l'abréviation de franc*).

8° Une règle a 0^m, 42096 de longueur. Quelle quantité faut-il lui ajouter pour obtenir une longueur d'un mètre?

Il est évident qu'il faut lui ajouter l'excès d'un mètre sur 0^m, 42096, c'est-à-dire la différence qui existe entre ces deux nombres. L'opération se présente 1^m — 0^m, 42096, et le résultat: 0^m, 57904 est la réponse cherchée.

En effet, si l'on ajoute le reste 0^m, 57904 au minuteur 0^m, 42096 on doit, en vertu d'un principe démontré par nous au chapitre de la soustraction, retrouver le minuende 1 mètre. (*M est l'abréviation de mètre*).

9° Il y a 98 lieues de Paris à Londres en passant par Douvres, et 23 lieues de Douvres à Londres; quelle est la distance de Paris à Douvres?

Réponse : 75 lieues.

Représentons les trois villes Paris, Douvres et Londres par les trois initiales: P, D et L, disposées au surplus, dans l'ordre géographique.

P |————————————————— D | —————— | L

Pour aller de P à L, il faut faire 98 lieues, et 23 seulement pour se rendre de D à L. Donc, pour aller de P à D, on ne devra point parcourir une distance de 98 lieues, mais de 98 moins 23 ou 75 lieues ; par conséquent, pour se rendre de Paris à Douvres, il est nécessaire de franchir un espace de 75 lieues.

Si, au contraire, on dit: Il y a 75 lieues de Paris à Douvres, et 23 de Douvres à Londres, quelle est la distance de Paris à Londres? il est visible qu'alors cette distance totale se compose de la réunion des deux distances données. Ainsi, la distance de P à L est manifestement égale à celle de P à D, plus D à L, c'est-à-dire, en définitive, à 75+ 23 ou 98 lieues.

Si, enfin, donnant la distance 98 lieues de Paris à Londres et 75 lieues, celle de Paris à Douvres, on demande la distance de Douvres à Londres, on conçoit qu'alors cette distance se compose de 98 lieues moins 75, c'est-à-dire 23 lieues. En effet, la distance à parcourir de P à L est de 98 lieues, et celle de P à D est de 75 lieues, par conséquent, la distance de D à L doit être égale à celle de P à L diminuée de celle de P à D.

10° Un joueur perd 32 fr. 25, et gagne ensuite 40 francs, à combien se monte, en résumé, le bénéfice qu'il a réalisé?

Le joueur dont il s'agit a fait un profit de 40 francs ; mais il n'a pas gagné 40 francs, puisqu'auparavant il avait éprouvé une perte de 32 fr. 25, il n'a donc reçu que 40 fr. moins 32 fr. 25, c'est-à-dire 7 fr. 75.

190. On comprend parfaitement que l'on peut varier à l'infini ces sortes de problèmes ; il suffit d'en savoir raisonner quelques-uns pour arriver à déterminer les solutions de tous ; car, il ne faut pas s'y tromper, si l'esprit ne saisit pas la raison qui commande dans l'un cas l'addition des quantités, et dans l'autre la soustraction, il deviendra impossible dès lors de résoudre toutes les questions. On atteindra ce but en ne passant pas outre sur ce qui vient d'être dit, sans concevoir de la manière la plus absolue quels sont les motifs qui portent à opérer tantôt d'une façon, tantôt d'une autre. Et, au risque de nous répéter, nous ajouterons encore que, dès l'instant qu'on a compris le *pourquoi* du mode de supputation de quelques problèmes, on parvient sans difficulté à les résoudre tous.

En général, il ne faut pas oublier que le raisonnement seul doit, en toute occasion, guider l'inexpérience des commençants.

Sous cette tutelle, ils ne peuvent qu'amener à bonne fin les questions qu'on leur proposera de traiter.

En définitive, lorsqu'il ressort de l'analyse d'un problème que le résultat à déterminer éveille dans l'esprit l'idée d'une réunion, d'un assemblage, etc., il s'agit alors d'*additionner* les quantités en jeu ; si ce résultat éveille, au contraire, l'idée d'une différence à établir, d'un reste à trouver, etc., il est nécessaire, en ce cas, d'effectuer une *soustraction.*.

On n'oubliera pas non plus de s'adresser avant tout les questions suivantes :

La réponse à chercher doit-elle être plus grande ou plus petite que telle ou telle quantité?

Est-ce plus, est-ce moins ?

Est-ce après, est-ce avant ? (Cette dernière est relative aux questions d'âges).

Les expressions : *Plus grande, plus, après..* nécessitent une *addition*
Les expressions : *plus petite, moins, avant....* nécessitent *une soustraction.*

On se souviendra également que le *reste* totalisé avec le *minuteur* forment toujours une somme égale au *minuende,* et que, si du *minuende* on ôte le *reste,* il vient le *minuteur.*

Il faut avoir soin de bien distinguer, selon le sens du problème, si tel ou tel nombre est un minuende, un minuteur ou un reste.

Si l'on a bien compris, au surplus, l'objet de l'addition et de la soustraction, on n'a point à craindre d'employer abusivement, dans la solution des problèmes, l'une de ces opérations pour l'autre.

Afin de procurer aux élèves le moyen d'exercer leur raisonnement à cet égard, nous allons donner une série de questions qui n'exigent pour leur solution :

1° Que l'ADDITION, ou 2° que LA SOUSTRACTION,

Des nombres indiqués dans l'énoncé.

191. **Problèmes sur l'Addition.**

1° Une personne est née en 1765 ; on demande en quelle année elle aura 59 ans ?

2° Une personne a 46 ans ; on demande quel sera son âge 28 années plus tard ?

3° J'ai acheté pour 427 francs de charbon ; je veux revendre cette marchandise et gagner 38 fr. 45 sur le marché : à quel prix dois-je en faire l'abandon ?

4° J'ai vendu pour 208 fr. 30 de café ; mais, comme cette marchandise m'était parvenue légèrement avariée, j'ai dû me soumettre à la revendre moyennant une perte de 16 fr. 65. Combien l'avais-je achetée ?

5° J'ai acheté pour 15237 fr. 55 de bois, que j'ai revendu avec 3508 fr. 07 de profit. Quel est le prix de vente ?

6° Ma montre retarde de 14 minutes ; elle marque en ce moment 8 heures et 7 minutes, quelle heure est-il ?

7° Une bouteille contient 1500 grammes de vin ; la bouteille elle-même pèse 834 grammes, et l'on demande le poids brut, c'est-à-dire le poids total ?

8° Une personne née en 1768 est morte à l'âge de 54 ans ; quelle est l'époque de sa mort ?

9° Une maison d'éducation est divisée en 4 classes : La première renferme 37 élèves, la seconde 28, la troisième 62 et la quatrième enfin, 106 ; quel est le nombre total des élèves ?

10° Dunkerque est une ville de 29080 âmes, Bergues de 5968, et Lille de 371156 ; on demande quel est le nombre des habitants de ces trois villes ?

11° Quel est le nombre qui deviendrait 654 si on en retranchait 402?

12° Une caisse vide pèse 7 kilogrammes : On y introduit 473 kilogrammes de marchandise, et l'on demande combien pèse le tout ?

13° Il y a 6 fagots rangés en ligne droite à 8 mètres de distance les uns des autres. Un homme part de l'endroit où est déposé le second fagot, et doit les réunir tous à cette place : Il ne peut, au surplus, porter qu'un seul fagot à la fois. On demande quel est le chemin total qu'il devra parcourir (*voir ci-dessus ce qui a été dit à l'occasion de ce problème.*)

14° Un marchand veut connaître quelle est sa recette de la semaine. Lundi, il a vendu pour 536 f. 08 ; mardi, pour 47 francs ; mercredi, pour 879 f. 12 ; jeudi, pour 507 f. 25 ; vendredi, pour 99 f. 30 ; samedi, pour 728 f. 46.

15° Un voyageur a fait 7 lieues le premier jour, 9 lieues de plus le second jour, et enfin, autant le troisième jour que les deux précédents. On demande 1° quel est le chemin fait pendant chaque jour, et 2° le chemin total parcouru.

16° Un ouvrier a fait 42 mètres d'ouvrage en 12 jours, et il a reçu 56 fr. 45 ; il a fait ensuite 784 mètres en 250 jours, et il a reçu pour ce second travail 1204 f. 72 : Combien a-t-il fait de mètres en tout, combien a-t-il reçu, et pendant combien de jours a-t-il travaillé ? *(Il est bien entendu qu'ici on doit effectuer trois sommes différentes).*

17° Il y a 68 lieues de Dunkerque à Paris, et 35 de Paris à Orléans. Quelle est la distance de Dunkerque à Orléans ?

18° Un joueur gagne les trois sommes suivantes : 54 f. 38, plus 8 f. 04, plus 16 francs ; combien a-t-il gagné en définitive ?

19° Un piquet est enfoncé dans la terre de 2 mèt. 0409 ; le bout extérieur est de 0,5. Quelle est la longueur de ce piquet ?

20° Une personne a payé 402 f. 45 et doit encore 58 f. 96 ; quel était le montant de sa dette ?

21° Un caissier a reçu les sommes suivantes : 1° 2409 f., 2° 59 f. 30 3° 45028 f. 12 ; combien a-t-il reçu en tout ?

22° Une pièce de bois ayant été rabotée ne pèse plus que 36 k. 029 ; on sait au reste, que le poids des portions enlevées est de 4 k. 78, et l'on désire connaître quelle était la pesanteur primitive de la pièce dont il s'agit ?

23° On a coupé 32 mèt. 4 d'une pièce d'étoffe, et il en reste encore 7 mèt. 0245 ; on demande quelle était la longueur de la pièce ?

24° Une règle a 4 mèt. 064 de longueur ; on l'allonge de 0 mèt. 98, quelle est maintenant sa dimension ?

25° J'ai reçu 4 f. 15 ; mon frère, 0 f. 75 de plus que moi, et mon cousin, 1 f. de plus que mon frère. Quelle est la somme reçue par chacun de nous ?

192. Problèmes sur la soustraction.

1° Une personne est née en 1823 ; elle est morte en 1864 : On demande quel était son âge ?

2° Une personne est morte en l'année 1837 à l'âge de 42 ans ; quelle était l'époque de sa naissance ?

3° Une personne a 63 ans ; on demande quel était son âge 39 ans auparavant ?

4° Un joueur perd 47 f. 95 sur 64 f. 05 qu'il avait. Combien lui reste-t-il ?

5° Un joueur avait 38 f. 10 avant de commencer la partie ; il se retire du jeu avec 46 f. 05. Combien a-t-il gagné ou perdu ?

6° Une personne est née en 1830, et l'on demande quel sera son âge en l'année 1862 ?

7° J'ai acheté pour 4256 f. 27 de bois que j'ai revendu pour 5003 francs ; combien ai-je perdu ou gagné sur ce marché ?

8° J'ai vendu pour 529 f. 36 du charbon que j'ai acheté, avec 97 f. 05 de bénéfice. Quel était le prix d'achat ?

9° Une personne a eu 34 ans en 1785. On désire connaître l'époque de sa naissance ?

10° J'ai vendu pour 409 f. 16 du café que j'avais acheté 556 f. 03. Combien ai-je gagné ou perdu sur cette opération ?

11° Ma montre avance de 12 minutes ; elle marque en ce moment 6 heures et 18 minutes, quelle heure est-il ?

12° Une marchandise avec la toile d'emballage pèsent ensemble 45 k. 02, l'emballage seul pèse 3 k. 5028 : Quel est le poids *net* de la marchandise ?

13° Une caisse remplie de marchandise pèse 238 k., la marchandise seule pèse 227 k. 0245, et l'on demande le poids de la caisse ?

14° Un négociant doit payer 4206 f. 45 et il n'a que 3977 f. 98 ; quelle somme faut-il qu'il emprunte pour éteindre sa dette ?

15° Quel nombre faut-il ajouter à 4973 pour trouver 9000 ?

16° Un père avait 28 ans à la naissance de son fils. Quel sera l'âge du fils lorsque le père aura 57 ans ?

17° Il manque 0ᵐ 042 pour qu'une règle ait un mètre de longueur. Quelle est la dimension de cette règle ?

18° Une personne doit 642 f. 27 et elle paie un à-compte de 69 f. 98 ; de quelle somme est-elle encore redevable ?

19° Quel est le nombre qui deviendrait 8054 si on y ajoutait 469 ?

20° Un caissier a reçu 25209 f. 45, et il a déboursé ensuite 19789 f. 68. Combien lui reste-t-il en caisse ?

21° Un père et son fils ont ensemble 87 ans ; le père a 59 ans, et l'on demande l'âge du fils ?

22° Il y a 103 lieues de Dunkerque à Orléans, et 68 de Dunkerque à Paris. Quelle est la distance de Paris à Orléans ?

23° Un piquet de 5 mèt. 096 de longueur est enfoncé de 3 mèt. 5873 dans la terre ; quelle est la longueur de la partie extérieure ?

24° Je fais avancer ma montre de 16 minutes et je la fais retarder ensuite de 29 minutes ; de combien de minutes, l'ai-je, en résumé, retardée ?

25° Un joueur perd d'abord 137 fr. 28, puis gagne ensuite 98 fr. 39 ; quelle somme a-t-il perdue, en définitive ?

---

193. Nous venons d'examiner les problèmes pour la solution desquels il est nécessaire d'effectuer, soit une addition, soit une soustraction ; il nous reste maintenant à voir de quelle manière on doit raisonner lorsqu'il s'agit de faire usage de ces deux opérations à la fois.

1° Une personne a eu 43 ans en l'année 1826 ; à quelle époque aura-t-elle 59 ans ?

Réponse : en 1842.

Cherchons d'abord la date de la naissance de la personne dont il est question. Il est visible, à cet effet, que, puisqu'elle a eu 43 ans en 1826, elle était née 43 ans *avant*, c'est-à-dire en l'année 1783 (1826—43=1783).

Or, si elle est née en 1783, elle aura 59 ans, 59 années *après* l'an 1783, ou enfin en 1842.

On peut encore arriver à obtenir le même résultat en opérant d'une façon différente. Il est évident certainement que cette personne n'aura pas 59 ans, 59 années après l'an 1826, puisque cette dernière date n'est point l'époque de sa naissance ; elle aura assurément 59 ans, 16 années *après* 1826, (*c'est-à-dire l'excès de 59 sur 43* : 59— 43=16) ou, en définitive, en 1842 (1826+16=1842).

2° Une personne a eu 28 ans en 1764 ; combien en aura-t-elle en 1817 ?

Réponse : 81 ans.

Elle aura plus que 28 ans, manifestement. Mais combien d'années de plus ? l'excès de 1817 sur 1764 ou 53 ans.

1817		28
1764		53
53		81 ans.

3° Avec 632 francs de plus que ce que j'ai, je pourrais payer 854 fr. 35 que je dois, et il me resterait 53 fr. 09. Combien ai-je ?

Réponse : 275 fr. 44.

Si je possédais 632 francs de plus, je paierais 854 fr. 35 et il me resterait 53 fr. 09, c'est-à-dire que j'aurais alors en total : 854 fr. 35+53 fr. 09 ou 907 fr. 44. La somme que j'ai est donc équivalente à 907 fr. 44 moins les 632 francs ainsi ajoutés, ou, en résumé, à 275 fr. 44.

4° Une personne devait 23408 fr. 50 ; elle a payé une première fois, 3608 fr. 45, une seconde fois 8743 fr. 25, et enfin une troisième fois 5049 fr. Combien doit-elle encore ?

Réponse : 6007 fr. 80.

La personne dont il s'agit ne doit plus 23408 fr. 25, puisqu'elle a déjà remboursé 3608 fr. 45 + 8743 fr. 25 + 5049 fr., ou ensemble 17400 fr. 70 ; elle n'est plus redevable maintenant que de la diffé-rence qui existe entre le montant de la dette 23408 fr. 50, et le mon-tant des sommes acquittées 17400 fr. 70, différence égale à 6007 f. 80.

Comme on le voit ici, le minuende se compose d'une seule quantité, tandis que le minuteur, au cas particulier, est formé du total de trois nombres : 3608 f. 45 + 8743 f. 25 + 5049 f.

On aurait pu, à la vérité, ôter successivement l'une après l'autre chacune de ces trois sommes du minuende 23408 f. 50, mais on conçoit parfaitement qu'il est préférable lorsque, suivant la nature d'une question, plusieurs nombres doivent être retranchés d'un autre nombre, de totaliser tous les minuteurs et de les fondre en une seule quantité.

On additionne également tous les minuendes lorsqu'il y a lieu.

De là on peut conclure que toutes les soustractions à effectuer sont ramenées à une opération d'un seul nombre à soustraire d'un seul nombre.

5° J'ai joué quatre parties; à la première, je gagne 32 f. 95; à la se-conde, je perds 18 f. 05; à la troisième, je perds 29 f. 15, et à la qua-trième, je gagne 15 f. : Combien, en définitive, ai-je gagné ou perdu?

Réponse: *Gain*, 0 f. 75.

Additionnons toutes les sommes gagnées, totalisons de même toutes les sommes perdues, et établissons ensuite la différence (*s'il en existe toutefois*) entre ces deux quantités.

Sommes gagnées.		Sommes perdues.
32^f, 95		18^f, 05
15 , 00		29 , 15
47^f, 95		47^f, 20

J'ai donc, en résumé, gagné 47 fr. 95 et perdu 47 fr. 20; d'où il s'en suit que j'ai gagné 47 fr. 95 — 47 fr. 20 ou 75 centimes.

6° J'ai acheté pour 534 fr. 45 de café; j'ai payé 23 fr. 10 pour le port de cette marchandise et 8 fr. 25 pour l'emballage. J'ai revendu ce café moyennant 542 fr; combien ai-je gagné ou perdu ?

Réponse : J'ai perdu 23 fr. 80.

Sommes dépensées.		Sommes reçues.
534^f, 45		
23 , 10		
8 , 25		542^f
565 , 80		542^f

J'ai déboursé 565 fr. 80 pour faire rendre dans mon magasin la marchandise achetée; je n'ai reçu que 542 francs contre l'abandon de cette marchandise: J'ai donc perdu sur l'opération. Le montant de cette perte est déterminé par la différence 23 fr. 80 qui existe entre le prix d'achat 565 fr. 80 et le prix de vente 542 fr.

7° Un caissier a reçu 5264 fr. 75 en premier lieu, 450 fr. en second lieu, et 18436 fr. 40 en dernier lieu. D'un autre côté, il a payé 4975 fr. d'une part, et 10359 fr. 35 d'une autre part: Combien lui reste-t-il en caisse ?

Réponse : 8816 fr. 80.

Totalisons séparément toutes les sommes reçues et toutes les sommes dépensées, puis établissons la différence.

Recettes		Dépenses.
5264 f. 75		4975 f. 00
450 , 00		10359 , 35
18436 , 40		15334 f. 35
24151 f. 15		

Il résulte de ces opérations que le caissier dont il s'agit a reçu 24151 f. 15 et dépensé 15334 f. 35 : Il ne lui reste, par conséquent, en caisse, que 24151 f. 15 — 15334 f. 35, c'est-à-dire 8816 f. 80.

8° Trois pièces d'étoffe ont été vendues ensemble 974 f. 40; la première f. et la seconde 138 f. 35 de plus que la première : Combien a-t-on vendu la troisième ?

Réponse : 338 f. 05.

La première pièce a été vendue. . . . . 249 f. 00
La seconde 138 f. 35 de plus ou 249 + 138 f. 35   = 387 f. 35
Donc, les deux pièces d'étoffe ont été vendues
ensemble 249 fr. 00 + 387 fr. 35 ou. . . . . . . 636 f. 35

.et, puisque les trois ont été cédées pour 974 fr. 40, il s'ensuit que le prix de la troisième pièce sera déterminé par l'excès de 974 fr. 40 sur 636 fr. 35, c'est-à-dire 338 fr. 05.

9° En combien d'années, à partir de 1759, y aura-t-il 1954 ans que l'Amérique est découverte, Christophe Colomb la découvrit en 1492 ? Réponse : En 1687 ans.

L'Amérique a été découverte en l'année	1492
et il y aura 1954 ans qu'elle fût trouvée, 1954 ans	1954
après 1492, c'est-à-dire en	3446

Or, cherchons maintenant combien d'années doivent s'écouler depuis 1759, pour arriver à 3446, ou, en d'autres termes, retranchons 1759 de 3446, il vient 1687 au reste.

Ce dernier nombre est la réponse cherchée.

10° Un voyageur fait 17 lieues le premier jour, 14 le second, et 21 le troisième ; puis, revenant sur ses pas, il parcourt 16 lieues le quatrième jour et 9 le cinquième.

À quelle distance se trouve-t-il du point de départ ? Réponse : A 27 lieues.

Le voyageur dont il s'agit a fait 17 lieues, 14 lieues et 21 lieues en avant, ou ensemble 52 lieues ; puis il a fait 16 lieues et 9 lieues en arrière, ou ensemble 25 lieues.

Donc, en résumé, il ne se trouve qu'à 27 lieues (52 — 25) du point de départ.

194. Nous allons terminer la section des problèmes en posant quelques questions relatives à ce qui vient d'être dit.

PROBLÈMES QUI PEUVENT SE RÉSOUDRE A L'AIDE DE L'ADDITION ET DE LA SOUSTRACTION.

1° Je dois 8354 fr. 35 ; je paie successivement : 2409 fr. et 4528 fr. 45, et 207 fr. 90. Combien dois-je encore ?

2° Un marchand achète pour 587 fr. 35 de marchandise dont il revend immédiatement pour 259 fr. ; il fait un second achat pour 904 fr. et revend pour 732 fr. 85. Combien, en résumé, a-t-il déboursé ?

3° J'ai reçu les sommes suivantes : 486 fr. 20, plus 28 fr. 45, plus 800 fr. ; j'ai dépensé celles-ci : 954 fr. et 136 fr. 40. Combien ai-je encore en ma possession, sachant, au surplus, que j'avais en caisse 528 fr. avant les rentrées et les sorties près mentionnées ?

4° Une propriété a été vendue 38742 fr. ; l'acheteur y a fait faire pour 4237 fr. de réparations, puis l'a revendue 45639 fr. : Combien a-t-il gagné ?

5° On achète 953 kilogrammes de marchandise, on en revend successivement 85 k., 72 k., 249 k., 504 k. Combien en reste-t-il ?

6° J'ai 6 fr. 35 ; j'achète pour 0f,75 de papier, 0f,30 de plumes, 0f,10 d'encre, et enfin pour 4f,50 de livres. Combien me reste-t-il ?

7° J'avais 532 fr. 35 ; j'ai reçu 49 fr. 05, puis j'ai dépensé 400 fr. et payé enfin une dette s'élevant à 28 fr. 65. Je désire savoir quelle est la somme qui se trouve encore en ma possession ?

8° Je dépense par jour 3 fr. 75 pour ma nourriture, à savoir : 1 fr. 10 pour mon déjeûner et 0ᶠ,60 pour mon souper ; je veux connaître à combien me revient mon dîner ?

9° Une personne a eu 48 ans en 1827 : On demande en quelle année elle aura 73 ans ?

10° Un père avait 21 ans à la naissance de son fils aîné, et 32 à celle de son cadet ; quel sera l'âge du père et l'âge du fils cadet, lorsque le fils aîné aura 56 ans ?

11° Une corde avait 6 m. 032 de longueur, on l'a coupée en trois morceaux ; le plus long a 3 m. 76 et le plus court 2 m. Quelle est la dimension du dernier morceau ?

12° Une personne a eu 39 ans en 1835 ; combien en aura-t-elle en 1874 ?

13° Avec 43 fr. 75 de plus que ce que j'ai, je pourrais payer 14 fr. 40 que je dois, acheter pour 287 fr. de drap, et il me resterait encore 3 fr. 15. Combien ai-je ?

14° Napoléon Iᵉʳ fut élu Empereur en 1804. En combien d'années, à partir de 1837, y aura-t-il 253 ans que Napoléon a été proclamé Empereur.

15° J'ai acheté pour 803 fr. 50 de toile ; j'ai payé 48 fr. pour le port de cette marchandise, 25 fr. 85 pour l'emballage et 9 fr. 60 pour la mise en magasin. J'ai revendu la toile dont il s'agit pour 886 fr. 95. Combien ai-je gagné ou perdu sur cette opération ?

CHAPITRE X.

Nombres complexes.

Compléments.

Problèmes.

195. Nous avons appelé *nombres complexes* les nombres concrets qui renferment plusieurs espèces d'unités.

Sans anticiper sur les observations qui seront développées à l'endroit du système métrique, nous pouvons dire déjà qu'avant l'établissement de ce système, les unités de mesure dont il était fait usage n'étaient assujéties à aucun ordre régulier.

Ainsi, l'unité de poids était la livre. La livre subdivisée en 16 onces, l'once en 8 gros, le gros en 72 grains.

L'unité des longueurs était la toise divisée en 6 pieds, le pied en 12 pouces, le pouce en 12 lignes, etc., etc.

Ces nombres 2 livres 4 onces 5 gros 3 grains, et 3 pieds 5 pouces 8 lignes, etc., sont des nombres complexes.

On conçoit parfaitement que les calculs doivent être dès lors plus compliqués lorsqu'il s'agit d'opérer sur des quantités complexes que lorsqu'il s'agit d'unités métriques.

Ces dernières, en effet, ne comportent en elles aucune difficulté réelle, puisqu'on peut, à bon escient, les considérer comme des quantités décimales, et nous avons pu voir combien il est simple et facile de calculer sur celles-ci.

Nous nous réservons, au surplus, de faire ressortir cette différence d'une manière convenable au chapitre du système des poids et mesures.

Les opérations à effectuer sur les nombres complexes exigent surtout qu'on se souvienne des subdivisions successives des unités dont il est question.

L'addition et la soustraction des nombres complexes ne diffèrent que fort peu de l'addition et de la soustraction des quantités décimales; elles ne sont, au reste, l'objet d'aucun inconvénient sérieux.

Quelques problèmes nous mettront à même d'en juger.

1° Une montre marque 6 heures 56 minutes et 42 secondes, on sait qu'elle retarde de 14 minutes et 27 secondes, et l'on désire connaître l'heure véritable?

Il est manifeste que, puisque la montre dont il s'agit ici retarde de 14 minutes et 27 secondes, l'heure véritable doit se composer de 6 heures 56 minutes et 42 secondes, plus les 14 minutes et 27 secondes de retard. L'opération se réduit donc à totaliser ces deux quantités.

	6 h.	56 m.	42 s.
		14 m.	27 s.
Il est	7 h.	11 m.	9 s.

Après avoir disposé les unités de même nature les unes sous les autres, on procède comme il suit:

42 secondes et 27 secondes forment 69 secondes. Or, dans 69 secondes il y a une minute, plus 9 secondes; en effet, 1 minute vaut 60 secondes. Je pose les 9 secondes et retiens la minute afin de l'ajouter aux unités de cette espèce.

1 minute de retenue et 56 font 57, et 14 font 71 minutes : Or, il suffit de 60 minutes pour composer une heure, et, par conséquent, dans 71 minutes il y a 1 heure, plus 11 minutes. Ce résultat s'obtient en divisant 71 par 60. Il vient, en effet, 1 au quotient, et 11 au reste. Je pose donc 11 minutes et reporte une heure à la section des heures.

1 heure de retenue et 6 font 7 heures. Je pose 7.

L'heure véritable est, partant : 7 heures 11 minutes et 9 secondes.

2° Une montre avance de 2 heures 18 minutes 7 secondes ; elle marque en ce moment 5 heures 3 minutes 2 secondes : Quelle heure est-il?

Puisque la montre dont il est question avance, on conçoit parfaitement qu'il n'est pas 5 heures 3 minutes 2 secondes, mais bien cette durée diminuée de l'avance 2 heures 18 minutes 7 secondes.

L'opération se réduit, par conséquent, à ôter 2 heures 18 minutes 7 secondes, de 5 heures 3 minutes 2 secondes.

	5 heures	3 minutes	2 secondes
	2 heures	18 minutes	7 secondes
Il est	2 heures	44 minutes	55 secondes

Après avoir disposé les unités de même nature les unes sous les autres, on procède comme il suit :

De 2 secondes ôté 7 secondes, cela ne se peut. J'emprunte 1 minute qui vaut 60 secondes : 60 et 2 font 62; de 62 ôté 7, reste 55 secondes.

De 2 minutes ôté 18 minutes, cela ne se peut. J'emprunte 1 heure qui vaut 60 minutes : 60 et 2 font 62 ; de 62 ôté 18, reste 44 minutes.

De 4 heures ôté 2 heures, reste 2 heures.

L'heure véritable est donc : 2 heures 44 minutes 55 secondes.

Si cette montre, qui avance de 2 heures 18 minutes et 7 secondes, marquait 1 heure 9 minutes et 15 secondes du matin ou du soir, on devrait retrancher, comme ci-dessus, l'avance 2 heures 18 minutes et 7 secondes, de 1 heure 9 minutes et 15 secondes; or, cette opération n'est pas possible.

On se souviendrait, dans ce cas, que la première heure du matin ou du soir, peut être considérée comme la treizième heure d'une journée, et, ôtant alors 2 heures 18 minutes 7 secondes, de 13 heures 9 minutes 15 secondes, on obtiendrait l'heure véritable : 10 heures 51 minutes 8 secondes du soir ou du matin, selon que la montre marquait primitivement 1 heure 9 minutes 15 secondes du matin ou du soir. Si, au surplus, la montre dont il s'agit, avançant de 2 heures 18 minutes 7 secondes, marquait 4 heures seulement, il est bien simple de voir qu'alors, pour retrancher les 18 minutes 7 secondes, on devrait emprunter 1 heure que l'on convertirait en unités de l'ordre immédiatement inférieur, c'est-à-dire en 60 minutes, et, détachant ensuite une de ces minutes, on la réduirait en 60 secondes. Ôtant enfin, 7 secondes de 60, 18 minutes des 59 laissées après le dernier emprunt, et 2 heures de 3, on obtiendrait pour résultat définitif, l'heure véritable : 1 heure 41 minutes et 53 secondes.

On peut déjà comprendre par ces exemples, que les deux premières opérations sur les nombres complexes s'effectuent, aux retenues et aux emprunts près, de la même manière que l'addition et la soustraction des quantités décimales.

Il y a lieu seulement d'observer que le mécanisme est tout entier dans le mode de subdivision des unités dont on fait usage.

Dans l'addition, on totalise d'abord les unités de la plus petite espèce, et on détermine ensuite combien la somme contient d'unités de l'ordre supérieur; on ajoute ces retenues aux unités de ce dernier ordre, et ainsi de suite.

Dans la soustraction, on commence également par retrancher les unités de la plus petite espèce; si l'opération partielle ne peut se faire, on se voit obligé de recourir à un emprunt d'une unité de l'ordre supérieur, et de convertir ensuite cette unité suivant le mode de subdivision adopté pour les quantités dont il s'agit.

D'après cela, il est fort aisé de reconnaître que les inconvénients de l'ancien système sont fort peu sensibles dans l'addition et la soustraction des nombres complexes; il n'en est pas de même comme nous le verrons, au reste, dans les deux opérations subséquentes.

3° Une personne est née le 17 Mars 1823, à 5 heures 15 minutes 27 secondes du soir; on demande quel sera son âge le 3 Septembre 1862 à 7 heures 4 minutes 16 secondes du matin?

Si l'on disait : Une personne est née en 1823, quel sera son âge en 1862, il est évident qu'il suffirait d'établir la différence entre 1823 et 1862. Or, ici le problème est au fond le même, quoique la forme en soit différente à raison des mois, jours, heures, minutes et secondes qui doivent venir donner une idée exacte de l'âge de la personne dont il est question, au lieu de borner cet âge au nombre d'années seulement.

Avant tout, il s'agit de concevoir parfaitement la signification des années 1823, 1862. Que signifient, en effet, ces nombres 1823 et 1862, et d'où proviennent-ils ?

L'année 1823 signifie que 1823 ans se sont écoulés depuis la naissance de Jésus-Christ; l'année 1862 signifie que 1862 ans se seront passés depuis cette nativité.

En général, tous les millésimes ont cette signification, puisque le point de départ de l'ère chrétienne est la naissance du Sauveur du monde.

Ceci posé, il est impossible d'effectuer la soustraction qui doit procurer la réponse demandée si l'on ne traduit pas chacune des dates données en dates de Jésus-Christ, c'est-à-dire si l'on n'examine pas à l'époque indiquée combien d'années, de mois, de jours, d'heures, de minutes et de secondes se sont écoulés depuis la naissance de J.-C. — Voici comment il faut raisonner à cet égard.

L'année 1862 n'est pas entièrement achevée puisque nous ne sommes encore qu'au 3 Septembre; donc, à cette époque, il n'y a pas 1862 ans que Jésus-Christ est né, mais 1861 ans et quelque chose.

Posons les 1861 ans.

Le mois de Septembre est le 9e mois de l'année; mais il n'est pas entièrement écoulé puisque nous ne sommes encore qu'au 3 septembre : Donc il y a lieu de poser 8 mois seulement.

Le jour, 3 septembre, n'est pas entièrement achevé, puisque nous ne sommes encore qu'à 7 heures 4 minutes et 16 secondes du matin : Donc, il y a lieu de poser 2 jours seulement.

Le second jour de septembre finit à minuit. Or, depuis minuit jusqu'à 7 h. 4 m. 16 s. du matin, il s'est écoulé 7 h. 4 m. 16 s.

Donc, en résumé, la date 3 septembre 1862 à 7 h. 4 m. 16 s. du matin peut se traduire par : 1861 ans 8 mois 2 jours 7 heures 4 minutes 16 secondes, ce qui veut dire tout simplement qu'au 3 septembre 1862 à 7 h. 4 m. 16 s. du matin, il y a eu 1861 ans 8 m. 2 j. 7 h. 4 m. et 16 s. que Jésus-Christ est né.

Convertissons de même la date : 17 mars 1823 à 5 heures 15 minutes 27 secondes du soir. Il vient : 1822 ans 2 mois 16 jours 17 heures 15 minutes 27 secondes.

On conçoit ici que, depuis le 16 mars, à minuit, jusqu'au 17 à 5 h. 15 m. 27 s. du soir, il s'est écoulé 17 h. 15 m. 27 s., car, depuis minuit jusqu'à midi, 12 heures se sont passées et les 5 h. 15 m. 27 s. du soir ne marquent que 5 h. 15 m. 27 s. après-midi.

Les deux dates étant parfaitement traduites, il suffit alors de poser les unités de même espèce les unes sous les autres, et d'effectuer ensuite la soustraction comme il suit :

1861 ans	8 mois	2 jours	7 heures	4 minutes	16 secondes
1822	2	16	17	15	27
39 ans	5 mois	15 jours	13 heures	48 minutes	49 secondes

Il faut se rappeler ici que l'année se divise en 365 jours; le jour, en 24 heures; l'heure, en 60 minutes; la minute, en 60 secondes, la seconde, en 60 tierces, et ainsi de suite, des divisions successives de 60 en 60.

Dans le commerce, on considère toujours l'année composée de 12 mois, et le mois de 30 jours, ce qui porte alors l'année commerciale à 360 jours.

Dans les opérations, le mois est compté de 30 jours.

4° Une personne est née le 8 octobre 1798, à 10 heures 37 minutes 45 secondes du matin; elle est morte à l'âge de 49 ans 5 mois 29 jours 6 heures 28 minutes 34 secondes. Quelle est l'époque de sa mort?

Il est visible ici que les 49 années 5 mois 29 jours 6 heures 28 minutes et 34 secondes doivent être ajoutés à la date de la naissance, traduite au préalable.

Commençons donc par convertir la date 8 octobre 1798 à 10 heures 37 minutes 45 secondes du matin, il vient :

	1797 ans	9 mois	7 jours	10 heures	37 minutes	45 secondes
et ajoutons ensuite	49	5	29	6	28	34
On obtient	1847 ans	3 mois	6 jours	17 heures	6 minutes	19 secondes

ce qui veut dire que la personne dont il s'agit est décédée au moment où il y avait 1847 ans 3 mois 6 jours 17 heures 6 minutes et 19 secondes que Jésus-Christ était né. Il ne reste donc plus maintenant qu'à examiner à quelle date correspondent ces mesures de temps :

Puisqu'il y a plus de 1847 ans que Jésus-Christ est né à l'époque cherchée, c'est donc que nous sommes en l'année 1848.

Puisqu'il y a plus de 3 mois, c'est donc que nous sommes dans le quatrième mois. c'est-à-dire le mois d'avril.

Puisqu'il y a plus de 6 jours, c'est donc que nous sommes au 7 Avril.

Mais le 7 Avril commence à minuit; or, 17 heures 6 minutes et 19 secondes après minuit, c'est tout bonnement 5 heures (17—12) 6 minutes et 19 secondes du *soir*.

Donc, en résumé, cette personne est morte le 7 Avril 1848, à 5 heures 6 minutes et 19 secondes du soir.

5° Combien s'est-il écoulé de temps depuis le 3 Mai 1809 à 8 heures 3 minutes du matin jusqu'au 25 Mars 1835 à 6 heures 34 minutes du soir ?

A l'aide de ce qui vient d'être dit, il est bien simple d'apercevoir que, pour effectuer la soustraction exigée pour la solution de ce problème, il faut commencer par transformer, comme à l'ordinaire, chacune des dates dont il s'agit. L'opération se présente alors de cette manière :

	1834 ans	2 mois	24 jours	18 heures	34 minutes.
	1808	4	2	8	3

et il vient au reste 25 ans 10 mois 22 jours 10 heures 31 minutes.

c'est-à-dire le résultat demandé.

6° Combien s'est-il écoulé de mois et de jours depuis le 7 Avril jusqu'au 2 Novembre de la même année?

Au 2 Novembre il s'est écoulé   10 mois 2 jours de l'année.

Au 7 Avril il s'est écoulé   3 mois 7 jours de l'année.

Donc, depuis le 7 Avril jusqu'au 2 Novembre, il s'est écoulé 10 mois et 2 jours moins 3 mois et 7 jours, ou: 6 mois 25 jours.

Nous verrons au chapitre de la Multiplication comment on parvient à réduire des mesures principales en mesures moindres, comme des années, des mois, des jours, etc., en minutes ou en secondes, je suppose, ou des mois accompagnés de jours tout en jours, etc., etc.

Nous examinerons, d'un autre côté, au chapitre de la division, l'opération inverse, c'est-à-dire l'extraction de mesures principales contenues dans un nombre suffisant de mesures plus petites.

Il est inutile d'ajouter que les preuves s'effectuent sur les nombres complexes d'une manière analogue à celle mise en pratique lorsqu'il s'agit de quantités décimales (*la preuve par 9, on le comprend aisément, fait exception*).

196.   **Problèmes sur les nombres complexes.**

(Addition et Soustraction.)

1° Une personne est née le 7 Octobre 1796 à 9 heures 38 minutes du matin : à quelle époque aura-t-elle 56 ans 4 mois 25 jours 8 heures et 47 minutes ?

2° Ma montre avance de 2 heures 6 minutes 4 secondes; elle marque en ce moment 1 heure 2 secondes du matin : Quelle heure est-il ?

3° Une personne est âgée de 28 ans 4 mois 17 jours. Combien de temps doit-elle vivre encore pour atteindre 68 ans ?

4° Ma montre retarde de 3 heures 23 minutes 19 secondes ; elle marque en ce moment 11 heures 58 minutes 49 secondes du soir. Quelle heure est-il ?

5° Une personne, née le 17 Avril 1821 à 3 heures 42 secondes du soir, est morte à l'âge de 48 ans, 19 jours et 23 minutes. Quelle est l'époque de sa mort ?

6° Une personne est née le 18 Mai 1798, à 9 heures 45 minutes et 28 secondes du soir ; on demande quel sera son âge le 9 février 1832 à 11 heures 23 minutes et 16 secondes du matin ?

7° Une personne est morte le 15 mars 1783 à 8 heures 35 minutes et 14 secondes du soir ; elle était âgée de 47 ans 2 mois 18 jours et 54 secondes. Quelle est l'époque de sa naissance ?

8° Une personne a eu 28 ans 5 mois 17 jours 7 heures 48 minutes et 29 secondes le 4 avril 1839 à 6 heures 12 minutes du matin ; on demande à quelle époque elle aura 69 ans 6 mois et 4 heures ?

9° Un marin a fait quatre voyages qui ont duré : le 1er, 2 ans 7 mois ; le second, 4 mois 9 heures ; le troisième, 1 an 18 jours, et le dernier, 3 ans 2 mois 6 jours 3 heures et 15 minutes. Quelle est la somme du temps consacré à ces voyages ?

10° Combien s'est-il écoulé de mois et de jours depuis le 7 février jusqu'au 3 septembre de la même année ?

Il serait inutile d'étendre davantage la série des problèmes relatifs aux deux premières opérations sur les nombres complexes, puisque ces problèmes ne peuvent jamais entraîner d'autres difficultés que celles de la supputation en elle-même. Nous croyons avoir suffisamment éclairci ce dernier point.

Nous n'avons considéré que les unités de mesure du temps, parce que, depuis l'établissement du système métrique, on ne se sert plus, pour ainsi dire, que de ces dernières unités.

Cependant, dans les calculs géométriques, on a adopté la division suivante : La circonférence se divise en 360 parties égales appelées degrés, le degré, en 60 minutes, la minute, en 60 secondes, etc.

On a déjà compris, au surplus, que, quelle que soit la nature des unités complexes sur lesquelles on doit opérer, la connaissance parfaite du mode de subdivision de ces unités suffit seule pour en effectuer, soit l'addition, soit la soustraction, d'une manière analogue à celle que nous avons indiquée dans les exemples du numéro précédent.

197. Connaissant la somme 12, de deux nombres, et 2, la différence de ces nombres, déterminer ces deux nombres ?

Il est évident d'abord que, puisqu'il existe une différence entre les deux nombres dont il s'agit, ces deux nombres ne peuvent être égaux ; s'ils l'étaient, il suffirait, pour les découvrir, de prendre la moitié de leur somme. Ainsi, par exemple, si la somme de deux nombres est égale à 12, et si aucune différence n'existe entre ces deux nombres, il est visible que ces deux nombres sont 6 et 6, ou la moitié de 12.

Mais au cas particulier, il existe une différence de deux unités entre les nombres dont il s'agit ; on conçoit alors que les deux quantités cherchées ne peuvent être 6 et 6. L'une d'elles doit être manifestement plus forte que 6, et la seconde plus faible que 6.

Or, la différence est de 2 unités ; par conséquent, le plus grand des deux nombres sera formé de la moitié de la somme 6, plus la moitié de la différence 1, c'est-à-dire sera 7, tandis qu'au contraire, le plus petit deux nombres sera formé de la moitié de la somme 6, moins la moitié de la différence 1, c'est-à-dire deviendra 5.

De la sorte, d'une part, la différence entre les deux nombres trouvés est bien égale à la différence donnée 2 unités, et, de l'autre, la somme de ces deux nombres est équivalente à la somme indiquée 12.

Il y a un moyen beaucoup plus simple de déterminer les deux nombres cherchés, en raisonnant comme il suit :

Puisqu'il existe une différence de deux unités entre ces deux nombres, il est évident que le plus grand des deux se compose du plus petit, plus la différence 2. Or, la somme est 12 : Donc, cette somme 12 renferme deux fois le plus petit des deux nombres, plus la différence 2 unités ; par conséquent, si l'on ôte 2 de 12 il vient le nombre 10 qui est équivalent au double du plus petit nombre. En divisant ensuite 10 par 2 on obtient 5, le plus petit des deux nombres, auquel, enfin, ajoutant la différence 2, on trouve le plus grand nombre 7.

Ce dernier procédé est fort aisé à mettre en pratique et tout aussi rationnel que le premier.

En résumé, lorsqu'il est question, la somme et la différence de deux nombres étant données, de déterminer ces deux nombres, il suffit donc de retrancher d'abord la différence de la somme, et puis de partager le reste en deux parties égales. On obtient ainsi le plus petit des deux nombres. En ajoutant ensuite la différence à ce dernier, on trouve le plus grand.

198. On appelle *complément* d'un nombre la quantité d'unités qu'il est nécessaire d'ajouter à ce nombre pour qu'il devienne égal à 10, 100, 1000, 10000, etc., c'est-à-dire, en thèse générale, à un nombre composé du caractère 1, accompagné d'un ou de plusieurs zéros.

Ainsi, le complément de 4 est 6, parce qu'il faut ajouter 6 à 4 pour obtenir le nombre 10 immédiatement supérieur, et formé, comme il vient d'être dit, du chiffre 1 suivi d'un ou de plusieurs zéros ; le complément de 86 est 14, parce que 14 et 86 font 100 ; le complément de 853 est 147, parce qu'enfin 853 et 147 font 1000, et ainsi de suite.

A l'aide des compléments, on peut remplacer la soustraction par une simple addition. Il suffit, à cet effet, de totaliser le minuende avec le complément du minuteur, et d'ôter à la somme 10, 100, 1000, 10000, etc., ou une dixaine, une centaine, un mille, une dixaine de mille, etc., selon le complément dont on a fait usage.

Soit à retrancher 28 de 74.

Quel est le minuteur ? C'est 28. Au lieu d'ôter 28 de 74, nous ajoutons, au minuende 74, le complément, 72, de 28.

74 et 72 font 146. Or, il est manifeste que 146 ne peut être le reste de la soustraction demandée ; ce nombre est assurément trop élevé ; mais, de combien d'unités ? C'est ce que nous allons examiner.

Nous n'avons pas d'abord soustrait les 28 unités des 74, nous avons, au contraire, ajouté 72 unités. Donc, en définitive, le résultat 146 est trop fort de 28 + 72 ou de 100 unités, c'est-à-dire d'une centaine. Pour rendre ce résultat à sa juste valeur, il est, par suite, nécessaire d'ôter une centaine du nombre 146, et il reste alors 46 qui, comme on peut le vérifier, au reste, est la différence véritable qui existe entre 74 et 28.

Soit à retrancher 2457 de 8769.

Ajoutons au minuende 8769, le complément 7543 du minuteur ; il vient 16312 au total. Or, ce nombre 16312 est trop élevé de 2457 + 7543, ou ensemble de 10000 unités. Supprimons donc une dixaine de mille, de 16312, et il reste : 6312, pour le résultat de l'opération demandée.

On comprend que les compléments des minuteurs ne peuvent être des nombres choisis arbitrairement; on a déjà saisi, en effet, que, pour la facilité du calcul, ils doivent former avec ces minuteurs : 10 ou 100 ou 1000, etc., unités, afin que, la somme étant trop forte de 10, 100 ou 1000, etc., unités, on puisse fort aisément ôter une dixaine, une centaine, un mille, etc., des chiffres de ces ordres à ce même total.

Il est un moyen très-facile de déterminer promptement le complément d'un nombre quelconque; il s'agit, pour cela, de retrancher, le premier chiffre significatif, de 10 unités, et tous les autres, de 9 unités.

Ainsi, pour prendre le complément de 342, on dit : De 10 ôté 2, reste 8; puis, de 9 ôté 4, reste 5; de 9 ôté 3, reste 6. Le complément demandé est 658.

S'il s'agit de trouver le complément de 149700, on dira :

De 0 ôté 0, reste 0 ; de 0 ôté 0, reste 0 ; de 10 ôté 7, reste 3; de 9 ôté 9, reste 0; de 9 ôte 4, reste 5; de 9 ôté 1, reste 8.

Le complément cherché est 850300.

Il faut bien remarquer, comme dans ce dernier exemple, que, lorsque le minuteur est terminé par un ou plusieurs zéros, c'est le premier chiffre *significatif* seulement qui doit être ôté de 10.

Les zéros sont retranchés de zéro. On peut, au surplus, si, dans un cas exceptionnel, l'on est embarrassé, effectuer la soustraction ordinaire pour obtenir le complément.

109. La méthode d'opérer, au moyen des compléments, trouve surtout son application lorsqu'il s'agit de soustraire plusieurs minuteurs d'un ou de plusieurs minuendes. Dans toute occasion, et c'est à dessein que nous insistons sur ce point, on ne doit pas oublier que, dans les opérations par compléments, le ou les minuendes sont tout-à-fait en dehors de la question, et que les compléments ne sont jamais pris que sur les minuteurs.

1er *exemple :* J'ai reçu les sommes suivantes : 5249 fr. et 28 fr. 30, et j'ai dépensé celles-ci : 4 fr., et 32 fr. 75, et 367 fr. et enfin 2040 fr. Combien me reste-t-il ?

L'opération ordinaire consiste à totaliser les deux sommes reçues, à ajouter ensuite ensemble les sommes déboursées, puis, enfin, à ôter ce dernier total du premier.

Par la méthode des compléments, il suffit tout simplement d'ajouter aux minuendes 5249 fr. + 28 fr. 30, les compléments des minuteurs : 4 f., 32 fr. 75, 367 fr., 2040 fr., ainsi qu'il suit :

5249 f.	00			
28	30			
6	00	complément de	4 f.	»
67	25	complément de	32	75
633	00	complément de	367	
7960	00	complément de	2040	
13945 f.	55			

Or, ce nombre 13945 f. 55 est trop fort : Examinons de combien d'unités?

Au lieu de retrancher 4 f., nous avons ajouté 6 f., ensemble une dixaine en excédant.

Au lieu de retrancher 32 f. 75, nous avons ajouté 67 f. 25, ensemble une centaine en excédant.

Au lieu de retrancher 367 f., nous avons ajouté 633 f., ensemble un mille en excédant.

Enfin, au lieu de retrancher 2040 f., nous avons ajouté 7960 f., ensemble une dixaine de mille en excédant.

Donc, en résumé, pour obtenir la réponse demandée, il faut ôter du nombre 13943, 55, une dixaine, une centaine, un mille et une dixaine de mille, et il reste alors : 2833 f. 55.

Deuxième exemple : — Soit à retrancher : 49 f. + 0 f. 56 + 208 f. + 96 f. de : 987 f. + 59 f.

Voici l'opération :

987		
59		
51	complément de 49....	une centaine en trop
0,44	complément de 0,56.	une unité en trop
792	complément de 208...	un mille en trop
4	complément de 96...	une centaine en trop
1893,44		
à ôter 12 1	en trop	
reste 692,44		

Lorsqu'on s'est exercé à employer les compléments, les calculs s'effectuent d'une manière beaucoup plus rapide qu'avec la méthode ordinaire d'additions et de soustractions.

Il existe, au surplus, des questions qui ne peuvent être résolues directement qu'à l'aide des compléments.

On peut encore, pour abréger l'opération, poser toutes les quantités avec leurs signes les unes sous les autres, et puis réaliser de suite l'addition des minuendes avec les compléments des minuteurs.

Un exemple suffira pour éclaircir ce dernier point.

Soit à ôter 45 et 297 et 0,28 et 6,35 de : 803 + 0,69.

Disposons tous les nombres, dont il s'agit, les uns sous les autres, en ayant soin de faire précéder les *minuendes* du signe *plus* et les *minuteurs* du signe *moins*.

+ 803,00
+ 000,69
— 45,00
— 297,00
— 000,28
— 006,35
4445,06
4
445,06

Je commence d'abord par compléter, à l'aide de zéros placés à la gauche des minuteurs, le nombre des chiffres de ces derniers jusqu'à concurrence du nombre de chiffres dont se compose le plus grand des minuteurs. De la sorte, je simplifie l'opération, en ce sens, qu'au lieu d'avoir à détacher du total une dixaine, une centaine, un mille, etc., enfin des unités d'un ordre différent, il ne restera plus qu'à retrancher 1, 2, 3, 4, etc., unités d'un même ordre. Ceci posé, voici comment on s'exprime :

9 et 2 (*le 2 est le complément du* 8) font 11 et 5 font 16. Je pose 6 et retiens 1.

1 et 6 font 7, et 7 font 14, et 6 font 20. Je pose 0 et retiens 2.

2 et 3 font 5, et 5 font 10, et 3 font 13, et 9 font 22, et 3 font 25 : Je pose 5 et retiens 2.

2 et 5 font 7, et 9 font 16, et 9 font 25. Je pose 5 et retiens 2.

2 et 8 font 10, et 9 font 19, et 7 font 26, et 9 font 35, et 9 font 44. Je pose 4 et j'avance 4.

Or, nous n'avons pas soustrait les quatre minuteurs; nous avons, au contraire, ajouté aux minuendes les compléments de ces minuteurs jusqu'à 1000; par conséquent, la somme 4445,06 est trop forte de 4 unités de mille.

Le reste demandé est donc 445,06

On conçoit aisément que, pour se servir de cette dernière méthode, il faut avoir une grande habitude des calculs de ce genre, afin de ne pas se tromper dans la formation des compléments de chaque chiffre des minuteurs.

200. Avant de terminer ces notes, il ne sera peut-être pas inutile de toucher un mot à l'endroit d'un petit problème relatif à l'addition de nombres placés dans de certaines conditions, addition qui peut s'effectuer très-rapidement si l'on veut bien lire ce qui suit.

Quelle est la somme des 100 premiers nombres ?

J'ajoute le dernier de ces nombres 100 au premier 1, en disant 101. Puis je multiplie 101 par la quantité de nombres 100 : J'obtiens 10100, et je prends enfin la moitié de ce produit.

Je trouve 5050 pour la somme des 100 premiers nombres.

Pour opérer une addition de cette manière, il faut qu'une même différence existe entre tous les nombres à totaliser. Hors de là, il est indispensable de faire l'addition ordinaire des quantités dont il s'agit. Ainsi, l'on peut additionner tous les nombres qui se suivent dans l'ordre naturel, puisqu'alors il existe la différence d'une unité entre chacun de ces nombres ; il est encore possible d'effectuer l'addition des nombres par le procédé qui vient d'être indiqué, lorsque ces nombres sont tous terminés soit par 0, 1, 2, 3, 4, 5, 6, 7, 8 ou 9, parce que, dans ce cas, la différence de dix unités qui existe entre les nombres est la même.

Enfin, les nombres calculés de 2 en 2, de 3 en 3, de 4 en 4, de 5 en 5, etc., sont dans une position analogue.

Soit à déterminer la somme des 8 premiers nombres terminés par un 7, sachant, au reste, que le dernier de ces nombres est 77 ?

Principe invariable: J'ajoute le premier de ces nombres 7 au dernier 77, et j'obtiens 84. Je multiplie 84 par la quantité, 8, des nombres qui doivent figurer dans l'addition, et je trouve le produit : 672 que je divise par 2. La somme des 8 premiers nombres terminés par un 7 est 336.

On peut, au reste, vérifier l'exactitude de ce résultat et, par suite, l'exactitude de la règle à suivre, en totalisant les 8 nombres dont il est question :

$$
\begin{array}{r}
7 \\
17 \\
27 \\
37 \\
47 \\
57 \\
67 \\
77 \\
\hline
336
\end{array}
$$

la somme est bien égale à

Nous ne pouvons expliquer la raison d'être de cette manière d'opérer, parce que cette raison, pour être bien comprise, exige la connaissance des progressions arithmétiques.

FIN DE LA PREMIÈRE PARTIE.

INDEX.

—

Dunkerque. — Typ. de VANDEREST, place Napoléon, 2.

INV
V

www.ingramcontent.com/pod-product-compliance
Lightning Source LLC
Chambersburg PA
CBHW051818020726
47502CB00005B/1514